谜托邦

MYSTOPIA

华文推理新大陆
推理迷的乌托邦

盛唐诡案组

异空的集结

求无欲 著

北京联合出版公司
Beijing United Publishing Co.,Ltd.

目录

人物简介

前言　1

序章　南柯一梦　3

第一案　夜哭新娘

引子　7
第一章　隔世相逢　12
第二章　毛遂自荐　18
第三章　出师不利　24
第四章　前车之鉴　30
第五章　女鬼夜袭　36
第六章　同舟共济　42
第七章　三更营救　48
第八章　四更遇鬼　54

第八章　深夜求援
第七章　在劫难逃
第六章　神龙乍现
第五章　嗤之以鼻
第四章　钩心斗角
第三章　神龙传说
第二章　一见如故
第一章　明察暗访
引子

第二案　雾江神龙

118
122
127
133
139
146
152
158
164

第三案　人皮妖书

引子　239
第一章　不打不识　245
第二章　大闹灵堂　251
第三章　不务正业　257
第四章　争产风波　263
第五章　落草为寇　269
第六章　密室凶案　275
第七章　少女新娘　281
第八章　独揽大权　287

第九章 夜哭因由	60
第十章 案中有案	68
第十一章 落魄秀才	74
第十二章 诈死逃罪	80
第十三章 人面兽心	86
第十四章 树下亡魂	92
第十五章 树林遇鬼	98
第十六章 还原真相	104
第十七章 真相背后	110
尾声	115

第九章 神龙降罪	170
第十章 神龙教主	176
第十一章 关键证据	182
第十二章 与龙结缘	188
第十三章 反叛少女	194
第十四章 神龙现身	202
第十五章 杀人灭口	207
第十六章 不期而遇	212
第十七章 勇闯龙潭	218
第十八章 洞若观火	223
第十九章 揭露真相	228
尾声	234

第九章 前世今生	293
第十章 山贼传说	299
第十一章 夺命妖术	305
第十二章 灭族奇蛊	311
第十三章 抛尸秘洞	317
第十四章 横生枝节	323
第十五章 白骨森森	329
第十六章 狭路相逢	336
第十七章 千年真相	342
尾声	351

番外小剧场 时管办讨论组 356

后记 361

人物简介

慕申羽

职业	书童
性别	男
年龄	20岁
身高	178厘米
体重	59公斤
特长	伶牙俐齿、恬不知耻
缺点	嬉皮笑脸、体能逊色
简介	长相俊俏的小小书童，虽然手无缚鸡之力，但是能说会道，而且恬不知耻，能把别人活活气死。

相溪望

职业	书童
性别	男
年龄	20岁
身高	180厘米
体重	58公斤
特长	智勇双全
缺点	行动不便、命犯桃花
简介	申羽相依为命的好兄弟，尽管双腿残疾，但拥有足以自保的武术根底，而且才智过人，总在不经意间获得女性的青睐，可惜往往未能开花结果。

宋知然

职业	县尉
性别	男
年龄	20岁
身高	160厘米
体重	保密（苗条型）
特长	知人善用
缺点	逞强好胜
简介	广州刺史与侧室所生的孩子，在家中不受待见，一心想取得丰功伟绩向父亲证明自己的才能。

李蓁蓁

职业	捕头
性别	女
年龄	19岁
身高	175厘米
体重	保密（健美型）
特长	武艺超群
缺点	脾气火暴
简介	知然最信任的部下，或者说是唯一的部下。虽为女儿身，但武艺超群、万夫莫敌，就是脑筋不怎么灵活，而且非常害怕鬼魅。

乐小苗（喵喵）

职业	亡国公主（自称）
性别	女
年龄	16岁
身高	158厘米
体重	保密（娇小型）
特长	吉星高照
缺点	馋嘴
简介	自称前世是亡国公主的富家千金，因为太能吃而家徒四壁，所以被迫出嫁，却在迎亲路上被山贼劫走，幸好她吉星高照……

原雪晴

职业	队正
性别	女
年龄	21岁
身高	170厘米
体重	保密（苗条型）
特长	远攻、潜伏
缺点	冷若冰霜
简介	擅长剿匪的官兵队正，不仅擅长百步穿杨，近身搏斗、秘密潜入等本领亦十分了得。尽管单兵作战能力强悍，且非常适合执行窃密、行刺等隐秘任务，无奈身为女子，纵使天赋异禀，亦止步于队正。

韦伯仑

职业	店小二
性别	男
年龄	22岁
身高	165厘米
体重	50公斤
特长	绝对音域
缺点	自吹自擂
简介	自称大唐万事通的店小二，虽然整天自吹自擂，但他的确对街头巷尾的小道消息了如指掌。

叶流年

职业	仵作
性别	男
年龄	24岁
身高	171厘米
体重	60公斤
特长	检验尸体
缺点	口无遮拦、散发恶臭
简介	终日待在尸堆里的仵作，因为身上总有一股恶臭且不善交际而被排挤，而且常常一开口就得罪人，所以连一个朋友也没有。

前言

唐代的广州既是岭南军政重镇，又是连通世界的贸易中心，广州港更是"万舶争先、大舶参天"，内外商旅、各国使节云集。

俗话说："有人的地方就有江湖。"

作为唐朝第一大港，广州难免龙蛇混杂，因而衍生出诸多问题，甚至发生一些不可思议的诡异案件。在这个男尊女卑的封建时代，女皇帝登基初期的敏感时刻，一切异象均会被视作牝鸡司晨招致不祥。为避免流言四起触怒龙颜，引起百姓恐慌，广州刺史下令成立"诡案组"，专门处理辖区范围内的诡异案件。

诡案组不该出现在贤君治理下的太平盛世，因此都督府对外从未公开承认其存在，别说寻常百姓，就连大部分官吏亦闻所未闻。而诡案组所处理的案件尽是些荒诞离奇之事，一旦公之于众，势必引发乱局。

因此，由诡案组所处理的一切案件记录均为机密案卷，仅供极少数官吏翻阅。但是世事无绝对，凡事皆有例外，若把这些诡异案件视为小说看待，公之于众，又有何不可？

序章　南柯一梦

刺耳的刹车声传入耳际时，无数零碎的片段在怀抱橘猫的刑警脑海中闪过——与老搭档相溪望情同手足，一同被誉为"刑侦新人王"、与新搭档李蓁蓁患难见真情，最终共坠爱河……

该刑警姓慕名申羽，诞生于鬼月，且年幼时体弱多病，是天生的鬼仔命，命中注定会遇到各种各样的奇怪事物。神婆断言他必须当警察，方可与缠绕身边的稀奇事物周旋，因此他自小就立志做一个除暴安良的好警察。长大后，他如愿加入了警队，并且在几经历练后，成为专门处理诡异案件的诡案组成员，终日嬉皮笑脸地跟同事与罪犯周旋。

现在，在他即将迈入而立之际，虽说不上家成业就，但至少是个收入稳定的刑警，而且有个如胶似漆的女朋友。作为一个除了脑袋有点儿小聪明就没有其他长处，甚至每次体能测试都是蒙混过关的平凡人，他感情事业皆如意，还有个肝胆相照的好兄弟，夫复何求呢？

然而，就在他觉得事事称心如意之时，老天爷却刻意要捉弄他。刚从树上救下来的橘猫，猛然从他怀中逃脱并跑向马路。他下意识地立刻追上这只胖乎乎的肥猫，并将对方再次抱入怀中。他没注意到的是，一辆大货车正呼啸而来。

事出突然，双方均来不及避让，他与怀中的橘猫一同被大货车撞飞，重重地摔到远处，连滚了好几圈才停下来。剧烈的疼痛几乎令他在落地的瞬间晕倒，但身为警察的使命感使他竭力保持清醒，因为他必须确保橘猫的安全——这只胖乎乎的家伙是孤寡老人米婆婆的精神支柱。

可惜的是，尽管他已尽了最大的努力，但橘猫的情况也不比他好多少。他瞬间觉得一切都结束了，尽管还有许多未完成的心愿，尤其是尚未与一生挚爱携手步入婚姻的殿堂，也未能将橘猫平安地交给米婆婆……

"阿慕！你能听见吗？"语气焦急的熟识声音传入耳际，尽管眼睛已经睁不开了，意识亦开始模糊，但他仍能认出对方是自己这辈子最好的兄弟——相溪望。

"还有反应,立刻送他到医院吧!"另一个令他感到温暖的声音响起——是李蓁蓁,他这辈子的挚爱。

"来不及了,他只剩一口气,就算立刻送他到医院也救不活。"溪望急促的声音中仍带有一分冷静。

蓁蓁已急得六神无主:"那该怎么办?他快要不行了。"

"要救他恐怕就只剩一个办法……"溪望欲言又止。

蓁蓁立刻转忧为喜:"那就赶紧救他啊!"

"把他怀里的猫咪递给我,我需要这家伙帮忙带路。"溪望沉默片刻,然后严肃地对蓁蓁说,"我跟他走这一趟,对你来说只是一瞬间,但对我跟他而言,或许是十年八载,甚至是更长的时间。所以我们回来的时候,可能会有点儿不一样,你要有心理准备。"

"你到底在说什么,我跟你们一起去不就没有那些乱七八糟的破事了?"蓁蓁急躁地说。

"我们要去的是凡人不该踏足的领域,一旦跟那个地方扯上关系,你将永世成为高维生命的提线木偶。"溪望严肃地说,"因此,若非迫不得已,千万别去那个鬼地方。"

"你打算向'神明'求助?"蓁蓁惊讶地说。

"那些家伙的确是世人所说的'神明',但我觉得他们更像魔鬼。"溪望无奈地叹息,"不过阿慕现在这状况在凡尘恐怕已无力回天,我们根本没有选择的余地。"

"只要能把他救活,神明也好,魔鬼也罢,也不管他会有什么改变,我都不在乎。"蓁蓁坚定不移地说。

"好吧,把他放到我的轮椅上。"溪望吩咐道,随即轻柔地说,"猫咪,我们出发去画卦台吧!我懂规矩,会给你支付报酬的……"

申羽好不容易才撑到此刻,剧烈的疼痛已令他快要失去知觉。然而,躺在溪望的怀抱中,经过电动轮椅的几下颠簸后,他突然就不再感到任何不适,仿佛在刹那间得到了解脱。他不知道自己是否已往生极乐,只知道身体仍动弹不得,不过倒是还能听见声音,而且眼睛勉强能睁开一条细缝,得见自己正置身于一家怀旧咖啡屋内,但目光所及未见其他客人。

"欢迎光临天使馆喵!"朝气蓬勃的迎客声响起,这声音很特别,有点儿像猫的叫声。申羽从眼缝里瞄了一眼,好像看见一个拥有女性身形,且穿着整齐侍应服,但脑袋是颗毛发洁白的猫头,露出制服外的手掌及小腿也都毛茸茸的猫侍应——或许是眼花看错了?

"他怎么还没有活过来?画卦台不是不存在死亡,且能实现一切愿望的吗?"溪望焦急地说。

"画卦台并非不存在死亡,而是不存在时间,只要还没有死透,来到这里就不会死。但已经死透了,来了也不会复活哦。这话在我们初次见面时,咪露就说过了喵。"猫侍应一本正经地说,"不过像你朋友这样,还差一丁点儿就死透的情况还真不多见哦!他要是再晚一刹那进入画卦台,肯定就死翘翘了喵。"

"你是对另一个时空的'我'说过吧,我可不知道还有这条规则。"溪望急躁地说,"别说这些没用的,要怎样才能把他救活?"

"这就要问老板喽,"自称"咪露"的猫侍应阴险地窃笑,"不过最终还得看你的选择哟喵。"

溪望移动轮椅驶向吧台,高声问道:"申先生,要怎样才能救活我的兄弟?"

申羽睁眼往吧台瞄了一眼,有个约莫二十五岁的青年,正专心地冲泡咖啡。青年拥有一头银灰色的短发,配搭帅气的墨镜及笔挺的西服,既神秘又潇洒。他还瞥见方才仍奄奄一息的橘猫,此刻竟然生龙活虎地在吧台上享受美味的小鱼干。

"画卦台的规矩,你大多都知道吧!"被称为"申先生"的青年,露出友善的微笑,语气要比其年轻的外表成熟稳重得多。

"我知道!"溪望不假思索地答道,"凡人皆有欲望,凡事必有代价。"

"要实现愿望就得付出比愿望更高的代价。"申先生不紧不慢地说,"你的朋友已经走到人生的尽头了,要救活他需要支付一段以上,也就是两段人生才行哦!"

"哈,把我的命要去了,你以后不就少一件玩具?"溪望嗤笑道。

申先生微笑解释:"我没说要你的命,而是要你俩的人生。"

"别绕圈子了,只要把我的兄弟救活,不管你要求什么代价,我也不会犹"

豫。"溪望坚定地说。

"要延续你朋友在这个时空的人生,就得用你俩另一个时空的人生作为代价。"申先生狡黠笑道,"用你们跌宕起伏的人生来取悦我吧!"

溪望无奈叹息:"人为刀俎,我为鱼肉,你说咋办就咋办吧,反正我也没有更好的选择。"

第一案　夜哭新娘

引子

一

十八年前，寂静的深夜，新月高悬于夜空中冷眼俯视着仍未入眠的可怜人。

身穿大红色嫁衣、盛装打扮的杨家千金，沿着空无一人的街道缓步前行。她自出娘胎以来，从没走过这么远的路，也鲜有像现在这样，无人在身旁伺候。尽管每走一步都能感受到源自双足的疼痛，但她仍步履蹒跚地走向前方的齐家书屋。

有生以来第一次不顾礼仪，使劲地拍门并放声叫唤，但等待良久，门后仍没有任何回应。积压于心底的委屈令她无法释怀，她必须向那个辜负自己的男人报复，向对方宣泄心中的怒火。她默默忍受双足的疼痛，缓步走到书屋旁边的梧桐树下。

停下脚步的那一刻，她终于忍不住放声号哭，向苍天诉说她的莫大冤屈。凄厉的哭声犹如鬼鸣，在这夜阑人静之时分外吓人，但附近的人家均关门闭户，哪怕被哭声惊醒，亦不会出来慰问这位可怜人。

源源不断的泪水已令她艳丽的妆容变成可怕的鬼脸，她抹去泪水，以怨恨的眼神盯住正对梧桐树的窗户，愤慨地说："我杨金玉今生就算不能做齐家的人，也要做齐家的鬼！我死后要伴随在你姓齐的左右，让你一辈子也无法忘记我。"说罢便取出红绫系于树枝之上……

随着她渐渐停止抽搐，月色暗淡的夜空再次恢复寂静，仿佛什么事也没发生过，除了梧桐树上多了一抹艳丽的红色身影。一阵阴风掠过，吊死于树上的新娘缓缓转动，不能瞑目的血红双眼环视一圈后，目光最终落在正对梧桐树的窗户上……

二

良辰吉日，众多新人喜结连理。身为媒婆的朱三妹接连赴宴三场，吃得撑肠拄腹才回家休息，岂料半夜腹痛如绞，慌忙起床到屋外如厕。一泻千里之后，走出臭气熏天的茅房，她觉得轻了好几斤，而且浑身无力，仿佛所有力气已在刚才用尽了，困意随之袭来。然而，正当她想返回屋内继续睡觉，却隐约听见悲痛欲绝的女子哭声。

"这大半夜的，谁家姑娘哭得如此凄凉？"或许是出于职业的敏感，又或是源于好奇心，三妹突然就不困了。

她循声觅去，不消片刻便闻到一阵奇异的花香。她认出那是栽种于齐家书屋内的花卉香味，原来她已来到书屋附近，看到那棵茂盛且带有不祥气息的梧桐树，以及树下身穿嫁衣的红色身影——凄厉的夜哭竟来自该羡煞旁人的新娘。

作为土生土长的登第村村民，三妹当然知道这棵梧桐树背后的悲凉故事。此刻看见新娘于树下夜哭，她立刻感到惶恐不安并心生退意。可是，她还没来得及转身往回走，哭声戛然而止。这时她才发现，原来新娘并非站在树下，而是自缢于树上！

一阵阴风掠过，用红绫吊于树枝上的新娘缓缓转动，不能瞑目的血红双眼环视四周，目光最终落在三妹身上。她害怕得浑身发抖，但身体却像灌了铅似的动弹不得，甚至连双眼亦无法从新娘脸上移开。

"你、你、你不是早就死了……"她声音颤抖地说，因为她已认出于梧桐树上自缢的新娘是三个月前就已离世的齐家千金。

新娘没有回应她，被泪水模糊了妆容的脸庞露出诡异的笑容，更可怕的一幕随之出现——梧桐树上竟然接连掉落三道人影，与新娘一同吊在树上，并且都缓缓转动，还以一双双血红的眼睛盯住她……

次日上午，艳阳高照。

三妹遥望着散发着不祥气息的梧桐树，绘声绘色地讲述昨晚惊见"夜哭新娘"的可怕经历。在她身旁的众人无不大惊失色，惶恐不安，纷纷询问掌管村内事务的村正该如何是好。

　　被村民团团围住的村正方志忠，虽刚踏入而立之年，管理村务亦已有好几个年头，但从未遇到如此诡异、可怕之事，当然也不知道该怎么办。毕竟他早已向县衙求助，县衙亦先后派来两名捕快，可是……

　　按照三妹昨夜所见，梧桐树上本该吊着四具尸体，但此刻众人眼前只有一具尸体刚被胆大的村民从树上解下来，放在地上以草席覆盖。透过露出草席的部分，可以看到这个昨夜吊死于梧桐树上的男人穿着捕快的服饰。

　　志忠正手足无措之际，恰好看见德高望重的城隍庙住持赖洪亮与三名弟子缓步朝众人走来，当即如获救星般慌忙向对方求助。

　　"自齐家千金于大婚之夜自缢以来，短短三个月内就接连有三个人在此往生，其中一人还是县衙的捕快，可见这棵梧桐老树已被冤魂附体，成为害人的'上吊树'……"洪亮掐指一算，随即道出破解之法，"齐家千金冤魂不散，必定会继续害人。因此必须举行'送肉粽'仪式，将这棵上吊树砍倒送到河边作法焚烧，再把灰烬倒入河中，方可将冤魂送到海龙王那里压煞以绝后患。"

　　"一派胡言！"四十岁出头的儒雅书生从齐家书屋后门步出，指着赖洪亮气愤怒骂，"子不语怪力乱神，你别在此妖言惑众，敛财自肥！此乃家父亲手栽种的吉祥树，怎么到你口中就成了害人的上吊树了？"

　　"齐灵杰，你已入土的老爹当年亲手栽种这棵梧桐树时，或许的确是棵吉祥树……"洪亮冷眼盯着书生，轻蔑地嘲笑，"但自你家女儿上吊之后，已有三人在此枉死，还有何吉祥可言？更不用说，十八年前，我赖某人未过门的媳妇亦在此自缢往生。"

　　"杨家千金的不幸与我毫无关系，你别含血喷人！"书生义正词严道，"此树乃家父亲手栽种，小女亦在此往生。如今家父虽早已驾鹤仙游，但小女仍尸骨未寒，你竟然为一己私利，妖言惑众，毁我家吉祥树？"

　　"我为一己私利？到底是谁为一己私利？"洪亮毫不示弱，高声反驳，"这棵上吊树前后出了五条人命，还没算你那个生死未卜的门生呢！你这书呆子竟然还想留着这棵不祥树继续害人，究竟居心何在啊！"

面对洪亮的咄咄逼人,灵杰一时不知如何反驳,丢下一句"你含血喷人"就让村正评理。志忠被夹在两人中间左右为难,谁也不想得罪,只好问在场众多村民的意见。

大伙交头接耳片刻,马上就得出结论,一边倒地支持洪亮。毕竟留着这棵"上吊树",天晓得那个可怕的"夜哭新娘"还会不会继续出来害人,而且谁也不知道下一个会不会就是自己——保命肯定比保树更重要。

然而,当志忠宣告按洪亮的意思,计划砍树举行送肉粽仪式时,灵杰竟不顾颜面冲上前抱住粗壮的梧桐树,阻止众人砍树。

"该死的臭书生!"洪亮气愤怒骂,随即命令三名弟子上前殴打这位碍事的文弱书生……

三

宋刺史亲临县衙,县令还没来得及拍马屁,已被骂个狗血淋头:"登第村的'夜哭新娘'到底是怎么回事?有传言说是女鬼作祟,以美色勾引男人做替身;也有传言说是梧桐树成精,入夜后便四处吃人;还有说是阎罗王招女婿,派鬼差大肆勾人魂魄。反正流言四起,人心惶惶。你可知道此时正值女皇陛下即位的敏感时刻,天下一切异象均会被曲解为牝鸡司晨带来的不祥,你怎么还不派人去查明真相?难道在等触怒龙颜,人头落地吗?"

县令慌忙指着待在一旁的俊俏青年,为自己开脱罪责:"刺史大人息怒,下官早已将此事交给县尉处理,奈何县尉初来乍到,而且经验浅薄,所以迟迟未能解决此事。"

刺史瞥了一眼这位年仅二十岁、略带脂粉气的县尉,厌烦地说:"哼,朽木不可雕,就连区区九品芝麻官也当不好,干脆及早辞官回家伺候双亲好了,免得在外丢人现眼。"

"刺史大人,下官只是刚刚上任,需要处理的事务众多,一时分身乏术而已,还未至于像大人所言那么不济。"县尉有如初生之犊,面对顶头上司仍毫无惧色,"等下官完成交接事宜,不日便可将夜哭新娘一案查个水落石出。"

"你、你、你这是什么态度,怎能在刺史大人面前如此放肆!"县令慌忙斥责这个不知天高地厚的年轻人,随即低头哈腰向刺史赔罪,"下官管教不力,还请大人恕罪。"

刺史一把推开挡在身前的县令,怒目盯住县尉,严肃问道:"'不日'意为何时?"

"七天!"县尉双手作揖,郑重地承诺,"下官七天之内必定查明夜哭新娘案的真相,否则立刻辞官回家伺候爹娘!"

"好,很好!你们一同做证……"刺史环视周遭的县令、县丞、主簿等一干人等,示意众人见证他与县尉的赌约。

县令恨不得立刻将这个烫手山芋塞给别人,县尉竟然傻乎乎地提出赌约,他当然求之不得,立刻给一众下属使眼色,众人随即一同承诺见证赌约。

"本官向来赏罚分明,你若在七日内侦破夜哭新娘案,便可回都督府任职。"刺史朗声许诺。

"君子一言……"县尉抬起白嫩的手掌。

"快马一鞭!"刺史随即与他击掌作势。

待两人均离去后,县令小声地问身旁的县丞:"宋刺史怎么了?怎么会任由县尉如此放肆?"

县丞亦小声作答:"大人有所不知,听说县尉是刺史家庶出的次子,因为在家中不受待见,所以才跑到我们这个小地方当九品芝麻官。"

"没想到这个初来乍到的家伙,原来大有来头……"县令说着忽然拍额惊呼,"哎呀,他也姓宋,我该早就料到才对……"

第一章　隔世相逢

"小生姓慕名申羽，行将弱冠，尚未娶妻。若有幸得到姑娘的垂青，今生今世愿为奴为婢，为姑娘铺床拂席、打水洗脚、暖被伺寝……"

武周天授元年，在远离神都的岭南熙攘街道上，一名书童打扮的小伙子以轻佻的话语向来往的年轻姑娘搭讪，但换来的无不是白眼与斥责。皆因小伙子虽眉清目秀，奈何蓬头垢面，邋里邋遢犹如乞丐，路人自然避之不及。

瞎折腾了整个上午，申羽终于放弃了，气馁地向身后那名年纪相仿、坐在破烂木头推车上、双腿以木板固定的年轻人说："阿相啊，我虽说还未达到貌胜潘安的程度，但咋说也长得一张俊脸，怎么卖笑了一个早上，仍连一个铜板也讨不到呢？"

"小生姓相名溪望，行将弱冠，尚未娶妻……"同样书童打扮、蓬头垢面的年轻人学着他的语调说，随即反问，"你觉得哪个不长眼的姑娘，会打赏我们这种年轻力壮却当街行乞且言语轻佻的登徒浪子？"

"可是我既没行乞，也不是登徒浪子啊！"申羽装傻充愣道。

溪望苦笑摇头："如果你的厚脸皮能换钱，我们不仅无须挨饿，说不定还能拥有广厦千间、良田万顷。"响亮的咕咕声随即从两人腹中传出。

"我们不吃饭，多久会饿死呢？"申羽苦中作乐，脑海里随即闪过一些零碎的片段，不由得疑惑地说，"我怎么觉得自己好像已经死过一次了……"

"我好像是被房子一样大的推车撞死的……"更多的零碎片段在申羽脑海中闪现，渐渐交织成一段漫长的记忆，"我好像在一千多年后，在一个叫'诡案组'的地方当捕快，还跟一个身材很棒、功夫了得的姑娘搭档办案。我们不仅屡破奇案，还互生爱意。而且在办案的过程中，我经常遇到各种各样的美艳姑娘，几乎每天都艳福无边……"

"我看你是饿疯了，把昨晚的梦境当真了吧！"溪望翻着白眼训斥，"醒醒啊兄弟，现在可是大唐盛世，你口中那些手机、电脑、网络之类的玩意儿，我压根就闻所未闻。"

"或许我的确是饿疯了,不过我啥时候说过这些东西呢?"申羽揉了揉饿得生痛的肚子困惑地发问。

"你昨晚说了一夜梦话,亏你睡大街还能睡得这么香,害我整晚都合不了眼。"溪望抱怨道,随即指着远处转换话题,"县衙门前刚贴出告示,你过去看看是啥消息,搞不好我们能骗顿饭吃。"

"我们好歹也陪伴公子念过几年书,怎能当骗吃混喝的浑蛋呢?"申羽义正词严地拒绝。

"对对对,我们不能当骗吃混喝的浑蛋,只能当巴头探脑的小淫贼。"溪望抱怨道,"要不是你偷看三夫人洗澡,还被人家认出一身书童打扮,我就不用替你顶罪被老爷打断双腿,还得跟你一起被逐出府门流落街头当乞丐了。"

"我去就是了,大恩不言谢,我这辈子都会给你当牛作马的。"申羽说罢就走到县衙门前查看告示,片刻便回来告诉溪望,告示上说县尉要招聘两名捕快。

"我们去应聘吧,当捕快至少管吃管住。"溪望催促道,"要不然今晚我们还得饿着肚子睡大街。"

"我们只会伺候公子读书写字,充其量就是陪公子到处闲逛调戏良家妇女,哪会查案抓捕犯人啊!"申羽当即摆手摇头,"虽说捕快这种厌恶性行当谁都能做,但哪个犯人不是穷凶极恶?搞不好我们应聘没几天,就得坟头上相见了。"

"我们无亲无故,而且都沦落到当街行乞了,你还想有人替我们修坟立碑?"溪望翻着白眼说,随即鼓励道,"你昨晚不是梦见在一千多年后当捕快,还屡破奇案吗?想想你梦中的经历,说不定待会儿我们就能蒙混过关。"

"对啊,我昨晚的梦……"申羽渐渐回想起那场长达三十年的漫长梦境。

溪望见他仍未下定决心,便再次催促:"赶紧推我去县衙,就算应聘不成,怎么也得讨杯热茶喝,我嘴唇都裂开了。"

"好吧,反正都走投无路了,就去碰碰运气吧!"申羽展露一贯的嬉皮笑脸,推着坐在破烂木头车上的溪望走向县衙。

"大胆刁民,竟敢擅闯衙门!"一道英姿飒爽的身影出现在县衙门前,挡住两人的去路。

申羽定眼一看,得见是一名年纪与他相仿、身穿捕头服饰、腰挂横刀的凶悍女生。在看清楚对方脸容的那一刻,无数零碎片段于脑海中闪过——是她,是那个在梦中与他搭档办案,并且互生爱意的伊人,她的名字叫——

"李蓁蓁!"

"你怎么知道我的名字?"女捕头以审问犯人的语气喝问。

"如果我说在梦中已与你相识、相知、相恋数载,甚至已到了非卿不娶、非君不嫁的地步,你会相信吗?"申羽厚着脸皮说,毕竟这种鬼话连他自己也不相信。

然而,蓁蓁并没有立刻痛斥他的无耻,而是仔细地上下打量他,再看了眼坐在木头车上的溪望,随即轻蔑笑道:"我大概知道你俩是什么人了,看你俩这一身打扮,大概是做了错事,被大户人家赶出家门的书童吧?"

"李捕头果然聪敏过人,一眼就能看出我们的身份,想必平日一定断案如神、屡破奇案。县衙有李捕头坐镇,实在是百姓的福祉……"溪望一顿吹捧,令蓁蓁对他俩的敌意于不知不觉间渐渐减轻。

尽管蓁蓁不再把他俩当贼人办,但仍挡住去路并问道:"你们是想进衙门鸣冤吗?虽然我不知道你们之前给哪户人家当书童,但县令与附近一带的大户人家都有着不错的交情,我劝你们最好别自讨苦吃了,要不然肯定偷鸡不成蚀把米。"

"如果是偷你的鸡,蚀多少把米我都不介意。"申羽嬉皮笑脸地说,并朝蓁蓁抛了个媚眼,结果换来对方一下敲头。

"兄弟,别再胡闹了。"溪望摇头叹息,随即正经八百地对蓁蓁说,"我们并非来县衙鸣冤讨公道,而是来应聘捕快的。"说罢指了指贴在县衙门外的告示。

"你们这两个手无缚鸡之力的假书生,竟然想当捕快?真是天大的笑话!"蓁蓁豪爽地仰天大笑。

"当捕快必须尽快将犯人抓捕,像李捕头这样身手敏捷、武功盖世,自然轻松胜任……"溪望又是一顿吹捧,随即话锋一转,"但是,李捕头只有一双手,天底下的恶徒却有千千万,没人打下手分担一下,恐怕忙不过来吧!要不然也不会张贴招聘捕快的告示。"

"没错,我的确忙不过来,但是……"蓁蓁瞥了眼瘦弱的申羽,再看了看行动不便得以木头车代步的溪望,不由得发出轻蔑的嘲笑,"也不至于要聘用病猴子和不会走路的软皮蛇吧？"

被对方如此奚落，换作常人大概已灰溜溜地跑了，但脸皮厚是申羽为数不多的长处，他当即谄媚笑道："就算抓贼帮不上忙，给李捕头暖床伺寝我还是可以的。"然而，他的油腔滑调再次换来一下敲头。

溪望正经八百地说："抓捕犯人也不是单靠武功盖世就能办到，毕竟总有些狡猾的犯人躲藏在暗处，得动脑筋查明真相，才能将他们绳之以法。"

"你们的脑筋好不好使，我就看不出来了，但让你们去抓贼，恐怕会被贼人大卸八块。"蓁蓁嘲笑道。

"那也不一定，我们也有些过人之处……"溪望抬起空无一物的右手向蓁蓁展示，翻了一下手腕后，指间凭空出现四颗鸽子蛋大小的石子。

蓁蓁见状先是一愣，随即轻蔑笑道："雕虫小技又有何用？"

"可以讨花姑娘欢心啊，公子让我们学了不少戏法……咦，你美得都长出花来了。"申羽凑到蓁蓁跟前，从对方耳后掏出一朵小花，但随即就被对方一脚踹开。

蓁蓁不屑地说："你们干脆到市井卖艺好了，衙门用不上这种三流戏法。"

"哪怕是三流戏法，只要用得其所，也是可以抓捕犯人的。"溪望朝她投以挑衅的目光，"李捕头若不相信小人，不妨跟小人比试一番以分高下。"

"哈哈哈，跟你比？"蓁蓁仰天大笑，"跟你这条连路也走不了的软皮蛇比试，我哪怕仅用一根指头也胜之不武。"

"我不是要跟李捕头比试拳脚功夫，就算要比也比不了……"溪望瞥了眼以木板固定的双腿，然后转头望向十数米外的大树，指着树枝上的麻雀说，"要不我们比试一下抓鸟？谁先把那只小鸟打下来就算赢。"

"跟双腿残疾的废物比试上树抓鸟，我恐怕得落人笑柄。"蓁蓁轻蔑地说。

申羽故作认真地搭话："成王败寇，输了才会落人笑柄，赢了说什么都对。"

"他话粗理不糙，我若技不如人，日后遇见李捕头定必三跪九叩，绝不会说李捕头半句坏话，李捕头大可不必担心名声受损……"溪望露出狡黠的笑容，话锋一转继续说，"还是，李捕头没有取胜的把握？"

"哈哈哈，我只是好奇你怎么上树而已。"蓁蓁放声大笑，随即以鄙夷的目光盯住溪望，"要不你们先把木头车推到树下，不然赢得太轻松也挺无趣的。"

15

"李捕头无须礼让,小生有信心往后遇到李捕头不必三跪九叩。"溪望胸有成竹地说。

"狂妄自大!"蓁蓁不屑地白了他一眼,随即转身疾步前行,竟借着冲力跳到衙门的外墙上,踩着垂直的墙壁如履平地,一眨眼已来到大树跟前并发力起跳,扑向麻雀所在的树枝。

尽管麻雀已察觉危险逼近,但她的动作实在太快了,这只可怜的小家伙根本来不及飞逃。眼见她马上就要将麻雀抓住,尖锐的风声响起,一颗石子赶在她指尖触及麻雀之前,将这只小家伙击落。

蓁蓁落到地上,看着跟前倒地不起的麻雀,气得杏目圆睁,当即转头朝溪望怒骂:"你耍赖!刚才没说可以掷石子的。"

"我们也没说不可以掷石子啊!"申羽嬉皮笑脸地帮腔,蓁蓁一时语塞,不知道该如何反驳。

"李捕头,你也看见了,我连路也走不了,你还不让我耍点儿小聪明,这样跟你比试会不会强人所难了?"溪望正经八百地说,"世间所有问题都有暴力以外的解决方法,既然不能力敌,智取又何不可?抓鸟如是,办案亦如是。"

"李捕头若心有不甘,可以继续比试哦……"溪望以单手抛接剩下的三颗石子,从容笑道,"小生还有石子,要不我们三盘两胜?"

蓁蓁虽然气得七孔生烟,但细想溪望所言亦非毫无道理,办案不能单纯依靠一身武功,总有需要动脑筋,甚至是耍小聪明的时候,而县衙目前正欠缺这种聪明人。况且不管她的身手如何敏捷,也快不过对方掷出的石子,继续比下去只会自取其辱。

故她只好愿赌服输,答应领两人进县衙见县尉,但能否获聘就得看他俩在县尉面前的表现了,毕竟这事并非她可以做主的。

见蓁蓁转身走进县衙,申羽立刻推着溪望所坐的木头车跟随,并嬉皮笑脸地说:"或许我们当真能混口热饭吃,说不定今晚也不用露宿街头了。"

"我们只是过了第一关,还有县尉那关要过呢!"溪望往不远处的大树瞥了眼提醒道,"赶紧把那只可怜的小家伙捡起来,要是应聘不成,那家伙就是我们的晚饭了。"

"人家刚帮你过了一关,你还想把人家吃掉,真没良心。"申羽虽嘴上说着溪望的不是，但仍依言奉行，快步跑到树下将麻雀捡起来塞进口袋，然后推着木头车一同进入县衙。

第二章　毛遂自荐

"虽说人不可貌相，但两位显然不能胜任捕快之职。"

踏入尉廨并经过蓁蓁的引见后，前来应聘的两人便被县尉当头泼了一盆冷水。在思量怎么才能混口饭吃的同时，申羽亦仔细打量眼前这位文质彬彬且略带脂粉气的年轻少爷。

虽说县尉是文官，但再怎么说也是主管治安、捕盗之事，不光需要终日与罪犯周旋，还得管理一堆拳脚比脑袋好使的捕快，就算不是五大三粗的壮汉，怎么也得拥有不怒自威的气势。不然别说抓捕罪犯，就连下属也管不住。可是，眼前这位县尉竟然是个眉清目秀的美男子，不仅双眼水灵、唇红齿白、肌肤白嫩，身材还十分娇小，跟牛高马大的蓁蓁站在一块，比人家矮了一大截。说他是文弱书生仍言过其实，因为他还带有一分女性的阴柔，声音亦绵软清丽。不知为何，申羽脑海里忽然冒出"女里女气"这个奇怪的词语，但总觉得用来形容他实在最适合不过。

"大人所言甚是！"申羽脑筋一转便耍起嘴皮子，"不过既然人不可貌相，大人又何故断言我俩不能胜任捕快之职呢？"

"这不是显而易见的吗？"县尉瞥了一眼坐在木头车上的溪望，"本官需要的是外出抓捕犯人的捕快，而不是连行动也得依靠他人帮助的累赘。"

"不不不，正如大人所言人不可貌相，单看外表我俩虽然平平无奇，但其实我们兄弟俩一文一武，各有过人之处，只要我俩联手就没有解决不了的难题。就像单独一根筷子没啥用处，但两根合在一起就既能夹菜也能扒饭那样。只要我俩一同出手，再狡猾的犯人也无处可逃。而且我们对薪酬待遇的要求不高，只要给一个人的酬劳，我俩就会一同为大人效力……"

申羽滔滔不绝说个不停，县尉只好扬手打断，并再次瞥了溪望一眼，不耐烦地说："不管你俩有何过人之处，行动不便终究无法胜任捕快之职。而你虽然能说会道，但纤薄单弱，面对穷凶极恶的歹徒，恐怕连自保的能力也没有，就更别说抓捕犯人了。你们还是另谋高就吧,本官尚有诸多事务需要处理,无暇在你们身上徒费唇舌。"说罢便转身走向堆满案卷的书桌,并示意蓁蓁将两人轰出尉廨。

"且慢!"溪望叫住他,镇定自若地说,"大人可曾想过李捕头为何领小人进来晋见大人?"

县尉当即停下脚步,迟疑片刻转头望向蓁蓁,然后又转过身来对溪望说:"你们没在县衙门外便被李捕头赶走,的确令本官感到好奇。"

"这两个假书生刚才耍赖,骗我领他们进来的。"蓁蓁心直口快地为自己辩解。

"此言差矣,刚才那可是公平比试,李捕头要是不服气,可以再比一场哦!"申羽嬉皮笑脸地揶揄道,结果被恼羞成怒的蓁蓁使劲地敲了一下头。

"你们刚才比试什么?"县尉直接切入问题的重点。

"抓鸟。"溪望从容答道,同时缓缓翻动手腕,指间凭空变出三颗石子并作解释,"李捕头虽然轻功了得,但她的动作再快,也快不过小人掷出的石子,所以小人侥幸取胜。"

县尉看着溪望指间的石子,大致知晓他俩跟蓁蓁的比试是怎么回事,不由得认真地正视眼前这两位落难书童,严肃地说:"虽说力敌不如智取,但作为捕快,总有需要与歹徒正面交锋的时候,单凭一点儿小聪明很可能会丢命。"

"那也不一定,哪怕面对像李捕头这样武功盖世的高手,小人也有自保的信心。大人若不相信,可以试一试小人的本领。"溪望镇定自若地一只手把玩着三颗石子,另一只手则徐徐将腰带解下,以挑衅的眼神瞄了蓁蓁一眼,"要不这就让李捕头用腰带将小人绑起来扔出门外看看,若一炷香之后小人仍在尉廨之内,大人再考虑是否聘用小人也不晚。"

蓁蓁本来就因为刚才输掉比试而心怀不忿,此刻又遭到溪望挑衅,自然恨得咬牙切齿,立刻望向县尉,见对方点头允许,当即飞身扑向坐在木头车上的溪望。

面对如此迅猛的进攻,尽管不能移动,但溪望仍处变不惊,疾速挥手向蓁蓁扔出一颗石子。虽说他刚才依靠这招赢得比试,但蓁蓁可是终日与歹徒交手的捕头,这种雕虫小技压根就不放在眼里,侧身扭头便轻易避开扑面而来的飞石，随即继续前扑。

可是，就在下一刻，蓁蓁忽然感到双脚受到束缚，接着失去平衡，竟以"五体投地"的姿势趴倒在溪望跟申羽跟前。

"李捕头这么大礼，我们可受不起啊！"申羽嬉皮笑脸地说。

蓁蓁虽然很想狠狠地教训这个家伙，无奈双脚不听使唤，挣扎了好一会儿才从地上坐起来，随即发现双脚竟然被一根由腰带两端各系上一颗石子做成的投石带缠住——原来溪望刚才把玩石子及解下腰带并非单纯为了挑衅，而是为绊倒她做的准备，扔石子亦只是为了分散她注意力的佯攻。

"一炷香的时间还没过，我还能慢慢收拾你！"蓁蓁解开缠绕双脚的腰带气愤地扔到一旁，随即站起来准备继续进攻。

溪望依旧一脸从容不迫的表情，淡定地对身旁的申羽说："阿慕，该你出手了。"

"唉，我可不想随便用这招啊……"申羽无奈地耸肩摊手，接着竟然在众人面前宽衣解带。

"你在干什么？"蓁蓁惊讶大叫，当即捂住双眼并转身背向这个无耻的流氓。

"这里可是尉廨，岂能如此胡闹！"县尉亦扭头掩面并厉声斥责，只是他声音阴柔，一点儿气势也没有。

"的确是有些胡闹，但非常时期用非常手段，这也是无奈之举。而且我们是来应聘的，适当地展示一下身体，也能让大人更了解我们的情况。"溪望不紧不慢地说。

"就是喽，我虽然是瘦了点儿，但好歹也是四肢健全，还有六块腹肌哦！尽管是瘦出来的腹肌，不过咋说也是肌肉嘛……"申羽接着同伴的话头滔滔不绝地说个没完，并且将身上的衣服脱到只剩一条裤衩，于众人面前摆出各种展示他瘦弱躯体的姿势。

"够了！赶紧把衣服穿上，不然本官就以伤风败俗的罪名将你俩收押！"县尉虽气愤怒斥，却仍扭头掩面，不愿直视申羽裸露的躯体。

"对呀，再不把衣服穿上，我就把你们送入牢房。"蓁蓁虽嘴上叫嚣，但依旧捂眼背向两人。

"既然两位大人的立场如此坚定，小人就恭敬不如从命了。"申羽跟溪望相视而笑，随即慢条斯理地将衣服穿回，还顺便将蓁蓁扔掉的"投石带"捡起来递给溪望。

待申羽穿好衣服，溪望便鼓掌提醒捂眼扭头的两人，狡黠笑道："好了，一炷香的时间已过，我仍未被李捕头扔出尉廨，该请县尉大人考虑聘用小人的事宜了。"

蓁蓁转过身来，从指缝中得见申羽已穿戴整齐，当即指着两人大骂："你们又耍赖，怎能用脱衣服这种卑鄙无耻的手段蒙混过关！"

县尉亦认同地点头："嗯，以腰带绊倒对手还说得过去，但为拖延时间而当众赤身露体，未免太下作了。"

"无耻也好，下作也罢，反正我们是留下来了。"溪望一副其奈我何的得意模样，"大人需要的是能完成任务的下属，至于怎样完成，过程中是否用尽各种卑鄙无耻的下流手段，大人应该不会过问，也没心思细究吧？"

申羽亦点头附和："对啊，我们当书童时，公子吩咐我们办事，向来都是只管结果不问过程。因为他知道，就算其间有啥闪失，黑锅也是由我们两兄弟来背，绝不会把他牵连在内。譬如上个月他让我俩买的春宫图被老爷发现了，挨棍子的也就只有我俩而已。反正我们兄弟办事，大人尽管放心。"

"让你们这两个只会鸡鸣狗盗的假书生当捕快，简直就是败坏县衙的名声，我绝对不会让你们留下来。"蓁蓁气冲冲地说，随即转头望向县尉，期望对方认同。

然而，经过这一番打闹，县尉似乎已对两人有了另一番看法，正细想两人所言。他沉默片刻后，一口气地向两人问道："我姐姐的夫君的丈人的兄长的长孙的父亲的夫人是我的什么人？"

蓁蓁连问题还没听明白，两人已不假思索地一同作答："堂嫂。"

县尉随即又问："在哪里能找到跟自己一模一样的人？"

"镜子里。"两人又立刻作答。

"何犬不吠？""黑犬不吠。"

"何物无影？""火焰无影。"

"何箭必中？"

对于这个问题，方才一直对答如流的溪望苦恼地皱起眉头，他似乎已想到答案，但不知道该如何表达。幸好申羽依旧不假思索地作答："先射箭，后画靶，百发百中。"

"何谓宇宙？"

这回轮到申羽皱眉了，不过溪望倒是立刻作答，"《尸子》曰：'四方上下曰宇，古往今来曰宙。'也就是说，'宇'为空间，'宙'为时间，'宇宙'即时间和空间的统一。"

"如何服众？"

溪望继续脱口成章："不患贫而患不均，一视同仁即可服众。"

县尉这一连串问题看似杂乱无章，其实涵盖了逻辑、字谜、辩才、学识、管理等不同的领域，见两人无不对答如流，不禁对他俩另眼相看。而且通过这些问题及刚才的一番打闹，他已知晓溪望学识渊博、颖悟绝伦，尽管双腿残疾，但仍拥有足以自保的武力；申羽虽论文论武均稍逊一筹，但胜在伶牙俐齿，而且恬不知耻，可谓将"人不要脸天下无敌"的"本领"发挥到极致。

虽说让这两个家伙去抓捕犯人，或许有些勉强，但以他俩的才智，留在尉廨多少能帮上忙，而且当前正缺人手，多两双手分担工作并非坏事。不过，捕快除身体素质外，还需要拥有一定的推理能力，因此县尉便出最后一道难题考验两人："一名白衣书生跟上山砍柴的樵夫同行，半路上两人遇上凶残的年兽。樵夫见书生弱不禁风，只好独自挥舞砍柴刀跟年兽拼命，当即被年兽一爪抓死，血溅三尺。然而，书生随后竟能安然无恙地离开，为什么呢？"

申羽皱眉思索片刻，随即跟溪望相视而笑，显然均已想到答案，但他并不着急道出，而是望向蓁蓁并问道："李捕头有何高见？"

"这还不简单吗？"蓁蓁胸有成竹地说，"书生捡起砍柴刀把年兽大卸八块不就行了。"

"不是谁都跟李捕头一样武功盖世哦！"溪望笑道。

县尉点头认同："嗯，书生若有斩杀年兽的能耐，樵夫就不会白白丢命了。"

"难道书生也是妖怪，所以年兽放他走？"蓁蓁困惑地皱起眉头。

"李捕头平日不会也是这样查案的吧？"申羽嬉皮笑脸地调侃，"要是当真这样，衙门的冤案可就堆积如山了。"

"要你管！"蓁蓁瞪了他一眼并高声训斥，"就知道信口雌黄，难道你知道为什么吗?"

"当然,是颜色!"申羽往自己的衣服指了指,随即望向身旁的溪望。

"嗯!"溪望点头认同并加以解释,"书生知晓年兽讨厌红色,便用樵夫的血将自己的一身白衣染红,所以年兽就任由他离开。"说罢便得意扬扬地看着县尉,等对方揭晓答案。

县尉沉默片刻后才缓缓点头,随即严肃地质问:"你们到底是什么人?"

"我俩不过是被赶出府门的落难书童,大人为何有此一问呢?"申羽不解地问道。

"普通书童不可能有你们这样的学识与才智,你们是不是刺史派来的细作?"县尉以严厉的目光盯住两人,娇小的躯体散发有别于之前的刚强气势。

"大人多疑了,我俩只是沦落街头的可怜人,若有幸跟刺史攀上关系,也不至于落得如斯田地。"溪望无奈地耸肩摊手,"而且我们只求一顿饱饭便任由大人差遣,哪怕随便找两个人撑场面,大人也不会吃亏,又何须在意小人的身份及背景呢?反正我俩都是良民,绝不会给大人添麻烦就是了。"

县尉低头以纤手托腮,思量片刻后回应道:"行,厨房应该还有些许残羹剩饭,本官这就赏你们一顿饱饭作为今天的工钱。若你俩表现尚可,本官再考虑聘用事宜。"

"唉,一天工钱就只有一顿饱饭?"申羽垂着八字眉抱怨,"怎么也得两顿饭才行啊!"

"不要拉倒,我觉得你们连一顿饭也不值。"蓁蓁翻着白眼说。

"感谢大人一饭之恩,小人必定尽心尽力为大人效犬马之劳。"溪望恭敬地向县尉拱手行礼。

申羽亦一同行礼道谢,随即问道:"虽然先暂定一日,但作为奴仆,小人尚未知晓大人尊姓大名呢!"

"大胆奴才,县尉大人的大名,你们也配知道吗?"蓁蓁厉声斥责。

"不知晓大人尊姓大名,小人又如何替大人办事?"溪望一脸无奈地帮腔。

县尉点头认同,随即自报姓名:"本官姓宋名知然。"

第三章　出师不利

"真不知道县尉大人在打什么主意，竟然让你这个只会胡说八道的家伙跟我一起办案。"蓁蓁在前往登第村的路上忍不住抱怨。

"男女搭配干活不累嘛！"吃得撑肠拄腹的申羽打着饱嗝说，"而且要是途中遇到危险，小人还能保护大人你呢！"

"我用得着你这个手无缚鸡之力的假书生保护？"蓁蓁狠狠地敲他的脑袋教训道，"还有，别叫我大人，县尉才是大人，我只是区区捕头，受不起这个称呼。大人让你当我手下，你该叫我头儿。"

"哎哟，是的，头儿！"申羽揉着脑袋委屈地说，"话可不是这么说，哪怕头儿武功盖世，也难保不会遇上双拳不敌四手的情况，这时候就轮到小人大显身手了。"

"难道大人是想让你当垫背的替死鬼？"蓁蓁恍然大悟。

"或许是吧，反正我就只吃了衙门的一顿剩饭，别说当替死鬼，就算给头儿当凳子也物超所值。"申羽说着竟跑到蓁蓁前方，当真趴在地上当凳子，还给人家抛了个媚眼，"小人虽然瘦了点儿，但坐在小人身上还蛮舒适的。头儿要是走路累了，可以坐在小人身上休息一下。"

"滚！"蓁蓁一脚把这个恬不知耻的家伙踹翻，气愤地骂道，"把剩饭浪费在你身上，还不如拿去喂狗！狗至少能看家护院，而且不会让人来气。"不知为何，她光看着这个无赖就很生气。

尽管对方没使上多大的劲儿，但申羽仍在地上滚了几圈才停下来，不过他随即就爬起来，并跑回蓁蓁身旁谄媚笑道："头儿所言甚是，不过能气到头儿也是小人的福气。"

"除了脸皮奇厚无比，你就当真没有其他能耐？"蓁蓁气得又想揍他，可随即就有种无力感，心想不该把力气浪费在这个无赖身上。

"小人的本领挺多的，定能为头儿分忧，要不头儿把案子说说，说不定小人能帮忙理出一点儿头绪。"申羽搓着手谄媚笑道,"登第村虽然不远,但也不是马上就能到,正好能让头儿将案情告知小人。"虽说他只是一介书童,但昨晚那场漫长的梦让他知道,必须先了解案情才能将犯人逮捕归案。

"你就一张只会胡说八道的嘴,哪能帮上什么忙……"蓁蓁虽然满脸不屑,但在到达登第村之前,她的嘴巴也是闲着,于是便依对方所言,简略地道出夜哭新娘案的案情——

登第村是个只有百来户人的村落,不过村中有一户姓齐的书香世家,先后出了两名秀才,后来还开设私塾,因此有不少学子慕名而来,为这个小地方带来了些许人气。

私塾旁边有一棵梧桐老树,是齐家老秀才亲手栽种的吉祥树,不过最近这棵吉祥树竟然接连出了四条人命。首先出事的是齐家千金,她竟然在三个月前的大婚之夜于梧桐树上自缢;一个月后,寄住在私塾里的贾姓书生,也就是齐家千金的夫君,亦在梧桐树上自缢身亡;又过了一个月,齐家的老仆人也莫名其妙地在这棵树上上吊自尽。

登第村只是个巴掌大的小地方,全村也就四五百人,在短短两个月内竟然出了三条人命,而且都是吊死在这棵所谓的吉祥树上,难免会传出流言蜚语。甚至有人绘声绘色地说一再看见身穿嫁衣的齐家千金在梧桐树下夜哭并且上吊,"夜哭新娘"之名便由此而来。村民们担心是齐家千金怨气太重,要找倒霉蛋当替身,纷纷要求村正处理此事,村正只好向县衙求助。

衙门需要处理的案件堆积如山,本来是没空理会这种捕风捉影的琐事,但此事不仅在登第村闹得沸沸扬扬,甚至连邻近村庄亦闹得人心惶惶。故半个月前我便派老吴前来调查。

老吴虽说是个好吃懒做的家伙,但当捕快已有些年头,处理这种小事应该难不倒他,过去转一圈,随便找个说法堵住村民们的大嘴巴就行了。

可是,老吴到了登第村就无缘无故疯了,竟然大半夜用自己的腰带在那棵一再出人命的梧桐树上上吊。幸好他长得胖,腰带承受不住他的重量,没一会儿就断了,要不然这棵不祥树还得再添一条人命。这之后,他就变得疯疯癫癫,啥事也干不了,县衙只好将他辞退。

他这一走倒是一了百了,可经过这番闹腾,登第村的流言蜚语就传得更凶了,什么女鬼作祟、梧桐树成精、阎罗王招女婿之类的谣言满天飞。为了避免引起周遭百姓的恐慌,我只好再派人过去调查,这次我还特意让手下中最精明能干的老张出马,可万万没想到,老张竟然一去不返……"

"老张因为胆小而逃跑了?"申羽嬉皮笑脸地问道。

"别以为我的手下会跟你一样恬不知耻!"蓁蓁恶狠狠地瞪着他,并给了他一记响亮的爆头,"三天前的深夜,老张也像老吴那样,无缘无故在那棵不祥树上上吊,但他不像老吴那么幸运,还没有胖到能让腰带断裂的程度,所以他就这样不明不白地死了。"

"把我的脑袋敲穿了,你或许就会落得跟老吴、老张一样的下场。"申羽揉着脑袋抱怨,差点儿又被对方再敲一下。

他边躲避蓁蓁的教训,边慌忙解释:"我不是诅咒你,而是陈述事实。"见对方垂下手,没有继续追打自己的意思,他才加以说明,"之前那两名捕快先后出事,或许不是因为他们能力不足,更不可能是无缘无故,而是因为他俩都是单独行动。所以尽管方才你一再反对,县尉大人也要求你必须把我带上。"

蓁蓁沉默片刻,细想这好像也不无道理,不管眼前这个家伙如何弱不禁风,咋说还是长着一张嘴,遇到危险时起码能大声呼救。又或者说,若自己也像老吴、老张那样莫名其妙地上吊,有这家伙在身旁或许就能保住性命,这大概就是宋县尉非要让这家伙跟自己同行的原因。

心念至此,蓁蓁不禁对申羽敌意略减,但仍以鄙夷的语气说:"好好跟着我,别给我添乱。要是我心情好,今晚或许会赏你一碗猪食,要不然今夜你就继续饿着肚子睡大街吧!"

"头儿,好歹也赏我一顿残羹剩饭吧!"申羽挤出一张谄媚的笑脸,"小人只求三餐温饱,便会为头儿当牛做马、接刀挡箭。头儿若有兴致,小人甚至甘愿献出初夜……"

"滚!"蓁蓁再次把这个下流的无赖蹋翻,不过这次比刚才使劲多了。

两人穿过一片茂密的树林后,于午后艳阳高照时来到登第村村口,喧闹的锣鼓声伴随着唢呐独特的高亢声音随之传入耳际,越听越像送殡时的演奏。果不其然,他俩随即看见一支由五十多名男性组成的队伍正浩浩荡荡地从村里走出来。

蓁蓁当即烦躁得皱起眉头："又死人了？"

"或许不是。"申羽扬示意她留意队伍当中的主角——身穿红官衣、三尖领，并且画了红色大花脸的长者，在众人的簇拥下跳着奇怪的舞步前行。

尽管不知道大队人马在干什么，但显然不是送殡，因为队伍中没有看见棺材，倒是有两名健壮青年推着木头车紧随红衣长者身后，车上放有一截绑着黑色布条的粗壮树枝，从平整的切口及颜色判断，应该是刚被锯下来的。

"他们到底在干吗？"蓁蓁问道。

"现在就是小人派上用场的时候了。"申羽说罢便快步跑向队伍跟众人搭话了解情况，尽管过程并不顺利，但他还是凭着三寸不烂之舌知晓这支队伍的大概情况。

原来这些都是登第村的村民，他们正举行一种名为"送肉粽"的仪式，简单来说就是将用来上吊的树枝锯下来，在扮演钟馗的城隍庙住持，即红衣长者的押送下送到河边，然后作法焚烧并把灰烬倒入河中，以将冤魂送到海龙王那里压煞。

申羽跑回来将打听到的情况如实告诉蓁蓁，并告知举行送肉粽期间，沿途所有活人都必须回避，若不巧与队伍相遇，就得跟随队伍将"肉粽"，即木头车上那截附有枉死冤魂的树枝送到河边，否则会倒大霉，甚至遭到冤魂缠身。

"怎么会遇到这么倒霉的事……"蓁蓁气呼呼地抱怨，可是矫健的身躯却不住地颤抖，并恼火地责怪申羽，"都怪你脚头不好，第一次带你出来办案就遇上吊死鬼拦路。"

"头儿，这可不能怪小人啊！"申羽无奈地苦笑，"我们进村，他们出村，怎么躲也躲不过吧！而且只要跟大伙一起将肉粽送到河边，就能将煞气霉运统统送走，还能顺便向村民打听一下夜哭新娘的情况……"他说着忽然想到些什么。

蓁蓁亦恍然大悟："难道他们送的肉粽，就是老张上吊的那截树枝？"说完她随即细看那条绑在树枝上的黑色布条，越看越像捕快服的腰带。

"停下！"蓁蓁快步冲到队伍前端将众人拦下并高声大喝，"木头车上那截树枝跟夜哭新娘案有着重大关联，你们绝不能随便烧掉，赶紧回头把树枝送回原处。"

"你算哪根葱啊，我们这可是在送肉粽，怎么可以回头？"队伍中不知何人高声斥责，随即得到众人附和，"对啊，回头不就把煞气带回村里？""别说回头，就连停下来也不行，耽误了时辰可就坏事了。"

然而，面对五十多名汉子的一同斥责，蓁蓁却毫不退缩，昂首挺胸地高声回应："县尉大人派我来调查夜哭新娘案，谁敢将这截树枝烧毁就等同于和官府对抗，那就别怪我手下无情了。"说罢提起挂在腰间的横刀，凶狠地盯住众人。

"登第村一再出人命官府仍无动于衷，现在大伙儿想自己处理，反倒派个丫头过来东拦西阻。"扮演钟馗的红衣长者上前跟她对峙并愤然训斥，"这棵不祥的上吊树，在短短三个月内就接连夺走了四条人命，县衙有为我们解决问题吗？"

众人纷纷附和，红衣长者随即指着蓁蓁的鼻子继续训斥："你什么都不懂就别妨碍我们，赶紧滚到一边去，耽误了时辰可不是你这个乳臭未干的小丫头担当得起的。"

"我才不是小丫头，而是县衙派来的捕头！"蓁蓁恼火地高声回应。

"真是天大的笑话，无知妇孺竟然也能当捕头，难道县衙连一个男人也没有了？"红衣长者气焰嚣张地叫嚣，"虽然你们之前派来的捕快都是酒囊饭袋，要么胆小如鼠，落荒而逃；要么啥用也没有，连自己的命也弄丢了。不过他俩好歹也是长着胡子的男人，可你嘴上连一根毛也没有，哪有资格在我们面前说三道四？"

"谁说女人不能当捕头的，之前过来调查的捕快也不过是我的手下而已。"蓁蓁愤慨地反驳。

"竟然让一个愚昧无知的小丫头当捕头，怪不得之前来的捕快都一无是处。"红衣长者轻蔑地嘲笑道，并鼓动众人驱赶蓁蓁，"赶紧把这个扫把星赶走，别耽误时辰。"

见队伍前端的十数名健壮青年一同上前将自己包围，蓁蓁当即高声呵斥："你们想造反不成？"同时手握刀柄，准备随时拔刀动武。

"有话好说，有话好说。"申羽慌忙穿过人群来到蓁蓁身旁，边按住对方紧握刀柄的右手，边嬉皮笑脸地对众人说，"捕头虽然算不上官职，但怎么说也是县尉大人的下属嘛，大家总得给县尉大人一分薄面吧。"

正所谓打狗看主人，他把县尉搬出来当挡箭牌，原本摩拳擦掌准备教训蓁蓁的一众村民当即缩头缩脑，不敢靠近两人，但也没有退让的意思，全都呆立当场。因此他只好嘴上多加一把劲:"现在都已经是天授元年了,哪有男人能做的事女人不能做的,当今圣上不也是女儿身吗?既然女人都能做皇帝了,做捕头又有何不可?"

一众村民面面相觑,先不说这话是否在理,光是他把女皇陛下搬出来,大家就不敢随便反驳了。毕竟在这种情况下胡乱开口,搞不好会惹上天大的麻烦。

然而,正当他为自己的能言善辩扬扬得意时,红衣长者竟大声喝道:"正所谓'山高皇帝远',女人能当皇帝是神都那边的事,在我们这里,女人除了生孩子啥用也没有。"

"对啊,女人都是头发长、见识短,除了生娃啥都不会。""女人连杀猪宰羊也不会,哪能当捕头?""别说当捕头,让女人当捕快抓捕犯人,恐怕早晚也得给犯人生娃……"

随着红衣长者带头,一众村民连声附和,纷纷抛出贬低女性的言论,而且越说越低俗,越说越恶心。蓁蓁性格刚烈,哪受得了此等羞辱,不由得拔刀怒喝:"全都给我闭嘴!"

"她冲煞了,被齐家千金的冤魂附身了,快把她绑起来,不然她会胡乱杀人!"红衣长者放声大叫,整支队伍五十多人不分老幼纷纷扑向蓁蓁……

第四章　前车之鉴

"大人不仅施与一饭之恩,还不辞劳苦地为小人拉车。感激之情小人无以言表,唯有铭记于心,今后必定涌泉相报。"坐在木头车上的溪望边用小树枝剔牙,边谦逊地向正吃力地将木头车拉出县衙大门的县尉宋知然道谢。

知然不晓得背后那个家伙正一副优哉游哉的模样,以为对方衷心地向自己道谢,便回应道:"县衙现在人手短缺,不可能特意给你安排车夫,如果你待会儿的表现不尽如人意,本官就直接把你扔在大街上,任由你自生自灭。"

溪望见县衙门外没人,便换上轻松的语气:"大人,我知道你需要维持身为上司的尊严,但只有我俩的时候,其实也没必要这么拘谨。"

知然当即停下脚步,回头盯住他质问道:"你这话是什么意思?"

"县衙并非无人可用,至少方才我就看见好几个无所事事的捕快围在一起掷骰子聚赌,真正缺乏人手的只是大人吧!"溪望露出狡黠的笑容,"就我所见,县衙之内大人能使唤的,也就只有李捕头和我跟阿慕而已。别说其他捕快,就连下人对大人的盼咐亦敷衍了事,我跟阿慕刚才吃的那顿饭就是最好的证明了,厨子甚至都懒得热一下,直接把剩饭扔到桌子上,然后就对我们不理不睬,县衙里的其他人对我们也是这个态度。由此可见,大人在县衙的势力还没有建立起来。"

知然虽气得发抖,却不形于色,只是冷冰冰地说:"你很聪明,那你肯定知道,现在就把你扔在这里的权力,我还是有的吧!"

"但如此一来,你能使唤的下属就只剩下李捕头了。"溪望得意扬扬地笑道,"之前调查夜哭新娘的两名捕快先后出事,后者更是连命也丢了,而他俩均是单独行动,这或许就是他们遇险的原因。所以你才会急于聘用捕快,因为若你跟李捕头结伴调查则过于费时,分头行动又风险太大。"

"我只是简略地跟你说了一下案情,你就察觉到问题的关键所在,还看透了我的心思,算你有点儿本事。不过,恃才放旷的人通常不会有好下场。"知然气得咬牙切齿，甚至有将木头车掀翻的冲动。

"大人先别动气，小人可没有冒犯的意思。"溪望一下子又变回谦卑的态度，"小人只是提醒大人，不该把精力浪费在应付小人身上而已。毕竟大人随时能把小人扔进粪坑，甚至再踩上一脚，小人亦奈何不了大人。"

"你知道就好！"知然凶巴巴地瞪了他一眼，随即继续吃力地拉着木头车往前走，汗水不停地从额头上冒出。

溪望狡黠地笑了笑，抬头看了眼午后的骄阳，然后又回头瞥了眼刚从县衙里走出来、正倚靠在大门旁看着他俩窃笑的几名捕快，不禁在心中叹息：唉，前路崎岖难行啊！不过也没有更好的选择。

知然挥汗如雨地把坐在木头车上的溪望拉到距离县衙甚远的破旧茅屋门前，曾到登第村调查的捕快老吴就住在此处。知然独自进屋以慰问为由拜访，给了老吴的娘子吴嫂些许银两聊表心意，从而得知老吴虽然已能跟别人正常交流，但仍有点儿神经分兮，而且夜里总是做噩梦，梦见可怕的女鬼拉他到阴曹地府，常常把他吓得在惊叫中醒来。

溪望因行动不便，进不了屋，幸好吴嫂也不想丈夫终日待在房里，便让他到门外透透气，顺便跟两人闲聊几句。

"老兄，身体还好吧？"溪望友善地跟老吴打招呼，并仔细地观察对方。三十岁出头的老吴，身高不足一米六，作为捕快着实矮了点儿，不过他竟拥有不少于八十公斤的体重。虽说现在是大唐盛世，但能吃得这么胖也是一种能耐，再加上他一脸慵懒、毫无生气的神情，显然是个好吃懒做的老油条。

经知然介绍后，老吴得知溪望有意应聘捕快，并准备接替他调查夜哭新娘案，当即露出惊恐的表情，颤抖地说："这桩案子查不得，一查就会被女鬼缠上，随时会丢命。"

"为何这么讲呢？"溪望问道。

"老张、老张不就是最好的证明吗？"尽管烈日当空，但老吴仍犹如置身于凛冽的寒风之中，抱着自己肥胖的躯体不住地颤抖，"我虽然不知道老张是怎么回事，但我调查这桩案子时，差点儿就要到阎王殿报到了。"

"把当时的详细情况告诉我们吧！"知然刻意用平和的语气道出此行的目的，以避免老吴受到刺激。

虽说老吴已被辞退,但亦不好拒绝前上司提出的要求,而且人家方才还慷慨解囊。因此,尽管心中的恐惧令他不住地颤抖,但他仍竭力回想那段可怕的经历——

我当捕快已经好几年了,做这行当不仅终日要追捕穷凶极恶的歹徒,还得调查各种命案、惨案,难免会遇上一些奇怪的事,甚至冤魂作祟。不过我比较幸运,一直都没有遇到比较可怕的案件。至少,在那天之前我从没遇上。

半个月前,县令为了给刚来上任的宋县尉一个下马威,不仅只安排我跟老张、李捕头供他使唤,还要求他立刻侦破所有积压的案子,其中就有登第村的夜哭新娘案。

为了提高效率,我跟老张、李捕头分头行动,各自外出抓捕犯人。那天我忙了一整天,好不容易才把犯人逮住并押回县衙,路上碰巧遇到背着一大捆禾秆草的邻居,便问他干吗去。

邻居刚打死了一条偷鸡的野狗,便找来禾秆草准备做狗肉煲,还问我要不要一起吃。正所谓"狗肉滚三滚,神仙站不稳",光听我就开始流口水了,哪能不答应啊?眼见已日落西山,我便想赶紧把犯人押回县衙,然后就去邻居家吃狗肉。

可是,回到县衙后,县尉却要我立刻到登第村调查夜哭新娘的案子,说那村子的刁民一再为这案子闹腾。县尉新官上任或许不清楚,这种案子其实用不着调查,说白了,只不过是接连有三个村民在同一棵树上上吊,然后那些愚夫蠢妇就捕风捉影,整天说看见有冤魂在树下徘徊。虽说流言蜚语满天飞,但也不过是以讹传讹罢了,根本没必要为此浪费时间。而且太阳都下山了,就算非得要去调查也得等到明天吧!

然而,县尉却说需要处理的案子堆积如山,明天还有一大堆事情要我去办,今晚必须先到登第村看个究竟。他还说村民们一再声称在深夜目睹红衣女鬼在梧桐树下现身,晚上过去正好可以确认真假,让我赶紧到厨房吃饭,然后就往登第村跑一趟。

我和老张还有李捕头之所以会被安排给县尉使唤,是因为我们仨跟县令合不来。县衙里的人都是势利眼,自然不会跟我们有多亲近,就连厨子也一样,给我们的饭菜都是难以下咽的猪食,哪能跟芳香四溢的狗肉煲相提并论?

我当然是先到邻居家大饱口福再说，反正吃完再去登第村也不用绕太远的路，我大可以慢慢享受美味的狗肉煲，然后再折腾那桩该死的案子也不晚。于是，我便心急火燎地跑回家，带上一瓶米酒便跟娘子和儿子一起到邻居家做客。

我家自酿的米酒用的可是独特的配方，风味别具一格，邻居可喜欢喝了，而且跟狗肉煲简直就是天作之合。我们边吃狗肉边开怀畅饮，不知不觉就把狗肉吃光，酒瓶也见底了。这顿饭吃得我回味无穷，绝对不是县衙厨房那些猪食可以比拟的。

享用完人间美味之后，也是时候干正事了。虽说我已有三分醉意，不过登第村并不远，而且我是捕快，大概没有哪个不长眼的毛贼敢打我的主意。所以向邻居道别，再跟娘子交代几句后，我便出发了。

我到达登第村时已是深夜，村民们早就关门闭户，进村后除了碰见更夫，就没看见半个人影。更夫还调侃我到底是官府的捕快，还是地府的捕快，怎么大半夜还跑过来办案。

或许是喝了酒的关系，我特别想跟别人唠嗑。可是整个村子除了眼前这个更夫，大概就没有其他人还醒着，于是我就拉住他闲聊，向他抱怨大半夜还被派来调查那个该死的"夜哭新娘"。

"你不会真的是地府派来的吧？"更夫虽然是开玩笑的语气，可身体却微微颤抖，"齐家千金的冤魂夜夜都会在她上吊的那棵梧桐树下徘徊，不仅把跟她成婚才一夜的夫君带走了，还连齐家的老仆人也一起带到了地府去。自她出事之后，我打更就从来不敢往齐家书屋那边走。"

更夫说，齐家千金名叫齐文君，芳龄十八、貌美如花，不仅是登第村的第一美女，而且冰雪聪明，琴棋书画无一不精，尤其擅长对联。她出的对联经常难倒书屋里的书生，往往要她出手才能对出下联。后来，她爹不知何故把她许配给书屋里的一个穷书生，可她竟然在大婚之夜在书屋外的梧桐树上上吊。

据说在她大婚当晚发生了不少事，好像是她被寄住在书屋的另一个书生玷污了。这事在村里闹得沸沸扬扬，那个占了她便宜的书生更被大家抓了去浸猪笼。不过，这也化解不了她的冤屈。自她上吊往生后，村里就有传言说，在齐家书屋外的梧桐树附近，夜里会听见凄厉的女子哭声，若走近更会看见哭声是由吊在树上、身穿红色嫁衣的齐家千金发出的……

"你也见过齐文君的冤魂吗？"我向更夫问道。

"你别看我是打更的，其实我的胆子并不大。"更夫颤抖地说，"别说像齐家千金这样枉死的，村里要是哪家有人去世了，就算是喜丧，我打更时也会绕路走。"

齐文君大婚当晚所发生的事情，似乎就是一切的起因。我本想多了解一下，可更夫一年到头都是晚上打更白天睡觉，很多事情都是从家人口中听来的，所以不太清楚详细情况。他只知道文君死后，其夫君及齐家的老仆人先后亦在同一棵树上上吊，大家都说是文君的冤魂作祟，他当然就更不敢到齐家书屋附近打更了。

也就是说，更夫没有亲眼看见传闻中的"夜哭新娘"。

这桩案子没有苦主，最主要的问题就是村民一再声称梧桐树下有冤魂徘徊，所以根本没必要去理会文君大婚当晚的破事。只要证实梧桐树下没有所谓的"冤魂"，我就能回家睡觉了。因此，跟更夫唠嗑完后，我便立刻前往齐家书屋。

这书屋还挺好找的，毕竟在登第村这种小地方，也没几座大宅院，我按照更夫指示的方向，没花多少时间就找到了。来到书屋门前时，我看见里面好像还有灯光，应该是那些为考取功名而秉烛夜读的书生吧，正好可以向他们了解齐文君的事情。

或许因为吃狗肉上火了，我总觉得心底有一股烦躁的劲儿。使劲敲了几回门，仍未听见门后有任何动静，我便开始不耐烦了。反正只要确认梧桐树下没有冤魂徘徊就能完事，所以我没再打扰这群书呆子，沿着院子的围墙走向书屋的左侧。

刚绕到书屋左侧，我就闻到一股独特的花香。方才更夫跟我说过，书屋后院种了很多来自异域的花卉，花香四溢，很容易就能找到。或许是我酒喝多了，鼻子不怎么灵敏，所以这时候才闻到。可不知道是不是因为喝多了酒，总觉得这股花香让我浑身不自在，甚至有种恶心的感觉，脑袋也有点儿迷糊。我想还是赶紧看看那棵麻烦的梧桐树是啥情况然后就回家睡觉，于是便加快了脚步。

果真如我所料，来到书屋左侧时，我压根没看见传说中的"夜哭新娘"，只看见一棵孤零零的梧桐树。不过由于月色暗淡，距离远了看不清楚树下的情况，我便想走到树下确认并不存在所谓的"冤魂"，以便回去能跟县尉交差。

我走到梧桐树下，围着粗壮的树干转了一圈，没发现有啥不对劲。可是，正当我准备回家时，却忽然听见一阵凄厉的女子哭声。这哭声非常细微，仿佛来自十分遥远的地方，可是又非常清晰，就像对方在我耳边哭泣一样。

这大半夜的，忽然听见奇怪的哭声，而且是在这种有着闹鬼传闻的地方，任谁都会吓一跳，甚至立刻拔腿就跑。可是，我不知道自己是怎么了，只觉得脑袋昏昏沉沉的，一点儿害怕的感觉也没有，也不懂得逃跑。

"来啊，来给我做伴，跟我对对联啊……"

幽怨的女子声音夹杂在哭声中，我不由自主地转过身来，随即看见身穿红色嫁衣、盛装打扮的新娘，不知何时以红绫勒颈吊挂在我身后。

第五章　女鬼夜袭

"唉，小人今晚恐怕吃不上头儿赏赐的猪食了。"申羽惆怅地长叹一息，咕咕声随即从腹中传出。他正置身于漆黑的登第村祠堂内，而且是被麻绳绑在柱子上。

"就只知道吃！"被绑在另一根柱子上的蓁蓁气愤骂道，"要不是你拦住我，我早就把那群对抗官府的反贼杀光了，哪会像现在这样被他们五花大绑，跟你这个废物还有这所谓的'肉粽'一起被关在祠堂里过夜？"说罢便瞥了眼放在她与申羽之间的木头车，不自觉地哆嗦了一下。因为从天窗映入的一缕月光，正好落在车上那截系有老张腰带的树枝上，令她隐隐感到不安。

"头儿不会是怕鬼吧？"申羽察觉到她的异样，嬉皮笑脸地说，"放心啦，咋说老张生前也是你的部下，肯定不敢冒出来吓唬你的，不过齐家千金跟另外两个吊死鬼就不好说了。"

"闭嘴！再胡说八道，我就把你的舌头割下来。"蓁蓁害怕得放声大叫，漆黑的祠堂随即一片死寂。她只看见沐浴于月光下、系有老张的腰带、仿佛附有四个枉死冤魂的梧桐树树枝，但在月光映照范围之外的申羽仿佛凭空消失了……又或者说，仿佛在刹那间被冤魂夺去了性命。

"你、你、你怎么忽然就不说话了？"她害怕得声音颤抖，并且结巴起来。

"头儿，是你叫我闭嘴的呀！"申羽于漆黑中无奈地回应。

听见对方的声音，蓁蓁心中的惊恐稍有舒缓，随即怒火中烧，气愤责骂："那帮反贼造反时，你要是这么听话，我现在就能抽你两个大嘴巴了。"

"小人若不阻拦，头儿是想随便杀几个村民以儆效尤，还是将整支队伍几十号人统统杀光？"申羽一本正经地反问，随即详加说明，"这宗夜哭新娘案前后共闹出四条人命，恐怕已令县尉大人寝食难安了吧。头儿刚到登第村，还没开始调查就再添新鬼，甚至干脆屠村，县尉大人是该赞赏头儿的神勇，还是将头儿斩首示众以平民愤呢？"

尽管仍气在心头，但细想下午时的情况，蓁蓁亦觉得这家伙所言不无道理。当时申羽牢牢地抱住她紧握横刀的右手，任由她怎么拳脚相加也不肯放手。要不然区区五十多名村夫，她压根就不放在眼里，用不着一炷香的时间，她至少能斩杀三人，足以震慑这群不识好歹的莽夫。可是，她若滥杀手无寸铁的百姓，必定会掀起轩然大波。届时，宋县尉就算想保她性命，恐怕亦力有不逮，因为县令肯定会明哲保身，拿她的人头平息众怒。

心念及此，她不由得感到后怕，并为申羽的冒死阻拦萌生一点儿感激之情。可是，她对这家伙的怒意又丝毫没有消退，毕竟申羽的阻拦不仅令她挨了一顿拳脚，其后那个扮演钟馗的红衣长者更以时辰已被耽误，需另择良辰举行送肉粽仪式为由，将他俩及"肉粽"一同关进祠堂。而且在跟一众村民离开之前，这个阴险的假钟馗还神神道道地说："你俩阻拦送肉粽仪式，今夜必遭冤魂索命，就算其他枉死的冤魂不找你们麻烦，齐家千金也会找你们做伴。今晚你们有一整夜时间跟齐家千金秉烛夜谈，好好聆听她鸣冤叫屈吧！"

一想到身穿红色嫁衣自缢于梧桐树上，面色青紫、双眼翻白、舌头外吐的新娘于晚风吹拂下缓缓转动的情境，她已哆嗦不止，更不用说对方的冤魂或许就附身在身旁的树枝上，说不定随时会冒出来跟她"秉烛夜谈"，诉说心中的憋屈。

为了不让自己去想那些可怕且虚无缥缈的鬼魅，她只好放大心中的愤怒，蛮横地继续反驳："我只是想让这群莽夫受点儿皮肉之苦，只要不出人命就行了，就算把他们打伤打残也没关系，大不了让县尉大人把反贼都关进牢房。"

"头儿此言差矣！"申羽一本正经地回应，"作为奴仆也好，下属也罢，都有两条必须遵守的原则：第一条是不能给上级添乱；第二条是必须完成上级的吩咐。也就是说，就算不能完成上级的吩咐，也绝对不能给上级添乱。可是头儿若大开杀戒，哪怕最终没有闹出人命，也属于既给县尉大人添乱，又完成不了大人的吩咐。"

"我揍这群莽夫或许会给大人带来些许麻烦，可跟调查夜哭新娘有何关系？为啥我揍他们就不能完成大人的吩咐了？"蓁蓁不解问道。

"下午的送肉粽队伍有五十多人，若再算上他们的家人，至少也有两百人吧？"申羽反问道，随即作出解释，"整个登第村也就四五百人，你这一开打就把半个村子得罪了,这案子还怎么调查呢?"

秦蓁仔细一想,好像的确如此,若跟半个村子的人结怨,调查确实难以展开。毕竟他们只知道夜哭新娘的大概经过,具体到底是怎么回事,甚至是否冤魂作祟,他们仍一无所知,没有村民们的配合就难以查明真相。

不过,尽管道理她都懂,但挨揍还被五花大绑,实在令人气愤。而且漆黑的环境以及连出四条人命的树枝,更令她感到十分害怕,只好继续蛮横地斥责申羽,以让自己忘却心中的不安。幸好,申羽对此毫不在意,任由她如何责骂仍嬉皮笑脸地回应,还不时开个小玩笑让她哭笑不得。

他俩就这样吵吵闹闹地度过了上半夜,除了申羽饿得肚子一直咕咕叫之外,还算相安无事。可是,随着更夫敲响宣告踏入三更的一慢两快锣声,情况便悄然起了变化,因为秦蓁好像瞥见祠堂外有一道黑影闪过。

"你看见了吗?"秦蓁警惕地盯住敞开的窗户。

申羽不明就里地回答:"看见什么?这里黑灯瞎火的,我连你都看不见。"

因为身体被绑在柱子上动弹不得,秦蓁只好使劲扭头以眼神指示方向,却忘记了申羽根本看不到她,气得她边骂对方笨边说窗外好像有动静。

"头儿,我这个位置看不到你那边的窗户啊。"申羽无奈地说,"而且这大半夜的,大概就只有猫咪才会到处闲逛吧!村民们要是会来,早就该给我们送饭了。"

"就只知道吃!"秦蓁恼火地骂道,目光再次落在窗外。尽管屋外月光明亮,但只能看见稀疏的树木,并没有什么奇怪的东西。不过她随即又觉得不对劲,立刻使劲地嗅了嗅:"我好像闻到一股奇怪的香味。"

"头儿,你是不是跟小人一样饿疯了,我也闻到支竹羊腩煲的香味。"申羽嘴馋地说,口水都快流出来了。

秦蓁恼火地回应:"你的无耻我或许治不了,但你这饿鬼投胎的毛病,等回到县衙必须帮你治好!"

"头儿打算赏赐小人一锅支竹羊腩煲,并且米饭管饱吗?"申羽的回应一如既往地恬不知耻。

秦蓁已开始习惯这家伙的厚脸皮,没好气地说:"不,是猪食管饱。"随即转回正题,"别说那些无聊的废话,给我认真地闻一下。"说罢她再次嗅了嗅,确认祠堂内的确有一股怪异的香味。

申羽也使劲地往周围嗅，渐渐也闻到蓁蓁所说的香味，而且香气似乎是从对方那边传来，便调侃道："这好像是花香呢，该不会是头儿有用鲜花沐浴的习惯吧？"

"我才不会那么无聊……"蓁蓁嗤之以鼻，本来还想继续训斥这家伙，可是在漆黑之中她竟然瞥见了一抹鲜艳的红色。

那抹鲜红出现在祠堂深处，在天窗及窗户映入的月光均照射不到的阴暗角落里。她以为自己眼花了，慌忙仔细看清楚以驱赶心中的恐惧，可是越看她就越惊恐。尽管那个角落漆黑一团，就算有东西应该也什么都看不见，但她竟然能清楚地看见一个令人毛骨悚然的红色身影——身穿嫁衣的鬼新娘！

"来啊，来给我做伴，跟我对对联啊……"面目狰狞的可怕女鬼从黑暗角落中缓缓飘出，并朝她伸出长有锋利指甲的鬼爪。

"哇，我的妈呀！"蓁蓁紧闭双眼惊恐大叫，"你不幸嫁给负心汉，就算要找替身也该先找旁边那个无赖啊！我跟你无冤无仇，你可别来骚扰我。"

申羽被她吓了一跳，慌忙关切问道："头儿，你怎么突然说胡话了，不会真的饿疯了吧？"

"你才饿疯了！"蓁蓁虽然气愤反驳，但因为害怕而不敢睁眼，仍惊恐地大叫，"你没看见有个穿嫁衣的女鬼从墙角冒出来吗？"

"墙角？女鬼？"申羽困惑地往四周张望，除了被从窗户及天窗映入的朦胧月光照亮的小撮地方外，祠堂内大部分地方均漆黑一团，就算当真有女鬼从墙角冒出来，他俩应该也看不见才对啊！

因此，他想蓁蓁若不是饿疯了，就是因为害怕而看错了，于是便正气凛然地说："头儿无须惊慌，就算冤魂来袭也有小人保护头儿。不管是啥魑魅魍魉，都冲小人来就好，别碰我家头儿一根汗毛。"

"对对对，你之前找的替死鬼都是男人，那边正好有个男的，你去找他好了，千万别来找我。"蓁蓁闭着眼朝女鬼出现的方向大叫。

尽管这话挺令人心寒的，不过申羽并不在意。因为昨晚那场漫长的梦让他知道，蓁蓁只是心直口快而已，而且在他眼中，这正是对方的可爱之处。

不过，当他想继续逗英雄，以令蓁蓁对他增添几分好感时，一抹鲜艳的红色忽然映入眼帘,他随即看见蓁蓁所说的红衣女鬼于黑暗中现身,当即跟随对方一起胡乱大叫:"哇,婆姐啊!我尚未娶妻生子,可不想这么早就到阎王殿报到。婆姐救命啊!"

"你鬼叫什么,婆姐是什么鬼啊?"蓁蓁边惊恐大叫,边闭着眼睛胡乱挣扎,无奈麻绳实在绑得太紧,她怎么也挣脱不了。

"我就不能有宗教信仰吗?婆姐是我自小就信奉的神明啊,专门保护妇女儿童的。"申羽在解释的同时亦不断挣扎,但一点儿作用也没有。眼见美艳的红衣女鬼渐渐飘近,并朝他伸出白嫩的纤手,仿佛在邀请他进新房享受一刻千金之乐,吓得他再次放声向神明求救,"婆姐救命啊!"

"那婆姐也不会救你啊!你要不是这么无赖,早就能当爹了。"蓁蓁使尽力气也挣脱不了束缚,只好继续说胡话以忘记恐惧,"你要是净身当太监,倒能算是半个妇女。"

"话可不是这么说,只要未经人事就是童子之身,仍受婆姐保佑……"申羽亦以斗嘴减轻内心的恐惧,但他说着忽然想到一件非常重要的事,"我还是童子啊!"

"都死到临头了,谁会管你是不是童子?"蓁蓁虽害怕得不敢睁眼,但仍气愤怒骂,"你这么多嘴,不管是不是童子,死后也得下拔舌地狱。"

"我会不会下地狱还不好说,但只要我仍是童子之身,今晚就命不该绝。"申羽得意扬扬地回话,方才的惊慌失措仿佛已飞到九霄云外。

蓁蓁大惑不解,连忙睁眼确认情况。然而,置身于漆黑的祠堂之内,她哪能看见申羽现在咋样,倒是看见了身穿红色嫁衣的女鬼已飘到跟前,吓得她再次紧闭双目大叫:"哇,婆姐救命啊!冤有头债有主,我没害你,你可别缠着我啊!你要是有啥冤屈,我帮你申冤就是了。别过来,别过来,救命啊!婆姐救命啊!"

"头儿,别慌!区区女鬼,用不着婆姐出手,小人自有办法对付。"申羽再度摆出正气凛然的气势,不过这回他不是装模作样,而是胸有成竹。

蓁蓁虽不敢睁眼,但仍能感受到他那份自信,而且当下也就只有他这根救命草,便慌忙叫道:"有办法你就赶紧用啊!"

"在小人出手之前,得先请头儿见谅。因为这驱鬼之法虽然厉害,但亦有着可怕的缺点，而且对头儿也有些许影响。"申羽一副慷慨就义的语气，似乎已做好牺牲的准备。

蓁蓁已被女鬼吓得魂不附体，才管不了那么多，慌忙应允："就算要我折寿十年也没关系，总比现在就被带走好多了。"

"那小人只好献丑了……"申羽意气激昂道，随即发出一声舒畅的叹息，然后便沉默不语。

蓁蓁不知道这家伙正在施展什么奇术，也不敢看，反正就算睁眼亦只会看见那只可怕的女鬼。等待片刻后，她便听见申羽得意笑道："大功告成！"

她睁眼一看，果然没看见那个令人毛骨悚然的红色身影。不过她随即就闻到一股足以将花香掩盖的浓烈腥臭味，不由得皱起眉头："你到底用啥办法把女鬼赶走的呀？还有，这是啥味道，怎么跟茅坑一样臭？"

"头儿这两个问题，小人可以一并回答。"申羽自豪地答道，"小人用童子尿把女鬼赶走了。"

"童子尿？"蓁蓁愣住片刻，随即大叫起来，"啊，你不会直接尿在裤子里吧！"

第六章　同舟共济

"你确定当晚真的看见齐家千金吊在树上？"溪望在向老吴发问的同时，往身旁的知然瞥了一眼，"可宋县尉告诉我，齐文君在此之前两个半月便已轻生，遗体亦早已安葬，不可能出现在梧桐树上。你会不会是喝多了，眼花看错而已。"

"那晚我的确喝了不少酒，但那是我家自酿的米酒，喝多少会醉我心中有数。以我平日的酒量，那点儿米酒还不至于会令我醉眼昏花，要不然娘子也不会放心让我半夜往外跑。"老吴自信不疑道，随即继续讲述遭遇夜哭新娘的可怕经历——

当时我转过身来，发现身后有个盛装打扮的新娘吊在树上。虽然我没见过她，但我知道她一定就是之前在此上吊的齐家千金齐文君……准确来说，是齐文君的冤魂。

尽管我知道她早就死了，可不知为何，我竟然丝毫没有感到害怕，或许是因为她长得太美了。我不知道该怎么形容她的美艳，反正在我见过的女人当中，没有一个能跟她相提并论的。哪怕说她比我娘子美十倍，也太抬举我娘子了。

我不由自主地走到她身前，看见她的嘴唇动了几下，好像有话要跟我说。我也听见她那惹人怜爱的幽怨声音，可是声音实在太小了，我完全听不到她在说什么。我想再靠近一点儿，却发现她吊在树上，双腿离地一尺，比我高了一大截，我再怎么踮起脚尖，依旧听不清楚。

她的嘴巴一直在动，似乎在跟我说话，还不时掩嘴娇笑，仿佛在笑话我。可是，我根本就听不到她在说什么啊！我一时情急就解下腰带，抛到她上吊的树枝上，打算借助腰带往上爬，这样就能更靠近她，听清楚她的话。

当我使尽全身力气，爬到跟她一样高，能近距离、面对面地看着她的时候，却突然发现她原本美若天仙的秀丽脸庞，竟然变得无比可怕狰狞——她面色青紫、双眼翻白、舌头外吐，配上被血一样的泪水模糊了的浓妆，简直比我能想象到的任何恶鬼更恐怖十倍。

我被吓得松开双手，身体随即往下坠落，可腰带不知何时被打上了结，竟然卡住了我的脖子，让我像这个可怕的女鬼一样吊在树枝上。这时，我终于听清楚她在说什么了："来啊，来给我做伴，跟我对对联啊……"

虽然脑袋仍昏昏沉沉，但我已意识到自己被鬼迷了，她要找我当替身，就像她的夫君和齐家老仆人那样，要把我也一起带到地府去。我想挣脱卡住脖子的腰带自救，却怎么也使不上劲，浑身上下就连一丝力气也没有。

这是我做了三十多年人，最惶恐无助、最惊慌失措的时刻。狰狞可怖的女鬼就在眼前，几乎面贴面地向我展露阴险的笑容，准备将我带到阴曹地府。但我对此毫无办法，只能任由她把我抓去当替身。

本以为这回死定了，可我突然觉得肚子里一阵翻江倒海，并且恶心欲吐。突如其来的不适竟然令我的脑袋清醒了一点儿，身体也稍微能使上劲，于是我便拼命地挣扎。

或许我命不该绝，这条自当上捕快就一直用到现在的破腰带，竟然在我的拼命挣扎下断开了。我重重地摔到地上，随即感到一股酒劲涌上喉咙，张嘴就吐了一地。

把肚子里的狗肉、米酒都吐个干净后，我一下子就清醒过来，脑袋不再昏昏沉沉，我知道自己不赶紧逃走，若再被女鬼迷上就不会这么幸运了。于是，我连抬头再看吊在树上的齐文君一眼也不敢，爬起来就立刻朝村口的方向跑，头也不回地一直跑到家里……

讲述完这段可怕的经历后，老吴长长地吐了一口气，心有余悸地说："听说吃狗肉可以辟邪，我之所以能逃过齐文君的魔爪，还得感谢邻居那顿狗肉，要不然我那晚肯定会被抓去当替身……"他沉默了片刻又补充一句，"老张就没这么幸运了。"

"当晚的情况，你跟李捕头说过了吗？"溪望问道。

老吴点头答道："粗略地说了一遍，不过当时我仍惊魂未定，所以说得不太仔细。"

溪望转头望向知然，后者亦点头确认，并说他跟蓁蓁主要是从老吴口中获知该案的大概经过。

在离开老吴家的路上，溪望向吃力地拉着木头车的知然打趣问道："大人，今晚能不能赏小人一锅狗肉煲辟邪保命？要不然我们像老张那样被齐家千金抓去当替身了，大人又得重新招聘捕快。"

"我还没有正式聘用你，别那么多要求。"知然没好气地回应，"而且狗肉能辟邪只是坊间传言，岂可轻信。"

"那大人认为，同去调查夜哭新娘的老张为何会丢命，而老吴却侥幸生还呢？"溪望一副困惑的语气，表情却是悠然自得，犹如事不关己。

知然光拉车就已经耗尽力气，便不耐烦地答道："我要是知道，还用得着聘用你跟阿慕吗？"

"大人刚刚才说尚未正式聘用我俩呢！"溪望再度装傻充愣。

"我还以为只有阿慕才牙尖嘴利，怎么连你也这么贫嘴！"知然停下脚步，回头怒目睁眉。

"大人，别动气，轻松点儿，轻松点儿。"溪望连忙赔笑脸，"这日子嘛，笑着也得过，哭着也得过，何不过得开心点儿呢？"

"我可不像你们那样无官一身轻，大不了就在大街上行乞。"知然恼火地抱怨，"压在我身上的重担，不是你们这种市井小人可以想象的。反正不解决这宗闹鬼奇案，我就开心不起来。"

"那我们就别耽误时间，赶紧去下一站吧！"溪望犹如发号施令般指向前方。知然虽心感不快，但亦只能无奈地继续拉车前行。

两人来到不幸殉职的老张家，家属正为殓葬事宜犯愁。毕竟作为捕快，老张薪资甚微，以致家无余粮。知然又以慰问之名，给了老张的娘子张嫂些许银两，当然数量要比老吴略多，毕竟老吴仍然健在，老张却不在人世了。

坐在屋门前的木头车上的溪望，趁着知然慰问家属的空当，粗略地看了几眼被放置在厅堂草席上的老张遗体。虽然没看仔细，但老张面色青紫、舌头外吐，死不瞑目的双眼凸起且眼珠往上翻，脖子上还有腰带留下的勒痕，明显是自缢的死相。

知然慰问家属时，趁机打听老张出事前的情况，尤其是跟登第村相关的事情。然而老张在家里甚少谈论工作上的事情，家属们对此了解不多，只知道他前后去了两趟登第村，第一趟早上去傍晚回，第二趟是傍晚出发的，次日噩耗便透过县衙传来了。

家属们都认为老张是被齐文君的冤魂害死的，毕竟除脖子上的勒痕外，在他的尸身上没找到任何外伤，就算不用仵作验尸也知道，他并非被他人杀害。而且他家里有老有幼，不可能无缘无故上吊轻生。那么唯一的可能，就是受鬼魅迷惑，被抓去当替身了。

在老张家逗留了好一阵子，知然也没得到任何有用的信息，毕竟老张已是一具不能说话的尸体，很多重要信息都被他带到阴间去了。准备离开的时候，张嫂忽然想起，老张在第二次前往登第村时，曾说要到齐家书屋调查，可这一去就没命回来了。

"一再作祟的是齐文君的冤魂，老张到她家调查十分合理。"知然在返回县衙的路上跟溪望讨论案情，显然张嫂提供的这条信息并未引起他的重视。

"的确十分合理，但老张若在出事之前曾造访齐家，那么我们怎么也得留意一下。"溪望闭目思索片刻，随即继续分析，"正如老吴所言，齐文君大婚当晚所发生的事情，应该就是这宗案件的起因。而且一再出人命的地方，就在齐家书屋旁边。所以要查清真相，这齐家书屋是必须走一趟的。"

知然仔细一想亦点头认同："嗯，这事可以交给李捕头去办。她虽然年轻，但办事挺牢靠的，说不定她已经到书屋调查过了。我们先回县衙，看看他俩在登第村有何发现吧！"

"大人，今晚不会又让小人吃残羹冷饭吧？"溪望以可怜兮兮的语气哀求，"怎么说我也跟你操劳了半天，可以赏我一顿热饭吗？"

"你什么也没做，就坐在木头车上发呆，何来操劳？操劳的可是我，整天拉着你东奔西跑。"知然愤愤不平道，"就你今天的表现，别说残羹冷饭，连一口猪食也没资格吃。"

"大人，只是还未到小人出手的时候而已。"溪望再度哀求，"正所谓'三军未动，粮草先行'，小人得先吃饱才有力气替大人办事啊！"

"少废话，待会儿李捕头那边要是没任何发现，你跟阿慕今晚就别想吃饭了！"知然决绝地回应。

他俩返回县衙时已日落西山，可蓁蓁跟申羽仍未归来。知然嘴硬心软，没有坚持等两人回来，便让溪望跟其他捕快一样吃上热气腾腾的晚饭。然后他就让溪望等待两人，自己则抓紧时间处理堆积如山的案卷，不知不觉就到了下半夜。

"大人。"溪望艰难地推动木轮，好不容易才将木头车移动到尉廨门前，"阿慕跟李捕头还没回来，我想他们应该遇到麻烦了。"

"现在是什么时辰？"知然一直埋头处理案卷，没有注意时间。

"已经三更了。"溪望答道，随即道出心中的担忧，"李捕头我尚不了解，但阿慕这家伙做事可不会这么卖命，至少得填饱肚子才有干劲。他们这么晚仍不回来，很可能出事了，或许需要我们帮忙。"

"登第村虽然不远，可带上你，恐怕到天亮我们仍未到达。"知然看着坐在木头车上的溪望，不禁眉头紧锁。

"大人可会骑马？"溪望往尉廨旁的马厩望去，那里有好几匹健壮的骏马。

"我会骑马，但你能骑吗？"知然看着他以木板固定的双腿，依旧愁眉不展。

"小人虽然骑不了马，但可以坐。"溪望焦急地说，"大人捎我一程就行了。"

"捎你一程？"知然面露难色。

"大人，事不宜迟。"溪望催促道，"不然等到明天，你恐怕就只剩我这个手下了。"

知然迟疑片刻，随即果断地说：："走，我们立刻出发！"

溪望双腿残疾，为了帮助他爬上马背，知然可费了不少劲。待知然亦上马后，他不由得叹息一声："大人，你好娇小哦！"他之前都是坐在木头车上，所以没怎么留意跟知然的身高差距。此刻，两人一同坐在马背上，知然头上的乌纱帽竟然未能遮挡他的视线。

"别说这种无谓的话。"知然面露不悦之色，随即驭马前行。溪望因此重心失衡，上身后仰，便慌忙抱住知然的腰以防坠马。

"大胆奴才，竟敢冒犯本官！还不立刻放手。"知然惊慌大叫，似乎十分抗拒跟他的肢体接触。

"大人，我一放手就会掉下去。"溪望不仅没有松开双手，反而把整个身子贴在知然身上，还使劲地嗅了嗅，"大人平日都是用鲜花泡澡的吗？身上有一股清幽的香味呢！"

"你要是跟阿慕一样下流无耻，那我只聘用你俩其中一个就行了。"知然气愤怒骂，娇小的躯体更微微颤抖。

"耍无赖也得看对象，小人又岂敢对大人无礼呢？"溪望得意笑道，"我们同骑一匹马，大人若有什么闪失，小人也不好过。"

"你想说什么？"知然警惕地问道。

"小人虽然才疏学浅，不过歹也在险恶的世涂中存活至今，有幸总结出一套应对世事的经验，我将其称之为'无相法则'……"溪望从容地畅谈自己的人生哲学——

1. 人的一切行为皆为获取利益及维护既得利益；

2. 一切损害既得利益的行为，皆为获取更大的利益；

3. 强烈的情绪会令人丧失理智，做出不符合自身利益的行为，譬如复仇。

"我现在跟随大人，今晚要不要睡大街也得看大人的心情，为了维护自身的利益，我当然不会做任何损害大人利益的事。"溪望调整坐姿，不再贴近知然，双手亦仅保持与对方腰侧最低限度的接触以防坠马，"我与大人无冤无仇，出卖大人亦不会为我带来任何利益，大人又何须提防小人呢？"

知然细心一想，觉得这家伙言之有理。尽管仍十分在意落在自己腰侧的双手，但亦无可奈何，毕竟让对方移开双手，说不定随即就会坠马。因此，他只好假装强硬地回应："就算你对我没有异心，光是惹我不高兴，我也会把你扔到大街上。"

"小人谨遵大人教诲。"溪望故作认真地回答，双手却毫不客气地搂住对方的腰。知然对此虽感到十分恼火，但亦无可奈何，只好继续驭马前行，朝登第村飞奔。

第七章　三更营救

"你好臭呀！"蓁蓁闻着弥漫于漆黑祠堂内的尿腥味，厌恶地说，"你简直刷新了我对无耻的认知，好歹也是个成年人，怎么能这么厚脸皮，竟然当众撒尿？"

"头儿，三人成众，这里就只有我俩，所以小人不算当众撒尿哦！"申羽恬不知耻地申辩，"而且要不是小人这泡辟邪驱鬼的童子尿，我们或许已经被齐家千金抓去当替身了，头儿该感谢小人的一尿之恩才对啊！"

"我错了，我以为当众撒尿已经是你最无耻的举动，没想到你竟然还以此为荣。"蓁蓁觉得跟这个厚脸皮的家伙争辩，简直是浪费力气，"唉，以后就算看见你当众吃屎，我大概也不会惊讶。"

"若能保头儿周全，就算要吃屎，小人亦毫不犹豫。"申羽正气凛然地说。

"放过我吧，要我跟你这个无赖待上一整晚，我肯定会疯掉。"蓁蓁抓狂地跺脚，这是被绑在柱子上的她唯一能宣泄怒火的途径。

"头儿无须担忧，阿相了解小人的脾性，这么晚仍未见我们回去，必定会来找我们。"申羽胸有成竹道。

"但愿如此……"蓁蓁话刚出口，便听见屋外传来一阵喧哗，仔细一听还真的听到知然及溪望的声音。

"大胆刁民，竟敢擅自禁锢县衙的捕快，还不立刻开门放人！"

与溪望同坐在马背上的知然，于祠堂门外高声喝令，奈何他个子娇小、声音阴柔，毫无气势可言。守在祠堂门外的两名城隍庙弟子压根不把他放在眼里，不断叫嚣"山高皇帝远""官府草菅人命"之类的话，还说祠堂里关着附有冤魂的"肉粽"，若天亮之前开门，冤魂就会四处害人云云，反正就是不肯开门。

他们扰攘了好一阵子，几乎把住在附近的村民都吵醒了。不少人走到祠堂门前了解情况，得知是县尉大人亲临，便立刻跑去找村正。不过，亦有人往其他方向跑，不知道是找谁去。没过多久，村正便匆匆忙忙地赶来，就连衣冠也没来得及穿戴整齐,极其狼狈。

"小人登第村村正方志忠,未知县尉大人到来,有失远迎,还请大人恕罪。"志忠惶恐地向知然行拱手礼。

"繁文缛节暂且放下,立刻开门放人!"知然指着守住祠堂大门的两人,朝他们厉声喝令。

"小人这就放人。"志忠慌忙往祠堂大门走,并对两名城隍庙弟子大喝,"没听见大人的话吗?还不赶紧开门放人!"守门的两人面面相觑,似在犹豫是否该拱手听命,他不由得焦急大骂,并想自己动手开门。

然而就在此时,一个沉稳的声音从远处传来:"且慢!这门开不得,不然肉粽里的冤魂会跑出来害人。"众人一同朝声音来源望去,只见一名五十多岁的长者在几名村民的拥护下赶来。

"来者不善啊,大人。"溪望在知然耳边细语,并示意知然原本正准备打开祠堂大门的志忠已缩头缩脑地退到人群当中。

"他是什么人?"知然盯着刻意躲在村民身后的志忠问道。

志忠畏缩地上前作答:"他是附近城隍庙的住持赖洪亮,就是他让弟子把县衙的捕快关进祠堂的。"

"这个村正靠不住,先是躲躲闪闪,继而慌忙撇清关系,大人可别指望他能帮上忙。"溪望再次小声提醒。

"我自有分寸。"知然轻声回应,随即厉声质问已经走近的洪亮,"擅自禁锢县衙捕快等同对抗官府,你可知罪?"

"小人不敢……"洪亮拱手行礼并自报姓名,然后才不慌不忙地申辩。他仔细地讲述了今天下午发生的事情,强调自己是受村民所托举行送肉粽仪式,以避免冤魂继续害人。他还将所有责任都推给了蓁蓁和申羽,说他俩不问缘由便阻拦了仪式,导致错过时辰,未能在日落之前将肉粽送到河边,唯有暂时放置在祠堂里,明日另择良辰再举行仪式将肉粽送走。

"天亮之前,绝对不能打开祠堂大门,否则肉粽里的冤魂就会跑出来害人。"洪亮眉头紧锁,忧心忡忡道,"届时,可不是只出几条人命就能了事,弄不好全村都得遭殃。"

在场的村民无不惊悸不安,纷纷表示绝对不能开门,更有甚者抱怨官府不仅毫无作为,还阻挠村民将肉粽送走,现在又想开门释放冤魂,简直就是不顾百姓的死活。

知然虽说是县尉,但群情汹涌,他不可能单凭官威强行开门。毕竟对方人多势众,一旦发生冲突,吃亏的只会是他跟溪望,被关在祠堂里的蓁蓁和申羽就是最好的证明。

见他应付不了这种场面,溪望只好伸出援手,以虚心讨教的语气向洪亮问道:"请问住持,不开门冤魂就不会害人吗?"

洪亮神色凝重地作答:"非也,肉粽里的冤魂怨气极重,尤其是当中的齐家千金齐文君,只要稍有机会就会害人。把她关在祠堂里,只是为了防止她祸害村民而已。"

"我们的人在日落之前就连同肉粽一起被关进祠堂,现在都三更半夜了,要是肉粽里的冤魂当真能害人,他俩恐怕已到阎王殿报到了吧……"溪望狡黠一笑,随即朝祠堂大叫:"阿慕,你跟李捕头还好吗?"

申羽的声音马上从祠堂里传出:"一点儿也不好,我们快饿疯了。李捕头还说我很香呢,她要不是被绑在柱子上,恐怕已经把我吃掉了。"

蓁蓁的反驳亦随之传出:"别乱讲,我哪有说你香,你明明臭得要死!"

尽管隔着墙壁,两人的声音有点儿模糊,但祠堂外的众人均能听见。因此,溪望便得意地对洪亮说:"死人应该不会说话吧?"

"这、这……文君只是暂时还没有找到机会下手而已。"洪亮仍强词夺理,"她已接连害死三人,官府对此仍无计可施。现在开门她必定会祸害全村,若刺史追究此事,县尉大人恐怕也罪责难逃。"

溪望虽已直截了当地指出了重点,无奈人性是自私的,村民们更在乎自身的安危。哪怕洪亮信口雌黄,大家仍宁可信其有,不可信其无,纷纷抱怨官府不仅没有为村民解困,还火上浇油。

"请大家听本官一言!"知然好不容易才让村民们安静下来,随即对天立誓,"本官以县尉之名起誓,七天之内必定解决夜哭新娘一事。七天之后,若女鬼仍在登第村作祟,本官就算倾家荡产,亦要聘请得道高僧前来驱邪捉鬼,还大家一片安宁。"

他虽然缺乏为官者的气势,但毕竟是以县尉之名起誓,还是镇住了在场的所有村民。不过洪亮可不买他的账，朗声说道："这事用不着大人操心，只要择取良辰将肉粽送走，便不会再有冤魂作祟。但在天亮之前开门则万万不可，不然登第村将会大难临头。"

村民们随即交头接耳，有人认为两名村外人跟肉粽待了半夜仍活蹦乱跳，没必要为此跟官府对抗；也有人认为事关全村的安危，必须遵从洪亮的吩咐，天亮之前绝对不能开门。不过就数量而言，不愿开门者占大多数。

见知然仍未能说服村民，溪望只好再度出手，朗声道："开门便会惹来冤魂作祟只是赖住持的一面之词，但我们的人跟所谓的'冤魂'待了半夜仍然健在则毋庸置疑。子不语怪力乱神，为了子虚乌有之事违抗县尉大人的命令，做跟官府对抗的反贼，未免太糊涂了。"

一众村民当即沉默不语，均不想被扣上"反贼"的大帽子，唯独洪亮仍想争辩，但溪望不给他开口的机会，先声夺人："赖住持该不会想独自承担所有责任，仍然坚守祠堂大门，把你口中所谓的'冤魂'关住吧？对抗官府即为造反，是杀头的大罪哦！"

溪望先把众人的不配合上升到造反的高度，再把矛头指向洪亮一人。洪亮若仍敢公然抗令，无异于带头造反，就算法不责众，为维持官府的威严，也必定会严惩他以杀一儆百。

年过半百的洪亮当然不会这么笨，当这种很可能会被砍头的出头鸟，当即一连说了好几句"小人不敢"，并唯唯诺诺地退到人群当中。

"方村正。"溪望指着躲藏在人群中的志忠，气势汹汹地质问，"忘记了大人叫你开门吗？还是你打算带头造反？"

志忠本想置身事外，但溪望把矛头直接指向他，他可不能再东躲西藏，慌忙唯唯诺诺地说："小人这就开门。"且三步并作两步跑去开启祠堂大门。守在大门前的两名城隍庙弟子看了下洪亮的眼色，随即退下没敢阻拦。

扰攘了半宿，蓁蓁和申羽才得以松绑，他俩刚踏出祠堂，洪亮便指示弟子将大门关上，并在大门前掐诀结印念咒，说是作法防止冤魂跑出来。

"请大家放心，本官言出必行，七天之内必定会给大家一个满意的交代。"知然朗声安抚村民，"大家若想继续举行送肉粽仪式，县衙不会阻挠，不过本官希望大家可以配合调查，以便查明真相。"

"真相不就是冤魂作祟嘛，还有啥好调查的？""对啊，要不是这个臭丫头前来捣乱，我们早就把肉粽送走了。"随着两名城隍庙弟子的叫嚷，村民们亦纷纷抱怨官府不帮忙还拖后腿，令知然十分尴尬。

然而，随着申羽悠然自得地在人群中闲逛了一圈，在一片抱怨声中突然出现另一种声音："怎么这么臭？""是啊，臭得像茅坑一样。""谁家打翻马桶了吗？"

"我跟你们讲啊！"申羽走到骏马前，自豪地朗声道，"我和头儿之所以跟肉粽待了半夜仍毫发无伤，就是靠我这泡辟邪驱鬼的童子尿。"说罢便以双手指向自己湿了一大片、臭烘烘的裤子。

"长这么大的人还尿裤子，羞不羞啊！""还好意思说出来，真不要脸。"村民们纷纷朝他投以鄙视的目光，不过亦有人受到启发，"童子尿真的能辟邪驱鬼吗？""应该可以吧，听说鬼怪最怕童子尿跟黑狗血了。""那叫我儿子在家门口撒一泡尿，肉粽里的冤魂就不会跑来我家吧！"

经申羽这番折腾，村民们瞬间从一同抱怨官府变成讨论怎样用童子尿驱鬼，知然当即顺势说道："大家若担心冤魂作祟，不妨先以童子尿辟邪驱鬼。现已将近四更，大家先回家休息吧，明天我会再派人前来，请大家配合调查，以求尽早解决此事。"

众人纷纷散去，洪亮在吩咐弟子天亮之前绝对不能再打开祠堂大门后亦负手离开。"你先别走。"溪望叫住混在村民当中准备偷偷溜走的志忠，随即在知然耳边细语："这家伙虽然靠不住，但他好歹也是村正，知晓村里的情况，至少能帮忙带个路。你随便吓唬他几句，往后的调查会比较省事。"

知然点了下头，然后指着蓁蓁和申羽，严肃地对志忠说："你可知道他俩是县衙派来的？"

蓁蓁身穿捕头服饰，志忠哪敢说不知道，当即唯唯诺诺地点头。知然又说："本官不管下午发生何事，也不管他俩被何人禁锢，反正本官的下属在你这儿出事，就得拿你问罪！"

"小人只是区区村正，无权无势，大家都听信赖住持，非要把两位捕爷绑起来，小人亦无可奈何，望大人明鉴啊！"志忠惊慌地求饶。

知然狠狠地训斥了这家伙一番后，才让他先回家休息，明天再好好协助蓁蓁调查，并扬言他要是办事不力，就算不追究今晚的过错，也得赏他五十大板，吓得他慌忙唯唯诺诺地告退。

"我们也回去休息吧!"知然见大家都走光了,便准备带领蓁蓁等人返回县衙。然而,他调转马头后却发现申羽仍呆立原地,便问他怎么了。

申羽看着祠堂后方答道:"我觉得好像有人盯住我们。"

"兄弟,你是饿得头晕眼花了吧!"溪望调侃道,但亦往祠堂后方望去,那里漆黑一团,什么也没有……或者说,就算有东西也看不见。

"现在赶紧回去,或许还能在厨房里找到些许尚未馊掉的剩饭。"知然说罢便驭马前行,申羽随即与蓁蓁一同跟随。他们都没留意到,在祠堂后方的漆黑之中,有一双充满怨恨的眼睛默默地注视着他们。

第八章　四更遇鬼

在前往村口的路上,牵着缰绳走在前头的申羽,揉着饿扁了的肚子,回头向蓁蓁抱怨:"头儿,你怎么不骑马过来?白天还好,现在大半夜的饿着肚子走路回去,真是惨无人道啊!"

"你又不会骑马,难道要我载你吗?"蓁蓁厌恶地白了他一眼,"我虽然没上过私塾,但也知道男女授受不亲,你这个无赖休想占我便宜。"说罢不自觉地瞄了一眼跟溪望同骑于马背上的知然。

"你俩吃尽苦头仍一无所获,白白浪费了一天时间,唉……"知然惆怅地长叹一息。

"也不是啦,至少我已在头儿面前展示了英明神武的一面。"申羽恬不知耻地摆出撒尿的姿势,还不断扭腰画圆。

"你只证明了自己可以毫无底线!"蓁蓁气愤地敲他脑袋,然后向知然问道:"大人,你刚才给村民的承诺,有把握吗?"

"你是问我有把握七天之内查明真相,还是拥有足够的银两聘请高僧前来驱鬼?"知然苦笑反问,随即自答,"两者皆不是,反正七天之内不能破案,我就得辞官回家伺候爹娘,给村民们一个不可兑现的承诺又何妨。"

"为什么七天不能破案就得辞官,大唐律法有这个规定吗?"申羽嬉皮笑脸地问道。

知然摇头答道:"没有这种规定,只是今早我跟刺史打赌,必须在七天之内侦破此案而已。"

"怪不得大人如此焦急招募捕快,原来是因为定了赌约……"溪望狡黠一笑,"其实要查清真相并不难,甚至用不着七天。只要给我跟阿慕两餐一宿,哪怕是睡马厩、吃猪食,我俩也必定在三天之内为大人侦破此案。"

倘若是今天下午,知然必定会认为这个瘸腿的家伙只是信口开河,但刚才面对一众村民,要不是得到对方的提醒及帮助,他根本应付不来。溪望不仅冷静、机智，而且懂得控制局面，还不爱出风头，不到无计可施的时候也不会亲自出手，他觉得这家伙十分可靠。

至于申羽，虽然还没来得及细问详情，但单凭一身腥臭味便知道，这个厚脸皮的家伙竟以尿裤子作为驱鬼之法。而且刚才申羽还向村民炫耀自己的"壮举"，从而化解了知然受众人指责的尴尬。

尽管他俩一个行动不便，一个恬不知耻，但瑕不掩瑜，而且知然现在最缺的就是人手，便点头应允并作出承诺："若能侦破此案，我便正式聘请你俩当捕快，并且委托木匠为阿相打造一把轮椅。"

"大人，一视同仁方可服众哦！"申羽恬不知耻地凑近知然，"是不是也该赏赐小人些什么呢？"

"不用等破案了，"知然捏住鼻子回应，"返回县衙我就送你一身换洗衣物。"大家随即开怀大笑。

为了不浪费任何时间，四人边走边说，互相告知调查情况，以便讨论案情。其间，申羽问溪望，为啥会知道他跟蓁蓁被关在祠堂里："你们进村的时候，所有人应该都早已入睡了吧！"

"也不是所有人，至少更夫还没睡。"溪望告诉他进村后碰见了更夫，对方虽然不太清楚白天发生了什么事，但从家人口中得知祠堂里关着"肉粽"和两个村外人。因此，溪望跟知然便按更夫指示的方向，立刻前往祠堂救人。

"祠堂门外明明有人，为啥阿慕被女鬼吓得鬼哭狼嚎，也没有人理会我们呢？"这回发问的是蓁蓁。

"头儿，鬼哭狼嚎的可是你啊！"申羽挤出一副含冤受屈的模样。

"那两个城隍庙弟子坐在门口睡大觉，大概没注意到祠堂里的动静吧，我们叫了好一会儿才叫醒他们。"知然答道，"而且就算你们再怎么闹腾，他们应该也不会理会，毕竟赖住持吩咐他们天亮之前不能开门。"

"等等，你说祠堂里有鬼？"溪望注意到问题的关键并惊讶大叫，随即又以蚊蚋般的声音喃喃自语，"难道这里的情况不一样……"

"什么不一样？"尽管就在身旁，但知然仍没听清楚他的咕哝。

"我们先确认一件事，"溪望严肃地说，"这个世界有鬼吗？"

"当然有啊，人死后就会变成鬼，这不是三岁小孩也知道的事情吗？"蓁蓁理所当然地答道。

"或许我该换一个问法……"溪望思索片刻又道,"鬼魅在这个世界很常见吗?你们都见过了?"

知然答道:"魑魅魍魉虽有耳闻,但我至今仍未见过。"

"我倒是见过了,不过就只有今晚而已。"蓁蓁健壮的娇躯微微颤抖,方才的可怕经历仍令她心有余悸。

"我长这么大也是第一次见鬼。"申羽边说边往蓁蓁身旁靠,"能把第一次献给头儿,实属小人的荣幸。"随即被蓁蓁敲头。

"也就是说,这个世界虽然存在鬼魅,但并不常见,远未到鬼怪满天飞的程度……"溪望又小声地喃喃自语。

"你怎么了?"知然回头审视背后这个比他高一截的家伙。虽说认识还不到一天,但溪望给他的印象是从容不迫、处变不惊,至少直到方才依然如此,为何听见蓁蓁说见鬼了就如此惊慌?

"没事,没事,我的故乡没有鬼,所以才少见多怪,大人别在意。"溪望讪笑回应。

知然疑惑问道:"之前老吴不就说过他也见鬼了吗?"

"老吴出事当晚喝了酒,而且他的精神状态不稳定,他的话不能尽信。"溪望解释道,随即转移话题,询问蓁蓁及申羽见鬼的经过,并让他俩描述女鬼的特征。

蓁蓁之前就听老吴说过遭夜哭新娘索命的经过,没想到自己也不幸遇上,吓得她刚看见女鬼冒出来就立刻紧闭双目。其后虽然睁眼瞄了一下,但她没敢看仔细,只记得女鬼身穿红色嫁衣、面目狰狞且鬼爪上长有锋利的指甲。

"人家长得那么漂亮,哪里面目狰狞了……"申羽质疑道,随即道出他看见的红衣女鬼不仅美艳动人,而且纤手白嫩,并没有蓁蓁所说的锋利指甲。

"你们看见的女鬼不一样?"溪望不由得皱起眉头。

"肯定是这个无赖满脑子下流想法,所以就连面目狰狞的可怕女鬼,在他眼中也变得美艳动人。"蓁蓁以嫌弃的目光扫射申羽。

然而,申羽不仅毫不在意,还恬不知耻地说:"头儿在我眼中才是美若天仙呢!"当然,他的无耻又得到蓁蓁的敲头嘉许。

"有发现吗？"知然向溪望问道。

"这里或许跟我的家乡有些区别，所以需要些许时间验证我的想法。"溪望心中虽有顾虑，但仍从容地笑道，"不过大人无须担忧，小人必定能在三天之内查明真相。"

一行四人于不知不觉间已走出村口，来到一片草木茂盛的树林前。返回县衙必须穿越这片树林，尽管明月当空，但茂密的枝叶阻挡了光线，因此贯穿树林的小路十分昏暗。

"怎么凉飕飕的，这里是不是有鬼啊！"蓁蓁刚走进树林便哆嗦了一下，随即不安地往四周张望。

溪望安抚道："植物会吸收热量，树木多的地方自然会冷一些，李捕头仍惊魂未定，所以捕风捉影了。"

"头儿或许不是捕风捉影。"申羽突然停下脚步，盯住左前方约一百米远的大树，颤抖地说，"婆姐保佑，别让这家伙看见我们。"众人当即一同望去，发现树下有一个红色身影，尽管光线昏暗，但仍能隐约看到好像是个身穿红衣的家伙。

"哇，婆姐救命啊！"蓁蓁惊恐大叫，立刻躲到马的右侧且语无伦次地尖叫，"就是她，就是她，就是刚才在祠堂里出现的夜哭新娘，她追来了。"

"李捕头，遇到这种情况你该保护大人才对啊，怎能害怕得躲起来呢？"溪望虽以调侃的语气说，却露出如临大敌的表情，额头甚至流下冷汗。

"不管是多凶狠的歹徒，多凶猛的野兽，我都毫不畏惧。因为只要对方是血肉之躯，我就有必胜的信心。"蓁蓁大义凛然道，但随即就颤抖地说，"可鬼魅是虚无缥缈的呀！刀剑拳脚均伤不了它们分毫，我哪能不害怕？"

溪望无奈地叹息，冷静地对申羽说："阿蓁，你刚才是怎么把女鬼赶走的，在大人面前再表演一次吧！我想大人肯定不会吝啬对你的打赏。"

知然当即点头许诺："嗯，我向来赏罚分明，你若能驱赶恶鬼，我必定重重有赏。"

"大人，头儿，你们无须惊慌，看小人表演就行了……"申羽放下缰绳，昂首阔步地上前，双手叉腰，挺胸运气，准备再来一次童子尿驱鬼。可是，他酝酿了好一会儿情绪，仍然"滴水不漏"，只好回头讪笑道："不好意思，刚才没控制住,把童子尿用光了,得花点儿时间才能补充回来。"

"如果你的厚脸皮能治鬼,我们可就轻松多了。"溪望苦笑摇头,随即细看树下的红色身影,无奈距离较远,而且光线昏暗,所以看不清楚,感觉既像一位倚树而立的女性,又像一块挂在树上的红布。不过,重点是他看了好一会儿,这"东西"也没有动弹分毫。

"兄弟,留意到了吗?"溪望沉着问道。

"嗯,她没动。"申羽答道,"刚才在祠堂里,她可是一冒出来就向我们扑过来。"

溪望分析道:"或许只是我们捕风捉影而已,那只是一块挂在树上的红布。"

"但我们来的时候,没遇到这种情况啊!"知然皱起眉头,身体亦微微颤抖。

"肯定是我们人多,她才没有立刻扑过来。"蓁蓁以马身遮挡视线,不敢让那个可怕的红色身影映入眼帘,惶恐地说,"我们赶紧往回走啊,弄不好她马上就会耍什么花招抓我们去当替身了。"

"恐惧源于未知,不把事情弄清楚,一辈子都会惶恐不安。所以越害怕,就越要寻根究底。"溪望虽然额上不停冒汗,但仍冷静地说,"况且我们现在人多,何不上前看清楚夜哭新娘的真面目。说不定用不着三天期限,今晚就能把此案了结。"

知然虽然也很害怕,但他更想尽快解决问题,因此只经过短暂的思量便点头同意:"走,我们一起过去看看。"

可蓁蓁对此是千万个不愿意,竟抱住马腿不让众人移步,申羽只好走到她身前劝说:"小人的童子尿虽然用光了,但单凭这一身'尿香'就足以驱鬼,所以头儿无须惊慌,躲在小人身后就行了。"

"你好臭呀!"蓁蓁虽恼火怒骂,但不再抱住马腿,而是扯着申羽的衣角躲在他身后。溪望当即向申羽使眼色,示意他牵马前行。

四人一步一惊心地缓慢前行,当距离拉近到约莫五十米时,他们发现那个可怕的身影并非挂在树上的红布,因为对方拥有一头披散且将面容遮盖的凌乱长发,尽管看不清相貌,但应该是女性,只是不晓得是人还是鬼。与此同时,他们还隐约听见凄凉的哭声。

蓁蓁偷瞄了一眼,便将脑袋埋在申羽背后,颤抖地以蚊蚋般的声音说:"她、她、她就是在祠堂里袭击我们的夜哭新娘,她会抓我们去当替身……"

"大人,还要再走近一点儿吗?"申羽缓缓停下脚步。尽管环境昏暗,难以看清实情,但单凭哭声已能确认他们并非捕风捉影,继续靠近难保不会受到袭击。

知然没有立刻做出决定,而是回头咨询溪望的意见,溪望则低头压低声音询问:"李捕头能跑吗?"

"我又没瘸腿,当然能跑了。"蓁蓁虽嘴上逞强,但仍紧闭双目且不敢抬头。

"大人,君子不立危墙之下。"溪望冷静地分析,"我们有四个人,对方仍敢当拦路虎,或许有我们意想不到的能耐,绝不可鲁莽行事。"

"你的意思是……"

"三十六计——走为上计!"

溪望话刚出口,申羽便一手拉着缰绳,一手牵着蓁蓁拔足狂奔,并恬不知耻地大叫:"老子浑身上下都是辟邪驱鬼的童子尿,甭管是啥魑魅魍魉,敢碰老子一下就得倒霉……"

四人一马迅速经过红色身影所在之处,本以为轻松脱险,可蓁蓁忍不住睁眼回头一看,却发现那个可怕的身影竟然正从后追来!

第九章　夜哭因由

"哇，婆姐救命啊！"蓁蓁回头发现遭红衣女鬼追赶，吓得惊慌大叫。原来是申羽拉着她走，现在则变成她把瘦弱的申羽抱起来狂奔。

知然见状当即策马扬鞭，不消片刻便穿越树林，来到月色明朗的大道上。他回头已看不见那个可怕的身影，只见蓁蓁像风一样抱着申羽跑来。

"吓死我了……"蓁蓁跑到马前便把申羽扔下，惊魂未定地大口呼气，"刚才差点儿就被女鬼抓走了。"

"哎哟，头儿，你可不能始乱终弃啊！"申羽爬起来喊冤叫屈，"刚才可是靠小人这身正气的童子尿，我们才得以逃脱女鬼的魔爪啊，头儿怎能刚脱险就把小人往地上扔呢？"

"要不是童子尿能驱鬼，我才不会把你这个臭烘烘的家伙带上。"蓁蓁往自己的衣服嗅了嗅，厌恶地说，"现在连我也跟你一样臭了。"

"这不是挺好的嘛，头儿跟我'臭味相投'了。"申羽恬不知耻地往蓁蓁身旁靠，随即被对方一脚踹开。

"此地不宜久留，有话留待返回县衙再说。"溪望仍未放松警惕，一直回头盯住刚才遇鬼的那片树林，知然随即催促众人加快脚步返回县衙。

这惊心动魄的一夜，知然不仅加深了对溪望和申羽的了解，还相信他俩会尽心尽力地为自己办事。因此，平安返回县衙后，他叫醒厨子烧了一桌好菜犒劳大家，随后更为两人安排房间住宿，并给他俩张罗换洗衣物。

县衙之内能让申羽和溪望穿的就只有囚服及捕快服，毕竟知然身材娇小，他的衣服两人穿不下，所以只能给他俩穿捕快服了。虽说两人尚未正式获得聘用，但待遇已十分优厚，至少能睡双人房，不像其他捕快那样十多人睡一个大通铺。

正所谓"食君之禄，忠君之事"，得到优待的两人当然得知恩图报，毕竟他俩在大街上行乞也就几个时辰之前的事。故次日两人一大早就爬起来梳洗干净并换上捕快服,一同来到尉廨静待知然差遣。

有了昨晚的经验,知然这回打算四人一起前往登第村,并且让申羽准备了一个装满童子尿的水囊,以防再次遭到鬼魅袭击。为了加快步伐,他还准备了两头毛驴给溪望和申羽代步,而他跟蓁蓁则骑马。他虽然使唤不了县衙里的其他捕快,但毛驴、马匹倒是可以随便使用。

到达登第村后,四人便兵分两路,知然和溪望前往附近的城隍庙,去找那个一再给他们添乱的住持赖洪亮。蓁蓁和申羽则去找村正方志忠,了解夜哭新娘的来龙去脉。

"这事得从三个月前说起,自齐家千金齐文君自缢后,那棵梧桐树就接连出了三条人命……"志忠讲述的内容,蓁蓁和申羽大多已经知晓,唯独一事之前从未听闻,"在第二个捕快出事那晚,我们村的媒婆朱三妹,不仅目睹文君吊在树上,还看见另外三个吊在树上的冤魂,差点儿就把她吓疯了。"

"朱红娘还健在吗?"申羽机警地问道。前晚那场漫长的梦让他知道,转述他人的经历必定存在错漏,应尽可能地向当事人求证。

"健在,健在,我这就带你们去找她。"志忠巴不得立刻抽身走人,连忙带他俩去找朱三妹。

三妹是个三十岁出头的妇女,三人找到她时,她正坐在自家门前跟邻居闲聊。身为媒婆的她不仅健谈,而且自来熟,经志忠介绍后,便叽里呱啦地跟蓁蓁和申羽聊起来。

"朱红娘,听说你也碰见夜哭新娘了……"

聊了一通闲话后,申羽便转入正题,原本聊得正起劲的三妹当即谈虎色变,接连哆嗦了几下才道出发生在三天前的可怕经历。当晚她因为内急到屋外如厕,其间隐约听见哭声,循声而去便来到齐家书屋附近的梧桐树前,竟看见三个月前已经离世的文君吊在树上。更可怕的是,随后更看见树上掉落另外三个身影,跟文君一同吊在树上,并且都盯住她,吓得她慌忙逃回家中。

尽管她这段叙述并没有特别值得注意的地方,但随着话匣子的打开,她还讲起"夜哭新娘"的来由——

文君其实并非齐老师的亲生女儿,而是他的养女。

齐老师名叫齐灵杰,人如其名,自小就聪明伶俐、才思敏捷,并且勤奋好学。毕竟他家是开私塾的嘛，而且他爹可是秀才，在他爹的悉心教导下，他不仅学富五车，而且文采出众，尤其擅长对联，年纪轻轻已在四乡八镇小有名气。

他寒窗苦读多年，一心考取功名，无奈就跟他爹一样，科举一再落第，同样止步于秀才，只好子承父业，接管书屋当老师喽。不过他可没有放弃，边教学生边继续苦读，因而耽误了婚期。

听说当时邻近的杨村有一位大户人家的千金，非常欣赏他的才华，甚至一再暗示非君不嫁。不过他只想专心读书，后来好像是不欢而散，还因此跟城隍庙的赖住持结怨。那时我年纪还小，不清楚详细情况，不过他跟赖住持是老死不相往来的死对头倒是人尽皆知。

后来，他爹曾托媒婆为他牵线，可媒婆都还没来得及说媒，他爹就撒手人寰。他为此守孝三年，之后便没再旧事重提，倒是在机缘巧合之下收养了一个弃婴，这就是后来的祸水红颜齐文君。

齐老师将文君视如己出，不仅悉心照料，还教授琴棋书画。文君长大后美若天仙，且知书识礼，刚到二八年华，前来提亲的人就多得大排长龙，当中有不少还是托我帮忙说媒的。

齐老师安贫乐道，从不攀龙附凤，只求女儿觅得如意郎君，不看重对方的家财、权势，就算是寒门出身亦不会拒之门外。不过文君却婉拒了所有说媒，说只想伺候养父，不想嫁人。如此过了两年，齐老师渐渐看出女儿的心思，知道她并非不想谈婚论嫁，而是倾心于寄居在书屋里的一名穷学生贾正磊。

正磊比文君大一岁，虽出身寒微，但勤奋好学，而且天资聪颖，是齐老师最得意的门生。尽管他穷得连学费也交不起，但齐老师认为他日后必成大器，就让他继续寄住在书屋里。他也没让人失望，在齐老师的教导下，几年下来便学贯古今，文采斐然，对对联的本领更在一众同窗中首屈一指。

虽然齐老师严守礼法，几乎不让女儿跟学生接触。但住在同一屋檐下，正磊起早贪黑地苦读，以及跟同窗辩论时舌战群儒的英姿，文君还是留意到的，起倾慕之意亦顺理成章。

于是，齐老师便问文君是否愿意跟正磊永结秦晋之好。文君这回可就没有婉拒了，而是娇羞地说："一切遵从父亲大人的安排。"

齐老师随后又问正磊的意愿，这个穷书生当然是受宠若惊了，文君美若天仙、知书达理，前来提亲的人都快踏破门槛了。而他则一事无成，甚至穷得连学费也交不起，能得到文君的垂青，简直是他三生修来的福气，又岂会不愿意呢？就连齐老师以无儿继后为由，要求他入赘齐家，他亦毫不犹豫地答应。

郎才女貌，佳偶天成，这本是一件美事。可就在他俩大婚当晚，洞房花烛夜之时，事情的走向却发生了天翻地覆的转变，并衍生出随后的一系列悲剧，而这一切只因文君随口而出的一个上联。

文君虽对正磊青睐有加，但在洞房花烛夜之前，他俩几乎就没有直接接触过，难免会害羞尴尬。文君是黄花姑娘，自然就更加不知所措，虽想与夫君交好，可又云娇雨怯。正磊也一样，面对娇滴滴的新娘，连怎么开口也不知道。

幸好他俩都喜欢对联，在尴尬地说了几句闲话后，话题就转到对联上。文君看着窗外位于书屋旁边的梧桐树，忽然灵机一动想出一副上联，便向正磊提出赌约，要求夫君对出下联才能洞房花烛。正磊自视才高八斗，当然不会退缩，当即答应若对不出下联就不进新房。

然而，当文君说出上联"移椅倚桐同赏月"后，正磊就傻眼了，因为这个上联实在太难对了。可是，文君已把房门关上，若对不出下联，他自然就不能进去洞房花烛了。

正磊在新房门外冥思苦想了好一阵子，依然毫无头绪，只好去找寄居在书屋里的同窗郑成武。成武的年纪比正磊稍大，同样家境贫寒交不起学费，不过他善于打理花草，便以照料书屋后院的花卉来替代学费。

两人均出身寒微，但都好学上进，因此十分投契，甚至以兄弟相称。得知正磊进不了新房，成武就拉他到后院喝酒赏月，一起琢磨怎么对出下联。不过，文君出的上联确实是难，他俩喝了好一会儿酒仍毫无头绪。

幸好齐老师习惯睡前在书屋里巡视一圈，发现正磊竟然没有陪伴自己女儿，便问他怎么回事。正磊如实告知，并羞愧地说："小婿有负岳父大人抬爱，想了半宿仍未对出下联，今晚恐怕进不了新房。"

结果遭到齐老师一顿训斥："坐在后院喝酒就能对出下联吗？想不到就该到书阁点灯读书才对啊！"

齐老师离开后，正磊本想遵从教训，到书阁挑灯夜读。可他跟成武一起收拾东西时，忽然领悟到齐老师训斥中的提示，脱口对出下联："点灯登阁各攻书！"

第九章 夜哭因由

冥思苦想了半夜终于对出下联，正磊可比状元及第还要高兴，当即拉住成武，逐字分析自己对的下联如何工整、如何巧妙。成武亦十分兴奋，边跟他讨论边举杯庆贺。两人一时兴奋过头，喝得酩酊大醉，竟然忘记了文君仍在独守空房。

直到下半夜，正磊迷迷糊糊地醒过来，发现成武醉卧在身旁。他本想叫醒对方继续喝酒，但突然想起文君还在等他洞房花烛，便想立刻回去陪伴新娘。

他摇摇晃晃地走到新房门前，发现房里的灯虽然熄灭了，但房门竟然是打开的，想必是文君暗示他就算对不出下联也能洞房花烛吧。不过他已经对出来了，便意气风发地走进新房，并提高嗓门说出下联。

文君本已睡着，醒来见他烂醉如泥，便马上扶他坐下，并责怪他怎么又跑去喝酒了。他没在意娘子的叨唠，不断畅谈自己怎么冥思苦想对出下联，并示意该兑现赌约洞房花烛了。

"你刚才不是已经……"文君欲言又止，随即改口说现在已经夜深，他又喝得这么醉，今晚就先休息吧！正磊仍为对出下联而得意忘形，加之醉酒确实让他有些困意，便听从娘子的劝告，立刻和衣而睡。

本以为美满的夫妻生活由此开始，可正磊次日一早醒来，却发现娘子不在枕边，并且给他留下了一封书信。他看过信后得知，原来昨晚文君等了好一会儿仍未见门外有任何动静，从门缝中往外偷看了几眼，发现他不知道跑哪里去了，便以为是自己出的对联太难把他气走了。

文君只是因为害羞，一时情急才出了这个自认为是千古绝对的上联，没想到竟然把夫君气走了。虽然十分愧疚，可作为新娘，她又不能在大婚之夜踏出新房，只好把灯熄灭，悄悄打开房门，向夫君暗示就算对不出下联也能进新房。

她坐在床上又等了很久很久，仍未见夫君回来，实在困得不行就睡着了。她在半梦半醒间听见脚步声，当即惊醒问是谁进来了。对方回应说是正磊，并说出下联"点灯登阁各攻书"，随即就上床跟她亲热。

虽然觉得对方好像十分猴急，显然跟刚才不一样，可她刚睡醒仍有点儿迷糊，而且大婚之夜把夫君晾在房外半宿令她十分愧疚。于是，她便不敢多言，在漆黑之中跟对方洞房花烛，随后安然入睡。

直到下半夜，喝得醉醺醺的正磊返回新房，还兴奋地说想了半夜终于对出下联。文君这才意识到，她方才并非跟夫君洞房花烛，而是被冒名顶替的采花贼玷污了。

在齐老师的严厉管教下，她自幼便规行矩步、目不妄视，可在大婚之夜竟遭贼人玷污，哪还有颜面苟活于世？于是，她趁正磊睡着后，便独自走到书屋外的梧桐树下，边夜哭自怜边往树枝系上红绫……

"到底是哪个淫贼如此丧尽天良，竟然在人家大婚之夜玷污新娘？"蓁蓁气得咬牙切齿，边使狠劲踩申羽的脚发泄怒火，边愤慨怒骂，"要是让我知道是谁，非得把他千刀万剐不可！"

"头儿，是谁我不知道，但肯定不是小人。"申羽痛得五官扭成一团。

"还能是谁，当然是正磊的好同窗好兄弟成武了。"三妹叹息道，随即详加解释，"文君在遗书中提及，她之所以会轻信那个冒充的淫贼，是因为对方不仅知道她跟正磊的赌约，还对出了下联。除了成武之外，还有谁知道此事？"

申羽好不容易才躲过蓁蓁的踩躏，慌忙往一边退，然后一本正经地分析："成武的确可以趁正磊喝醉的空当，偷偷溜到新房玷污新娘，然后又溜回后院装作跟正磊一同醉倒。"

"既然知道淫贼是谁，那还等什么？"蓁蓁提刀准备出发，气势汹汹地说，"我现在就去把他就地正法！"

"姑娘别焦急，成武早就被正法了。"三妹把她拉住，然后又说，"女儿含冤枉死，齐老师又岂会轻易罢休？当即就找来村正评理……"说着转头望向一直待在旁边百无聊赖的志忠。

"对对对，毕竟是出了人命的大事，而且齐老师又是我们村最受尊敬的秀才，他女儿出事了，我又怎能敷衍了事呢？立刻就把村民都叫到祠堂……"志忠慌忙接上话头，"成武这个狡猾的家伙原本还想砌词狡辩，说自己没进过新房，跟正磊喝醉后就倒卧在后院一觉睡到天亮。直到书屋外面人声鼎沸他才醒过来，并得知文君已上吊轻生。"

"尽管他一再大叫冤枉，但当晚就只有他跟正磊知道下联，铁证如山又岂容他抵赖？"志忠昂首挺胸，正气凛然地说，"所以我就在大家的一致同意下，按照俗例将他浸了猪笼。"

"文君虽然死得冤枉，但既然罪魁祸首已经被正法了，她应该也能安心上路了吧!"蓁蓁回想起昨夜两度遭冤魂索命,不由得哆嗦了几下,"为什么她仍冤魂不散,一再祸害他人呢?"

"或许因为她是上吊枉死的,所以怨气特别重,不多找几个替身就不能投胎转世吧!"志忠目光游离,方才的气势荡然无存,畏缩地说,"听赖住持说,像她这样的吊煞是非常凶猛的,根本化解不了,只能举行送肉粽仪式将她送走,不然还会继续祸害我们村。"

"赖住持是免费帮大家将冤魂送走的吗?"申羽忽然提出这个让人摸不着头脑的问题。

"哪有这么好的事?"三妹翻着白眼说,"作法事的钱是我们全村村民一起凑来的,而且村里的男丁都得来帮忙。"说罢又望向志忠。

志忠点头确认:"是的,这事关系到我们村的安宁,而且举行仪式涉及不少花费,总不能让赖住持自掏腰包吧!"

"天下熙熙皆为利来,天下攘攘皆为利往……"申羽喃喃自语,"既然赖住持能从中得到利益,那么他的动机就不单纯了,他说的话自然就不能尽信。"

"也不能以小人之心度君子之腹吧!这事困扰我们全村,就算不找赖住持帮忙,也得找别的师父将冤魂送走,同样得花钱。几乎所有村民对此都没有意见,并且都鼎力相助,有钱的出钱,有力的出力。"志忠说罢又咕哝了一句,"唯独齐老师既没出钱也没出力。"

"为什么?"蓁蓁不解问道。

三妹当即抢着回答:"我们要送走的冤魂可是他的女儿文君,他当然不乐意了,之前还为此跟赖住持的弟子打起来。"

"他为人师表怎么会动粗?"蓁蓁又问。

"这事就发生在两天前,当时大伙儿在齐家书屋旁边的梧桐树下讨论夜哭新娘的事,方村正也在场……"三妹将问题抛给此事的负责人。

志忠尴尬地说:"其实也能说是赖住持的几个弟子一起欺负齐老师,毕竟齐老师当时只是挨打,毫无还手之力。"

"喂喂喂,你好歹也是村正,怎能眼睁睁地看着人家挨打也不帮忙?"蓁蓁怒气冲冲地瞪着志忠,后者尴尬得低头不敢回话。

"识时务者为俊杰。"申羽嬉皮笑脸地为志忠解围。尽管只是一面之交,但他已发现志忠是个胆小怕事、偷闲躲静的家伙。洪亮一方人多势众，志忠又怎会逞英雄为齐灵杰出头？不过让他不解的是："齐老师的学生呢？他就在书屋旁边被人欺负，学生们怎么不帮他？"

"在那个捕快出事之前，已接连闹出三条人命，而且都是书屋里的人，哪还有学生敢留下来？"三妹叹息道，"齐老师的学生早就跑光了，现在整个书屋就只剩他一个人，挺可怜的。"

"嗯，其实举行送肉粽仪式，将祸害本村的冤魂送走，对齐老师来说也是好事。不然任由冤魂继续作祟，用不着多久齐家书屋就得关门大吉了。"志忠亦无奈地叹息，"可惜齐老师仍冥顽不灵，非要阻止大伙砍树送肉粽，所以赖住持的弟子才会对他拳脚相向。"

"他再怎么食古不化，也是个文弱书生，你也不该任由他挨揍啊！"秦蓁余怒未消，再度凶巴巴地瞪眼。

"其实我也有为齐老师说话……"志忠慌忙申辩，"原本赖住持执意要将整棵梧桐树砍倒送走，可齐老师说这树是他父亲种的吉祥树，为了阻止大伙儿砍树竟不顾颜面地抱住树干，所以才会打起来。后来经过我的耐心调解，双方才一致同意，不将整棵树砍倒，而是只将用于上吊的那截树枝锯下来送走。"

"这哪叫'一致同意'，齐老师当时都被揍得倒地不起了，除了点头还能怎样？我们村谁不知道赖住持跟齐老师是死对头，好不容易才让他逮到机会，不让弟子狠狠地揍齐老师一顿才怪。"三妹调侃道，随即又说，"不过这也没办法，总不能仅仅因为齐老师一个人的好恶，就任由冤魂继续作祟祸害全村吧！"

经过一轮交谈后，申羽看似知晓夜哭新娘的来由，但又好像仍未弄明白。因为元凶已被正法，文君的冤情得以昭雪，而且已接连害死了三个人，就算是自缢枉死怨气过重，因而需要找替身，也应该找够了吧！为何文君仍冤魂不散，昨晚甚至两度现身袭击他们这些跟此事毫无关系的村外人呢？

申羽隐约觉得这桩案子另有隐情，可一时间又理不出头绪，只能寄望到城隍庙调查的溪望有所发现。

第十章　案中有案

"县尉大人怎能纡尊降贵为区区一个小捕快牵驴呢？"洪亮看见知然亲自牵着溪望乘坐的毛驴前来城隍庙拜访，便轻蔑地讥讽。他正为善信的孩子起名，在红纸上对应孩子的生辰八字标注五行命理，并且写下几个名字后递给善信。溪望匆匆瞥了一眼，发现他的笔迹虽然有些许潦草，但有条不紊，而且气势奔放，犹如行云流水，既粗犷又清晰美观。

"成大事者不拘小节。"知然心中虽有些许介怀，但没有表露在脸上，立刻转移话题，向洪亮打听夜哭新娘的详情。

关于事情的起因，洪亮的叙述跟三妹和志忠所说的大致相同，只是有一个细节，他的说法跟两人稍有差别——

大婚之日的下半夜，烂醉如泥的正磊返回新房意气风发地告诉文君，他已经对出下联。可当他准备好好享受凭自身才华赢得的洞房花烛时，文君却惊慌失措地说："你刚才不是已经跟妾身圆房了吗？"

正磊本来仍醉醺醺的，听见这话立刻就醒了一大半，慌忙追问到底是怎么回事。他整晚都在后院跟成武喝酒，哪有跑回来跟文君圆房？

文君说，正磊走后没多久，她就把灯熄灭并打开房门，好让夫君回来洞房花烛。可是等了很久，等到她都睡着了，正磊才摸黑走进新房，并爬上床跟她圆房……

"你怎能半夜三更开门就寝，这不是引狼入室吗？"正磊气得大骂，"而且你怎么连灯也不点，连对方长啥模样也没看清楚，就随随便便跟人家行周公之礼了？"

文君委屈地说："妾身当时睡得迷迷糊糊的，还没来得及细想，那人已经上床了。而且郎君半宿未归，妾身生怕郎君余怒未息，又岂敢不从？"

正磊则恼火地怒吼："所以你就连人家长啥样子也不看一眼，就任由对方褪去你的衣物？"

"妾身又岂会如此轻率。"文君含泪辩解,"那人不仅知道我们的赌约,还对出下联'点灯登阁各攻书',所以妾身才会深信不疑。"

"不可能,狡辩,这只是你的狡辩!"正磊火冒三丈,放声怒吼,"这个下联是我绞尽脑汁想了半宿才对出来的,只有我才知道,你撒谎!你压根就不是知书达理、守身如玉的大家闺秀,而是水性杨花、人尽可夫的残花败柳!"

正磊不仅用尽各种下流低贱的词语辱骂文君,还对文君拳脚相向,直到打骂累了才趴在桌子上睡觉。

可怜文君自幼就养尊处优,哪会想到大婚之夜竟会如此凄惨?先被贼人玷污,再遭新郎侮辱打骂,就算是穷家丫头也受不了这种冤屈,更何况是饱读诗书的大家闺秀?

文君为证明自己并非水性杨花,也没有撒谎,便趁正磊睡着留下遗书,然后哭哭啼啼地走到书屋外的梧桐树下。透过新房的窗户可以看到这棵梧桐树,她正是借此想出上联。所以,她就在树枝上系上红绫,面向新房的窗户,盯住仍趴在桌子上呼呼大睡、曾羞辱她、打骂她的郎君,心中怀着莫大的冤屈和怨恨上吊。

她死后,她爹齐灵杰就像疯了似的,把整个登第村闹得鸡犬不宁,非要大家还女儿一个公道,方村正好把村民都叫到祠堂,商讨怎样找出犯人。

玷污新娘的犯人是谁,其实也没什么悬念吧!文君在遗书中强调,她是因为冒充者说出'点灯登阁各攻书'这个下联,才会深信对方是正磊。而知道这个下联的人,除了正磊就只有一同喝酒的成武,根本不可能还有别人。

齐灵杰虽然不敢相信,自己竟然教出一个禽兽不如的学生,但还是赞成按俗例将成武浸猪笼。不过成武可没有认罪,直到被塞入猪笼、扔进河里的前一刻,他仍大叫冤枉,说齐灵杰是他最敬重的老师,正磊是他最知心的挚友,他怎么可能冒犯老师的女儿、挚友的新娘呢?

虽然成武直到最后一刻仍不肯承认自己玷污了新娘,不过随着他沉入河中,大家都以为这事就告一段落了。可万万没想到,成武的死并未能化解文君的怨恨。

自文君死后,住在齐家书屋附近的村民,常常在深夜听见凄厉的号哭。而且就在她死后的第二十一天,也就是她"三七回魂"当晚,独自在书屋后院喝闷酒的正磊，忽然大叫"不要过来""别把我带走"之类的胡话，随即就莫名其妙地走到书屋外的梧桐树上吊了。

虽然正磊死得不明不白，不过从村民们听见的夜哭声和他出事时的怪异表现看来，文君不仅阴魂不散，而且仍对他恨之入骨，所以就趁三七回魂把他带走。不过这只是开始而已，因为在文君死后的第四十九天，也就是"末七"当晚，齐家的老仆人齐大富，也莫名其妙地说看见文君在梧桐树下哭得很凄凉，还说"小姐没人伺候，要带我走"之类的胡话，第二天就被人发现吊死在梧桐树上。

自此以后，夜哭新娘的传言就在登第村内流传开来，并且越来越多的村民夜里在齐家书屋附近听见文君凄厉的哭声，甚至目睹梧桐树下出现可怕的红衣女鬼……

"纵使是怨气冲天，如果是以别的方式往生，我也有办法将怨气化解，可文君偏偏选择了上吊。"洪亮叹息一声又道，"像她这样的吊死鬼，就算是得道高僧也超度不了，只能举行送肉粽仪式将她送走，不然她就会一直害人。"

"为什么上吊轻生的冤魂无法超度？"知然不解问道。

"那是因为上吊的过程非常痛苦，这会大大加深死者的怨恨。脖子被勒住，导致怨气无法往外吐，只能往肚子里咽，这样不化作厉鬼才怪。"洪亮解释道，"吊死鬼本来就不好对付，文君更是怀着莫大的冤屈上吊，至今才害死三个人已经算走运了。若不赶紧将肉粽送走，她还会继续害人。她害死正磊和大富后，还把县衙派来的捕快也害死了，就是最好的证明。"

"赖住持，你跟齐老师是什么关系呢？"溪望提了个让人感到意外的问题，随即道出因由，"你好像对齐家书屋里发生的事情了如指掌呢！"

"我跟那个臭书生的关系，只能用六个字形容——老死不相往来。"洪亮直言不讳道，眼中尽是鄙夷与不屑。他怒哼了一声，才解开溪望的疑惑："我虽然跟他话不投机，但不妨碍他的学生来城隍庙求平安……"

原来文君含冤自缢后，丈夫正磊及家仆大富又先后莫名其妙地到那棵不祥的梧桐树上吊，书屋里的学生们都被吓了半死，生怕自己也会被文君带走，纷纷退学搬离书屋。更有甚者怕被文君的煞气冲到，便到城隍庙拜神除煞，并且将书屋里发生的一切，毫无遗漏地告诉了洪亮。

"那就奇怪了……"溪望皱起眉头,困惑地说,"正磊在大婚之夜高声羞辱打骂文君,连在书屋里寄住的学生都被吵醒了,却没有惊动齐老师?"

"齐家书屋虽然占地甚广,但正磊当晚的怒吼可是把附近的邻居都吵醒了,那个臭书生哪有可能不知道?"洪亮不屑地翻着白眼,"他恐怕是自知理亏,不敢声张,所以就装聋作哑罢了。毕竟文君大婚当晚就红杏出墙,发生这么丢人的丑事,让他的老脸往哪里搁啊!"

"或许齐老师只是太过迂腐而已。"知然对此有另一番见解,"他认为文君已嫁给正磊,他半夜闯进新房显然于礼不合。"

"反正女儿就没有他的面子重要。"洪亮仍是满脸不屑之色。

"赖住持似乎很不喜欢齐老师呢!"溪望饶有兴致地问道,"能说说你们怎么结怨的吗?"

洪亮忽然脸色一沉,沉默片刻后才回话:"那是发生在十八年前的陈年旧事,并且关系到另一位'夜哭新娘'……"随即道出一段尘封的恩怨——

十八年前,我已是城隍庙的住持,在将庙内事务打理得井井有条后,也是时候考虑自己的终身大事了。毕竟之前我一直专注于学道,回过神来已过而立之年,便托媒婆帮忙牵线。

媒婆举荐了好几位适龄的姑娘,当中杨村的大户千金杨金玉最合我的心意,于是便请媒婆帮忙说媒。我身为德高望重的城隍庙住持,跟依靠经商起家的杨家联姻,算得上是纡尊降贵,金玉的双亲当然是求之不得,可是金玉竟然死活也不肯嫁给我。

媒婆细问缘由,金玉起初说为时尚早,随后又说要伺候爹娘,直到被媒婆问急了才说出真正的原因——原来她已心有所属,就是邻村那个所谓的"风流才子"齐灵杰。

齐灵杰在考取秀才后便毫无寸进,显然仕途无望,不过他仍凭着舞文弄墨,在四乡八镇骗到一点儿小名气。而且书生们总喜欢互相吹捧,再加上他已二十好几仍未成家,久而久之便被冠以"风流才子"的虚名,令附近不少喜欢附庸风雅的无知姑娘为之倾慕,金玉便是其中之一。

金玉其实识字不多,也就只会念念《三字经》的程度,却十分沉迷对联,总觉得会对对联的书生很厉害。所以她对齐灵杰这个臭书生非常着迷,甚至暗示若不能嫁给对方，就干脆不出嫁，留在家中伺候爹娘算了。见她如此执着，媒婆心想大概收不到我的谢礼了，便打起小心思，替她去打听齐灵杰的心意。

齐灵杰他爹当时也在为他的亲事犯愁，毕竟他早已到适婚年龄，可终日不是躲在家里读书，就是带着家仆大富参加文会或者逛庙会看戏，坊间甚至传言他们两主仆有龙阳之癖。他爹见媒婆主动上门当然是满心欢喜，可他不知是当真有龙阳之癖，还是仍做着高中状元的春秋大梦，竟然一点儿成家立室的意愿也没有。媒婆来了好几次，他仍躲在书房里避而不见，急得媒婆在书房门外把不该说的都说了出来："人家杨千金明言，今生非你齐灵杰不嫁。"可他对此却充耳不闻，仍没有迈出书房半步。

他倒是可以装聋作哑，但媒婆这话一出口，金玉在大家眼中就成了春心泛滥的浪荡女子。这对仍待字闺中的黄花姑娘而言，就跟天塌下来没什么两样。大家都在背后议论纷纷，说尽金玉的各种坏话，哪还有人敢上门提亲？

这时我才知道媒婆做了些小动作，就把她叫过来训斥了一顿，并且让她再到杨家替我说媒。虽然当时坊间流传着众多诬蔑金玉的谣言，甚至说她已跟齐灵杰珠胎暗结，但我对此毫不介怀，只想赶在她名声尽毁之前，将她迎娶过门，免得她这辈子被那个臭书生毁掉。金玉的双亲也知道这事不能耽误，立刻就答应将女儿许配给我，并着手筹办婚事。

虽说经历了不少波折，不过最终还是能跟金玉喜结良缘的话，我跟那个臭书生或许就不会结怨。可是，在大婚当夜，金玉竟然没有待在新房等我进来挑盖头，而是独自步行到登第村去找齐灵杰。

金玉可是大户千金，自出娘胎就没走过远路，可这大半夜的独自走过来，那个臭书生仍避而不见，甚至连门也不敢开。金玉悲愤交加，走到书屋外的梧桐树下痛哭，继而羞愤自缢……

"这好像不是齐老师的错吧！"知然听完洪亮讲述与灵杰的恩怨后，便为后者抱不平，"金玉再怎么倾慕齐老师，也只是她一厢情愿，齐老师为专心苦读，而回绝媒婆的说媒并无不妥。"

溪望亦点头认同："金玉在大婚之夜独自前来求见，显然于礼不合，齐老师避而不见亦无可厚非。他要是开门跟金玉说清楚，岂不是会招人话柄，更损金玉的名声？"

洪亮被两人说得满脸通红,恼羞成怒地叫嚷:"反正金玉就是被齐灵杰害死的!他闲来无事就在书屋后院办什么文会,说好听是以文会友,其实只不过是跟一群臭书生围在一起互相吹捧,引诱那些喜欢附庸风雅的无知姑娘罢了。"

不过他随即又得意大笑:"幸好善恶终有报,齐灵杰害金玉成为'夜哭新娘',结果他的女儿也同样在大婚之夜吊死在那棵不祥的梧桐树上,天理昭彰,报应不爽啊!"

"相隔十八年,同一棵梧桐树,同样是夜哭新娘……"知然喃喃自语道,"这当中难道存在着某种因果关系?"

"当中存在的因果关系就是报应!"洪亮自信不疑道,"你们没见过金玉跟文君,她俩长得可像呢,我敢肯定文君就是投胎转世后的金玉,她是来向齐灵杰讨债的。"

"竟然还有这种事……"知然不由得眉头紧锁。

"所谓的投胎转世只是坊间传说而已,不可尽信。"溪望悠然自得地劝慰道,"或许不用想这么多,一切问题皆出自齐家书屋,甚至老张出事前亦可能曾到那里调查,李捕头跟阿慕到那里应该会有发现。"

"但愿如此。"知然依旧眉头不展。

第十一章　落魄秀才

跟三妹聊过后，蓁蓁和申羽在志忠的带领下，来到相距不远的一座大宅门前。大宅占地甚广，呈长方形，前半部是平房，后半部则是宽阔的后院，尽管有些许陈旧，但仍气派十足。

申羽看着大门上写有"齐家书屋"四个大字的牌匾，赞叹道："这名字挺有底蕴的。"

"哪有啥底蕴呀，不就是以老师的姓氏取名吗？"蓁蓁不解问道，虽然没读过书，但平日经常需要接触公文和案卷，所以她还是能认出一些简单的字。

"此'齐'非彼齐也。"申羽嬉皮笑脸地解释，"这个'齐家'是出自《礼记》里的'修身齐家治国平天下'，意思是先修心养性，再管理好家务事，然后才有资格治理国家平定天下。以'齐家'为私塾的名字，说明齐老师已经准备好'治国平天下'，就差还没有高中状元。"

"这哪是准备好呀，不过是想中状元想疯了罢了。"蓁蓁不屑地讥讽道。

他俩闲聊期间，志忠不停地敲门呼喊，却未见门内传出任何动静。虽说书屋占地甚广，但叫了这么久也没人应门，要么是屋内无人，要么是屋里的人不想会客。鉴于现在书屋就只剩下灵杰一个人独居，而且他又接连遭遇不幸，所以两者皆有可能。

"反正来都来了，不妨先到夜哭新娘的老巢看看。"在申羽的提议下，志忠便带头走向书屋左侧。

蓁蓁原本总喜欢走在前头，这回却畏畏缩缩地躲在申羽背后。申羽知道她怕鬼，便调侃道："头儿，现在可是大白天，不用这么害怕啦！而且就算再有恶鬼来袭，小人也能驱鬼辟邪。"说罢便挺胸叉腰，恬不知耻地摆出撒尿的姿势，还不断扭腰画圆。

"你最好能把恶鬼赶走。"蓁蓁虽然微微颤抖，嘴上却毫不示弱，"要是又尿不出来，我就把你扔给恶鬼，然后独自逃走。"

这棵连夺四条人命的梧桐树位于书屋的左后方，跟正门外的街道有着不短的距离，因而十分僻静。或许由于茂盛的枝叶阻隔了阳光，树荫之内野草稀疏，再加上站在树下会感到一阵凉意，所以尽管是大白天仍令人有种阴森恐怖的感觉。

经志忠指示后，申羽站在文君及另外三人上吊的位置下方。他抬头往上看，系上吊绳子的树枝已被锯掉，为拥挤的空间留下了一片空隙。他转过身来望向齐家书屋，正好看见位于大宅左侧的一扇窗户，志忠说窗户之内就是正磊跟文君的新房。因为窗户关上了，未能看到里面的情况，所以他便往四周看了一圈，然后盯着足下长得十分茂盛的小片野草若有所思。

"怎么了，有什么不对劲吗？"蓁蓁胆怯地发问。

"不对劲倒没有，就是不晓得自缢往生后，鬼魂会一直吊在树上，还是钻入地下？"申羽嬉皮笑脸地答道。

"应该是附在上吊的树枝上吧！"方志忠抬头望向锯掉树枝后留下的锯口，"只要把那截树枝送到河边烧掉，就能将冤魂送走，赖住持是这么说的。"

"这样还好，就怕脚下突然冒出一堆冤魂把我拉到地府去……"申羽说着迎面吹来一阵凉风，他当即前倾身子使劲地嗅了嗅，"这香味儿……"

蓁蓁就站在他身前，见他忽然靠过来，似乎有什么不轨企图，便敲他脑袋并骂道："我又不像你这么邋遢，身上啥味儿也没有。"

"头儿误会了。"申羽揉着脑袋，委屈地说，"你没闻到吗？这香味儿跟我们昨晚在祠堂里闻到的有点儿像。"蓁蓁这才认真地嗅了嗅，的确闻到一股独特的花香，而且确实跟在祠堂里闻到的有几分相似。

志忠解释道："齐老师特别喜欢一种来自天竺的花卉，所以在后院里种了一大堆，在这附近经过都能闻到花香。"

"在这附近都能闻到……"申羽边喃喃自语，边扭头望向远方，"祠堂距离这儿挺远的，花香不可能飘到那边去吧！"

"只是有点儿像而已，花香都差不多，应该跟在祠堂里闻到的没啥关系。"蓁蓁已明白申羽的意思。

"这就不好说了。"申羽摇头道，"毕竟我们是先闻到花香，随即就遭到夜哭新娘袭击的，而且老吴在见鬼之前，好像也闻到一股特别的花香……"

"你别说了，现在可是大白天，就算夜哭新娘再怎么凶猛，也不可能现在蹦出来吧！"蓁蓁害怕得脸色都白了。

"对对对，现在是大白天不用怕……"申羽正安慰着她，突然又改口说，"不过我们在树林里遇到夜哭新娘时，倒是没有闻到花香。"

蓁蓁当即灵光一闪："昨晚肯定是你的尿腥味把花香盖过去了，你赶紧再撒一泡，不然女鬼马上又会冒出来。"

"头儿，现在可是大白天啊！就算要撒，等女鬼出现再撒也不晚吧。"申羽哭笑不得地回话，但随即又得意扬扬地挺胸叉腰，"虽然装童子尿的水囊在阿相那儿，不过小人有新鲜的。"

申羽嬉皮笑脸地说了一大堆闲话，蓁蓁听得不耐烦便说要是没啥发现就到别的地方调查，或者去跟知然会合，别在这儿浪费时间："继续这样磨磨蹭蹭的，弄不好又得摸黑回去。"

"头儿是害怕又会见鬼吧！"申羽调侃道，并赶在蓁蓁敲他脑袋之前，指着书屋的后门说，"或许我们可以进去看看，免得白跑一趟。"另外两人朝后门望去，发现后门开了一道细缝，似乎是忘记关门了。

志忠皱眉道："这好像不太合适吧！"

"嗯嗯嗯，就算我们是替县尉大人办事的，也不能随便擅闯民宅啊！"蓁蓁连连点头。

"夜哭新娘跟齐老师的关系有多深，恐怕无须我多言吧！"申羽耸肩摊手，"齐家书屋这一趟我们早晚也得走，现在不进去，就得今晚、明天、后天、大后天去。头儿是觉得晚上比较合适，还是方村正想每天都陪我们走一趟？"

志忠马上换了一副嘴脸，道貌岸然道："刚才我已经敲过门了，现在从后门进去算不上擅闯民宅。咋说我也是村正，你们又是捕快，我们一起进去没人敢说三道四。"

"好吧，趁现在是大白天，我们一起进去看看。"蓁蓁抬头瞥了眼正午的艳阳，她虽然很想尽快离开这个闹鬼的地方，但她更害怕晚上又得再来一趟。

志忠推开虚掩的后门，边大叫"齐老师"，边带领两人进入后院。申羽进门后便往四处张望，得见后院十分宽阔，约占大宅面积的三分之一，除了边角盖了一间柴房外，其余地方都种满了一种叫不出名堂的白色花卉，虽然当中有一小半已经凋谢了，不过仍花香四溢。

"我现在没心情收生教学，别来打扰我……"

一个儒雅但含糊的声音响起，三人一同望过去，发现一位四十有几的书生坐在后院中央的石桌旁独酌。志忠告诉蓁蓁和申羽，这人就是齐灵杰，随即恭敬地上前向对方介绍两人。

蓁蓁看见灵杰脸色红润，显然已有三分醉意，不由得以只有申羽才能听见的声音咕哝了一句："为人师表，怎么大白天就喝得烂醉？"

"齐老师家逢巨变，也不能太苛责他了。"申羽怜悯地叹息一声，随即上前向灵杰拱手行礼，并告知他们是为了调查文君的案件而来。

"还有什么可查的？"灵杰借着酒劲怒骂，"成武这个忘恩负义之徒，竟然玷污了我的文君，而且是在她的大婚之夜，你们去把他抓回来碎尸万段，以慰文君在天之灵不就行了。"

"成武不是已经死了吗？用不着把尸首挖出来剁碎吧！"蓁蓁皱起眉头，虽然觉得成武确实罪大恶极，但人都死了仍要鞭尸就太过分了。

"你们倒是把他的尸首找来给我看看！"灵杰拍案怒骂，"他要是已被绳之以法，文君又怎会冤魂不散？就是因为那个畜生仍逍遥法外，文君才怨气难消，无法投胎转世。"

"这到底是怎么回事？"申羽问道，"成武不是早就被村民抓去浸猪笼了？怎么会仍然逍遥法外？"

"你们问这个凡事得过且过的家伙！"灵杰怒骂过后就扭头继续独酌，不再理会三人。

"你是不是有话要跟我们说？"蓁蓁怒目盯住志忠，后者一脸尴尬没敢回话，被她怒吼了一声，才惶恐地道出将成武浸猪笼时发生的一段"小插曲"——

那天我们把成武押到祠堂公审，尽管铁证如山，但他仍不停地大叫冤枉，并且拒不服法，大伙儿花了很大的劲儿才把他绑起来塞进猪笼，然后扛到河边扔进河里。当时我们都看见他随着猪笼沉入河底，可当我们把猪笼捞上来时，却发现里面空无一物，他人不见了。

"别让那个畜生逃掉！"齐老师当即大叫，并让大伙儿寻找成武。可是，我们沿着河边找了好一阵子也毫无发现。

成武的手脚都被绳子绑住，不可能自己游上岸。或许只是猪笼的盖子没绑紧，让他掉出来了，然后被石头之类的东西卡在河底，又或者随着河流往下游漂走了。反正在当时的情况下，他不可能活下来……

"那你倒是把他的尸首找出来啊！"灵杰猛然冲志忠怒吼，随即道出成武的出身——

这个畜生是我的学生，他的情况我十分清楚。他是种花师的孩子，在耳濡目染下，自幼便懂得一些栽培技术，长大后本该子承父业。可惜在他七岁那年，目不识丁的父亲遭骗子欺骗，稀里糊涂地签下了巨额借条，导致所有积蓄均被骗光，因而羞愤自尽。母亲随后亦弃他而去，改嫁他人，他从此只能自力更生。

虽然当时他仍十分年幼，幸好他打小就经常到附近的河里戏水，懂得水性，于是便靠抓鱼过活。起初他只是勉强不用饿肚子，后来渐渐熟练了，鱼抓得越来越多，自己吃不完就拿去跟邻居换点儿粮油钱财，从而熬过了黯淡无光的童年。

他好不容易才熬到成年，深知自己的不幸源自父亲目不识丁，于是便前来向我求学。他身无长物，别说学费，就连食宿费也交不起，不过我体谅他的苦况，让他帮忙照料后院的花卉以替代学费及食宿费……

"他全靠在河里抓鱼才能活到成年，又岂会轻易淹死？"灵杰满脸通红地质疑道，也不知道是因为气愤，还是喝多了酒。

"可是，齐老师，当时你也在场的，我们村的男丁几乎都站在河边，他要是爬上岸，肯定会被发现。"志忠苦恼地皱着眉，"我们在河边待了半个时辰，也没看见他爬上来啊！他又不是鱼，就算再怎么熟悉水性，也不可能在水里待上半个时辰吧，肯定已经淹死了。"

"那他的尸首呢？"灵杰瞪眼质疑，"死人不会跑，他要是死了，尸首必定会浮出水面。可从他被浸猪笼至今，已经三个月了，仍未见尸首的踪影！"

"或许只是尸首在河底被什么东西缠住了，又或者早已被冲到下游，甚至冲入大海了……"志忠随口说了一堆毫无根据的猜测。

灵杰厌烦地反驳："或许那个畜生死里逃生，然后悄悄溜回来一再害人。那个所谓的'夜哭新娘'根本就不存在，正磊跟大富，还有县衙派来的捕快，都是被那个畜生害死的。要让村里恢复太平，你们该做的不是送肉粽，也不是到我这儿调查，而是把那个畜生找出来，将他绳之以法，以慰文君在天之灵。"

尽管怒火中烧且有三分醉意,但灵杰的话仍有些许道理。毕竟成武不可能凭空消失,找不到尸首说明他很可能仍然在生。若不是昨夜两度遭到冤魂袭击,申羽挺怀疑他跟文君以外的三条人命有关。但无论如何,也有必要到河边走一趟,调查他是否存在逃脱的可能。因此,申羽便叫志忠带他们到成武当日被浸猪笼的地方。

　　"可以跟赖住持他们一起去呀,反正待会儿……"志忠说了一半才注意到灵杰怒发冲冠,当即压低声音才对申羽说出下半句,"待会儿大家就得继续将肉粽送到河边烧掉,捕爷不介意的话,可以一同前往。"

　　"啊,要跟送肉粽的队伍一起去吗?"蓁蓁的脸色不太好。

　　"这个嘛……"志忠面露为难之色,"捕头你恐怕不太方便同行。"

第十二章 诈死逃罪

"哟，兄弟，怎么就只剩你一个人，李捕头呢？"溪望骑着毛驴走近，调侃蹲在祠堂门外东张西望的申羽，"该不会是你占了人家便宜，正被人家追杀，所以才躲在这里避难吧！"

"牡丹花下死，做鬼也风流。"申羽嬉皮笑脸地回应，"要是能占到头儿的便宜，我倒不介意被她追杀到天涯海角，可惜我没那个本事。"随即解释说，他想到河边调查，志忠便提议他跟随送肉粽的队伍前往，因为志忠也得参与仪式。

"那蓁蓁去哪里了？"骑马缓步走近的知然责备道，"我不是吩咐你们必须一起行动以防不测吗？"

"这也没办法啊！"申羽耸肩摊手，"只有男丁才能参与送肉粽，头儿不能一起去，独自待在村里到处瞎逛不更容易出问题？"

"所以你就让她先回县衙对吧？"溪望问道。

申羽点头答道："虽然对这种俗例挺有意见的，不过头儿本来就不想跟鬼魅扯上关系，所以就先回去喽。不然等送完肉粽回来，恐怕已经天黑了。"

"唉，穷乡僻壤陋习多，还真是麻烦。"溪望叹息一声，随即回头看着知然，寓意深长地说，"幸好我们都是男人，否则很多事情都不好办。"

知然愣了一下，随即看了眼正为举行仪式做准备的众人，下马对申羽说："汇报一下你们今早调查到些什么。"

申羽往四周看了看，跟知然和溪望同来的洪亮正在弟子的协助下装扮成钟馗，志忠也忙着安排村民集合，距离队伍出发应该还有些许时间。于是，他便将今早的调查经过，巨细无遗地告诉两人。

"嗯，我们从赖住持口中也打听到相关的情报，不过版本有点儿不一样……"溪望亦道出调查的经过，然后做出总结，"虽然我们得到的故事版本稍有偏差，不过也不碍事，只要能证明成武仍然在生，那么夜哭新娘的谜团就能解开了。"

"此话何解？"知然问道。

申羽亦露出不解之色："我们昨晚可是两度遭遇夜哭新娘,就算成武还活着,这跟他好像也没啥关系吧!"

"想想我教你的'无相法则'吧!"溪望话是对申羽说,却往知然瞥了一眼,"虽然我还不能确定这里是否存在鬼魅,但人不会做对自己毫无好处的事,鬼魅就算当真存在大概也一样。我们跟夜哭新娘往日无仇、近日无冤,她为何要为难我们?"

申羽仔细回忆昨夜一幕幕惊险的经历,分析道："与其说她想抓我们当替身,我觉得她更像想吓唬我们,把我们赶走……"

"她要把我们赶走,是因为我们的存在损害到她的利益?"知然已察觉到问题的关键所在。

申羽耸肩摊手："可是她人都死了,还有啥利益呢?"

"如果所谓的'夜哭新娘'并非齐文君的冤魂,而是由成武假扮的,那么一切不就很好解释了?"溪望狡黠笑道,"或许这里也跟我的故乡一样,所谓的鬼魅只存在于人的心里而已。"

申羽再度仔细回忆昨晚的情况,越想眉头就皱得越紧："不可能吧!就算成武还活着,除非他会穿墙术,不然昨晚怎能跑到祠堂里吓唬我跟头儿呢?"

"我们先琢磨他是否仍然在生吧!"溪望向已做好准备的送肉粽队伍望去,示意身旁两人起行,"要是他早就死了,就不用管他会不会穿墙术了。"

在洪亮的一声号令下,由五十多名男性组成的队伍浩浩荡荡地出发,知然跟溪望、申羽分别骑着马和毛驴跟随在队伍后头继续讨论案情。

虽说昨夜两度见鬼实属离奇,但撇除这一因素后,便可将案情简单总结为成武死里逃生,继而偷偷返回村里假扮女鬼复仇,并且为掩盖犯罪事实而装神弄鬼吓跑前来调查的捕快,甚至不惜痛下杀手将老张害死。

"你这个推论有两个大前提。"知然听完溪望的分析后便质疑道,"首先是完全否定鬼魅的存在,其次是假设成武仍然在生。可是,你又怎么解释昨晚女鬼的两次现身呢?而且成武也不可能在众目睽睽下从河里逃走。"

"大胆假设,小心求证。"溪望乐观地回应,"我们不妨先琢磨成武是否有逃脱的可能,然后再想别的。这就像缠绕成一团的丝线,让人觉得无从下手,但只要耐心地将结一个个解开,最终还是能理顺的。"

81

"成武是死是活这个'结'得到河边才能解开，或许我们能在路上解一下别的'结'。"申羽提议道，随即说出心中的疑惑，"譬如齐家的老仆人为何而死？"

队伍里有人敲锣打鼓吹唢呐，有人拉车守护"肉粽"，扮演钟馗的洪亮亦跟弟子跳着驱鬼辟邪的舞步，大家都各有各忙，他们三人只是跟在后头，没什么需要他们帮忙的。

"这的确挺让人在意的。"知然点头认同并作出分析，"假设成武仍然在生，并且是文君死后三宗命案的元凶。他为报仇而害死正磊，为掩埋真相而害死前来调查的老张，我都能理解，可他似乎没有理由加害齐大富。"

"阿慕，在齐老师那里有打听到什么吗？"溪望问道。

申羽一脸无奈地答道："我问这事时，方村正刚提及送肉粽，齐老师正黑着脸，只说大富很看不起成武这个蹭吃蹭住的穷学生，两人的关系向来都不太好。然后他就继续喝闷酒，不怎么想说话。"

"时机不对啊！"溪望叹息一声又道，"其他人有提及大富的情况吗？"

"方村正跟大富接触不多，只知道他很老实，而且对齐老师忠心耿耿。"申羽嬉皮笑脸地说，"媒婆三妹倒是说大富长得十分英俊，虽然已经老大不小，而且又是当家仆的，但仍有不少人对他青睐有加，村里就有个寡妇一再托三妹套他的口风了。不过三妹问过他好几次，他每次都说没有娶妻的意愿，只想一直伺候齐老师，让人怀疑他俩当真有龙阳之癖。"

"这种风月消息似乎跟案情没什么关系，或许我们得再到齐家书屋走一趟。"溪望思索片刻，随即做出推测，"就已知情况判断，成武或许因为过往跟大富有些许摩擦，在谋害正磊后，就干脆一不做二不休，把大富也杀了。"

"你的推测只是勉强说得通，当中还存在很多疑问。"知然愁眉紧锁，"最为重要的是，成武是用什么方法害人的？老吴出事那晚虽然喝了酒，但能让他见鬼，还稀里糊涂地上吊，似乎不是一个普通书生可以做到的事情。解不开这个谜团，就不能完全否定冤魂作祟的可能。"

"也不用什么都往鬼神的方向想，书生做不到的事情，不代表别人也做不到。"溪望意有所指地望向前方，"其实老吴那晚的遭遇，说简单点儿就是'鬼迷心窍'，江湖上有不少能人异士懂得此道。"

申羽沿着他的视线望去，看到正在跳钟馗的洪亮，当即点头认同："嗯，赖住持咋说也是个神棍，懂点儿蛊惑人心的伎俩并不稀奇。"

"你俩怎么总是胡乱猜测？"知然苦恼皱眉，言语间带有一丝愤慨，"我们可是要查明真相，解决困扰登第村的夜哭新娘，而不是随便抓个人回去交差。"

"还是那句'大胆假设，小心求证'。先把所有的可能都列出来，然后逐一求证，排除一切不可能后，剩下的就是真相。"溪望道貌岸然地说，然后跟骑驴与他并排而行、嬉皮笑脸的申羽击掌。

申羽随即接过话头："先不说跟齐老师的恩怨，赖住持在这事上至少能从中获利，所以他在背后搞小动作并非绝不可能。尤其是我跟头儿是被他关进祠堂里的，当时门外还有他的弟子。或许他为防止我们断他的财路，就让弟子用幻术、招魂术什么的，让我跟头儿遭受女鬼袭击。"

"你们越说越离谱了，比成武还活着的猜测更不可信。"知然的眉头皱得能把苍蝇夹住，心想靠这两个家伙，恐怕得辞官回家伺候爹娘。

"也不能说很离谱。"溪望笑道，"阿慕跟李捕头昨晚在祠堂里看见的'女鬼'不一样，说明他俩很可能不是真的看见了鬼魅，而是被幻术之类的玩意儿扰乱了心智。"

"那我们在树林里看见的红衣女鬼也是幻象？"知然质疑道，"我也算见过世面，但从未听闻世上有这种能让人难辨真假的幻术。"

"大人，你本末倒置了。"溪望轻晃食指，随即做出解释，"阿慕和李捕头在祠堂里的遭遇可能是幻术所致，但我们在树林里看见的'女鬼'，也许只是成武或者赖住持假扮的而已。"

"对哦！"申羽恍然大悟，"昨晚树林里那么昏暗，而且我们又害怕得要死，根本不敢靠近细看，那个女鬼就算是抠脚大汉假扮的，我们也看不出来。"

"这只是你们的猜测,毕竟也没有办法能证明我们昨晚遇到的到底是人还是鬼。"知然反驳道。

溪望自信不疑地说："对方一直跟我们保持距离，而且在我们逃出昏暗的树林后就没有继续跟随，不就是最好的证明吗？"

申羽点头认同："对啊，如果昨晚我们把那个'女鬼'抓住，说不定就已经破案了，哈哈！"

"事后诸葛亮。"知然没好气地责骂，"昨晚你不是跑得挺快的吗？"

"要是今晚又见鬼了,我还能跑得一样快。"申羽恬不知耻地说。

三人跟随队伍走出村口,穿过昨晚那片让人不安的树林,再走了近一个时辰终于来到河边。他们对洪亮如何开坛作法不感兴趣,于是便分头行动,申羽到处乱钻跟村民闲聊打听消息,溪望则让知然帮忙把毛驴牵到河边,好让他仔细观察周围的环境。

眼前的河流约十米宽,水流虽较为平稳,但河水夹带泥沙,有些许浑浊,因此看不出有多深。溪望看见河边长了很多香蒲,便拔了几根约两米长的测量水深,发现岸边水深不足一米。他本想下河测量离岸较远的地方,无奈毛驴不愿涉水,他的双腿又动弹不了,只好拜托知然代劳。

"我不想弄湿衣物。"知然断然拒绝。

溪望看着他,突然想起些什么,便笑道:"抱歉,抱歉,一时忘却大人跟小人不一样,僭越了,请大人见谅!"随即把不远处的志忠叫过来帮忙。

把志忠折腾一番后,溪望发现离岸稍远一点儿的地方蒲草就探不到底了,可见河底挺深的,再加上河道宽阔且河水浑浊,熟悉水性的成武的确有可能挣脱猪笼并藏身河里。可是……

溪望往四周环视一圈,发现河的两岸杂草倒是挺多的,但最多也就长到小腿的高度,而且没有树木,甚至灌木也没有。河道两旁三十米内,几乎没有任何遮掩物,唯一能让人藏身的也就是长在水里的香蒲。不过香蒲长得并不密集,往那里躲很容易会被人发现。

"那天我们在这里守候了半个时辰,也没看见河面冒出一个气泡,他怎么可能还活着。"志忠得知溪望怀疑成武仍然在生,便向他讲解当时的情况,并以此作为结论。

溪望看着河里的香蒲若有所思:"除非他能在水下待半个时辰以上。"

"要是能在水里待这么久,他都可以当河仙了,哪用得着到齐老师那里当种花的。"志忠开玩笑说,随即被村民叫去处理作法的琐事。

"你的'大胆假设'看来是不成立了。"知然环顾河流周遭的环境,长叹一息又道,"哪怕成武的水性再好,充其量只能在水下挣脱束缚,却没有任何机会浮出水面。正如方村正所言,能在水里待半个时辰的,要么是鱼,要么是神仙和妖怪,反正不是人。"

"其实王八也可以的。"申羽嬉皮笑脸地走近。

溪望盯住他看了看,又转头望向河里的香蒲,然后不怀好意地对他说:"兄弟,可以麻烦你帮我一个忙吗?"

"我俩可是同穿一条裤子的好兄弟,哪来麻烦不麻烦的,你要我干啥直接说就行了。"申羽豪气云天道。

"好兄弟!"溪望朝他竖起敬仰的大拇指,道貌岸然地说,"我想请你当一回王八,在河里待半个时辰。"

"你这样不就等于叫他去死。"知然责骂道。

然而,作为当事人的申羽却毫不在意,深信不疑道:"放心啦,阿相又怎么舍得让我先走?我死了,他不哭着殉葬才怪,哈哈!"

"殉葬倒不会,但我会追到阎王殿把你拉回来。"溪望亦大笑调侃,随即当真指示申羽下河。

"你不会真的要淹死他吧?"知然慌忙阻止,"我可不想案子还没查清楚,就稀里糊涂地再添人命。"

溪望在申羽耳边小声交代了几句,然后信心十足地对知然说:"他死不了的,成武也一样。"

第十三章　人面兽心

"都快半个时辰了,他该不会已经淹死了吧?""他会不会被夜哭新娘顺道带到海龙王那里去了?""他又不是我们村的,反正只要把霉运煞气统统带走就好……"

尽管送肉粽的法事已经完成,但村民们仍盯住河面不愿离开,皆因申羽待在河里已有半个时辰,至今仍未冒出水面,不禁令众人议论纷纷。

"成武浸猪笼那天,你们在河边守候的时间不比现在长吧?"溪望向身旁看热闹的志忠问道。

"嗯,应该差不了多少。"志忠答道,村民们亦纷纷点头确认。

溪望拉了三下手中那根另一头系在申羽身上的绳子,河里随即就有反应,没一会儿仅穿着裤衩的申羽便从水下冒出来,边抹去脸上的水珠边高声抱怨:"哎哟,再不让我出水,我都快被泡化了。而且这河里的水浑浊得很,我在水里连眼睛也睁不开。"

"人怎么可能在水里待半个时辰?""他是怎么做到的?""他会不会是妖怪啊?"村民们要么啧啧称奇,要么目瞪口呆,随即议论纷纷,均不敢相信眼前的事实,包括志忠及洪亮。

"这是什么戏法?"知然强作镇定地向溪望问道,他记得这两个家伙会些小戏法。

"你非要说这是戏法,我也不反对,其实说白了也就是要点儿小聪明而已。"溪望得意扬扬道,示意对方留意申羽手里拿着一根香蒲,并对此做出解释,"蒲草是中空的,掐头去尾后就是一根通气管。成武只要在挣脱束缚后,像阿慕那样在水下拔一根蒲草做通气管,那么别说半个时辰,就算在水里待上半天他也死不了。"

见村民们纷纷点头认同,溪望便朗声问道:"如果成武仍然在生,那么他会不会返回村里,找害他被浸猪笼的正磊报仇呢?"

村民们再度议论起来，大多都赞同这个推测，溪望当即乘势而上："如果害死正磊的是成武，那么就不存在所谓的冤魂作祟了。因为传说中的夜哭新娘，显然是成武假扮的。"

对于这个假设，村民们的分歧较大，有赞同也有反对，当中要数洪亮的态度最为激烈，他指着溪望大骂："一派胡言！成武就算还活着，充其量也只会找正磊报仇，怎么还会把另外两人害死？他们分明就是被文君的冤魂害死的。"

"赖住持，你看我在水里泡了这么久，会不会被肉粽里的冤魂缠上啊？你赶紧帮我驱邪除秽呗……"浑身湿漉漉的申羽，刚爬上岸就把洪亮拉到一旁，随即在对方耳边细语，"断人财路犹如杀人父母，我们没有阻碍你作法事，你最好也别妨碍我们干活。夜哭新娘的案子破不了，县尉大人就颜面无存，我们两兄弟更得丢饭碗。穷途末路的人会干啥，你不妨仔细掂量，哪怕弟子众多，也不见得每时每刻均可保你平安。"

洪亮把申羽甩开，本想怒斥其非，可仔细一想，这两个小捕快倒不足为惧，县尉大人却不好招惹。反正就如对方所言，法事他已经做了，不管有效没效，该到手的好处一点儿也不会少，没必要给他们添乱，跟县尉大人结怨。因此，他便不再多言，指示弟子收拾东西准备返程。

见申羽已把碍事者摆平，溪望便继续朗声对一众村民说："虽然已能证明夜哭新娘并非冤魂作祟，但县尉大人的承诺不变，此事必定会给大家一个交代。希望大家尽量配合，多注意村里村外的情况，若发现成武的踪迹，请务必立刻通知官府。"村民们纷纷应诺，随即便动身返程。

骑着一马二驴的三人同样跟在队伍后头，知然忽然对溪望说："要不是穿着官服，大家或许会以为你才是县尉，我只是随从。"

"大人，别拿小人寻开心了。"溪望谦卑地回应，"小人这种市井之徒又岂能盖过大人的耀眼光芒呢？"

申羽随即附和："对啊，我俩只配给大人牵马提鞋，连跟大人相提并论都怕折寿，替代大人更是天方夜谭。"

"我越来越看不透你俩了。"知然寓意深长地看着两人，"单是这份圆滑就不是小小书童能够具备的，更别说方才的出色表现。"

"那我们是不是可以当捕快了？"申羽欢天喜地道，"只要管吃管住，我们两兄弟愿意一辈子给大人当牛做马。"

"别急着表忠心，我言出必行，只要侦破此案便会正式聘用你们。"知然应付完申羽，随即向溪望问道，"接下来该怎么办？现在只能证明成武可能仍然在生，却证明不了他跟三桩命案有关。"

"再到齐家书屋走一趟吧，看看阿慕有没有看漏的地方。"溪望抬头望向渐渐西沉的太阳。

"我还能看漏啥，除了后院根本就啥也没看到。"申羽耸肩道，"希望齐老师没有一直喝酒喝到现在就好了。"

"这得回到村里才知道，现在聊点儿别的吧！"溪望望向距离他们甚远的洪亮，压低声音问道，"刚才打听到什么有趣的消息没有？"

"嘿嘿，还挺多的，譬如赖住持的弟子说他们师父道法高深，上能降魔伏妖，下能驱鬼辟邪什么的，反正就是一顿吹嘘。"申羽翻着白眼说，"我说他们吹牛，他们急了就给我列举实例，说赖住持十多年前收服了一个祸害一方的邪神，村民们都知道此事，赖住持就是因此而声名鹊起。"

知然思索片刻后质疑道："会不会像夜哭新娘这样，只不过是靠妖言惑众吓唬大家，然后随便做场法事就自吹自擂说已经把邪神收服了。"

"这个可能性还挺大的，毕竟能祸害一方的邪神，可不是区区城隍庙住持就能收服的。"溪望点头认同，随即又问申羽还有没有打听到别的消息。

申羽答道："还有一大堆乱七八糟的，譬如大富不仅像三妹说的那样长得十分英俊，肚子里还有些许墨水，会写一些简单的字，还能念几句诗装半个书生，所以经常有女人给他挤眉弄眼。不过他像不近女色似的，对此一点儿反应也没有，或许当真有龙阳之癖。还有些像齐老师非常看重名声，不屑于跟名声不好的人交往，但不看重钱财，经常赠送村民们年画、对联，而且多才多艺，不仅精通琴棋书画，年轻时甚至学过唱戏之类的琐事，比较有趣的是有村民提及杨千金的事情。听说杨家是附近一带有名的奸商，干过不少缺德的事，名声很差，而且杨千金当年的事情似乎跟赖住持说的不太一样，或许我们能在齐老师口中听到另一个版本。"

"我比较在意成武一再大叫冤枉这事，有打听到这方面的消息吗？"知然问道。

"嗯,其实有好几个村民都觉得事有蹊跷,毕竟当日铁证如山,成武再怎么喊冤叫屈也逃不过浸猪笼的结局,还不如干脆承认了,免得继续被酷刑逼供。"申羽困惑地皱起眉头,向溪望问道,"兄弟,你有啥想法?"

"之前我们不是觉得大富遇害很奇怪吗?成武好像没有加害他的理由。"溪望狡黠笑道,"但如果成武当真是被冤枉的,真正玷污新娘的淫贼是大富,那么成武找他报仇不就合情合理了。"

"可是文君在遗书中强调,冒充新郎的人对出了下联,大富虽然能念几句诗,但应该没有这个能耐吧?"知然质疑道。

"他不用自己对出下联,只要能记住就行了。"溪望轻晃食指分析道,"毕竟住在同一屋檐下,哪怕齐家书屋占地再广,也难保隔墙有耳,或许我们待会儿打听一下他生前住在哪个房间便有收获。"

"我想明白了!"申羽胸有成竹道,"真相是正磊跟成武对出下联时,大富刚好听到,随后发现他俩醉倒了,就冒充正磊摸黑走进新房玷污新娘。成武死里逃生后,先找正磊报仇,随后发现大富才是罪魁祸首,就把大富也害死了。之后他担心罪行被揭穿,就接连加害前来调查的老吴和老张,甚至连我们也不放过。"

"我不否定这个推测,但想不明白成武是怎么让人见鬼,又怎么让人稀里糊涂地自缢。"知然说罢又补充一句,"如果他仍然在生,并且是一切的幕后主谋的话。"

"这或许跟花香有关……"溪望思索片刻,随即向申羽问道,"知道书屋后院里种的是什么花吗?"

申羽摇头作答:"不晓得,全是一种白色挺漂亮的花,听说是来自天竺的花卉,反正我从未见过,待会儿问问齐老师好了。"

送肉粽的队伍返回登第村时已日落西山,村民们各回各家,洪亮亦带领弟子回城隍庙。志忠说需处理法事花费事宜,不能继续帮忙引路。反正申羽早上已在村里遛了一圈,也见过灵杰,知然便没有挽留志忠,而是带着两个"临时捕快"直奔齐家书屋。尽管这不是适合拜访的时间,不过对家逢巨变的苦主而言,客人何时来访均没有太大差别。

三人来到齐家书屋正门,申羽敲门好一会儿仍无人回应,幸好后门还像中午那样没有关上,而且灵杰依旧在后院里独酌,唯一不同的只是石桌上多了些简单的饭菜,但他似乎没吃多少。

申羽上前向灵杰介绍知然及溪望,灵杰当即恭敬地向知然行礼,并说了些家里只剩他一人独居,无法款待县尉大人之类的门面话,知然亦对他寒暄慰问一番。

客套话说过后,知然便直奔主题,告知已证实成武很可能仍然在生,并且就是所谓的"夜哭新娘",只要将他逮捕就能解决此案:"但这样不见得能够洗雪文君的冤屈,因为我们怀疑玷污她的并非成武。"

"不是那个畜生还能是谁?"灵杰拍案而起,一改方才的文质彬彬,恼怒地细数不利于成武的种种证据,当中最为有力的就是文君在遗书中强调犯案者说出了只有正磊和成武才知道的下联。

"齐老师,别动气,我们只是怀疑而已。你先坐下来,我们再慢慢参详。"申羽挤出笑脸边帮灵杰揉背边扶他坐下,然后才继续说,"这后院嘛,咋说也不是密不透风,而且那晚正磊和成武喝了不少酒,说话的声音应该不会小,被其他人听见也不稀奇吧!"

"不可能!"灵杰以毋庸置疑的语气说,"当晚我巡视过整座书屋才回房间休息,除了他俩,其他人都在各自的房间里,不可能有人听见他们的对话。"他随即指出学生们的房间所在的位置,跟石桌的确有一段不短的距离。

"学生们或许听不见,但学生以外的人就不一定了。"溪望说。

灵杰当即反驳:"不可能,这书屋里除了学生,就只有我和文君,还有大富……"他说着似乎意识到溪望话中的含义,脸色马上就变了。

"齐老师,能说说齐大富的情况吗,譬如他生前住在哪个房间?"知然问道。

灵杰苦恼地以双手捂脸,良久才指向位于后院边角的柴房。柴房与石桌的距离比学生们的房间近得多,应该能听见这边的谈话。也就是说,正磊和成武当晚交谈的内容,大富很可能听得一清二楚。

"或许你该详细告诉我们关于齐大富的一切,这攸关文君的冤情。"溪望淡然问道,并仔细观察灵杰的神情。

灵杰面露痛苦之色,比方才更为悲痛,哽咽良久才平复情绪,徐徐道出家仆的过往——

大富打小就在齐家当仆人，不仅陪伴着我成长，还看着文君长大。我实在不敢相信，他竟然如此丧心病狂，将魔爪伸向文君。

他是我家的远亲，年幼时因家贫如洗，且兄弟姐妹众多，父母无力抚养，只好拜托家父收留他当仆人。他这辈子大部分时间均在书屋里度过，几乎把这里当作他唯一的安身之所，尤其是在他的家人都死于瘟疫之后。

他很勤劳、很可靠，把书屋里的清洁、煮食等琐事打理得井井有条，让我得以专心读书教学。他也很老实，并且安分知足，从未向我提出任何过分的要求。

年轻时，我因一心求学而耽误了婚事，为避免他重蹈我的覆辙，家父走后我便提议让媒婆帮他找个伴儿。可是，他竟然憨厚地跟我说："老爷，我跟随在你身边，见识过不少知书达理、秀外慧中的大家闺秀，一般的笨拙丫鬟，我根本看不上眼。可你看像我这样的下人，哪能配得上人家千金小姐呢？还是打消这个念头，专心伺候老爷好了。"

当时我还为他的忠心颇为感动，没想到他竟然人面兽心，玷污了我的文君……

忆述家仆的过往后，灵杰便痛心疾首地仰天号哭。

第十四章 树下亡魂

"齐老师还真可怜啊！身边的人全都离他而去，现在不仅发现错怪了成武，还意识到一直忠心耿耿的老仆人才是罪魁祸首。"知然在齐家书屋后院门外，抬头看着天上的明月轻声叹息。

虽然还有很多疑问需要向灵杰求证，但一来时间不早，二来他又悲痛万分，实在不便继续打扰。故知然只好先告退，打算回头再来讨教。

"真相往往是残酷的，知道得越多就越痛苦，古往今来亦是如此。"溪望回应道，随即在申羽的帮忙下骑上毛驴代步。

"那是不是知道得越少就越快乐了？"申羽嬉皮笑脸地说。

溪望调侃道："对啊，如果我告诉你，你原本是一只屎壳郎，是求神明把你变成人的，你肯定开心不起来。"

"那可不一定，能由屎壳郎变成人，我还是挺开心的，至少伙食要比之前好多了，哈哈哈！"申羽没羞没臊地大笑。

"你俩别耍嘴皮子了，我们没剩多少时间可以浪费。"知然皱眉叹息，"虽然已经大致弄清楚了案情，但有不少关键问题仍未有答案，譬如成武怎样让人见鬼，现在又身在何处等。"

"鬼迷心窍之法，或许跟这花香有关。"溪望深吸一口从书屋后院传出来的花香。离开书屋之前，他询问灵杰种满后院的白色花朵叫什么名字。灵杰说是来自天竺的洋金花，是成武前来求学时带来的拜师礼。灵杰觉得此花清雅脱俗，甚是喜欢，便让成武种满整个后院，并以打理花卉的酬劳抵消学费及住宿费。

溪望说："洋金花又叫曼陀罗花，作为药材可以止痛、治咳嗽，甚至是哮喘。"

"这跟见鬼有啥关系？"申羽不解地问道。

溪望解释道："洋金花有很强的麻醉效果，华佗的麻沸散就是以其为主要材料，若使用得当应该能做出可以使人产生幻觉的迷香。"

"我就当你这个假设是真的，可为什么闻到迷香后都会看见夜哭新娘呢？老吴如是，蓁蓁、阿慕亦如是。"知然质疑道。

"大人本末倒置了。"溪望得意地笑道，"老吴是听过更夫对夜哭新娘的描述后才闻到迷香并产生幻觉的，因而在幻觉中看到夜哭新娘并不稀奇。李捕头则是听过老吴的经历后才闻到迷香，阿慕也是在李捕头大叫看见红衣女鬼的情况下才出现幻觉。把三者串联起来不难发现他们互相之间存在关联。"

"哦，我懂了！"申羽恍然大悟，"怪不得我跟头儿看见的女鬼不一样，因为女鬼不是出现在我们眼前，而是我俩各自产生的幻觉。因此女鬼的形象是由我俩各自想象出来的，自然就不一样了。"

"正解！"溪望竖起拇指赞同。

知然思索片刻后问道："那村民们纷纷声称看见夜哭新娘又是怎么回事？"

"大部分只是因为传言而捕风捉影而已。"溪望从容答道，"小部分当真是看见了，不过也是受迷香影响，情况跟老吴近似，只是较为轻微，仅仅产生幻觉，还没到神志不清、稀里糊涂地上吊的程度。"

"你每个假设仿佛都是一派胡言，但又不能完全否定，让我觉得真假难辨。"知然皱起眉头，困惑地说，"而且总会带出新的疑问，譬如成武怎么懂得将洋金花制成迷香，为何阿慕在一瞬间幻觉就会消失？"

"成武为何懂得做迷香，我就不晓得了。不过对于阿慕那泡驱鬼辟邪的童子尿，我倒是有个想法。"溪望轻拍挂在毛驴身上、装满了童子尿的水囊，"还记得老吴说过他家的自酿米酒用的是独特配方吗？昨晚我跟李捕头聊起这事，她叫我千万别喝老吴家的米酒，因为那所谓的独特配方，其实是老吴让儿子往酒缸里撒一泡尿。"

"哈哈，老吴之所以大难不死，难道就是因为他见鬼前喝的米酒掺杂了童子尿？"申羽惊奇地大笑。

溪望点头道："嗯，我想尿液中应该含有某些能中和迷香的成分。"

"又是一个真假难辨的假设。"知然的眉头皱得更紧，叹息道，"唉，算了，不管你的推理如何不可置信，只要找到成武便能真相大白。现在时间不早了，我们先回县衙休息，明天再把精力放在寻找成武的下落上吧！"

"或许我们不用急着回去。"溪望朝不远处的梧桐树望去。这棵接连出了四条人命的不祥树，是最为重要的案发地点，但他跟知然至今仍未有时间仔细调查。

三人一同来到树下，仔细观察周围的环境，知然跟申羽均没有发现异常之处，唯独骑在毛驴上的溪望盯住文君等人上吊位置下方的地面若有所思。

"兄弟，你也好奇吊死鬼会不会钻到地底去吗？"申羽嬉皮笑脸地发问。

溪望不怀好意地回答："的确挺好奇的，要不我们把泥土挖开看看，说不定能给你挖出一个美艳的新娘。"

"哪来的我们啊！"申羽挤出一副八字眉，委屈地看着他，又看了看知然，然后嘟起嘴抱怨，"你又挖不了，这苦力活还不是得我来做。"随即往附近一户有烛光映照出的人家走去，说是去借工具。

"你这是好奇，还是想捉弄阿慕呢？"知然盯住足下的泥土，疑惑问道，"这好像没什么特别吧！"

"你仔细看看。"溪望往地上一指，"这一小块地方，野草生长得显然要茂盛一些，地底下可能藏着些什么。阿慕或许一时间没想到，但也察觉到不对劲，所以才会立刻跑去借工具。"

申羽不一会儿就借来了锄头，当即撸起袖子挖土，将树下那片长着茂盛野草的泥土挖开。他不停地挖呀挖，挖了近一米深，挖得腰酸背痛，汗如雨下，尽管一再抱怨，却丝毫没有放弃的打算。他一直挖到整个人都藏在坑里，忽然抬头大叫："下面真的有东西！"溪望当即骑着毛驴去找附近的村民借来火把照明。

因为他俩先后过来借东西，引起村民的好奇心，所以当申羽从坑里扛出一具腐烂不堪且散发恶臭的尸体时，梧桐树下已聚集了近十名村民，当中有好几个人高举火把令树下并不昏暗。正好路过的更夫也走过来凑热闹，溪望趁机拉着他聊了几句，询问昨晚相遇之前，他在祠堂附近有没有看见什么特别的情况。

"这身衣服好像是成武浸猪笼那天穿的。"

尽管尸体已面目全非，但穿着成武唯一能称得上体面的衣服。正磊与文君大婚当日，成武就是穿这身衣裳赴宴，其后跟正磊在后院喝醉，次日一早就被押到祠堂公审，所以被不少村民认出来了。

"我还找到个奇怪的东西……"申羽拿着一卷字画从坑里爬出来，"这玩意儿刚才压在尸体胸口，会不会是镇邪法器之类的东西？"

"这案子还真有意思。"溪望饶有兴致地笑道，接过字画展开细看，发现是一幅水墨画像，看样子是匆匆画出来的，因为背面沾染了些许墨迹，应该是刚画好还没干透就被卷起来。画里是个盛装打扮的新娘,不过面貌狰狞、凶神恶煞,犹如来自阴曹地府的恶鬼。

"亏你还笑得出来。"知然苦恼地皱起眉头责备,"如果这是成武的尸体,那么你的推测就全是胡说八道。"

"也不尽然。"溪望从容回应,"至少成武依靠香蒲在水下呼吸,从而死里逃生的推测应该是对的,否则他就不会出现在这里。"

"可就算证明成武没淹死在河里,对调查也毫无帮助。"知然惆怅地叹息一声,"他显然并非夜哭新娘,真凶要不是另有其人,就是冤魂作祟,一切又回到起点,我们甚至连一点儿头绪也没有。"

"或许这几个字能给我们提供些许线索。"溪望在画像背后发现一行细字,似乎是一组生辰八字。

"发生什么事了?"灵杰从书屋后门步出,向聚集在梧桐树下的众人发问。

溪望简要地告知情况,并请灵杰辨认尸体是不是成武。虽说单看身高体形,灵杰已能判断此人十有八九就是成武,但尸体腐烂得面目全非,他也不能完全肯定。幸好思索片刻后,灵杰便想到验证之法:"书屋里的学生都会在衣服上绣上名字以方便区分,查看衣服后领就知道此人是不是成武。"

申羽当即捏住鼻子将尸体翻过来查看,发现衣服后领的确绣有成武的名字,从而判断此乃成武的尸体。

"怎么会这样,到底发生什么事了?"灵杰忽然跪在尸体前,眼中尽是迷茫与困惑。

"成武应该是死里逃生后,当晚就悄悄返回村子,打算跟你解释他并非忘恩负义的禽兽,这从他连衣服也没更换就能看出来。可是他还没见到你,便被他人杀害并埋藏于此。"溪望看着眼前的尸体向灵杰做出分析。

以腐烂程度判断,尸体应该是三个月前,也就是成武被浸猪笼当晚便被埋入地下。后脑勺那个可怕的伤口,亦说明死者很可能是被他人以硬物从后方砸死。

"成武,为师错怪你了……"灵杰仰天悲愤号哭,"谁?到底是谁如此灭绝人性,连一个自证清白的机会也不给你……"

"唉,人家在祠堂里一再喊冤也没人理会啊!"溪望没把这句心底话道出,而是向灵杰展示画像背后的文字:"或许这卷压在尸体上的画像能给我们答案。"

灵杰凑近细看，随即愤慨叫道："我知道了，是赖洪亮那个妖道！"

"何出此言？"知然不解问道。

"这是杨家千金杨金玉的生辰八字，当年那个妖道垂涎人家的美貌，用尽各种下作手段威逼人家嫁给他。结果金玉宁死不从，大婚之夜来到这棵梧桐树下自缢轻生。"灵杰愤愤不平道，"金玉的坚贞不屈令他颜面扫地，他就诬蔑人家遭邪魔附体，死后更化作妖邪于梧桐树下夜哭，迷惑并加害附近的村民。"

围观的村民中，有几名四五十岁的长者表示知道此事，只是跟灵杰的说法稍有偏差。按村民们的回忆，十八年前金玉死后冤魂不散，每夜均于梧桐树下号哭，闹得村民人心惶惶，洪亮便仗义出手收服冤魂。其后，洪亮的弟子对此大肆宣扬，而且越说越夸张，甚至把金玉说成邪神，反倒让人忘记金玉才是夜哭新娘传说的起源。

"当年那个妖道收了金玉的魂魄，如今十八年过去了，他仍不肯放过人家，利用成武的怨恨施展邪术，操控金玉再次害人。"灵杰的指控虽然掺杂了主观偏见，但仍得到在场村民的认同，大家纷纷指责洪亮是个虚伪的妖道。

"赖住持的确挺可疑。"知然看了眼议论纷纷的众人，扭头向溪望问道，"你的推测落空了，要不要听听我的分析？"

"劳烦大人指点，小人洗耳恭听。"溪望谦逊地行礼。

知然整理了一下思绪，随即道出推理——

也许洪亮的确拥有驱鬼辟邪，甚至操纵冤魂的能力。

十八年前，金玉宁死不嫁令洪亮十分愤怒，甚至记恨上了灵杰。尽管随后他声名鹊起，不便去找灵杰的麻烦，但心里始终十分痛恨对方，总想找机会报仇雪恨。

遭到冤枉的成武，深知若不能证明自己的清白，这辈子绝不能抬起头来做人。可是，整个登第村都认定他就是玷污新娘的淫贼，就连最熟识他，他最信任的同窗正磊及恩师灵杰均不相信他的解释，他要洗雪冤情就只能向村外人求助。而唯一能帮助他的人，恐怕就只有灵杰的死对头——洪亮。

故成武死里逃生后，便悄悄来到城隍庙向洪亮道出冤情，并恳求对方为自己主持公道。洪亮表面上答应了还他一个公道，心里却盘算着如何对付灵杰，为自己一雪前耻。

洪亮诱骗成武悄悄返回登第村，然后在梧桐树下将他杀害，然后埋藏于树下，并用封印了金玉鬼魂的画像压在他的胸口，以此施展邪术。受邪术操控的金玉，因此再次成为祸害一方的夜哭新娘，在连夺书屋两条人命后，就连前来调查的捕快也不放过……

"大人的推测可比小人更天马行空呢！"溪望调侃道。

知然得意扬扬地回应："'大胆假设，小心求证'可是你说的。"

"那个妖道一再用邪术害人，请大人明鉴，立刻将他抓捕，免得他继续作恶。"灵杰向知然拱手行礼恳求。

"嗯，事不宜迟，我们这就去城隍庙逮捕赖住持。"知然说罢便吩咐申羽去牵马，准备立刻出发。

"且慢！"溪望叫住申羽，然后对知然说，"大人，本案尚有诸多疑点，现在就断定赖住持是罪魁祸首似乎为时过早。"

"你又有何高见？"知然揶揄道，"不会仍坚持这几宗命案均是成武所为吧！"并瞥了眼地上那具腐烂不堪的尸体。

"大人就别笑话小人了。"溪望尴尬地搔了下脑袋，随即胸有成竹地说，"之前的推测虽然错了，不过小人有信心，明天一早就能找出连串案件的元凶。"

"何出此言？"知然问道。

"这还不简单吗？"溪望小心翼翼地将面貌狰狞的新娘画像卷起来，装进挂在毛驴身上的布包里，"留下这幅画像的人，就是杀害成武的凶手，这应该毋庸置疑吧！明天一早，把全村村民以及赖住持和弟子们都叫到祠堂，当众比对字迹，不就知道凶手是谁了。"

"为何不现在就把大家叫到祠堂呢？"知然又问，并且露出迫不及待的神色。

"三更半夜还打扰大家，恐怕不太好吧！"溪望为难地说，并悄悄朝申羽使眼色。

"对啊，办案也不能太扰民啦。"申羽当即附和并补允道，"而且头儿不在，赖住持要是跟弟子一起发难，只有我跟阿相恐怕保护不了大人。"

"好吧，我们先回县衙休息，明天一早再过来解决此案。"知然神色黯然地点头，随即委托几名胆大的村民将尸体暂时停放在祠堂，明天再处理。

溪望露出狡黠的笑容："希望我们回去的路上风平浪静。"

第十五章　树林遇鬼

"你们是不是有什么事瞒着我？"知然骑着马刚走出村口便质问道。

骑毛驴的溪望和申羽个头比他矮了一大截，因而气势亦被他压下去，不过后者仍嬉皮笑脸地抬头，装傻充愣地回答："有吗？没有啊！"

"明明可以立刻召集大家到祠堂，为什么非要等到明天？"知然严肃地瞪眼。

申羽立刻明哲保身："我什么也不知道，刚才只是为了配合阿相才会附和。"

"好吧，好吧，我坦白交代就是了。"溪望见知然固执地盯住自己，深知不能糊弄过去，只好详细说明，"光靠比对笔迹，不一定能找出凶手，因为有很多方法可以钻空子，所以我打算用更直截了当的办法。"

知然立刻追问："什么办法？"

"让凶手自投罗网。"溪望得意地答道。

知然大惑不解："等明天再召集大家就能让凶手主动站出来？"

"也不一定，不过机会还是有的。"溪望乐观地笑道，"大人，你就放慢脚步，等着欣赏好戏吧！或许用不着三天限期，今晚就能将此案侦破。"

三人骑着两驴一马，以相对缓慢的速度进入村外那片昏暗的树林后，随着一阵晚风迎面吹来，他们便闻到一股奇特的花香。溪望当即给申羽使眼色，并递给对方一块手指头大小的湿润破布。

"出状况了？"知然谨慎地注视周围的情况，树林里十分昏暗，而且树木枝叶茂密，很难看清楚是否有危险逼近。

"大人就安心看我们两兄弟表演好了。"溪望从容答道，并以眼神示意对方留意拦在前方的红色身影。

知然立刻凝视前方，发现相距约三十米处，竟然站着一个身穿大红色嫁衣的新娘，并且隐约听见凄厉的号哭。尽管周围十分昏暗，他却越看越清楚，甚至看见新娘的相貌就如画像中那么狰狞可怖，并且伸出阴森的鬼爪朝他轻勾食指，以诱惑的语气说："来啊，来给我做伴，跟我对对联啊……"吓得他面无人色，且身体不由自主地大幅抖动，导致座下骏马亦因此受惊而躁动不安。

"大人别慌，就算天塌下来也有小人顶住！"申羽迅速将破布卷起来塞进鼻孔，随即跳下毛驴拉住马绳防止知然被甩下来。

尽管心里惊恐万分，知然仍强作镇定地向溪望问道："要回头吗？"随即再次望向前方的夜哭新娘，发现对方虽然依旧站在原地，但又好像正缓缓朝他们飘过来。

"不入虎穴，焉得虎子。"溪望从容答道，也像申羽那样将一小块破布卷起来塞进鼻孔，"我们就像昨晚那样，装作什么也没看见，先缓步往前走，穿过那家伙后就赶快逃出树林吧。"

"你们怎么好像不怎么害怕？"知然察觉两人的表现跟昨夜截然不同。

申羽嬉皮笑脸地回应："一回生二回熟，昨晚她也就吓唬一下我们，今晚大概也不会对我们怎样，没必要大惊小怪的。"不过他牵马绳的手却微微颤抖。

"我昨晚就说了，越害怕就越要寻根究底。怎么说我们也有三个人，没什么好担心的。"溪望说罢便示意申羽牵马前行，"大人要是害怕，闭上眼睛就好了。"

知然原本不愿再看面貌狰狞的夜哭新娘一眼，可被溪望这么一说，便不服气地直视前方，发现可怕的女鬼仍朝他轻勾食指，鬼气森森的呼唤声仿佛就在耳边响起："来啊，来给我做伴，跟我对对联啊……"吓得他慌忙闭上双眼，并于心中默念阿弥陀佛，尽管他平日并无礼佛的习惯。

三人默默前进，随着与夜哭新娘的距离不断拉近，知然闻到的独特花香就越浓烈，座下骏马亦越焦躁。当与女鬼的距离不足十米时，骏马忽然惊恐地跳起来，申羽怎么拉也拉不住，只能眼睁睁地看着他被马甩下来。幸好跟随在后方的溪望反应及时，连忙张开双臂接住他，不过两人随即一同掉到地上，骏马亦挣脱申羽的控制，一溜烟地跑掉了。

"大人，我好像屁股开花了，这该算因公负伤吧？"溪望躺在地上可怜兮兮地呻吟。然而，倒在他身上的知然，也不知道是不是摔晕了头，并没有回应他，而是缓缓爬起来，然后摇摇晃晃地走向可怕的红衣女鬼。

尽管骏马跑掉了，但申羽使尽浑身解数，总算把两头受惊的毛驴拉住。可他双手各拉住一头毛驴，既腾不出手把溪望拉起来，也不能将知然拉回来，只好慌乱叫道："大人，你怎么了？"

"她在叫我,叫我过去陪她……"知然迷迷糊糊地回答,似乎已经迷失了心智。

眼见他已走到夜哭新娘跟前,而且对方不知何时掏出一根红绫,正勒住他的脖子,溪望连忙叫道:"阿慕,是时候了,出绝招吧!"

"好嘞!"申羽不再管自己那头毛驴,从溪望那头毛驴的挂包里取出水囊,快步冲上前将水囊里的童子尿全泼到他俩身上,并且扑上去想把女鬼抓住。

不知道是童子尿起作用,还是被申羽突如其来的举动吓到了,女鬼竟然发出刺耳的尖叫,并且转身往树林深处逃走。申羽本想追赶,却被溪望叫住了:"她跑不了,待会再慢慢收拾她也不晚,先看看大人是什么情况。"申羽便回头解开勒住知然脖子的红绫,并将他扶起来。

知然仍有点儿迷糊,但比刚才好多了,昏昏沉沉地说:"发生什么事了?我怎么觉得刚才好像在做梦一样,身体不受自己控制,听见那红衣女鬼在叫我,就糊里糊涂地走到她跟前。可忽然闻到一阵恶臭,我就立刻清醒了些许。"

申羽自豪地挺起胸膛:"我的童子尿又立大功了。"

"嗯,大人或许该奖励一下阿慕,赐他一个鸡腿什么的。"坐在地上的溪望笑道,随即示意大家看向旁边的大树后发出的不起眼的微光,并让申羽过去查看。

申羽在树后找到一个巴掌大的香炉,里面有些正在燃烧的香料,并散发独特的花香。知然一闻又觉得迷糊,不禁皱起眉头,溪望见状便让申羽赶紧让香料熄灭。

申羽本想拿水囊浇灭香炉里的香料,却发现里面的童子尿已被泼光了,只好解开裤头用新鲜的。这可把知然吓了一跳,当即扭头捂眼。

"大人,我们都是男人,就算玉帛相见也没关系啦!"申羽大大咧咧地往香炉撒尿。

"我们又岂能跟大人相提并论。"溪望严肃骂道,"赶紧收好你的丑东西,别玷污大人双眼。"

申羽应诺一声,便迅速将香炉浇灭,弥漫于空气中的花香随之消失,且由难闻的尿臭味取而代之。知然渐渐不再觉得迷糊,倒是有些许困惑,指着香炉问道:"你俩怎么完全不受它的影响?"

溪望将塞在鼻孔里的破布拔出来并递上:"阿慕的童子尿虽然臭,但挺提神醒脑的。"知然接过后发现破布是湿的，而且有股尿腥味，显然是用尿液打湿，当即嫌弃地塞回给溪望，后者随即做出解释。

申羽昨晚在祠堂里之所以能把"女鬼"赶走，原因并非他的童子尿拥有驱鬼辟邪的效果，而是他跟蓁蓁当时是受到迷香的影响产生了幻觉，或许尿液中含有某些可以中和迷香的成分，所以他俩才能逃过一劫。要不然，他俩很可能会像老张那样，莫名其妙地上吊枉死。老吴出事当晚，应该也是因为喝了加入童子尿酿造的米酒，才能在危急关头清醒过来。

知然虽已明白是怎么回事，但随即又愤慨地盯住溪望质问："你早就料到夜哭新娘会再次在此伏击我们？你是怎么想到的？为什么不先跟我说清楚？"

"大人，我可以彻夜不眠逐一解答你的疑问，不过若不立刻返回登第村，就会白白浪费小人为抓捕真凶而折腾的小把戏了。"溪望露出一副为难的表情。

"要回去就得抓紧时间哦！"申羽扶起溪望，帮助对方骑到毛驴背上，"我的毛驴跟大人的马都跑掉了，不麻利一点儿，我们回到县衙时恐怕已经天亮了。"

"你是怕连夜宵也吃不上吧！"溪望调侃道，申羽则揉着咕咕作响的肚子憨笑。

知然不知道他俩有何盘算，但此刻没有什么比抓捕真凶更重要，因此便让申羽牵着溪望所骑的毛驴，加快脚步跟他一起跑回登第村。

三人进村后，便让志忠把所有村民都召集到祠堂。志忠虽然不晓得是怎么回事，但哪敢违背县尉大人的命令，立刻敲锣打鼓通知村民。经过一番折腾后，尽管未能把全村村民叫来，但祠堂门外的空地已聚集了好几十人，当中竟然还包括洪亮及其弟子。在梧桐树下挖出来的尸体也被移至祠堂门外，毕竟祠堂也就丁点儿的地方，不足以容纳所有人。众人纷纷交头接耳，虽不晓得发生了什么事，但看着那具腐烂不堪的尸体便知道非同小可。

"三更半夜把大家叫来真是抱歉！不过事关重大且刻不容缓，所以只好打扰大家的清梦了。"申羽神气地冲众人喊话，"因为我们才高八斗、神机妙算、骁勇善战的县尉大人，已经识破夜哭新娘的真身了。"说罢便朝身旁的知然使劲地鼓掌。

不明就里的知然，完全不晓得他在耍什么花样，正想询问身后的溪望，却被对方推了个趔趄。他好不容易才稳住脚步，发现所有人的目光都落在自己身上，只好硬着头皮说几句："本官深知夜哭新娘为大家带来极大的困扰，因此我们夜以继日地展开深入调查。尽管其间遭遇无数困难和危险，但皇天不负有心人，我们终于查明了真相，现在就让我的得力助手给大家详细说明。"说罢便回头将众人的目光引导到溪望身上。

知然表面上镇定自若，心里却捏了一把冷汗，因为他压根就不知道真相到底是啥。不过他总算摆出身为县尉应有的架势，毫不突兀地将问题塞给了溪望。溪望亦不再跟他开玩笑，骑着毛驴上前朗声道："关于夜哭新娘这桩案子的来龙去脉，想必大家均有耳闻，我就不浪费时间复述了，直接说大家最关心的重点——接连害死数人的真凶是谁？"

"害人的不就是齐家千金的冤魂吗，有啥好调查的。""对啊，我们都把肉粽送走了，还大半夜把我们叫过来干吗？""你们这些官府的，该干活时啥也不干，等我们都折腾完了才跳出来邀功。"村民们议论纷纷，抱怨声此起彼伏。

"大家先静一静！"申羽高声叫道，并向众人展示在树林里拾获的红绫和香炉，"问题要是真的解决了，我们刚才就不会在村外遭受袭击……"随即道出三人的遭遇。

"困扰登第村的夜哭新娘并非冤魂作祟，大家口中的厉鬼，其实只是受迷香影响产生的幻觉而已。"溪望接过申羽递过来的香炉，严肃地解释，"刚才真凶重施故伎，想利用迷香将我们灭口。幸好我们知道童子尿能消除迷香产生的幻觉，因此才得以幸存。"说罢便向众人展示这件散发尿臭味的重要证物。

"你说这一大堆废话，到底想说什么？"洪亮上前质疑，"齐文君的冤魂已经被我作法送到海龙王那里压煞，岂会又回来袭击你们？你大概是被在山林里游荡的魑魅魍魉袭击，然后歪打正着地用童子尿把对方赶跑罢了。随便拿一兜尿就胡扯什么迷香、幻觉，简直就是一派胡言。"

"赖住持，你可知道此乃何人？"申羽凑到洪亮身旁，指着停放在地上以草席覆盖的尸体自问自答，"他就是三个月前被大家浸猪笼的成武，我们刚才在齐家书屋旁边的梧桐树下将他挖出来时，还发现一幅写有杨金玉生辰八字的恶鬼新娘画像压在他胸口，大家觉得他很可能是被你害死的。"说罢便接过溪望从挂包里掏出来的画像向众人展示。

"这、这跟我有什么关系？"洪亮先是一愣，随即愤慨斥骂，"成武跟我无冤无仇，而且是在姓齐的房子外被发现的，你们休想把罪名赖在我身上！"

"生辰八字这么重要的东西，除父母外，大概就只有夫君知道吧？"溪望狡黠笑道，"那为什么写有杨金玉生辰八字的画像会跟尸体埋在一块呢？"

洪亮虽想反驳，却因事出突然，一时未能理清头绪而语塞，申羽则嬉皮笑脸地把他推回人群当中："赖住持，县尉大人明察秋毫，你若没有作奸犯科，大人自会还你清白。"

见碍事者已被摆平，溪望便朗声宣告："刚才在村外假扮女鬼袭击我们的人，也就是接连夺去包括成武在内四条人命的夜哭新娘就是他！"说罢他便指向藏身于人群中的凶手。

第十六章　还原真相

随着溪望当众指出凶手，众人一片哗然，因为他所指之人竟然是村里最德高望重的秀才齐灵杰！

"大人，你们是不是哪里弄错了？"灵杰从人群中走出来，不卑不亢地对知然说，"我齐某一生光明磊落，从未为非作歹，你们为何指控我是丧尽天良的杀人狂徒呢？而且这些人大多与我关系匪浅，我又何来狠下杀手的理由？"

知然可不知道该如何回应对方的质疑，毕竟他对此也十分震惊，幸好溪望立刻替他解围："你这个道貌岸然的伪君子，哪有资格跟大人说话？滚滚滚，离大人远一点！"边说边骑着毛驴挡在两人中间。

申羽趁灵杰避让毛驴之际，从后抓住他，并在他身上使劲地闻了闻，随即哈哈大笑："就是这味儿，慕家九代单传天然纯正的童子尿。"

"刚才我们在村外树林遭到夜哭新娘袭击，县尉大人奋勇上前抓捕对方，并且将童子尿泼洒在对方身上。"溪望在众人不解的目光下做出解释，"犯人逃脱后，我们就立刻返回村里召集大家，所以犯人肯定来不及沐浴去除身上的尿腥味。"

"也就是说，现在除本官外，谁身上带有尿腥味，谁就是方才袭击我们的犯人！"知然总算知道是怎么回事了，不过他仍想不明白灵杰为何会接连杀害数人，甚至胆大包天袭击官差？

"唉，你恐怕只是为了保住晚节吧！我猜对了吗？齐老师。"溪望狡黠笑道，随即在灵杰惊疑的目光中道出推理——

你并没有龙阳之好，也不是为了专心读书而不想男女之事，而是过往从未遇上能令你心动的女性。你只喜欢才貌俱全的优秀女子，可惜别说登第村这个小地方，就连附近的四乡八镇也没有任何一位姑娘能令你多看一眼，这才是你至今未娶的真正原因。因为就算是倾国倾城的绝色美女，若非才高八斗、学富五车，在你眼中也是面目可憎。

在这个大多数人目不识丁的时代，想找到你心目中才貌俱全的完美姑娘，无异于大海捞针。既然找不到，那就自己培养一个吧！于是，你收养了一个相貌清秀的女婴，并取名为文君，期望她长大后能像汉代才女卓文君那样才貌俱全。

　　在你的悉心栽培下，长大后的文君知书达理、亭亭玉立，是你理想中的完美新娘。可是，年龄上的巨大差距和对你的敬重，令文君只把你视为最尊敬的慈父，从未想过跟你双宿双飞。并且随着年龄的增长，文君对身边的同年男性渐生爱慕之情，而这个幸运儿就是你的学生正磊。

　　你想过阻止文君跟正磊的婚事，可女大当嫁，她就算不嫁给正磊，早晚也得嫁给别人，而不是你这个养父。毕竟是自己养育了十八年的女儿，你也想让文君得到幸福，与其让她外嫁，还不如让正磊这个穷小子入赘，至少这样她还会继续待在你身边。

　　原本你还打算祝福这对新人，可是在大婚之夜你发现正磊竟然让文君独守空房，自己却在后院跟成武喝酒。你问明原因后，察觉正磊虽然是你的得意门生，但不管是才华还是德行，他还远远未达到能配得上文君的程度。至少他远不如你，只有像你这样的才俊才配得上文君。

　　训斥这两个不成器的学生后，你非常后悔将文君许配给正磊。你悉心照顾文君多年亦未能一亲芳泽，正磊这个才疏学浅的家伙凭什么跟文君洞房花烛？他没有这个资格，他甚至连文君出的对联也对不上，要不是得到你的提点，他就连进新房的机会也没有。

　　你越想越气，悄悄窥视在后院里喝得烂醉如泥的两人，一个可怕的念头忽然在脑海中浮现——你要占有文君，因为只有你才有资格跟她享受鱼水之欢，你将她抚养成人，悉心栽培十八载，不就是为了这一刻吗？

　　于是，你借巡视之名，仔细确认除后院那两只醉猫外，其他人均待在各自的房间里，然后蹑手蹑脚地走进新房，冒充新郎跟文君洞房花烛。

　　尽管文君曾有一丝怀疑，但你熟识自己的养女，大婚之夜把大君晾在新房外半宿，必定令她十分愧疚。而且她向来遵从你信守诺言的教诲，只要你对出下联，她便会愿赌服输，不仅不会再怀疑你，也不会拒绝你的任何要求。

　　对你而言，文君出的对联只是小菜一碟，你根本不用偷听正磊对出的下联，因为他也不过是经你的提点才想出来的，你才是真正对出下联的人，你才有资格进新房跟文君洞房花烛。

云雨过后，你趁文君睡着悄悄离开新房，并且偷偷往后院瞄了一眼，确认正磊跟成武仍酒醉未醒，这才安心地返回自己的房间休息。你本以为自己禽兽不如的恶行不会被任何人发现，天亮后你仍是受人敬重的齐老师，跟文君依旧父慈子孝，文君亦会跟正磊和睦相处，白头偕老。

可是，你的如意算盘并没有打响，下半夜正磊醒来返回新房，随即察觉新娘已被他人玷污，不由得大发雷霆，甚至打骂羞辱文君。你虽然被打骂声惊醒，并且非常心疼文君，但又不敢出面制止正磊的暴行。因为你就是罪魁祸首，你就是玷污新娘的淫贼！

你本想等到天亮再以家丑不可外扬之类的借口劝正磊哑忍，实在不行就把这家伙赶出书屋。反正只要你的兽行不被揭发，而且文君仍留在你身边，其他一切都不重要。可你万万没想到，文君不堪受辱，竟在天亮之前就走到书屋外的梧桐树下自缢轻生。

你人生将近一半的时间都花在栽培照顾文君上，失去她无异于晴天霹雳。你无法接受这个可怕的事实，因此无比痛恨令你痛失至爱的正磊。可在外人眼里，在大婚之夜便与新婚娘子阴阳两隔的正磊才是真正的受害者，你找不到任何能摆上台面的理由惩罚他，只好迁怒于无辜的成武，让成武当你的替罪羊，背负玷污新娘的罪名。

幸好成武熟识水性，被浸猪笼时及时挣脱束缚，并且借助香蒲在水下呼吸才得以幸存。死里逃生后，他并没有向你的死对头赖住寻求协助，而是不惜冒险返回村里，悄悄来到齐家书屋告诉你，他并非丧尽天良的禽兽，而是被冤枉的。

你当然知道他是清白的，因为冤枉他的人就是你，你才是丧尽天良的禽兽。可是你绝对不能让大家知道这个秘密，否则你不仅一世英名毁于一旦，甚至会成为遗臭万年的斯文败类。你无法接受这种可怕的结果，必须让他永远替你背负玷污新娘的罪名。于是你便从后偷袭他，用硬物砸破他的脑袋，将他连同你的秘密一起埋藏在梧桐树下。

成武死后，你就利用他生前栽种的洋金花制造迷香，让正磊产生幻觉，稀里糊涂地在梧桐树上自缢。尽管此举宣泄了你对正磊的仇恨，但亦为你带来了麻烦，因为跟你们居于同一屋檐下的家仆齐大富察觉到你的异常。

为守住足以令你身败名裂的秘密，你只好向这个忠心耿耿的老仆人痛下杀手，再次利用迷香让他跟正磊一样，稀里糊涂地在梧桐树上自缢。

后来县衙派来捕快调查，你担心东窗事发，只好重施故伎先后用迷香对付两名捕快。先来的老吴虽然侥幸生还，但后来的老张则无辜枉死。

住在附近的媒婆三妹，恰巧碰见老张自缢的一幕，不过她也受到迷香的影响产生幻觉，以为是冤魂作祟。其实自成武死后，你一再制造、使用迷香，已令附近不少村民产生幻觉，只是大家都误以为是冤魂作祟罢了。你亦乐于将计就计，将你为掩埋真相而一再犯下的罪行全推给虚无缥缈的鬼魅，终日假装借酒消愁装作受害人，以维持为人师表的好名声。

不过随着夜哭新娘的传闻越闹越凶，连你的死对头赖住持也来了，甚至要把书屋旁的梧桐树砍倒。你担心埋藏在树下的秘密被大家发现，便以强硬的态度阻止，无奈众怒难犯，大家都赞同洪亮的建议，纷纷要求砍树送肉粽，你亦只好退而求其次，答应让大家将用于上吊的树枝锯下来。

昨天县衙再次派人前来调查，并且跟送肉粽的队伍发生冲突，因而被关在祠堂里。你虽然独自待在书屋，但整个登第村都闹得沸沸扬扬，你自然亦留意到，并且担心对方会查出真相。

于是，你趁着夜深人静悄悄来到祠堂外，点燃迷香透过敞开的窗户让里面的捕快产生幻觉。虽然不能像之前那样，让他俩稀里糊涂地上吊，但至少能吓唬一下他们，让县衙以为当真是冤魂作祟，从而守住你的秘密。你本以为此举做得神不知鬼不觉，却不知道更夫恰巧看见你在祠堂附近出现。

随后县尉大人前来救人，在祠堂门外跟赖住持对峙期间，你一直躲藏在暗处观察，并且发现奸计未能得逞，被关在祠堂里的捕快没有被幻觉吓倒。一计不成，又生一计，你立刻返回家里翻出文君的嫁衣，然后抄近道跑到村外的树林里，假扮夜哭新娘吓唬我们。

你本以为我们会因为害怕而放弃调查，没想到今天我们又来了，还到齐家书屋拜访你。你只好假装借酒浇愁，诱导我们怀疑成武尚在人世，而且是一切的幕后主谋。

我们再次拜访并告知你错怪成武，玷污文君的淫贼其实另有其人时，你的震惊表现并非因为愧疚，而是害怕遭到怀疑。当知晓我们怀疑的是齐大富，你才大松一口气。

随后,我们虽然发现了埋藏在梧桐树下的尸体,但你早有准备,将一卷写了杨金玉生辰八字的狰狞新娘画像放在尸体胸前,以便他日东窗事发可以诬蔑赖住持用邪术害人。

这条奸计本有得逞的可能,可惜你过于着急嫁祸他人,却没有注意到一个关键问题——你怎会知道金玉的生辰八字?既然你能一眼认出金玉的生辰八字,那么这幅画像就不见得一定是赖住持留下的。至少跟赖住持相比,精通琴棋书画的你,随手就能画出一幅合适的画像。画像背面的墨迹亦说明其为仓促之作,因为墨水还未来得及晾干便被卷起来跟尸体一起深埋。

凭着这个破绽,再加上更夫看见你昨晚在祠堂附近出现,已经可以确定你就是一切的元凶。但以现有的证据又不足以让你认罪,所以我就略施小计,谎称明日召集大家比对笔迹,其实是想引蛇出洞。

你虽然为自己准备了两个替罪羊,但成武已被杀害,而赖住持的笔迹我见过,显然跟画像背后生辰八字的字迹对不上。你担心自己禽兽不如的罪行会被揭发,只好铤而走险,再次假扮夜哭新娘埋伏在村外的树林里。而且这次你还带上迷香,因为你不仅想销毁能用于指证你的画像,还想一劳永逸将我们灭口……

面对恶贯满盈的严厉指控,灵杰哑口无言,良久仍未做出任何反驳,溪望盯住他狡黠笑道:"齐老师,我的推理应该没大问题吧?不过有些细节我仍未想通,譬如大富跟随你多年,理应对你忠心耿耿,就算知道你的恶行亦会替你隐瞒,你没必要对他狠下杀手。还有,你是怎么懂得制做迷香的?"

灵杰沉默半晌,忽然挣脱申羽的控制拂袖怒骂:"我不知道你在说什么,你们若为交差非要陷我于不义,我无话可说。但我齐灵杰一生光明磊落,从未为非作歹,哪怕人头落地亦不会屈服于你们的淫威之下。"

"死鸡撑饭盖。"溪望苦笑摇头,随即招手把志忠叫来。刚才让志忠召集村民时,他还吩咐对方顺便搜集带有灵杰字迹的一切物件,恰巧志忠家里就有几副灵杰赠送的对联,于是就带过来了。

溪望仔细比对画像背后的八字及对联,发现当中有两个字相同,字迹亦一模一样,便让志忠向众人展示,并对灵杰说:"齐老师,这回无法抵赖了吧?单凭这幅带有你笔迹的画像,就能确定成武的死跟你脱不了关系。你是想自己坦白交代,还是让我们代劳,将你的兽行撰写成书告诫世人呢?"

"这事可以交给我办,我最擅长胡说八道了。"申羽嬉皮笑脸地说,"我必定能将齐老师的道貌岸然和丧心病狂完美地展现出来,写成一本流芳百世……不不不,是遗臭万年的淫乱春宫小说。书名我都想好了,就叫《兽父现形记》!"

"别!"灵杰慌忙喝止,犹豫片刻后终于泄气地点头,"我说,我坦白交代一切……"

第十七章　真相背后

书中自有黄金屋,书中自有颜如玉。世人寒窗苦读,无非是为了金榜题名出人头地后,迎娶美娇娘过上富足的生活,我齐灵杰亦不可免俗。无奈接连数次落第,虽心有不甘,但也只能接受我并非状元之才这个现实。既然读书不能给我黄金屋,那至少给我一个才貌俱全的颜如玉吧!

尽管一直专心读书,但我偶尔也会参加文会或者去看戏剧,因而附近知书达理的大家闺秀,我就算不认识也见过或者听闻过。当中能让我看上眼的,就只有杨家千金杨金玉。

金玉也喜欢戏剧,我们是到城隍庙逛庙会看戏时认识的。她的美貌令我印象深刻,可惜她空有一副好皮囊,腹中却没有半滴墨。我跟她聊诗词歌赋方面的话题,通常聊不了几句,尤其在对联方面她更是一窍不通,尽管她倒是挺欣赏像我这样博古通今、出口成章的才子。

经过几次短暂的偶遇后,我便知道金玉并非我心目中的颜如玉。不过她却总是找机会接近我,但凡我参加的文会她必定到场,每次逛庙会看戏也总会遇到她。

当时眼见我高中无望,年事已高的家父开始为我的婚事着急,便托媒婆为我觅识对象。不过在媒婆推举的姑娘当中,也就金玉稍胜一筹,但亦不过是劣中取优而已。

听媒婆说,金玉的双亲很喜欢我,有意将女儿许配给我。可杨家是为富不仁的奸商,四乡八镇尽人皆知,我当然不想跟他们扯上关系。而且金玉也不是我心中的颜如玉,因此我便以专心读书为由,婉拒了这门亲事。

其后家父病逝,守孝的三年里当然不能谈婚论嫁,不过金玉依旧想方设法接近我。其间赖洪亮这个浑蛋垂涎她的美色,便托媒向杨家提亲,遭拒绝后竟诬蔑她跟我有染,以此败坏她的名声,迫使她就范。愚夫蠢妇最喜欢这种风月流言,尽管终日不绝于耳,但我清者自清,对此毫不理会。

可我万万没想到，就在金玉被逼就范，跟赖洪亮定下婚期的时候，大富竟然抱着一个初生的女婴跪在我面前，哀求我娶金玉为妻。

原来金玉一再接近我，并非钟情于我，而是青睐于总是跟随在我左右的大富。大富虽然身份低微，不过长得十分英俊，而且终日待在我身边，耳濡目染下也算是懂得吟诗作对，正好跟对诗词歌赋一知半解的金玉一拍即合。他俩一来二往，渐渐暗生情愫，金玉也不介怀大富出身寒微，竟跟他无媒苟合，甚至珠胎暗结诞下一名女婴。这就是金玉父母非要她嫁给赖洪亮这个浑蛋的原因，因为他们不想女儿下嫁奴仆，更不想家丑外扬。

大富当然不想伊人嫁作他人妇，无奈他身为家仆，又岂有成为杨家女婿的资格？因此，他唯有跪求我迎娶金玉，让我假装跟金玉结为夫妇，并且把女婴当作我跟金玉的骨肉，帮助他俩渡过难关。之后不管我想休妻再娶，还是纳妾继后，他们均毫无怨言。

我可被他气得七窍生烟，万万没想到他平日规行矩步，竟然会做出这种荒唐至极的丑事。我当即痛骂他不知廉耻，并且拒绝假装迎娶金玉。毕竟当时我仍为家父守孝，岂可举办婚事，而且杨家丑名远播，我又哪能跟他们扯上关系？他也知道我的难处，只好退而求其次，哀求我收养他跟金玉的女儿。

按说他跟随了我多年，我就算再怎么生气也不该要他舍弃骨肉，可我尚未成婚，收养女婴容易招人话柄。我本想拒绝他的请求，但仔细一看，发现女婴长得跟金玉很像，眉目分明画不如，是个万中无一的美人坯子，长大后必定倾国倾城。

看着女婴清秀的面容，我心中忽然有个想法——既然找不到我心中的颜如玉，何不亲自栽培一个呢？只要悉心照顾，眼前这个女婴必定能长成才貌俱全的佳人，成为我心中完美的颜如玉。于是，我便答应收养女婴，并取名为齐文君，寄望她日后能成为卓文君那样的绝色才女。

我本以为事情到此便已结束，金玉将会嫁给赖洪亮，而她跟大富的女儿则会留下来当我的养女，并且不会有我们仨以外的人知道这个秘密。可我万万没想到，金玉秉性刚烈，竟然在大婚之夜穿着嫁衣独自走来齐家拍门。

大富让我收养文君已是强人所难，再让我收留已踏进赖洪亮家门的金玉就太不识抬举了。所以他没敢向我开这个口，任由金玉在门外破口大骂，他也不敢开门。他以为只要闭门不见，金玉便会回去继续当赖家的新娘，岂料金玉只想跟他双宿双飞，宁死不更二夫，竟在屋外的梧桐树下自缢轻生。

得知金玉香消玉殒，大富一度痛不欲生，每天以泪洗面，夜深人静时更忍不住号哭。不过为隐瞒跟金玉的关系，他不能让别人知道，只好学着戏曲的腔调以女声号哭。没想到此举竟被邻居误以为金玉冤魂不散，闹出夜哭新娘的传闻，更让赖洪亮趁机装神弄鬼一番混出名堂。

从悲痛中恢复过来后，大富便悉心照料文君，我亦竭尽所能栽培她，教会她诗词歌赋、琴棋书画。眼见她日渐长大，而且亭亭玉立、知书达理，跟我心中的颜如玉如出一辙，不枉我多年来的付出。

本以为文君会一直待在我身旁，伺候我终老，没想到她竟然对正磊这个穷小子心生爱慕。我这才意识到一个问题，就是我虽然能把她培养成心中的颜如玉，却难以让她当我的美娇娘，因为我不仅跟她存在年龄上的巨大差距，而且是她的养父。想到这一点，我只好向现实低头，将她许配给正磊。因为让正磊入赘齐家，至少能让她待在我身边。

文君大婚当夜，我的心情非常复杂，整晚都心烦意乱，便打算像往常那样巡视书屋平复情绪，却碰见正磊跟成武在后院喝酒，任由文君独守空房。问明原因后，我气得火冒三丈，因为文君出的对联并不难，我立刻就想出下联了，正磊这小子怎么想了半宿仍一筹莫展？我实在看不过去，一时口快就说出了关键提示。

听过我的提示后，正磊必定能对出下联。我本以为他会立刻返回新房陪伴文君，没想到他竟然继续跟成武喝酒，还醉伏在石桌上。看见他烂醉如泥的模样，我不由得怒发冲冠，心想他根本配不上文君。文君可是我悉心栽培的颜如玉，与其嫁给他这种不学无术的家伙，还不如嫁给我。

我越想越气，一个可怕的念头随即在脑海中浮现——不能让别人得到我悉心栽培的颜如玉，我必须占有文君，我要成为她的新郎！

占有文君后，我悄悄退出新房，确认正磊跟成武仍在后院不省人事，才返回自己的房间休息。我本以为此事不会被任何人发现，谁也不会知道我已经成为文君的新郎。没想到事与愿违，我竟然因此失去了文君。在悲痛之余，为了隐瞒秘密，我只好将罪名推到成武身上，让他当替罪羊，被大家抓去浸猪笼。

本以为成武会带着我的秘密沉入河底，岂料他竟然死里逃生，当夜还返回书屋找我，诉说他是被冤枉的。我当然知道是怎么回事，但如果还他清白，我的秘密必定会被揭穿，所以我只好拿起砚台从后偷袭，砸破他的脑袋。

　　他是从后门进来的，除了给他开门的大富外，没有人知道他来找我。而大富因为痛失女儿，就像金玉轻生时那样，在深夜学着戏腔以女声号哭，所以再次被邻居误以为文君冤魂不散，导致大家夜里都关门闭户不敢外出，甚至连更夫也不敢靠近。

　　我见屋外阒无一人、寂然无声，便在大富的帮助下，乘着夜色将成武埋藏在梧桐树下。我还随手画了一幅面目狰狞的新娘画像，在背面写上金玉的生辰八字，连同尸体一起掩埋，以便日后尸体被人发现可以嫁祸给他人。

　　或许是出于对我的信任，或许是仍沉浸于悲痛之中，大富没有细想成武为何返回书屋找我，也没有在意向来奉公守法的我为何不报官，竟以私刑杀死成武，只是默默地按照我的吩咐善后，并且不对任何人提及此事。不过，随着他从悲痛中恢复过来，便察觉到当中不对劲的地方。

　　正磊也一样，经过一段借酒浇愁的日子后，他渐渐意识到成武绝非那种丧尽天良的衣冠禽兽，而且哪怕被塞进猪笼扔入河中的前一刻，成武仍坚称自己是被冤枉的。他越想越觉得不对劲，就跟大富聊起此事，谁知道大富竟然一时说漏嘴，告诉他成武曾返回书屋向我诉说蒙冤受屈。他随即向我求证，幸好大富并未道出成武已被掩埋树下，我才能以成武是来找我要盘缠，结果被我赶走的借口搪塞过去。

　　我深知正磊早晚会发现冒充他跟文君洞房花烛的并非成武，所以我必须想办法堵住他的嘴，可我又不能像对付成武那样把他砸死，再让大富帮忙善后。就在我为此绞尽脑汁之际，目光不经意地掠过种满后院的洋金花，随即心生一计——既然成武死后给我留下天大的麻烦，那就用他生前栽种的洋金花替我解决问题吧！

　　我曾在书上看过关于洋金花的记载，知道此花不仅可以入药，还能制作迷香，书里甚至有详细的制作方法。我立刻把那本书找出来，如法炮制果然制造出能令人迷失心智的迷香。在文君三七回魂当晚，跟正磊在梧桐树下祭拜文君时，我悄悄点燃迷香，并且按照书中的记载，于事前往鼻孔塞入用尿液沾湿的碎布让自己不受迷香影响。

独自待在柴房里的大富,因思念文君再次以女声号哭,受迷香影响的正磊听见他的哭声,再加上我的言语诱导,迷迷糊糊地看见了文君的幻象,并且用我递上的红绫结束了他碌碌无为的一生。

原以为解决了正磊,此事便告一段落,没想到正磊的死竟然引起了大富的怀疑。大富本来就觉得文君遭成武玷污一事有点儿不对劲,眼见我对成武狠下杀手,随后正磊又莫名其妙地自缢,他越想越觉得蹊跷。他认为书屋之内只有我才能对出文君出的对联,正磊也不过是经过我的提示,拾人牙慧才能对出下联。因此,假若成武当真是清白的,那么唯一可以冒充正磊的人就只有……

我严词训斥他一派胡言,甚至对天发誓若曾对文君起半点儿歪念就不得好死。不过我心里明白,这不能消除他的猜疑,他早晚会知道真相,甚至会在大家面前揭穿我的秘密。尽管他多年来一直对我忠心耿耿,但我让他失去了最宝贵的女儿,他一定会令我名誉扫地,甚至锒铛入狱。我不能让他得逞,因此在文君末七当夜,我再次使用迷香让他也像正磊那样到阴间陪伴文君。

虽然接连闹出人命,让大家都以为文君冤魂不散,吓得学生们纷纷退学,偌大的书屋就只剩我一个孤家寡人,不过这样至少能守住我的秘密,保住我的名声。可我万万没想到事情仍未结束,县衙竟然派人前来调查,我只好一再使用迷香,甚至披上文君的嫁衣,学着戏曲的女声腔调号哭,假扮大家闻之色变的夜哭新娘……

"精彩!"溪望拍手叫好,并且对灵杰的兽行作出评价,"若将你的所作所为撰写成书,书名该叫《枉披人皮》。"随即他示意申羽将灵杰绑起来准备押回县衙。

"的确是枉披人皮……"知然看着灵杰轻声叹息,"你本可拥有一段为人传颂的人生,却因为扭曲的欲望和对名声的痴迷而一再作孽,一步步走向万劫不复的深渊。你不仅枉为人师、枉为人父,甚至枉生为人。"

尾声

一

再度亲临县衙的宋刺史，完全无视像苍蝇一样围着他拍马屁的县令、县丞等人，从马车下来后就径直走进县衙，来到恭候他多时的知然面前，严肃问道："登第村的夜哭新娘案有何进展？"

"下官已查明真相。"知然恭敬地拱手行礼，尽管已竭力控制情绪，但他仍按捺不下心中那份意气风发，在向对方汇报的同时，嘴角不自觉地微微上翘，"所谓的夜哭新娘其实并非鬼魅作祟，实情是齐家书屋的老师齐灵杰在养女齐文君的大婚之夜冒充新郎圆房，随后为掩盖自己的兽行一错再错接连杀害四人，甚至不惜使用迷香蛊惑人心，因此才会闹出冤魂作祟的荒唐闹剧。现在元凶已被收押等候发落，用于制作迷香的原材料洋金花亦已被全数销毁。此外，下官已向村民们详细讲解该案的来龙去脉，澄清在女皇陛下治理的太平盛世下，由刺史大人坐镇的广州绝不会出现怪力乱神之事，一切乱象皆为为非作歹之徒掩人耳目的伎俩而已。"

"还行，总算没丢本官的脸。能在限期内破案，算你忠于职守，不过也就仅此而已。"宋刺史依旧一脸严肃，教诲道，"毕竟县尉这种九品芝麻官谁都能当，这种穷乡僻壤也没什么大案，别侦破了一宗小案就沾沾自喜。"

"你给我七天期限，我仅用两天就破案了，竟然仍不值得你的一声赞誉？"知然于心中大骂，脸上却不露声色，谦卑地回应："下官谨遵大人教诲。"

"你叫谁来着……"宋刺史招手把县令叫到身旁，吩咐对方妥善处理夜哭新娘案的审理事宜，并且向民众公告案情，澄清真相以正视听，防止好事之徒造谣生事云云，然后便准备打道回府。

看着宋刺史的背影，知然以只有自己才听见的声音怒哼一声，并想拂袖返回尉廨。然而就在此时，宋刺史忽然回头冲他训斥道："你还不赶紧收拾行装回都督府？在这种穷乡僻壤侦破一宗小案就得意忘形了？有本事就侦破些大案奇案给我看看，都督府里有一大堆悬案需要处理呢！"

　　"下官遵命！"知然当即喜笑颜开地行礼，随即恭敬地询问，"大人，下官能否带几名部下到都督府赴任？"

　　"行，你想带谁就带谁，那个谁你没意见吧？"宋刺史瞥了眼像苍蝇一样围在身旁的县令，后者一个劲儿地摇头。

二

　　"大人，你怎么把这两个就只知道吃的家伙也带上？"蓁蓁向骑马并排同行的知然问道，并回头以蔑视的眼神盯住骑着毛驴跟随的申羽和溪望。

　　"头儿这话未免太刻薄了吧！"申羽挤出一副含冤受屈的可怜模样，"我跟阿相可是大功臣啊，要不是有我们帮忙，又哪能揭发齐老师丧心病狂的兽行呢？"

　　"而且大人到都督府赴任，总不能就只带李捕头一个部下吧？"溪望附和道，随即不怀好意地瞄了申羽一眼，"毕竟打水倒夜香之类的脏活累活也得有人做啊！"

　　"替头儿倒夜香我倒是十分乐意。"申羽恬不知耻地笑道。

　　"你们少说几句废话，今晚或许就能在都督府吃晚饭了。"知然没好气地说。

　　蓁蓁恼火地瞪了身后两人一眼，本想不再说话，但随即就想到一个问题："对了，大人到都督府担任什么职务呢？"

　　"名义上是司法参军，实质是都督府里累积了一大堆悬案奇案，刺史打算让我们专职处理这些硬骨头。"知然雄心勃勃地答道，"他让我组建一个部门处理广州各地衙门解决不了的离奇诡异案件，我一定会让他看清楚我的才能。"

　　"那这个部门叫啥名字？"蓁蓁又问。

　　"哪有名字，之前从未设立过类似的部门，刺史让我为其取名。"知然回头向身后两人问道:"你们有什么建议吗?"

　　申羽和溪望一同脱口而出:"诡案组!"

尾声

第二案　雾江神龙

引子

一

三十年前的端午节深夜,天空电闪雷鸣、大雨倾盆,地面泥泞不堪、寸步难行,甚至连视野亦变得非常狭窄。在这种情况下靠近江河,绝非明智之举。然而,人总有脑袋不清醒的时候,譬如去年才为人夫的刘家村青年。此刻,带着一身酒气的他,就抱着西瓜大小的包袱,任由暴雨打在身上,缓步走向水流湍急的丰江。

"怎么会发生这种事?"青年在宽阔的大江前驻步,看着汹涌澎湃的江水,愤愤不平地说,"肯定是哪里弄错了,我可是代代单传的独苗,这不就会成为全村人的笑话吗?"

"我不能被大家耻笑,不能像阿爹那样,在我出生之前连头也抬不起来……"他低头看着怀中传出烦人啼哭的包袱,眼里只有憎恶与怨恨。

"你走吧!"青年冷酷无情地说,"别再来我家了,我不需要你这种赔钱货。"说罢便准备将包袱扔进汹涌的江水之中。

然而,突如其来的巨响令他停下了丧心病狂的举动,但他并非良心发现,而是骇人的闪电从天而降,落在他身旁不足百米的江边,并且令一片长得比人还要高的野草燃烧起来。

他被吓呆了,以为自己的恶行惹怒了苍天,因而降雷示警。不过他随即发现,事实并非如此,因为在燃起熊熊烈焰的草丛中,好像有个巨大的生物正在痛苦地翻滚挣扎。眼前的异象令他忘却了一切,甚至忘却了恐惧,因为他意识到是巨物引来了苍天的降雷,于是便缓步靠近草丛,打算看清楚对方的真身。

随着巨物不停地翻滚及暴雨的冲刷,火焰渐渐熄灭,但青年走近后仍能借助微弱的火光看清楚巨物的身姿——粗约一人环抱、长逾数十米、呈长条状,躯体不见四肢,通体覆盖因遭受雷击而变成焦黑色的鳞片,感觉就像传说中的"蛟"。

"刚才那道闪电难道是天劫?"青年目瞪口呆地看着身上仍冒着白烟的巨物,心想对方要是渡劫成功,或许已成为能腾云驾雾、呼风唤雨的神龙了。

然而,尽管渡劫失败,但巨物并没有因此丧命。经过一番翻滚挣扎后,不仅火焰被扑灭了,它亦渐渐缓过劲儿,睁着一双比牛眼还要大很多的眼睛,死死地盯住青年。

巨物虽然一言不发,但青年看着那双巨大的眼睛便知晓它的心意:为了应对天劫,我已经精疲力竭,现在连一丝力气也没有,急需食物恢复力量。你若为我奉上食物,我便满足你的一切心愿。

青年愣住片刻,心中很快就有了决定,跪下来用颤抖的双手将怀中的包袱高高举起,虔诚地向巨物奉上祭品。他之所以颤抖,并非因为恐惧或者悲伤,而是源自心里那份按捺不住的兴奋——他的愿望终于可以实现了。

二

端午节的黎明,太阳尚未从东方升起,平静的丰江一如既往地笼罩着浓厚到三步外不见人影的晨雾。与平日不同的是,大批民众于江边聚集,点燃一堆又一堆旺盛的篝火。因为今天要举行一个重要活动,一个将决定所有人来年命运的比赛——赛龙舟!

尽管沿着两岸堆放的高耸篝火发出耀眼的光芒,但在宽阔的江面上一字排开的十八艘龙舟仍隐没于浓雾之中,不仅岸上的民众看不到,就连相邻的龙舟之间也互相看不到对方。不过,每艘龙舟上的健儿均已做好击鼓划桨的准备,虽然浓雾令他们看不清楚四周的状况,但大家都知道该如何奔向终点,排在中间位置的陈家村人亦不例外。

年近四十的陈得宝坐在龙舟前端,看了眼身前那个由他亲手制作的龙舟鼓,再看看龙舟上其余十四名同村兄弟,心里五味杂陈。这场比赛绝对不能输,至少不能输给他们村的世仇刘家村,要不然全村来年都不好过。可要是赢了,他就不能实现朝思暮想的心愿——像刘家村的村正那样连生八个儿子。

当然,他是养不起这么多孩子的,否则他也不会在第三个女儿出生后就停下继后香灯的步伐。毕竟他可不像刘村正那样家境殷实,就算连生八个儿子,家里依然有的是余粮。

尽管连生八子只是个遥不可及的美梦,但无论如何他也必须生个儿子继后,不然这辈子都会被人嘲笑,就像过去的十八年一样……不愉快的记忆在脑海中一闪而过,坚定了他实现心愿的决心。不过事已至此,该做的事情他都做了,接下来只要静心等候就好了。

宣告比赛开始的锣声响起,将得宝从凌乱的思绪中拉回现实,他立刻有节奏地击鼓,以鼓声指挥划手划船奋进。尽管心里明白绝对不能在这场比赛中获胜,但作为引领船员的鼓手,他又不能有一丝松懈,至少表面功夫必须做足。反正接下来将会发生的事,远超凡人能够应对的范畴,不管他怎么做也改变不了结果。

果然,当比赛进入白热化阶段,令得宝既不安又兴奋的巨大身影悄然在龙舟后方出现。尽管江面被浓雾笼罩,放眼四周均白蒙蒙一片,但是只要靠得足够近,还是勉强能看到一个模糊的影子。不过,这个神秘的影子出现在龙舟的后方,所以只有倒坐在船头的鼓手才能察觉异样。

得宝忽然停下击鼓的动作,前排的划手不由得以困惑的眼神看着他,却见他露出诡异的笑容。划手们还没来得及开口询问,龙舟便受到猛烈的撞击,整条龙舟都被撞翻了,所有人都掉进水里。

幸好大家都熟悉水性,没一会儿便浮出水面,并且互相询问发生了什么事。然而,答案马上就展现在他们眼前——巨大的身影在他们身后渐渐显现……

惨烈的号叫呼天抢地,无奈均被震耳欲聋的鼓声和划手们的呐喊所掩盖。陈家村的健儿一个接一个地葬身江底,但这惨绝人寰的一幕隐藏在浓雾之中,不为一同比赛的其他龙舟健儿所知,也不为在两岸欢呼鼓舞的民众所见,他们仿佛无声无息地被浓雾吞噬了。

然而，知晓这一切的得宝，则带着诡异的笑容拼命地往岸边游去。

第一章　明察暗访

"下官已按大人的吩咐,带同三名部下前来都督府,组建处理广州各地离奇案件的新部门,并将其定名为'诡案组'。待下官稍事安顿休整,诡案组便可立刻运作,处理积压已久的各种悬案奇案。"知然刚到都督府,随即拜访宋刺史并恭敬地行礼。尽管对方是自己的父亲,但在工作上他俩是上级与下属的关系,而且这是他上任后首次拜访,繁文缛节自然免不了。

"你风尘仆仆地赶回来就任,我本该安排宴席为你接风洗尘。"刺史刻意挤出严肃的表情,"无奈公务繁忙,实在无暇把酒言欢,只好一切从简。"

"下官从不贪图享乐,亦不在乎排场、门面,只求获准动用都督府的人手和资源,尽快查清各地累积至今的所有悬案,还百姓一个公道。"知然再次恭敬地行礼。

"你不该说这种话……"刺史皱起眉头,一副恨铁不成钢的语气,"或许你觉得这么说显得自己清廉为民,但在上级耳中,恐怕就只能听到你争权的意图。"

"下官并无争权之意,请大人明鉴!"知然连忙辩解。

"我知道你心里不是这么想,但你的表现的确给人这种感觉。"刺史叹息一声又道,"你先别急着查案表现自己,广州是大唐最大的港口,会聚了多不胜数的中外商旅、奇人异士,悬案奇案每天都在发生,不管你如何废寝忘食,也不可能在短时间内查明每宗案件的真相。"

"下官操之过急,请大人见谅!"知然低头行礼致歉。

"为官之道,切忌锋芒毕露。"刺史语重心长地教诲,"这样吧,你暂且别管过往积累的案件,先到各地县衙拜访,跟当地官员打个招呼,以后办事就方便多了。"

"遵命,下官马上规划路线准备行程。"知然雷厉风行,恨不得立刻就转身出发。

"用不着规划路线,你跟部下先到丰江县走一趟,然后再去其他地方吧,我已经派人通知当地县衙了。"刺史像怕他跑掉似的,扬手把他叫住,"而且也不用着急,今天先休整安顿,明天再出发也不晚。"

"下官遵命,马上就去安顿部下。"知然本想行礼告退,可突然想到一个问题,"为什么要先拜访丰江县,而不是其他县衙呢?"

"丰江县的县令黄敬堂是个迂腐的人,满脑子男尊女卑的陈旧思想,认定只有男人才能当皇帝,因此对武周皇帝登基颇有微词,甚至有传他意图谋反。他在丰江县当了三年县令,虽说在当地的势力与日俱增,但仍不足为患,不过……"刺史面露担忧之色,叹息一声又道,"坊间传闻丰江有一条法力无边的神龙,可以实现信徒的一切愿望,当地人甚至为此创建了神龙教。我担心他利用这条所谓的神龙制造事端,蛊惑人心,甚至图谋造反。所以你此行名为'明察',实为'暗访',一方面打探他是否有造反的意图,另一方面要查清楚'神龙'到底是怎么一回事。"

"明白,下官这就前往丰江县调查。"知然行礼作别,随即迫不及待地转身准备离开。

"都说不用这么着急了。"刺史没好气地把他叫住,随即吩咐下属为他及部下安排办公地点、住处等琐事,并让他今天先作休整安顿,明天再到丰江县造访,"我虽然没有设宴为你接风洗尘,但吩咐了家里的厨子,今晚准备一桌可口的饭菜,还包了你喜欢吃的水晶粽。今晚你就回家吃饭吧,算是提前过端午节。"

"下官……孩儿知道了。"知然再度行礼告退,话语间没有了之前那种对上级的恭敬和拘谨,只剩下对慈父的尊敬和孝顺。

次日,知然带同他仅有的三名部下——蓁蓁、申羽、溪望,一同前往丰江县。此行路程不远,坐马车半天便可到达。虽说依旧没有几个能使唤得动的手下,但他现在的头衔可是司法参军,而且整个都督府都知道他是刺史的孩子,哪怕是庶出的,也没有人敢不给他三分薄面。故他没费多少工夫就要来了一辆二马开驾的马车和一头骡子。

"大人,头儿,我们像之前那样,一起骑马骑毛驴,不是挺好的嘛!"坐在车头驱使两匹骏马前行的申羽,回头对车厢里的知然和蓁蓁说,"大家可以并排走聊一下天,走再远的路也不觉得累,嘻嘻哈哈一会儿就到了。"

"现在你的嘴巴也没闲着啊!"蓁蓁白了他一眼,训斥道,"把脑袋转过去认真看路，要是把马车弄坏了，我就把你当牲畜卖掉来付维修费。"

"我是没关系啦！作为一名合格的书童，马车我还是会驶的，而且坐马车比骑毛驴舒服。"申羽把脑袋转往前方，装作专心地驾驶马车，眼珠却朝一旁瞄过去，"但阿相就可怜了，只能像个孤儿似的跟在我们旁边。"

"这也没办法啊，谁让他是条不会走路的软皮蛇。"蓁蓁讥讽道，"不把骡子带上，到了丰江县你就得当骡子背着他到处跑。"

"李捕头在赞扬我吗？"溪望骑着骡子跟在马车左侧，因为怕跟马车碰撞，所以不敢靠得太近，自然就听不清楚他们的对话了。

蓁蓁把头探出车窗并且提高声线："我在赞扬你的厚脸皮快跟阿慕不相上下了。"

知然默默地听了一会儿三人的斗嘴后，亦开腔加入这个话题："坐马车的确有点儿不方便，要想在路上讨论案情就麻烦多了。"

"其实我们可以趁还没走远，回都督府把马车换一下就能一路开开心心地聊天了。"申羽回头看着知然，等待对方指示调头更换座驾。

然而，他等来的却是知然的拒绝："我今天不想骑马。"

"怎么忽然就不想骑马了？"申羽困惑问道，"我们昨天不也是一路骑马骑毛驴到都督府的吗？"

"那是因为……反正我今天不想骑马就是了。"知然苦恼皱眉，不知该如何说明，只好以眼神向蓁蓁求助。

蓁蓁当即心领神会，站起来轻敲申羽的脑袋，责骂道："大人的好恶还用得着向你解释？大人要是高兴，你现在就得趴下来给我当马骑！"

"我倒是挺乐意给头儿当马骑的。"申羽回头展露恬不知耻的灿烂笑容，随即换来蓁蓁响亮的敲头。

四人来到丰江县时已是午后，本以为马上就得经历一番钩心斗角、明枪暗箭，可没想到丰江县的县令黄敬堂，似乎并非他们想象中的狡猾、阴险、恶毒之徒，而是个三十出头，有点儿发福，慈眉善目的善茬儿。当县衙在视野范围内出现，就看见他带领着县丞、县尉、主簿等一众官员在门外恭候，他甚至亲自扶知然下马车，随后更带领四人走遍整个县衙，别说主要官员，就连每一个捕快都逐一介绍个遍。

敬堂对知然的态度，更只能用"巴结"来形容，他甚至想方设法地一再讨好知然，一会儿问要不要逛一趟青楼，美其名曰视察当地的社交场所；一会儿又问要不要尝尝当地酿造的美酒，品评当地的佳酿；一会儿又问要不要玩几盘骰子，体验当地的娱乐方式……

知然不好女色亦不好酒，对赌博更是毫无兴趣，倒是比较想了解当地的情况。敬堂当然是投其所好，不管知然问什么，他都知无不言，言无不尽。一个下午下来，他几乎把整个丰江县的风土人情都说了个遍。譬如因为多次征兵讨伐倭寇、远洋航海等，丰江县的男女比例严重失衡，男性占比较少，尤其是年轻男性，谁家里生个儿子，都会视作宝贝看待；又譬如县内虽有众多良田，无奈缺乏水源，因此粮食产量不足，偶尔会出现粮荒，需要官府开仓放粮救灾云云。

"其实本地倒不是没有水，宽广的丰江就有着源源不断的江水，本县就是以这条贯穿全县的大江命名。"敬堂长叹一息才加以解释，"过往男丁充足的时候，曾由县衙牵头挖掘水沟，将江水引流到各村灌溉农田。可现在男丁稀少，而女人不仅干不了挖水沟这种重活，就连水沟里沉积的淤泥也清理不了，所以才会令灌溉用水越来越紧张。"他说着不自觉地瞄了蓁蓁一眼，双眼于无意间流露出一丝鄙夷不屑，显然打从心底就有着男尊女卑的想法。幸好蓁蓁正跟申羽掰扯到底灰水粽好吃，还是水晶粽好吃，没注意到他那鄙视的目光，否则肯定会立刻发飙。

刺史说过敬堂是个迂腐的人，所以知然对此并没在意，倒是挺想帮忙解决这个困扰丰江县百姓的大难题。可是，其他问题他或许还能想想办法，但这种需要大量劳工的浩瀚工程，他实在爱莫能助。毕竟他就只有三个手下，其中一个还是瘸子。

聊了半天闲话，见天色已暗，敬堂便请知然等四人移步到县衙附近的客栈，在这里的包厢设宴款待他们。其间发生了一段小插曲，因为包厢在二楼，行动不便的溪望上不去，便打算独自在客栈外等候。毕竟溪望只是个小喽啰，侍大人们吃饱喝足，随便给他带点儿残羹剩饭就行了。然而，也不知道是否爱屋及乌，敬堂竟叫来一个瘦削的店小二将溪望背进包厢。

酒菜虽说不上奢华，但对于丰江县这种穷乡僻壤而言，也算十分丰盛。而且敬堂的招待热情周到，令知然非常满意，差点儿就忘却此行的目的是调查对方是否图谋造反。可是敬堂如此阿谀奉承,哪里有丝毫造反的意图?倒不如说他始终都在刻意讨好知然,好让知然在刺史面前为他美言几句,以便日后加官晋爵。

虽不觉得眼前这位慈眉善目的县令会跟"反贼"二字扯上任何关系,但为了消除刺史的顾虑,趁着宴席上气氛良好,知然便问及有关神龙的传闻。谁知道方才还滔滔不绝说个不停的敬堂,突然黑着脸沉默不语,良久之后才轻描淡写地回应:"那只是以讹传讹的坊间传说而已,世上哪有什么神龙,只有我们大唐皇帝这样的真龙天子。"说罢便继续跟大家举杯畅饮。

知然本想继续这个话题,但邻座的溪望悄悄拉他衣角并给他使眼色。他随即会意,知道溪望想说敬堂显然有意回避此事,他就算不依不饶亦只会徒劳无功,甚至会令对方生疑。因此,他只好作罢,继续把酒言欢。

酒足饭饱后,敬堂便向知然告辞:"时候已经不早,下官就先行告退了。"并告知已为他们在这家客栈订了两个房间,店家知道他们是都督府来的大人,绝对不敢怠慢分毫,有何要求尽管吩咐店小二就行了。

"这家客栈虽然无法跟广州城里的相比,但已经是附近最好的,请大人将就一下,今晚就在此好好休息。明天是端午节,本县将举行一年一度的重要活动,请大人务必赏光……"敬堂随后简略地说了一遍明日的行程安排,当中最重要的是黎明时分在丰江举行的赛龙舟,他将在寅时派人来为四人带路。

"赛龙舟不都是白天举行的吗?"蓁蓁看着敬堂将近消失的背影,困惑地向身旁三人发问,"你们有听过半夜三更划龙舟的吗?"

溪望耸肩作答:"据我所知,龙舟比赛通常是午时开始,反正我就没听过半夜赛龙舟的。"

"难道他们划的是'鬼龙舟'!"申羽不怀好意地盯住蓁蓁,以阴森恐怖的古怪腔调说,"或许明早我们会看见几艘空荡荡的龙舟,在寂静的江面上你追我赶。虽然龙舟上一个人影也没有,但其实坐满了本地民众的祖宗……"蓁蓁被吓得脸色都变了,只好凶巴巴地敲他脑袋,让他闭嘴。

"会不会看到鬼龙舟,得到明早才知道。可是有个问题,我们现在就要解决。"溪望往守候在旁,准备为他们带路的店小二指了指,"黄县令为我们准备了两个房间,我们该如何分配呢?"

第二章　一见如故

"阿相伺候大人，我跟头儿睡一个房间就行了。"

申羽厚颜无耻提议道，不出所料地换来蓁蓁一顿暴揍。教训完这家伙后，蓁蓁亦提出分配方案："我跟大人各住一个房间，你们这两个小喽啰睡马厩去！"

"李捕头若要惩治阿慕的厚脸皮，我倒不反对，但别殃及池鱼啊！"溪望露出无奈的苦笑。

"我还不至于这么吝啬，连多要一个房间的银两也不舍得。"知然大方地提出最妥善的分配方案，就是他跟蓁蓁各住一个房间，并且多安排一个房间给申羽和溪望。

可是，他如此吩咐店小二时，对方却面露难色："大人，小店的客房已满，不能再腾出空房了。"

"贵店平日也宾客如云吗？"溪望问道。

店小二摇头作答："我们这种乡村小店，哪有可能每天都满客。只是因为赛龙舟将在明天黎明时分举行，那些距离比较远的村子，今天就得过来准备，而我们店是距离比赛地点最近的客栈，所以今晚才这么多人投宿。其实昨天县衙的人来订房时只要说一声，给四位官爷每人准备一个客房也没有问题。"

"该不会是你们要价太高，让黄县令也捉襟见肘吧！"申羽调侃道，同时细看对方面容，竟有一种似曾相识的感觉。其实刚才对方背溪望进包厢时，他已经觉得这个既瘦削又猥琐的家伙有点儿面善，直到这时才想起在数日前那场漫长的梦里见过对方。在梦中，对方是跟他一起在衙门里办案的同事，主要工作是收集情报、打探消息之类，名字应该是——"韦伯仑？你是韦伯仑，韦哥吗？"

"哥前哥后三分险，而且是出自捕爷之口，小人哪受得起？叫我阿韦就好！"店小二以夸张的动作做出抵挡姿势，随即疑惑问道，"捕爷之前来过住店吗？我怎么一点儿印象也没有，我对自己的记性还挺自信的。"

"如果我说在梦中早已跟你相识多时，是曾一起出生入死……"申羽凑近伯仑，在对方耳边说，"甚至可以交换春宫图的好兄弟，你会相信吗？"

"你只说前半句的话，我绝对不会相信……"伯仑露出坚定的眼神，紧紧地握住申羽的手，"大千世界，无奇不有，任何事都有可能发生，而你的梦境说不定就是你在另一个世界的经历。你能在另一个世界跟我称兄道弟，那么在这个世界我们肯定也会亲如手足……春宫图啥时候借我看看。"他已经不是握住申羽的手了，而是牢牢地缠住对方整条手臂，并且露出十分恶心的猥琐眼神。

他俩一见如故，知然便不急着让大家到房间休息，而是要了一壶米酒和三碟下酒菜，请伯仑也坐下来，继续在包厢里把酒言欢。

不知道是职业的缘故，还是当真跟申羽在梦中神交已久，伯仑就像跟老朋友相聚那样，坐下便给自己倒酒夹菜，丝毫不见外，并且继续方才的话题："慕老弟，这里又不像广州城内那么繁华，哪有可能漫天要价。而且官府还能打折，县衙没给你们多订客房，要么是不知道来访人数，要么就是抠门呗。"

"这次造访由刺史大人安排，应该昨天已派人到县衙通告来访人员的详情……"知然说着不禁皱起眉头。敬堂肯定知道他们一行人是三男一女，却只安排两个房间，实在太吝啬了。可是，方才那顿丰盛的宴席，对丰江县这种穷乡僻壤而言，恐怕已是能力范围内最慷慨的招待了吧！

"黄县令的安排还真让人摸不着头脑。"溪望同样亦皱起眉头，但他没有深究此事，而是向伯仑了解丰江县的情况。虽然敬堂已事无巨细地说了一遍，但他毕竟是县令，总有些不方便说的事情，譬如明天举行的赛龙舟为何如此受重视。

"当然得受重视啦！"伯仑捧着酒杯侃侃而谈，"整个丰江县的农业灌溉，基本上都得依靠丰江水。可丰江尽管贯穿全县，但不是直达各村的农田呀！为了将江水引渡到农田方便灌溉，过往曾由县衙牵头组织全县民众挖掘水沟，并且都是由邻近的两个村子共用同一条水沟。这种作法虽然节省了一半的劳动力和时间，可谁也没想到竟会为日后留下隐患。"

"留下什么隐患了？"蓁蓁好奇地问道。

"这就是明天那场赛龙舟的来由，也是丰江县相邻村庄之间争端不断的原因，且听我细细道来吧！"伯仑像个说书人似的，故意卖了个关子才继续说——

当初挖水沟时，县里男丁充足，所以在水沟挖好后，县衙还会在每年庄稼需要灌溉之前，组织各村村民修葺水沟，清理淤泥，以保持水沟的畅通。可是，大概三十年前，为了征伐经常侵扰沿海村庄的倭寇，大量男丁被征集去当民兵。虽说最终成功把倭寇的问题解决了，但我方亦伤亡惨重，县里的男丁数量因此锐减。

那时有个老头子，他的三个儿子都为讨伐倭寇而牺牲了。看见别人的孩子凯旋，自己的儿子却命丧黄泉，他不由得悲从中来，恨由心生，便诅咒整个丰江县的人都得像他那样无子送终。或许他的诅咒应验了，这三十年来，整个丰江县各家各户都是生女娃的多，生男娃的少。时至今日，不管是哪家哪户，生儿子都会当作宝贝宠上天。

然后呢，作为大唐第一大港的广州百贾交会、万商云集，不仅美女如云，还遍地黄金。年轻人嘛，大多向往城里的繁华，反正这里距离广州城不远，坐马车也就半天的事儿。因此，但凡有点儿志向的小伙子都会往城里跑，有到码头当苦力的，有当纤夫的，甚至出海远航的，反正在外面的花花世界干啥都比待在这里当庄稼汉强。

这种种因素叠加在一起的结果，就是丰江县的年轻男性越来越少。

男丁稀少，县衙自然就没办法组织村民去修葺水沟、清理淤泥了。其实这事女人也能干，她们虽然力气小，但也就小一点儿，并不碍事，只要人手足够还是能成事的，再不济也就多费一点儿时间罢了。可不管是官老爷，还是各村的村正，都认为女人一身晦气，让她们帮忙会把水沟弄"脏"，用这些"脏水"灌溉会令庄稼枯死。

男丁不足，又不能让女人帮忙，自然就没办法修葺清理水沟了。起初问题还不大，可是随着淤塞越来越严重，原本能提供充足水源的水沟，供水量渐渐只剩下一半左右，当然无法满足两个村子的需求。县里共有十八个村子依靠九条水沟供水，这些村子无一例外，全都跟共用一条水沟的邻村经常因用水问题起争执，甚至发生冲突，隔三岔五就闹到县衙去。村民们怨声载道，大骂官府不作为，拖延多年仍未解决问题，就差没把县衙踏平，闹到都督府去。

大概十年前，当时的县令为此不胜其烦，竟想出一个馊主意，让各村按照每年赛龙舟的排名来分配水沟供应的江水。虽然治标不治本，但这个馊主意可以将村民的怨气，从县衙转移到共用一条水沟的邻村上，最起码不会再隔三岔五就到县衙大闹一场。

没想到这个馊主意还真管用，村民们从此便不再抱怨官府，也没有再为水沟起纷争，因为只要赛龙舟的排名高于邻村就能优先用水。输家技不如人自然亦无话可说，唯有忍辱负重努力练习，来年再争胜负……

"解决不了民众的问题，就将矛盾转移到民众当中，真是个饱食终日、无所用心的懒官。"知然面露不屑之色，随即疑惑问道，"黄县令不像是个怠政的懒官，为何不废止这种荒唐的活动呢？"

"大概是废止不了吧！"伯仑耸肩摊手，一副事不关己的态度，"黄县令上任时，赛龙舟已举办了七八年，各村一直都是以这种方式解决用水争端。他要是一上任就把这个行之有效的办法废止，大伙恐怕会立刻跑到县衙大闹一场，尤其是那些一直在苦练的龙舟健儿。"

申羽认同地点头："虽然治标不治本，但毕竟已实行了一段较长的时间，有些人因此受益，有些人又投入了巨大的成本，他们都想这个馊主意继续实行下去。"

"更重要的是，黄县令对水沟的问题亦无能为力。"溪望道出问题的关键，"赛龙舟只是权宜之计，但在将水沟修葺好、清理畅通之前，这个馊主意还得继续用。"

五人讨论了好一阵子，直到把下酒菜吃光，米酒也喝完了，仍没有想到妥善的解决办法。总不能请工人修葺疏通水沟吧，县衙可拿不出这么多银两发工钱，要不然这事早就解决了。

这可是困扰丰江县多年的大难题，显然不是一时三刻就能解决，而且时候已经不早，大家也该休息了。毕竟寅时就得出发去看赛龙舟，不早点儿睡，能不能起床也不好说。故知然便吩咐下属尽早休息，可是他话刚出口随即就发现问题——他们还没有分配好房间。

"就按我的提议分配房间好了。"蓁蓁粗鲁地推了申羽的肩膀一把，毫不客气地说，"快跟阿相滚去睡马厩。"

申羽当即垂着八字眉，可怜兮兮地对知然说："我跟阿相忠肝义胆，只要大人开口，别说睡马厩，就算睡猪圈，我俩眉头也不会皱一下。"

"此话当真吗，慕老弟？"伯仑坏笑着插话，"客栈后方的猪圈已经很久没有清理，那气味绝对能令你'心旷神怡'。"

"只有两个房间的确不好办。"知然苦恼地皱起眉头。毕竟男女有别,蓁蓁固然需要独占一个房间。可他作为上级,跟申羽、溪望这两个喽啰挤一个房间又有失身份,让他俩睡马厩就更不可能了——大概没有谁愿意跟随不把自己当人看待的上级吧!

正当他为此愁眉不展之际,溪望冷不防地说了个令大家十分惊讶的提议:"大人要不要迁就一晚,跟李捕头挤一个房间?"并且详加解释,"李捕头担心阿慕图谋不轨,半夜施袭,不肯跟我俩挤一个房间的想法可以理解。而且就算阿慕品行端正,光是跟身份卑微的我俩共处一室,已令李捕头名声受损。"

"但跟大人一起就不一样了。"申羽会意地接过话头,"保护大人的安全是头儿的职责所在,所以跟大人住一个房间也不过是尽忠职守,这不仅不会败坏门风,而且该受赞誉。"

"以李捕头对大人的了解,应该放心跟大人独处吧!"溪望看着蓁蓁,露出意味深长的笑容。

蓁蓁皱眉思量片刻,随即点头答应:"只要大人同意,我就不反对。这总比赶你俩去睡马厩、猪圈好,至少不会让别人误以为大人把下属当作牲畜看待。"

"我倒不介意头儿把我当牲口使唤。"申羽恬不知耻地往蓁蓁身旁靠,被对方一脚踹得四脚朝天,引得哄堂大笑。

"慕老弟,你还真有意思,让我觉得相见恨晚。"伯仑肆无忌惮地展露猥琐的奸笑。

知然亦掩嘴笑了笑,随即催促伯仑带路,并对大家说:"大家先到房间休息,还有什么想聊的明天再聊吧!"

"好嘞,官爷们这边请……"伯仑边引路边大言不惭道,"你们别看我只是区区的店小二,我整天在客栈里伺候来自天南地北的客官,消息可是非常灵通的哦!至少在丰江县内,我几乎无所不知、无所不晓,你们有啥想知道的,尽管问我就行了。"

"你真的什么都知道?"申羽一本正经地发问,在得到对方点头确认后,他便嬉皮笑脸地揶揄道:"那你告诉我,下回字花开啥?"

然而,这也难不倒伯仑,他故作认真地回答:"天机不可泄露,等下回字花开奖了,我第一时间告诉你。"

知然本无心理会他俩的胡闹，但心中忽然闪现一个念头，随即脱口而出："你可知道关于'神龙'的传闻？"

第三章　神龙传说

"韦老哥，你不用待在客栈里干活吗？怎么大清早就偷懒了？"申羽看着跟他一同坐在马车车头上的伯仑，不由得露出困惑的目光。

"我可是全大唐最勤快的店小二，又怎么会偷懒呢！我这不就在干活吗？"伯仑正经八百地回答，并展露亲切友善的笑容。

可不知为何，自从记起在梦中跟伯仑相识多时后，申羽就觉得这家伙每时每刻都流露着一股猥琐的气息。尽管对方是个年纪跟他差不多且干净整洁的小伙子，他却总觉得在这具年轻的躯体内藏着一个三十岁出头，猥琐下流、不修边幅，终日躲藏在阴暗、凌乱的房间里，喜欢窥探他人隐私，看见年轻女生就会傻笑并露出一口黄牙的恶心家伙。

故不管伯仑的表情多严肃多认真，在申羽眼中仍是个猥琐且不着调的家伙，所以他毫不客气地说："马车上又不用端茶传菜，你挤上来能干啥？去去去，别妨碍我干正事，等带路的人来了，我们就得立刻出发。"他说罢回头瞥了眼，确认知然和蓁蓁已在车厢里坐好，溪望亦骑着骡子在马车旁等候。

"作为一名专业的店小二，除了端茶倒水、洗衣扫地、铺床叠被等常规工作外，带路、伴游之类的活儿也在我的服务范围内。"伯仑昂首挺胸，道貌岸然地说，"当然，只要客官愿意花钱，我的服务范围还能再扩大点儿。"

知然听出端倪，便问道："黄县令给我们安排的带路人该不会就是你吧？"

"官爷英明，正是小人。"伯仑回头朝知然竖起拇指，随即又对申羽说，"我们赶紧出发吧，不然路上人多，会十分拥堵哦！"并示意他留意周遭。投宿的客人几乎全是来参加赛龙舟的，自然都集中在此时出门，因此客栈门前人潮如鲫，比白天还要热闹，不马上出发还真有可能会在路上耽误时间。

"好嘞！"申羽边驾驶马车前行，边调侃挤在他身旁的伯仑，"你这带路的活儿还真轻松，只要坐稳不被我挤下车就行了。"

车头的位置本该仅供车夫一人乘坐，但体形若消瘦一点儿，两个人也挤得下，就是坐得有点儿难受。伯仑之所以非要跟申羽挤在一块，除因为昨晚两人一见如故外，更因为他没有其他地方可以坐。毕竟区区店小二，哪有资格跟参军大人同坐？不想下车用两条腿跑，就只能跟申羽挤一下了。

"对呀，我们只要跟随大伙就行了，哪用得着你来带路？"蓁蓁指着路上的人潮插话。现在是寅时，距离天亮至少还有一个时辰，绝大多数人仍沉醉于梦乡之中，只有参加赛龙舟的各村健儿才会摸黑爬起来。所以只要跟随人潮，自然就能到达比赛地点。

知然亦望向人潮，尽管夜色昏暗，单靠挂在马车上的灯笼不足以完全看清楚周围的情况，但光听声音他便知道，似乎有好几伙人在吵架。嘈杂声是从不同的方向传来，感觉所有前往比赛地点的健儿都在互相对骂，而且对骂的语气非常凶狠，内容更不堪入耳，几乎全是"问候"别人家中的女性，又或者辱骂人家祖宗之类。尽管觉得十分烦扰，但他又有点儿好奇，便问伯仑为何大家都在互相对骂。

"现在就是体现小人价值的时候啦！"伯仑挺胸叉腰，摆出一副小人得志的嘴脸，差点儿把身旁的申羽挤下马车。他慌忙把申羽拉住扶稳，然后才得意扬扬地说："作为一名专业的店小二，我不光可以带路，还能给各位官爷讲解本地的风土人情，甚至为官爷打听各种小道消息、宫廷秘闻。"他说罢又故作神秘地补充一句，"刺探军情也是可以的哦，不过得加钱。"

"要是能提供有用的消息，大人肯定不会吝啬对你的打赏。"申羽嬉皮笑脸地说，"但你要是只会吹牛皮，用不着大人开口，我也会把你挤下车。"说罢便扭臀挤了对方一下。

伯仑好不容易才稳住身子，松了口气便开始高谈阔论："昨晚就跟你们说过了，待会儿的比赛将会决定来年用水的优先次序，所以对各村而言都非常重要。不过大家倒不在乎谁拿第一，因为只要拼赢邻村就整年都不用担心庄稼的灌溉问题了，所以各村的对手其实就只有各自的邻村。"

"相邻的两个村子，多年来都为水源拼个你死我活，拼赢了就全村普天同庆，拼输了整个村子均愁云惨雾。你们说,代表两村参赛的健儿碰面时会怎样？"伯仑像个说书人似的，手舞足蹈地说着，险些把申羽挤下马车，"当然是仇人见面分外眼红啦！其实他们互相对骂已经很克制了，要不是他们来途奔波，昨天又为赛前准备费了一番劲，而且得留点儿力气在一会儿的比赛上，说不定已经打起来了。刘家村和陈家村就经常在比赛前先干一架，都几乎成了比赛前的热身节目。"

"刘陈两村的人在哪里呢？"溪望骑着骡子小心翼翼地靠近，他虽然听不清楚车厢里的人说什么，但能听到申羽和伯仑讲话，从而知道他们谈论的话题，并且饶有兴致地加入。他往周遭瞥了几眼，笑道："这些人虽然骂得凶狠，但都没有动手的意思，感觉就只想挑衅对方。"

"捕爷明察秋毫啊！"伯仑竖起拇指称赞，随即详加解释，"赛前群殴几乎是丰江龙舟的'传统'，黄县令上任后亦不例外。见这种陋习屡禁不止，黄县令只好出狠招，下令从今年起，不管是哪个村子，只要动手就立刻取消参赛资格，排名直接垫底。至于刘陈那两个村子嘛，就在比赛地点旁边，比我们客栈还要近，当然不会花冤枉钱过来投宿啦！他们会各自在村里集合吃早饭，然后立刻出发。"

"怪不得大伙儿全在不停地飙脏话骂来骂去，原来都想让邻村沉不住气动手打人。"蓁蓁探头到车窗外，仔细观察周围的人潮，本想若发现打斗的苗头，便立刻出手阻止，可看了一圈仍一无所获。正如溪望所言，这些人不管骂得如何凶狠，感觉也打不起来。一来绝大部分人压根就没有动手的打算，二来就算偶尔有一两个年轻气盛的小伙子想扑向邻村的队伍，也会立刻被同村人拉回来。

"从某个角度看，这算是一场预赛吧！"溪望悠然地看着周遭的人潮，"不过预赛比的不是体力和技术，而是忍耐力，哪个村要是动手了，就会取消正式比赛的资格。"

"的确如此，因为水源的问题，邻村之间均积怨已久，平日隔三岔五就会大干一场，但今天可是个特殊的日子，谁动手就会连累全村。"伯仑挺胸抱肘，一副早已洞察一切的神情，"按理说应该没有人会这么笨，不过世事难料，说不定真会有人被骂急了丧失理智。所以这场预赛不光要比拼忍耐力，还得拼谁的脏话骂得更恶心、更难听。"

"丰江龙舟还真有特色，就是这场'预赛'实在难登大雅之堂。"知然叹息道，犹如潮水般从四方八面涌来的污言秽语让他感到心烦，便问伯仑这段路还要走多久。伯仑告知还要走一刻，他便想利用这段时间继续昨晚为了不耽误休息而中止的话题，"那正好可以说说有关'神龙'的传说。"

"遵命！小人接下来要讲的，是在丰江县无人不知的雾江神龙传说……"伯仑随即绘声绘色地讲述传说——

相传，在人们初到丰江的时候，已有一条灵蛟盘踞江中，并且把江边那片长得比人还要高的草丛视为它的地盘。

灵蛟十分善良，从不打扰在两岸聚居的人们，只要别乱闯它那片草丛，它就不会主动现身。它总是与世无争地躲起来，默默地吸收日月精华，不知不觉就修炼了千年，还差一步即可飞升成龙。不过，或许是漫长的修炼过程十分寂寞吧，所以每当有人在江边戏水，它都会躲在江底安静地偷看。

有一回，灵蛟又一如既往地躲在江底偷看一群孩子在江边戏水。忽然，有个少女溺水了，其他孩子都惊慌失措，除了放声哭喊外就不知道该怎么办。眼见少女快要淹死，灵蛟只好出手相助，将对方托起送到岸上。

虽说大家都听过灵蛟的传闻，但谁也没见过，这次亲眼所见，可把孩子们吓坏了，纷纷惊恐地往村子里跑。灵蛟见大伙儿都跑光了，只剩下溺水昏迷的少女，只好送佛送到西，幻化成一名少年，将对方倒背送到村口。

一路颠簸令少女接连吐了几口水，刚到村口就醒过来了，并且碰见一个迎面而来的村夫。村夫其实是少女的父亲，刚从孩子们口中得知女儿出事了，便慌忙跑去救人。见女儿已经获救，村夫当然是对少年千恩万谢，不请人家回家吃顿粗茶淡饭实在说不过去。可少年是灵蛟幻化而成的呀，人吃的饭菜哪合他的胃口，他当然得婉拒了，并且匆匆告别。

然而，村夫就是不肯放他走，慌忙拉住他说："恩公，这可是救命之恩啊！就算不留下来吃饭，姓甚名谁怎么也得说一声吧，不然我家丫头想下辈子给你当牛做马，也不知道该怎么跟阎罗王说。"

这条灵蛟嘛，也不是没有名字，但人家的名字跟我们寻常百姓的不一样，那可是修炼用的"真名"，要是被心术不正的修道人知道，相当于把自己的弱点暴露出来，将会处处受制于人。不过若只是村野匹夫，那倒是无所谓，反正对方也不懂得怎么以此使坏。因此，这条不知人心险恶的灵蛟，便轻率地道出真名："雾江。"这可就坏事了，因为这一切都是为了夺取它内丹的阴谋。

有个妖道为了修炼妖术，多年来一直四处寻找精怪，并且想方设法地夺取人家的内丹。当他发现这条修炼了千年的灵蛟时,高兴得几乎跳起来,可随即又愁眉不展。他虽然懂得不少妖术,但人家咋说也是一条千年灵蛟,粗如井口,长不见尾,别说张口就能把他活吞,就算随便甩一下尾巴也能把他拍扁,他哪有本事抢人家的内丹?

既然明抢不行,那就使阴招吧!

妖道找到了在丰江附近以务农为生的村夫,这个庄稼人老实和善,日子虽然过得清苦,仍知足常乐,唯一的遗憾就是自女儿出生后,他娘子就连蛋也没再下一个。为了给女儿再添弟妹,他可没少去求神拜佛,可女儿都长得亭亭玉立,快能出嫁了,娘子的肚皮仍没见半点儿动静,他不禁终日为此愁眉苦脸。妖道当然不会放过这个大好机会,给他说了一堆天花乱坠的鬼话,骗他说只要依计行事,就能连生八个孩子,而且八个都是儿子!

至于少女溺水、村夫一再追问恩公高姓大名什么的,其实都是妖道的安排。当灵蛟傻乎乎地说出真名,妖道就立刻跳出来,用妖术令它的天劫提前到来,并使出毕生所学展开攻击,像三昧真火、泰山压顶什么的,反正所有能用的法术都使出来了。

不管怎么说灵蛟也有千年修为,妖道的攻击对它来说不过是小打小闹,它根本不放在眼里。但天劫可不是闹着玩的,刹那间便乌云盖顶,天雷滚滚,闪电犹如暴雨般一道接一道地不停落下,全打在它身上,没一会儿就令它现出真身。

天劫来得如此凶猛,灵蛟就算严阵以待,也不一定应付得了。更何况此刻不仅毫无准备,还有个乘人之危的妖道在旁,它又岂可撑过此劫?唯有抱头鼠窜,打算逃回江里躲避天雷。妖道当然不会放过它,立刻就追过去,完全没有理会一旁那对被吓呆了的父女。

按照妖道之前骗村夫的那套鬼话,少年其实是丰江的江神,只要知道他的名字,就能让他帮忙实现愿望云云。可当村夫看见少年现出原形,变成一条巨大的灵蛟,不仅挨了雷劈,还遭到妖道的偷袭,再怎么笨也知道妖道撒谎了。

实情是少年并非江神,或者说还未成为江神,因为他必须撑过天劫才能飞升成龙。可是,因为村夫父女的瞎掺和,他不仅将会渡劫失败,还会被妖道夺取内丹,甚至灰飞烟灭……

伯仑唾沫横飞、声情并茂地讲述神龙传说,可是当故事到了最精彩的部分,大家都全神贯注地聆听时,他忽然指着前方燃起的熊熊烈火,兴奋叫道:"嘿嘿,你们快看!"

第四章　钩心斗角

寅时三刻，平日这个点通常寂静无声的丰江两岸，在端午节这天却人声鼎沸，除去前来参加赛龙舟的各村健儿外，还有不计其数的民众在忙碌，要么搬运柴火点燃篝火，要么在沿岸放置火把。

申羽等一行人将马车停在路边，然后在伯仑的引领下，走向江边那堆过人高、散发耀眼光芒的篝火。蓁蓁往白蒙蒙的江面望去，随即露出困惑的神色，因为就算借助篝火的烈焰，仍看不到江面的情况，连一艘龙舟也看不见，她不由得皱眉问道："我们到底来干吗？雾这么浓，我们能看到什么？"

"这好像不是我们能不能看到龙舟的问题吧！"申羽亦皱起眉头，回头朝十米开外、在篝火的映照下才勉强看清身影的溪望喊道，"兄弟，你能看见什么吗？"

溪望双腿行动不便，必须骑骡代步，所以不能靠近篝火，免得骡子受惊。正因为骑着骡子，他的视野要比其他人开阔，理论上应该能看得更远。不过晨雾实在太浓了，他也一样只看见四周白蒙蒙，除两岸的火光外，什么也看不到，包括参赛健儿在内的其他人应该都一样。因此，他便耸肩回应："都一样，大家恐怕得闭着眼睛划龙舟。"

"过往晨雾也这么浓吗？"知然向伯仑问道，"还是我们不走运，碰上这种难得一见的糟糕天气？"

"官爷吉星高照，又怎么会不走运呢！"伯仑谄媚地奉承道，随即详加解释，"其实丰江有个别称叫'雾江'，几乎每天清晨都是白蒙蒙的，太阳升起之前也别想看清楚周围的情况。"

"什么都看不见，大家怎么划龙舟呀？"蓁蓁问道。

"这就是丰江龙舟的特色啦！且听大唐最厉害的店小二给大家细细道来……"伯仑昂首挺胸，清了清喉咙正准备开讲，却忽然苦恼皱眉，随即压低声音跟蓁蓁说，"或许你该换个问法，譬如问为何非要现在划龙舟什么的。"

"对啊，赛龙舟不都是正午举行的吗，怎么非得三更半夜跑过来'吞云吐雾'？"蓁蓁说罢大吸一口气，想试试会不会吐出白雾，结果当然失败了。

"问得好！"伯仑装模作样地竖起拇指，随即详加说明，"你们先仔细听听，各村参赛健儿的互相对骂，至此仍未消停，要不是怕排名垫底，恐怕早就打起来了。"

"既然赛前会开打，比赛期间就会乖乖听话公平比赛，谁也不动手不使坏吗？"伯仑挤出一副狡诈的面孔朝众人扬眉，"当然不会啦！其实最初赛龙舟是在正午举行的，可是连一条龙舟也没有划到终点，因为大家都在半途就跟邻村打起来了。重来了好几次结果也一样，大家都在半途干架，谁也到不了终点，把比赛搞得一团糟。"

"为了防止大家互殴，所以才把比赛改在黎明时分进行吧！"溪望已明白当中的玄机，"说好听是特色，其实是利用丰江浓厚的晨雾，使大家都看不见其他龙舟在哪儿，就算想打架也打不起来。"

"可这样就又回到头儿最初的问题了。"申羽亦听明白了，并重复蓁蓁的疑问，"什么都看不见，大家怎么划龙舟？"

"这就是答案了！"伯仑指了指身旁那堆过人高的篝火，随即又指向对岸。尽管浓厚的晨雾令人无法分辨江面的宽度，但仔细看还是可以看到对岸的火光，显然两岸都点燃了旺盛的篝火。他又指了指在周围忙碌的民众，并且边沿着江边走边继续说明，"其实大伙儿昨天就开始布置了，比赛开始前丰江两岸每隔一段距离都会点燃一堆篝火，并且会在篝火与篝火之间的沿岸放置火把。坐在船头的鼓手和坐在船尾的舵手，通过观察两岸的火光，就能判断龙舟有没有划歪，以确保顺利到达终点。我们往这边走到第一堆篝火那儿就是起点，县令大人和各村村正应该在那里。"

"竟然想出如此巧妙的赛龙舟方式，既能让各村一同比赛，但又令他们互相看不到对方，从而避免冲突，之前的县令还真是奇思妙想呢！"知然看着沿岸放置的火把啧啧称奇，但随即又看着白蒙蒙的江面，困惑地皱起眉头，"可是晨雾这么浓，又怎么知道谁先过终点呢？"

"嘿嘿，咋说也是邻近广州港嘛，丰江县也有些特色产业的，譬如烟花……"伯仑说着指向一个远离篝火，但火光勉强映照到的地方，那里有两名捕快看守着一个写着"小心火烛"的大箱子,"这箱子里装的是烟花,而且每一个的颜色都不一样,在比赛开始之前,会分派给每艘龙舟的鼓手。当倒坐在船头的鼓手,同时看见两岸最后一堆篝火,那就说明龙舟已经过终点了,鼓手会立刻点燃烟花朝天发射。待在终点的裁判,通过不同颜色的烟花出现的先后次序,就能判定参赛队伍的排名。"

"不怕有人作弊吗?"蓁蓁好奇地问道,"要是有人还没到终点就提前放烟花,不就能获得更好的排名了吗?"

伯仑还没开口,溪望已指着对岸的篝火代为作答:"那肯定会被发现吧!裁判只要待在终点的篝火旁边,以对岸的篝火为参照物,一眼就能看出鼓手放烟花时过没过终点。"

"正是如此!"伯仑朝溪望竖起拇指,随即继续说明,"还没过终点就提前放烟花,会被视作放弃比赛的求救信号,排名会直接垫底哦!或许丰江人都比较老实吧,至今仍没有这样作弊的。"

"你这句话好像没啥说服力。"申羽将双手放在耳朵背后,聆听充斥丰江两岸的污言秽语,"至少他们骂人时一点儿也不像老实人。"

"这不过是民风'淳朴'而已。"伯仑打趣笑道,随即指着在前方篝火旁聚集的人群,"或许你们可以亲自领教丰江人的'热情洋溢'。"他之所以这么说,是因为看见身为县令的敬堂正处于人群中央,似乎正被各村村正"围攻"。

"张家村那群臭流氓整天调戏我们村的姑娘,县令大人一定要替我们做主,把他们都抓进牢里啊!"

"梁家村经常偷我们村的牛粪,大人千万别放过这帮毛贼。"

"何家村那些小屁孩竟然跑到我们村头撒尿……"

敬堂被二十来人围住,除去身旁四名捕快外,其余均是各村村正,全在细数邻村的"恶行",而且都十分激动,甚至互相推搡。此外,在篝火勉强能照亮的范围内,亦聚集了许多民众。大伙儿均以村为单位,十来人聚在 块,并且都各自跟邻村村民对骂,要不是敬堂早已下令严禁斗殴,恐怕已经打得不可开交了。

看见知然等人到来,敬堂像遇到救星一样,慌忙向村正们介绍这位来自都督府的大人。尽管这群乡巴佬并不晓得知然的具体职务,只知道他是负责抓捕犯人的大官，但大家仍对他热情似火，这当然是因为他的另一个身份——刺史大人的孩子。

村正们都忙着跟知然套近乎，自然就没再为那些鸡毛蒜皮的纠纷为难敬堂了，为知然逐一介绍各村村正后，敬堂就带着四名捕快前往终点处理一些比赛开始前需要准备的琐事。当然，这主要是为了逃避村正们的"围攻"。

"黄县令似乎是个好官，挺受大家爱戴的。"申羽嬉皮笑脸地说，并朝敬堂渐渐消失于浓雾之中的背影挥手。

"黄县令的确是好官，比上一任县令好多了。"

"对啊，他对我们这些平民百姓一点儿架子也没有，哪像之前的县令，动辄就是三十大板。"

"可黄县令有时候就是太心慈手软了，他要是赏何家村那些小屁孩三十大板，谁还敢跑到我们村头撒尿？"

村正们纷纷对敬堂作出评价，尽管夹杂了些许抱怨，但大体以正面为主。骑着骡子待在一旁的溪望，听了一会儿便插话问道："你们说像黄县令这样的父母官，要是哪天突然得到神仙的帮忙登上皇位，会不会成为一个好皇帝呢？"

原本吵个不停的村正们，突然一同闭嘴，顿时鸦雀无声。这是理所当然的，毕竟溪望可是抛出一个足以令在场众人均人头落地的话题，而且是在从都督府来的大官面前。

"黄县令心系百姓，当然会成为一个好皇帝了。"知然故意露出漫不经心的表情，仔细观察村正们的神色，"虽然大唐在女皇陛下的治理下国泰民安、欣欣向荣，可她始终是个女人，唉……"

尽管村正们在这个话题上均不敢表态，甚至不敢议论半句，但他们都随着知然的叹息由衷地叹了口气，这足以说明他们都有着根深蒂固的男尊女卑观念，不认同由女皇帝来治理天下，哪怕是太平盛世、歌舞升平的天下。他们或许不会参与敬堂的造反，但若有人要推翻女皇帝，他们必定会打从心底支持。

知然这个想法马上就得到了验证，因为蓁蓁没头没脑地接上了她的话头："女人又怎么了？女皇陛下治理的天下，不比之前那些昏君带来的乱世好吗？"

之前大家都把注意力集中在知然身上，加上浓雾令视野模糊，所以谁都没注意到她身边跟着一个女捕头。同样因为浓雾，知然等人也没注意到，从他们离开客栈开始，直到现在也没有遇见任何一位女性。也就是说，此刻在场众人当中，就只有蓁蓁一名女性，并且随着她的开口，大家都注意到她的存在。

"大人，你怎能带个丫头过来？赛龙舟可是我们男人的事儿。"五十出头、略显富态的刘家村村正刘耀祖，一改方才的阿谀奉承，犹如兴师问罪般斥责。

"我好像忘记提醒你们了……"伯仑尴尬地搔着脑袋，边说话边往申羽身后躲，"丰江龙舟过往都是没有女人参与的，不管是参赛健儿，还是裁判，甚至是帮忙准备的民众，无一不是男的。"

"赛龙舟可是我们整个丰江县的头等大事，怎能让浑身晦气的女人参加呢！"

"对啊，万一让大家沾染晦气，待会儿比赛时肯定会出事。"

"张家村的都听好了，这里有个晦气的婆娘，都给老子后退三丈，别沾染她身上的晦气。"

村正们都把蓁蓁当作瘟神看待，申羽不禁气得七孔生烟，忍不住上前怒骂："你们不但都是石头缝里蹦出来的，家里还连一个女子也没有吗？不然你们早已沾染一身晦气了啊！"

知然冷静地拦住申羽，示意其少安毋躁，然后转身顺势搂住蓁蓁的蛮腰。蓁蓁被他出人意料的举动吓了一跳，不过马上就明白了他的意图，随即配合地依偎在他身上，并挤出一副小人得志的神气面容。虽说在高大的蓁蓁身旁，他显得十分矮小，难以彰显身为上级应有的气势。而且他俩亦毫不般配，怎么看也让人有种牵强附会、矫揉造作的感觉。可是，在一众村正眼中，他这个举动无异于当众宣告：这是我的女人，谁对她不敬，就是跟我过不去。

知然可是都督府来的大官，而所谓的村正不过是些连官衔也没有的乡贤，哪敢跟他叫板，全都缩头缩脑不敢造次。挑起事端的耀祖更尴尬得悄悄后退，藏身于人群背后。

同样是五十出头，不过体形清瘦、一副书生模样的陈家村村正陈荣宗，见状忍不住嘴角上翘，随即举起拇指明显较常人短且粗的右手，站出来打圆场："大家请听在下一言，虽说女子不能参加赛龙舟，但没说不能观赛啊！更何况她可是宋大人身边的人，大人一身正气，她一直跟随大人左右，身上又哪来晦气呢？"

其他村正纷纷附和，荣宗看准时机，继续巴结知然，甚至热情地邀请知然训勉陈家村的健儿，以鼓励士气。盛情难却，知然不好意思推辞，便跟随荣宗走向停在江边的陈家村龙舟。

紧随在后的申羽，看着知然仍搂住蓁蓁的蛮腰，不由得露出"羡慕嫉妒恨"的表情，甚至想上前将两人分开。不过他还没有来得及付诸行动，已被身旁的溪望看穿心思，轻敲他的脑袋并低声斥责："人家李捕头一点儿也不介意，甚至主动往大人身上靠，哪轮到你这个狗奴才多事。"

"你可别把头儿说得跟那些水性杨花的烟花女子一样。"申羽恼火地瞪了溪望一眼，只是对方骑在骡子上，他得仰头才能跟人家对视，因此毫无气势可言。

"可他们的确挺亲热的呀！"伯仑一脸猥琐的笑容，故意压低声音说，"昨晚他俩可是孤男寡女共处一室哦，说不定已经好上了。"

"不可能，头儿才不会这么荒唐。"申羽猛然跳到伯仑背上，搂住对方的脑袋使劲地啃。

"慕老弟，有话好说，有话好说……"伯仑一再求饶，好不容易才脱离苦海。

"我们还是换个话题吧！"溪望笑道，随即瞥了眼已走到龙舟旁的荣宗，向伯仑发问，"我们在客栈和路上，好像都没有看见陈村正呢！"

"不光是他，刚才那个带头发难的村正，我们之前也没有看见。"申羽往已返回刘家村村民中的耀祖望去。

"我不是说了，陈刘两村就在附近，他们直接走过来就行了，用不着到客栈投宿。"伯仑答道，随即就皱起眉头，困惑地喃喃自语，"不过说来也奇怪，这两个村子水火不容，两村村正每次碰见几乎都会打起来。相对而言，陈村正还稍微有点儿文人的气度，但刘村正哪怕像今天这样不能动手，也必定会不停地'问候'陈村的所有女性。"

"方才我听见刘村正缠着黄县令告状，好像是他要将龙舟鼓送到陈家村修理，陈村正却百般阻挠之类的。"申羽仔细回忆当时的情况，"不过看见大人来了，他就没有继续找陈村正的麻烦。"

"这不太像刘村正的作风，他是那种得理不饶人，逮到屁大点儿的把柄，也想把整个陈家村翻转的坏心眼。去年陈村正只是在他身旁打了个喷嚏，他就认定人家想用妖术害他生病，直到比赛结束仍缠着黄县令非要将刘村正关进牢房。

这次他竟然轻易罢休，说不定有什么阴谋呢！"伯仑疑惑地皱起眉头，但随即又换上看热闹的心态朝耀祖望去，"不过他就算闹个天翻地覆也没关系啦，反正不管待会儿出啥乱子也是黄县令的问题。"

"那也对，我们只是来观赛而已，没啥好担心的。"溪望悠然自得地笑道，"而且跟各村村正之间的钩心斗角相比，我更想知道神龙传说的下半段。"

"我也想知道，趁比赛还没有开始，你赶紧把剩下的部分讲完呗！"申羽催促伯仑时，目光无意间从耀祖身上掠过，发现对方正盯住邀请知然登上龙舟的荣宗，并且露出一副好戏在后头的奸诈表情。

第五章　嗤之以鼻

名为"雾江"的灵蛟拥有千年修为，正常情况下能轻松击退觊觎它内丹的妖道。可惜它一时大意透露了真名，导致天劫提前到来，妖道还趁机偷袭，逼得它只能拼命往江里逃。它本想利用源源不断的江水化解暴雨一样的闪电，而且它躲到江底去，以妖道那点儿小本领，应该就拿它没办法了。可是，它好不容易才逃到江边，还差一点儿就逃进江里，却被九道连环雷劈在身上，劈得它皮开肉绽，浑身焦黑冒烟。

看见灵蛟被天雷劈得奄奄一息，妖道当然不会放过这个千载难逢的大好机会，立刻冲过来打算夺取它的内丹。可怜的灵蛟虽知道大难临头，无奈天雷的威力实在太强悍了，劈得它只剩半条命，眼见大江近在咫尺，它也没有力气爬过去，只能硬撑着伤痕累累的躯体，准备跟妖道拼个你死我活。当然，这不过是垂死挣扎而已，凭它这半死不活的状态，别说懂得施展妖术的妖道，就连随便一个拿锄头的农民，它也打不过。

有道是"无巧不成书"，正当妖道准备施展妖术，给灵蛟最后一击时，突然有个拿着锄头的农民扑过来加入战团。这个农民当然就是方才的村夫，不过他可不是跟妖道同流合污一起对付灵蛟，而是乘妖道不备从后偷袭，使尽全身力气挥舞锄头敲在妖道的后脑勺上。

其实村夫本性善良，只是一时糊涂遭妖道蒙骗而已，幸好及时认清真相，一锄头把妖道送上西天，不然灵蛟的千年修为就得断送在妖道手上。然而，妖道虽然自食恶果，但灵蛟的天劫仍未结束，而且它也没有力气抵御下一波天雷，灰飞烟灭恐怕只是时间早晚的问题。

村夫自知铸成大错，便问灵蛟有没有补救之法，可以帮助它渡过难关，还说只要能帮上忙，什么都愿意做。灵蛟说办法有两个，一是让它躲到江底去，这样就能利用江水化解天雷，苟且偷生。可是它连动弹一下的力气也没有，已恢复原形的巨大躯体亦不是村夫一个人就能搬得动的，回村子找人帮忙的话，恐怕人还没找来，它已被天雷劈成灰了。

"另一个办法呢？"村夫边问边抬头看天，发现天雷滚滚，下一波连环雷随时会劈下来，当即焦急地说，"你救了我的女儿，我却害你大难临头。做人不能恩将仇报，只要能帮上忙，就算要把命献上，我也毫无怨言。"

"我现在虚弱无力，的确急需吃一个人补充体力才能撑过天劫。"灵蛟气若游丝，仿佛随时会一命呜呼，"不过我只能吃纯洁的黄花闺女，而且我连张嘴的力气也没有了，所以得让这个黄花闺女主动爬进我的肚子里……"

眼见天雷马上就要劈下来了，哪来得及给这条挑食的灵蛟去找黄花闺女？村夫正为此苦恼不已时，忽然听见女儿的声音从背后传来："你吃我吧！我的命是你救的，你现在的劫难也是我们招来的，就让我们弥补过错，报答你的恩情吧！"原来少女亦从村口追过来了，为报救命之恩，在村夫将灵蛟的大嘴掰开后，她便自行爬进灵蛟的肚子里。

灵蛟刚吃掉少女，十道连环雷随即劈下来，幸好它已恢复体力，勉强撑住了，从而成功渡过天劫，在万丈光芒中化身为能上天入地、呼风唤雨、法力无边的神龙。

咋说也是神龙嘛，自然不会忘恩负义，于是它便对痛失爱女的村夫说："'连生八子'虽然是妖道为骗你而胡扯出来的鬼话，但你为了帮我，失去了唯一的女儿，我就实现你这个愿望，并且保佑你一辈子都顺风顺水！"随即一飞冲天不见踪影，漫天乌云亦随之消散。

自此以后，得到神龙庇佑的村夫果然事事如意，肚皮多年未见动静的娘子亦一再有喜，而且当真连生八子……

"韦老哥，这个故事不会是你瞎编的吧！"申羽以怀疑的目光盯住伯仑，"前半段还像模像样，可后半段就太胡扯啦！要是说少女主动献身，甘愿被灵蛟一口吃掉，我还能勉强接受。可是，哪有花季少女会主动爬进巨蛟的肚子里的啊！没有三十年失心疯，都做不出这种'壮举'吧！"

"你的老毛病就是总把关注点放在美女身上。"溪望看着申羽苦笑摇头，随即指出神龙传说的诸多漏洞，"妖道可是到处寻找精怪夺取内丹的亡命之徒，连千年灵蛟也差点儿就能制服了，怎会被山野村夫一锄头放倒？而且村夫之前是妖道说什么就信什么，怎么忽然就明察秋毫了？不过最让人难以接受的是这个传说的核心内容，说白了就是村夫将唯一的女儿献给灵蛟，换来神龙赐予的八个儿子，这不就是把女儿当作献祭的畜生吗？"

申羽嬉皮笑脸地搭着伯仑的肩膀调侃："对啊，这要是让头儿听见，肯定会揍你一顿。"

"'听古勿驳古'这句粤语谚语你们没听过吗？意思是听故事就好好听，别多嘴驳斥故事的内容。"伯仑抱怨过后，便辩解道，"其实我也觉得这个传说有挺多不合情理的地方，但传说不就是这样的吗？要是从头到尾都合情合理，那该叫史实，而不是传说。而且重点是，丰江人都是听着这个传说长大的，均对此深信不疑，哪轮到我们这些外来人说三道四。"

"你不是丰江人？"溪望脸上闪过一丝警惕之色。

"我就像无根浮萍一样，是个举目无亲、四处漂泊的可怜人，哪儿能混口饭吃就往哪里漂。"伯仑忽然露出谄媚的嘴脸，搓着手靠向溪望，"捕爷若需要雇人办事，随时可以找我哦！端茶倒水、带路送信、探听消息，我样样精通，短工长工均可，价格公道，童叟无欺。"

"韦老哥，像你这种随口就能将胡扯的传说说得头头是道的人才，待在这种小地方当店小二实在太屈才了。要是宋大人有招募能人的打算，我一定会推荐你。"申羽仍搭着伯仑的肩膀，并且跟对方一同望向在陈家村龙舟旁边的知然和蓁蓁。

荣宗正向知然介绍陈家村的龙舟队正——鼓手陈得宝。他神气地说得宝不仅当鼓手经验老到，而且是远近驰名的鼓匠，整个丰江县的龙舟鼓都是得宝亲手制作和修理的，甚至经常有外地人慕名而来请得宝造鼓修鼓……吹嘘一番后，他便邀请知然登龙舟，好让龙舟沾一点儿知然的福气，夺取靠前的排名。

知然一直将纤细的手臂搭在蓁蓁的细腰上，登龙舟自然亦搂住蓁蓁同行。这可让荣宗犯难了，他立刻站在龙舟前挡住蓁蓁，并且挤出一副皮笑肉不笑的虚伪笑脸，向知然点头哈腰："宋大人，女子观赛虽不违祖训，但登龙舟就……就没有先例了，请大人见谅！"

"不就是一条破龙舟，有啥好稀罕的。"蓁蓁抱肘翻着白眼说，"我还不想上去呢，弄不好随时会翻船。"

这些带刺的话让荣宗的面色十分难看，知然连忙打圆场："那我也不登龙舟好了,没有必要为此坏了你们的规矩。"他本来就对龙舟不感兴趣,只是盛情难却,才勉为其难地跟蓁蓁一起登龙舟而已。现在说蓁蓁不能上船,正好可以趁机摆脱这场应酬,去找敬堂一起看比赛。

然而,知然还没来得及告辞,荣宗已急忙拉着他的手,再度邀请他登龙舟,还说只要稍微沾一点儿他的福气,就必定能赢过刘家村云云。见对方如此热情,知然也不好意思推辞,毕竟人家帮自己解围也就一盏茶之前的事儿,就当回报对方这份恩情,他也该上船转一圈。反正又费不了多少时间,而且也不会有任何损失。

登龙舟其实没什么特别,知然只是在得宝的帮助下上船,并且努力保持平衡,防止从狭窄的船身中掉进水里,然后就返回岸上,整个过程连半炷香的时间也没有。当然,这事的象征意义远大于实际意义,不过陈家村的健儿们因此大受鼓舞,士气高涨,倒是不争的事实。

知然刚上岸,重回蓁蓁身旁时,发生了一段意料之外的小插曲——刘耀祖的幺儿、年仅十三岁的少年郎刘佑兑,牵着一条大黑狗大摇大摆地从众人身旁经过。尽管陈刘两村水火不容,但陈家村这边人多,佑兑亦牵着恶犬,所以双方只是大眼瞪小眼,都没有做出任何越轨的举动,甚至连对骂也没有。毕竟佑兑若放狗咬人,理论上不算动手,也没有违反禁令。而陈家村这边若动手揍佑兑,虽说排名会直接垫底,但被十几个龙舟健儿围殴,这个少年郎恐怕得把命留下来。

因此,双方都没有轻举妄动。

可遗憾的是,人沉得住气,畜生却不行。原本一声不吭的大黑狗忽然朝众人狂吠,使本已剑拔弩张的双方瞬间炸开了锅。佑兑拼命地拉住狗绳,因为一旦让大黑狗扑向众人,就等同于宣战。荣宗跟一众同村亦如临大敌,有胆大的上前想抬脚把恶犬踹回去,有谨慎的将大家往后推并劝告莫中对方的圈套。

蓁蓁身为护卫,自然是立刻挡在知然身前,并且拔刀指向恶犬,朝少年大喝:"参军大人在此,岂容你纵容畜生胡作非为!要么立刻把这条疯狗赶走,要么让我给它一个痛快。"

"哇,怎么会有女人在?"佑兑边使尽力气拉住狗绳边惊讶大叫,但随即又放声大笑,"哈哈哈,这可让老子抓到你们陈家村的把柄了!老子可是受县令大人所托，牵着这头发情的黑狗巡视各村队伍有没有女人混进去的，没想到正好抓到你们了，哈哈哈……"

"抓你的死人头！"荣宗上前破口大骂，"这位李捕头可是宋大人的女人，跟大人一起从都督府来的，官儿可大着呢！不信你去问问黄县令，不挨三十大板算你运气好。"

佑兑虽然一点儿也不相信，但申羽和伯仑已拿着火把跑过来，利用火焰驱赶这只发情的大黑狗，没一会儿就连他也一起赶走了。

荣宗随即向知然和蓁蓁道歉，并且一再强调会找敬堂告状，严惩这个刘家村的小无赖云云。可敬堂正为即将开始的比赛忙得头顶冒烟，哪有时间理会这种小事，他不过是想让知然吩咐敬堂惩治这个不知轻重的少年郎而已。知然知晓他的心思，随便应付了几句并且说了些鼓励龙舟健儿的客套话，便带领下属去找应该待在终点的敬堂。

丰江两岸每隔百米均燃起篝火，且篝火之间放置了多个火把，所以尽管被浓雾包围，仍不至于会迷失方向。众人沿着江边走，申羽见知然没再搂住蓁蓁，便嬉皮笑脸地挤到两人中间，并为蓁蓁抱不平："丰江县的赛龙舟还真奇怪，竟然要牵着狗逐艘龙舟检查有没有女人混进去。而且黄县令办事有够马虎的，明知头儿是女儿身，居然没有跟大家交代清楚，硬是给我们添了些麻烦。"

"或许他只是太忙，一时忘记而已。"知然毫不介怀地说，"毕竟举办这种全县参与的大型活动，琐碎问题极多，我们没必要为这种小事大做文章。"

"或许他不是忘记了，而是有意为之。"骑在骡子上的溪望，俯下身子并压低声音，"昨晚只给我们安排了两个房间，现在又因为一些细节上的疏漏给我们造成困扰。虽说均能以'疏忽'敷衍塞责，但也有可能是黄县令并不欢迎女宾来访。不过碍于我们来自都督府，他在明面上不敢有丝毫怠慢，只好暗地里使坏，利用各种看似无关痛痒的'疏忽'来为难我们。"

"嗯，不能排除这个可能。"知然点头认同，"刺史的确说过，黄县令有着根深蒂固的男尊女卑观念，很可能对受我重用的蓁蓁嗤之以鼻，因而刻意给她使绊子。"

"原来他是这种卑鄙小人啊！"蓁蓁气得杏眼圆睁，但随即又露出困惑的表情，"但他在我面前，好像也没啥针对性的表现呀，就连跟我说话也挺客气的。"

"虽说看人不能看表面,但也不能光听别人的评论,就断定一个人的好坏啊,李捕头。"溪望不怀好意地笑道,"譬如我们平日总说阿慕玩世不恭,对啥也不在意,但刚才看见你跟大人举止亲密,他可是挺妒忌的。"

"我跟大人亲不亲密,关这家伙屁事!"蓁蓁一脚把几乎贴在她身旁的申羽踹开。

"玩笑开过了,说回正事吧!"知然瞥了眼差点儿就掉进江里的申羽那滑稽的模样,好不容易才忍住笑意向伯仑问道,"知道黄县令的背景吗?他有没有什么鲜为人知的秘闻?"

"嘿嘿,要听这种秘而不宣的内幕消息,可是要加钱的哦!"伯仑刻意压低声音,并露出一丝猥琐贪财的笑容。

第六章　神龙乍现

原以为伯仑会爆出什么惊天内幕，谁知道他就说了些背景资料，譬如敬堂并非丰江人，三年前才到丰江县担任县令，是个受百姓爱戴的好官之类，并没有什么出人意料的逸闻。尽管大家对此均不感兴趣，但他仍滔滔不绝地说个不停："听说黄县令十分守旧，啥事都喜欢遵从传统，就像这丰江龙舟，他上任后都是完全按照之前的规矩举办，唯一的改变就只有谁动手打架便连累全村排名垫底这一条。不过守旧也有守旧的好处，就是他挺尊师重道的。听说他原本仕途坦荡，甚至有机会到神都当大官。可是，他竟听从恩师的劝告，到丰江这个鸟不生蛋的鬼地方当县令，也不知道是他太笨，还是他的恩师太能言善辩……"

"韦老哥，你再说就不是在背后议论人家了。"申羽往前方于浓雾中发出强光的篝火扬了扬眉，那是最后一堆篝火，也就是赛龙舟的终点，敬堂应该在这儿。伯仑立刻住嘴，并伸出两根食指交叉于唇前，示意不再说话。

众人走近篝火，敬堂果然在这儿，他看见知然便连忙表示歉意，说本该亲自为知然讲解当地的风土人情，无奈为准备比赛实在分身乏术，只好让店小二代劳，还问知然是否满意伯仑的伺候。

伯仑不仅跟阿慕一见如故，还把该讲不该讲的都说了出来，知然当然满意至极，当即大方地掏出一些碎银打赏伯仑，并表示非常满意敬堂的安排。

知然跟敬堂交谈期间，各村村正陆续从起点走过来，准备待会儿一同见证比赛的胜负。终点的裁判席被捕快分隔为前后两个部分，他俩在靠近江边的前半部分就座，蓁蓁、伯仑等下属仆从均站在他俩身后，村正们则在后半部分等待见证赛果。

之所以会有这种安排，是因为晨雾实在太浓了，大家都挤在江边，容易发生坠江意外。当然，更重要的原因是，县令大人可不想跟村正们挤在一块，因为他们会互相责骂，令人不胜其烦。因此，从上任县令开始，便有这种安排。

当村正们都到齐了，代表各村健儿已准备就绪，随时可以开始比赛。捕快拿着直径接近一米的开道锣及手臂粗的锣棒来到敬堂跟前,敬堂则将锣棒递给知然,示意由知然敲响宣告比赛开始的锣声。

蓁蓁盯住开道锣忽然想到一个问题:"要是锣声还没响起,就有龙舟抢先划向终点怎么办?晨雾这么浓,就算有队伍作弊,别人也看不见呀!"

敬堂本想解释,但被伯仑抢先一步:"这个你就有所不知啦!这锣声不是敲给参赛队伍听的,而是敲给起点两岸的'拉绳人'听的。"

"什么'拉绳人'?"知然不解问道,"龙舟不都是用船桨划水的吗?难道丰江的龙舟是拉绳子的?"

"非也,非也!"敬堂摇头笑道,"本县的龙舟也是划水的,不过为了避免出现抢跑的情况,就在所有龙舟的龙尾都开了一个孔,并且用一根麻绳穿过去,将所有龙舟串联起来。然后把麻绳的两端系在起点两岸的大树上,就能将所有龙舟拴住。在解开麻绳之前,龙舟都划不动,所以谁也不能抢跑。"

"当锣声响起,拉绳人就会解开麻绳让龙舟前进,对吧?"知然算是弄明白比赛的起步方式了。

敬堂点头称是,蓁蓁随即提出新的疑问:"拉绳人就算解开系在大树上的两端,麻绳仍拴在龙舟上啊!这样龙舟会互相牵扯,应该对两边……不对,应该对被夹在中间的龙舟不利吧!"她伸出并排的五指比作龙舟,将一根头发放上去并稍微动弹五指,位于两侧的拇指和小指很快将头发拨开,但中间的三根手指则难以挣脱头发的束缚。

敬堂本想详细说明,却依旧被伯仑抢过话头:"这种琐碎的讲解活,还是让小人来办吧!"他随即告诉大家,当锣声响起,对岸就会将麻绳解开,但在他们这边则不是解绳子,而是将麻绳往回拉,所以才叫"拉绳人"。

麻绳被拉回来的过程中,各村的龙舟便会从对岸往这边逐一挣开束缚。因为存在先后次序的问题,所以麻绳是倾斜的,对岸系麻绳的大树位于起点往前数丈处。也就是说,越先起步的龙舟距离终点就越远,那么大家通过起点的时间也就相差无几,从而确保比赛的公平。

伯仑还特意对蓁蓁说:"这些规则都是由上任县令亲自制定,已沿用多年,绝对公平公正,没有一点儿瑕疵或漏洞,捕爷就不用担心有人动歪脑筋了。"

敬堂见疑问已经解除,便催促知然敲响开道锣,宣告比赛正式开始。

153

不同于一般紧张、激烈的赛龙舟会令观众热血沸腾,不由自主地为健儿呐喊助威。在浓雾中进行的丰江龙舟,观众只能看见白蒙蒙一片,连龙舟在哪儿也不知道,根本毫无观赏乐趣可言,甚至有点儿无聊。

因此,申羽在打了个哈欠后,便跟大家闲聊起来:"上任县令如果把制定比赛规则的心思花在怎样解决水沟的问题上,或许我们现在就能在正午看赛龙舟了。"

"这或许不太可能实现。"敬堂皱着眉说,"丰江县的男丁持续减少是不争的事实,有些村子甚至连凑齐一条龙舟的健儿也很吃力,根本凑不出修葺疏通水沟所需的劳动力。"

"事在人为吧!"申羽嬉皮笑脸地说,"其实就算是现在,只要下定决心去办,还是能彻底解决问题的,黄县令有没有兴趣听听小人的'馊主意'?"

"愿闻其详。"敬堂转过身来正视申羽,做出一副虚心求教的模样,也不知道是不是拿这家伙寻开心。

"男丁不足虽然是个大问题,但不修葺疏通水沟又会导致粮食不足,从而使人口减少,导致男丁不足的问题更严重。因此,越往后问题就越难解决……"申羽装模作样地口若悬河——

人有时候会很奇怪,明明生活过得并不好,但只要还有人比自己过得更糟糕,心里就舒坦多了。上任县令就是利用村民们的这种心态,巧妙地转移矛盾,令大家不再责怪县衙无力修葺疏通水沟,而是将所有心思都放在怎么赢得赛龙舟上。

要解决丰江县的困境,首先得让大家放下仇恨,邻村之间别再互相对抗,而是要团结起来,一起修葺疏通水沟。毕竟各村均能派出十五名男丁参加赛龙舟,那么共用一条水沟的两条村子至少能抽出三十名青壮年吧!或许过程会非常艰苦,但只要大家齐心协力,将水沟修葺好,把淤泥清理干净只不过是时间早晚的问题而已。

如果大家能放下过时的守旧观念,让各村的大嫂、姑娘也一起帮忙,那就能更快解决问题了……

"让女人修葺清理水沟,恐怕各村的长老均不会答应。"敬堂眉头紧皱且露出不悦之色,"至于让两村同心合力,其实我刚上任时就提议过,可是大家对此的反应十分冷淡。"

溪望叹息道："跟合作相比，更乐于选择对抗，这是人的天性，这大概就是上任县令把心思都花在赛龙舟上的原因吧！"

"难道大家就不懂得合作共赢的好处吗？"申羽鼓起腮帮子，重重地吐了口气又道，"我之前梦见在一千多年后的世界里，可是提倡通力合作、互惠互利的啊……"

然而，他话还没说完，溪望就轻敲他的脑袋训斥："醒醒啊兄弟，现在可是武周天授元年，什么'老弱病残皆吃饱、身无分文可读书、穷乡僻壤也通路、妇女能顶半边天'的仙境，在大唐压根就不存在，你别再痴人说梦了。"

见申羽挨骂后挺尴尬的，伯仑立刻转移话题："你们有没有发现，有一个龙舟鼓的声音非常特别。"

大家当即敛声屏息，仔细聆听回荡于丰江两岸的鼓声。虽然能听见多道急促的鼓声，但好像都一样，充其量就是击鼓的节奏稍有差异而已，不见有哪个声音独树一帜。

"不都是鼓声吗，有啥不一样？"蓁蓁瞪着伯仑发问。

敬堂亦点头认同："本县的龙舟鼓都是陈家村的鼓匠制作，声音应该不会有明显的差异。"

"那是因为你们不像我这样，拥有一对全大唐最灵敏的耳朵。"伯仑做出一副令人想掐死他的得意模样，沾沾自喜地说，"我夜里光听叫春声，就能分辨那是大橘还是狸花猫。"

"韦老哥，你这本领真厉害！"申羽露出羡慕的目光，同时脑海里冒出了"绝对音感"这个莫名其妙的词语。

蓁蓁立刻往外移开一大步，盯着两人并露出厌恶的表情："你俩真是臭味相投，都那么恶心下流。"

申羽搂住伯仑的肩膀，向蓁蓁展露灿烂的笑容："谢谢头儿赞赏！"随即换来一下敲头。

"刘家村好像也有人单凭声音就能分辨出每一条狗，好像是那个谁的儿子……"敬堂正仔细回忆时，被白蒙蒙的浓雾笼罩的大江上，突然出现艳丽的红色烟花。荣宗兴奋的欢呼声随即从后方传来，想必这烟花是由陈家村的健儿放的。

伯仑当即挤出谄媚的嘴脸奉承道:"宋大人果真是洪福齐天啊,陈家村的龙舟只是稍微沾了一点儿大人的福气就拔得头筹了。"

"等等,烟花的位置好像不对劲。"溪望质疑道,因为红色烟花是在篝火前方升起。也就是说,陈家村还没到终点就抢先放烟花,这会被视作放弃比赛,令排名直接垫底。随后陆续升起的烟花验证了他的猜测,其他队伍均在越过终点后才放烟花,跟陈家村放的红色烟花相隔一段不短的距离。

"坏了,坏了,肯定出事了。"荣宗忽然冲到江边,看着白蒙蒙的江面,脸上尽是惶恐与不安。

敬堂见状立刻吩咐下属救人,并告诉知然,烟花除了用于宣告越过终点外,还用于求救。陈家村的龙舟还没到终点就放烟花,说明他们很可能出事了。捕快们纷纷系上绳子跳进江中,往升起红色烟花的方向游去,无奈江面被浓雾笼罩,什么也看不见,大家几乎无功而返,唯独捞回了鼓手陈得宝。

荣宗连忙问发生了什么事,得宝吐了好几口水才缓过劲儿,但似乎仍有些许神志不清,竟然胡言乱语:"是神龙,是雾江神龙,是雾江神龙把我们的龙舟掀翻了。大家都被神龙拖入江底,只有我侥幸逃出生天……"

"你说什么胡话!"原本在一旁看热闹的耀祖,忽然气愤怒骂,"雾江神龙可是保佑我们整个丰江县的福神,哪会把你们的破龙舟掀翻!你是不是野菇吃太多,吃傻了?"

"野菇是啥?为什么会把人吃傻呢?"蓁蓁向身旁的伯仑小声问道。

"就是野生的蘑菇喽,在丰江县挺常见的。"伯仑亦小声作答,"虽然大部分都可以吃,但偶尔也会采摘到毒蘑菇,吃了轻则胡言乱语,重则倒地不起,甚至一命呜呼。"

"不是,我从不吃野菇,我真的亲眼看见神龙忽然在后方出现,把我们的龙舟掀翻……"得宝边说边不住地颤抖,仿佛他所说的可怕怪物就在眼前。

"是你!肯定是你用了什么妖术,害死我们村的人!"文质彬彬的荣宗像发了疯似的,突然扑向耀祖,并且跟对方大打出手。

待在不远处的少年郎佑兑,看见父亲跟别人打架,当然不会袖手旁观,立刻飞奔过来帮忙。然而,他因一时情急,忘记了自己原本牵着一条发情的大黑狗。在这个乱作一团的当下,也没有谁会在意这条恶犬。如此便造成一个大家都不乐意看到的结果——黑狗猛然扑向知然!

大家的注意力都集中在扭打成一团的两位村正身上,纷纷上前劝架,谁也没想到竟突然冒出一条恶犬。知然当然也不例外,还没来得及反应,已被大黑狗扑倒在地。他体形矮小,力气也不大,无法推开压在身上的恶犬,只好想方设法抵挡狗头,免得被对方咬伤。

溪望虽想上前驱赶恶犬,可是他骑着骡子,稍有不慎便会踩伤知然,因而不敢妄动。伯仑拿来火把,本想故技重施,可是大黑狗就压在知然身上,用火把驱赶恐怕会殃及知然。最终,蓁蓁在申羽的协助下,手忙脚乱地折腾了好一阵子,才把这条烦人的恶犬赶走。虽说过程惊险,但大黑狗似乎没有攻击知然的意图,至少没有在他身上留下爪痕或咬痕。

敬堂慌忙扶起知然,边不停地致歉,边扭头大骂耀祖没看管好自己的畜生,说要将这头畜生宰了。他还瞪了佑兑一眼,也不知道他说的"畜生"是指大黑狗,还是这个少年郎,反正后者被吓得躲在父亲背后。

原本拳来脚往的荣宗和耀祖,当然不敢继续胡闹,尤其是后者更拉着幺儿一同跪下求知然饶恕。不过,耀祖这一跪,很快就发现了不对劲的地方——知然刚才倒地的位置上有一摊血。

这摊血也就掌心大小,呈暗红色,显然不是因受伤而流出的鲜血。而知然下半身的官服亦出现血迹,尽管双腿被官服遮盖,但暗红色的血已沿着黑靴流到地上。

"原来是这么一回事……"耀祖诚惶诚恐的神色,忽然被阴险的笑容取代。他拉着幺儿一同站起来,冷笑着对知然说:"宋大人,您是女儿身吧!"

第七章　在劫难逃

"这到底是怎么回事啊，我们为什么要像逃跑一样匆匆离开？"申羽边驾驶马车边连声抱怨，"就算不留下来吃午饭，至少也得等到天亮再走啊！现在乌漆墨黑的，弄不好会突然冒出一群山贼劫我的色。"

"你别在这个时候还厚脸皮好不好！你不是说自己很聪明的吗，怎么会不晓得发生了什么事？"坐在车厢里的蓁蓁冲他骂道，随即转头安慰知然，"没事的，不管发生什么事，我都会留在你身边保护你。"

"头儿，你昨晚不会真的跟大人好上了吧？"申羽话刚出口就被蓁蓁重重地敲头，差点儿被敲晕过去。

骑着骡子的溪望靠近马车淡然笑道："兄弟，在你眼里就只有李捕头，却没注意到我们的大人也是女儿身哦！"

"你早就知道了？"知然打开车窗冷漠地问道。

"嗯，跟你一起骑马去登第村时就发现了。"溪望点了下头，"调查成武是否死里逃生时，你不愿意下河跟这次不想骑马，都是因为月事吧！"

知然沉默半响后便关上车窗没有回应，申羽则掰着指头喃喃念叨："大人的月事好像不太规律呢……"随即又被蓁蓁敲头。

"原来你们都知道了，就只有我一个人蒙在鼓里。"申羽既惊讶又觉得憋屈。

"不然呢？"蓁蓁翻着白眼说，"要不是知道大人也是女儿身，我会这么荒唐跟大人共寝一室？"

"那倒是，我就知道头儿不是那种喜欢到处拈花惹草的放荡女子。"申羽笑靥如花道，当然亦已明白方才发生的一切是怎么回事。

就在半个时辰之前，尽管蓁蓁和申羽将那条发情的大黑狗赶走，但知然倒地期间在地上留下了一摊暗红色的血。经验老到的耀祖当即察觉端倪，知晓知然正值经期，所以大黑狗才会扑到她身上——大黑狗并非想袭击她，而是因为闻到她身上的气味而发狂。比赛开始之前，大黑狗狂吠的对象也不是蓁蓁，而是蓁蓁身旁的知然。

耀祖的幺儿没看管好自家的大黑狗，袭击了来自都督府的大官，其他村正都围过来看热闹，刚才跟他大打出手的荣宗更是眼珠乱转，显然在琢磨落井下石。

遭刁民无理以下犯上，若不严惩必定官威无存。就算知然不开口，敬堂也会赏耀祖父子各打三十大板。至于那条恶犬就别想活到明天了，今晚就得变成狗肉煲。

然而，当耀祖发现知然是女儿身后，形势随即转变，因为他竟然阴险地说："宋大人刚才好像上过陈家村的龙舟吧！我就说神龙是庇佑丰江县的福神，怎么可能将龙舟掀翻呢？除非龙舟上有脏东西，把神龙惹怒了。"

荣宗先是一愣，随即明白耀祖暗示正值经期的知然将晦气带上龙舟，因而触怒神龙，所以才会遭到神龙的袭击。一想到是自己主动邀请知然上龙舟，从而导致惨剧发生，他不由得悲愤交加，并且将所有责任都推卸给知然，竟然痛骂知然是瘟神，害死陈家村仅存的男丁。他甚至跪求敬堂帮忙做主，要求知然为此负责。

论官职，敬堂比知然低，因此面对这种越权的无理要求，通常的作法是赏荣宗五十大板，好让这家伙知道自己几斤几两，别再无理取闹。

可是，自发现知然是女儿身后，敬堂就一直黑着脸，原本扶着知然的双手亦已松开，甚至往外移了一步。此刻面对荣宗的无理取闹，他没有严词呵斥，而是烦躁地回应："你先退下，本官自有分寸。"随即转头压低声音，以非常冷淡的语气对知然说："请宋大人赶紧返回都督府，下官还得为这烂摊子善后，无暇送行，请见谅！"

包括陈刘两村在内的各村村正，均认定知然将晦气带上龙舟触怒神龙，全都一副想找她麻烦的神色。若等龙舟健儿都上岸知晓详情，说不定会引发不可控制的局面。溪望觉得此地不宜久留，便给蓁蓁使眼色，示意对方立刻扶知然上马车，同时吩让申羽赶紧一同离开……

"知其然，知其所以然。"溪望刻意靠近车窗说，"'知然'这个名字虽然寓意深长，但恐怕不是大人真正的名字吧？"

知然再度打开车窗，叹了口气说："你有时候会让我觉得，聪明不仅并非优点，而且十分招人讨厌。"

"那大人的真名叫啥？"申羽嬉皮笑脸道，"像大人这么高贵又有气质的佳人，名字应该也很有诗意吧！"

知然又叹了口气，答道："我的名字就叫宋知妍，只不过妍是女开妍。"

"好名字啊，一听名字就知道大人是个知书达理的大家闺秀了。"申羽仍是一脸嬉笑之色，但忽然又皱起眉头，"可是，大人为何要女扮男装呢？以真面目示人不好吗？大人眉清目秀，稍微打扮一下就倾国倾城了。"

"不就是因为所有人都像你这样，只关注女子的外表，而不在意她们的能力。"溪望悠然地代为作答，随即靠近车窗问道："大人，我没说错吧？"

知然……或许该说是"知妍"，再三叹息后没好气地盯住溪望："你真的很讨厌。"

"现在该怎么办呢？"申羽耸肩问道，"陈家村的龙舟翻船虽然跟我们毫无关系，但陈村正恐怕不是这么想，说不定还会继续缠着黄县令告大人的状。而且黄县令知道大人是女儿身后，态度马上就变了，弄不好会把责任推到大人身上。"

"大人可是刺史的孩子，难道会怕他们的诬告？"蓁蓁气愤地说，"刺史用不着偏袒大人，只需说几句公道话就行了，这事根本就跟我们没有任何关系。说什么女人带晦气之类的鬼话，都是石头缝里蹦出来的。"

然而，溪望随即就泼下冷水："现在不是说气话的时候，正因为刺史是大人的父亲，所以才不方便替大人说话。"

"宋刺史本身也是迂腐守旧的人，认为女人就得在家里相夫教子，甚至三步不出闺门，要不然我也用不着女扮男装。他之所以让我组建新部门，目的就是让我少跟其他官员接触，避免身份被揭穿。"知妍长叹一息，露出心灰意冷的神色，"本以为努力破案，就能让他改观，知道女人的能力不比男人差。可现在当众出丑了，回去也不知道该怎么交代。要是事情闹大了，他就算不把我关在家里，大概也不会再让我当官了吧！"

"也不用太悲观啦！"申羽抬头望向初升的太阳，朝气勃勃地说，"或许啥事也没有，我们回去吃顿好的，再舒舒服服地洗个澡，然后一觉睡到天亮。到明天就是新的开始，一切都会好起来。方才那些不愉快的破事，就像没发生过一样。"

四人返回都督府后，享受了半天暴风雨来临前的宁静。

是夜，晚饭过后，宋刺史把他们叫到书房，随即赶走所有部下和随从，房门刚关上便是一顿劈头盖脸的怒骂："你们这几个酒囊饭袋到底做了什么好事，才一天时间就让整个丰江县都乱套了？"

知妍虽十分气愤，但又不敢动怒，只好倔强地回应："中午不就跟你说了，下官女扮男装的事被发现了。"尽管她此时仍是身穿官服的男装打扮，却总让人觉得比之前多了一分女性的娇媚。

"这当然会掀起轩然大波，但我还能压下去，要不然我也不会放任你肆意妄为。"刺史怒气冲冲道，"可你明知女人不能上龙舟，却非要坏人家的规矩，结果触怒了神龙，害死了陈家村整船的男丁。这事我可拦不住，早晚会传到女皇陛下耳中。届时，陛下为了平息民愤，必定会严惩不贷，甚至将你斩首示众。"

"这也不能怪参军大人啊！"蓁蓁愤愤不平地反驳，"陈家村的村正为了沾福气，非要请大人上龙舟，大人多次婉拒无果，迫于无奈才上去的呀！而且陈家村也不是全船人都死光了，至少我们走的时候，已经救了一个鼓手上岸。我想女皇陛下必定明辨是非，不会胡乱责怪参军大人。"

"这里轮不到你说话！"刺史愤然呵斥，随即强压怒火细说详情，"我刚收到丰江县令加急送来的公文，大致了解时的情况。天亮后黄县令便组织所有熟识水性的人展开搜救，结果只捞到一具具冰冷的尸体，除鼓手外，陈家村的所有龙舟健儿均溺水身亡。"

"刺史大人，请恕小人愚钝……"因双腿不能站立，而被容许坐在一旁的溪望，恭敬地双手行礼。见刺史没有呵斥，他才继续说："虽然情况很糟糕，但也在可以预料的最坏范围内，应该不至于令大人大发雷霆吧？"

刺史正眼盯住溪望片刻，叹了口气才点头说："没错，我之所以动怒，是因为情况远比之前预料的更糟糕。"他在桌子上拿起一份公文，递给知妍后又道，"原本唯一幸存的鼓手，不到半天便被发现淹死在自家的面盆里。现在整个陈家村都乱套了，人家都认定你玷污龙舟触怒了神龙，导致整条龙舟上的人都被牵连，哪怕已经逃到岸上亦不能幸免于难。甚至有传言说，整个陈家村，乃至整个丰江县都会因为神龙的愤怒而遭殃。"

"流言蜚语还真可怕，才半天时间就牵连全县了，再过几天恐怕得说神龙要将整个大唐都吞进肚子里……"申羽喃喃自语道，但被刺史瞪了一眼便立刻闭嘴。

"成事不足败事有余,闯下弥天大祸还得我来善后。"刺史站在知妍跟前,盯着她放声怒骂,"我就说女人不该在外抛头露面,因为你们根本就没有这个本事。你也不看看自己几斤几两,待在家里学点儿琴棋书画,早日找个门当户对的好人家出嫁不就好了?为何非要学人家做官,做自己力不能及的事情?你要不是我的孩子,恐怕连九品芝麻官也做不了!自己没本事却非要逞强,现在可好了,竟弄来一个天大的烂摊子让我收拾……"

知妍被骂烦了,便恼火地冲刺史怒吼:"我惹的麻烦自己会解决,无须刺史大人费神!"

"无须我费神,那要谁费神?"刺史亦冲她怒吼,"除了我还有谁会帮你?这事你根本解决不了,别说陈家村,就连丰江县你也不能去,不然你随时会被愤怒的民众大卸八块。"

"我就算被剁成肉酱,跟你也毫无关系,你只要当好你的广州刺史就行了……"知妍愤怒地大吼,瞬间将本该是上下级之间的理性讨论变成父女间纯粹宣泄怒火的对骂。

溪望无奈地跟申羽对视一眼,两人均知道必须终止这场毫无意义的骂战。申羽首先挺身而出,嬉皮笑脸地走到父女俩之间劝和,结果被父女俩一同甩巴掌打飞。溪望随后上阵,刻意提高声线向身旁的蓁蓁问道:"李捕头,都督府有仵作吗?就是那种专门检验尸体的师傅。陈家村的鼓手死状如此诡异,我们带个仵作过去,或许会有发现。"

"我怎么知道,我跟你一样初来乍到,连路也没认全呢!"蓁蓁不明就里地回应。

然而,溪望话虽是对蓁蓁说,却是说给知妍听。果然,知妍随即会意且恢复理性,冷静地对刺史说:"就算我不能亲身到丰江县,也能派下属去解决问题。反正我会把事情处理好,绝对不会给刺史大人添任何麻烦。"

"说得倒是轻巧。"刺史亦压下怒火,冷笑问道,"要多久才能解决,若不能解决又该如何?"

"下官的下属各有过人的才能,就算下官不亲自前往丰江县,他们亦只需三天便可收拾残局。"知妍胸有成竹道,"若三天后仍未能给大人一个满意的交代,下官就回家伺候爹娘,每天亲自为爹娘打水洗脚。"

"你最好说到做到,别空口说白话。"刺史瞥了眼申羽等三人,摆出与其官职对应的气势,严肃地对知妍说,"古语有云'人而无信,不知其可也',你的下属都能做证,三天后仍未解决丰江县的烂摊子,你组建的新部门就立刻解散,你亦别想再踏出家门半步。"

"君子一言……"知妍坚定地抬起白嫩的手掌。

"快马一鞭!"刺史像怕她反悔似的,立刻与她击掌为约。

知妍随即行礼告退,转身准备离开书房,溪望慌忙叫她留步,并扭头对刺史说:"大人,正所谓'巧妇难为无米之炊',宋参军不能亲自前往丰江县,而她的手下就只有我们仨,要在三天之内解决问题,光是人手方面便捉襟见肘了。"

刺史在书桌上拿起一块令牌递给知妍,摆出一副看好戏的姿态:"我会吩咐下属,在三天期限之内,只要出示令牌,不管你有何要求,都督府上下都会竭尽全力配合,免得你事败后诿罪于人。"

知妍虽气得咬牙切齿,但仍恭敬地低头双手接过令牌,并许诺若三天内不能解决问题,便会独自承担责任,绝不会找任何借口。然而,她再次告退时,却又被溪望叫住了。这回溪望狡黠地对刺史说:"大人,现在天色已晚,三天限期该从明天算起吧?"

"你这个跛脚的小子还真有意思……"刺史点了下头,算是答应了,同时看着溪望露出赏识的目光,"三天后要是想找差事,不妨来都督府碰碰运气。"

第八章　深夜求援

遭刺史训斥且许诺三天内解决丰江县的问题后,知妍便带领三名下属返回办公地点——诡案组。这里原本是个堆放杂物的房间,位于都督府边角一个极不起眼的位置,前两天才腾空打扫干净,并挂上一块简陋的牌匾。尽管位置不太好,毕竟茅厕就在门外,经常有阵阵恶臭袭来,但地方还是挺宽阔的,就算是多人同时在此办公亦不觉拥挤。而且文房四宝和桌椅等必需的办公用具和家具均配套齐备,甚至还配备了一张可供十人使用的大圆桌,方便大家围坐在一起讨论案情。

此时,申羽就在圆桌前为各人倒水,并且嬉皮笑脸地说:"都督府就是不一样,档次可比县衙高多了,要是再来几笼虾饺烧卖炸春卷就完美了。"

蓁蓁暴躁地瞪着他说:"你说的都是些什么鬼啊?"

"李捕头别在意,这家伙只是说梦话而已。"溪望慌忙打圆场,随即对申羽小声骂道,"醒醒啊兄弟,别整天就想着吃,这里可是大唐的广州,什么'一盅两件'在这里根本就不存在。"

尽管已经过了好几天,但那场漫长的梦仍深深地印在申羽的脑海里,甚至令他偶尔会混淆梦境与现实,仿佛梦中的一切是他的真实经历。因此,他只好讪笑着解释:"头儿,虾饺烧卖是我在梦里跟你一起吃过的点心,今晚我们一起睡,说不定就能一起在梦里再吃一遍。"当然,他这种恬不知耻的傻话,又换来蓁蓁的敲头了。

"唉,真亏你们还有心思聊这种毫无意义的闲话。"知妍唉声叹气道,"要是丰江县的烂摊子不能在三天内收拾好,这个刚建立的诡案组就得解散,我得回家给爹娘洗脚,你们也要失业了。"

"既然一点儿信心也没有,刚才为什么要在刺史面前撂下豪言呢?"蓁蓁拉着知妍的纤手问道。自从知妍女扮男装一事被揭穿后,她跟知妍的肢体接触便没了顾忌,不再像之前那样"男女授受不亲"。

"刚才那种状况,我能不许下承诺吗?"知妍说着就来气了,"那个老头子总是看不起我,说我成事不足败事有余,把事情搞砸了还得他善后。他把我说得一文不值,我又岂能忍气吞声?当然得还以颜色啊!"

"可大人这也不过是一时逞强而已。"申羽无奈地摊开双手,"我们现在连发生了什么事也不清楚,哪有可能三天内把问题解决。"给大家倒水后,他便坐在蓁蓁身旁,而蓁蓁又挨着知妍坐,所以他们仨是连着坐在一块。

"反正我就看不惯那个老头子一副盛气凌人的样子,左一句女人除了生孩子就一无是处,右一句女人就该三步不出闺门,待在家里相夫教子。现在可是大唐盛世,女人都登上皇位了,还有什么不能做?"知妍余怒未消,重重地捶打桌子。或许已被揭穿身份,她不再在下属面前隐藏自己的真性情。

孤零零地坐在大圆桌另一侧的溪望,捏着下巴狡黠地笑道:"我怎么觉得刺史是故意惹怒你的呢?"被知妍瞪了一眼后,他才不紧不慢地解释,"你总说刺史不在意你,不关心你,你在家中不受待见,可我觉得刺史挺了解你的呀。像刚才那么明显的激将法,若用在我跟阿慕身上,肯定一点儿效果也没有,但用在大人身上却屡试不爽。"

"对呀!"蓁蓁忽然醒悟过来,对身旁的知妍说,"之前登第村的案子,刺史也是这样惹怒你,让你主动承诺七天之内破案的吧?"

知妍愣住了好一会儿,渐渐意识到原来自己一直被父亲牵着鼻子走,不由得再度恼火地捶打桌子,而且这次是双手一起捶打。宣泄过后,她便恢复理智,冷静地说:"好吧,我又不小心掉进那个老头子设下的圈套里了,而且这回我不能亲自前往丰江县,所以只能靠你们了。"

"大人放心,什么神龙降罪,简直就是一派胡言,我们必定会查出真相,还大人一个公道。"蓁蓁斩钉截铁道。

申羽随即附和:"嗯嗯嗯,这桩案子关系到小人能不能继续待在头儿身边,就算用尽一切无赖手段,我们也得在三天内破案。"三人顿时斗志昂扬,且一同望向坐在大圆桌另一侧的溪望。

"我倒是无所谓啦!"溪望一副事不关己的悠闲模样,喝了口水才继续说,"反正就算诡案组解散了,悬案奇案还是需要派人去调查的,而且刺史让我三天后来碰碰运气。说不定过几天这里就会换个牌匾,然后交由我掌管呢!刺史要是让我取名的话，就叫'盛唐诡案组'好了……"

他兴致勃勃地说个不停，知妍气得拿起水杯往他脸上扔，幸好他反应敏捷抬手接住。在放下水杯的同时，他换上了友善的笑颜："大人息怒，小人只是开个玩笑而已。刺史对大人还会稍留情面，但对我就绝不会手下留情。我可不想体验伴君如伴虎的刺激，还是待在大人身边吃闲饭比较稳妥。"

"你想继续吃闲饭，就得把这桩案子解决。"知妍站起来杏眼圆睁地盯住他，"不然我回家给爹娘洗脚，你也得跟随我回去洗马桶。"

"那我们就早点儿休息，一起做个好梦，然后明天一早就出发去丰江县吧！"申羽斗志昂扬道，同时不停地眨眼给蓁蓁送秋波，结果当然是又被敲头了。

溪望摆手摇头道："不行，时间太紧迫了，我可不想天天洗马桶，今晚就得开始行动。"

"现在就出发吗？"蓁蓁皱眉道，"走夜路不太安全吧！"

"那倒不是。"溪望再次摇头，"大人不能前往丰江县，李捕头恐怕也不会受陈家村的欢迎。所以我们不仅缺时间，还非常缺人手。"

"那就在出发之前先解决人手的问题吧！"知妍扬手展示刺史给予的令牌，"你需要什么人尽管开口，只要拿出令牌，整个都督府的差役我们都能差遣。"

溪望答道："首先要弄清楚陈家村的鼓手淹死在面盆里是怎么回事，所以我们需要一名仵作。"

"仵作？"知妍苦恼地皱起眉头，"都督府里又怎会有仵作呢！"

"对啊，就算有也早就回家去了。"蓁蓁瞥了眼窗外已全黑的天色，"尽管我们有令牌在手，恐怕也得等到明天了。"

"可等到明天才去找人，就浪费太多时间了……"知妍正为此心急如焚之际，忽然如梦初醒地欢喜叫道，"我知道有个家伙应该能帮上忙。"随即吩咐申羽准备马车和骡子。

四人风风火火地来到距离都督府大概五里远的树林里，穿过隐没于林中的小路，来到一间孤零零的房子门前。这房子十分宽阔，但年久失修，十分破旧，感觉随时都会倒塌。

蓁蓁以敏捷的身手跳下马车，随即扶知妍下来并问道："大人，你确定我们要找的人就在这里？"她瞄了几眼周围的环境，这里已不能用"偏僻"来形容，简直就是"荒无人烟",至少从一里外开始,她就没看见一户人家,甚至一个人影。除了眼前这间散发着不祥气息的破房子外,她就没看见任何沾有人气的东西,真不敢相信繁华的广州城内,竟然会存在这种地方。

知妍忐忑答道:"其实我也说不准,只是之前听都督府里的捕快说过,这里有个技术还不错的仵作,就是脾气比较古怪,不好打交道,所以他们总把最糟糕的活儿交给这个家伙办。"

"啥是'最糟糕的活儿'呢?"申羽刚跳下马车便问。

骑着骡子的溪望笑着代为作答:"对仵作来说,开膛破肚、断肢残腿或者腐烂不堪的尸体,应该是糟糕活儿吧!"

"反正尸体若是完好,捕快们就会找其他仵作,别人光是看一眼就想吐的那种,则全塞给这个家伙处理。"知妍说罢便望向虚掩的大门,昏黄的微光从缝隙中透出,说明里面有人。

蓁蓁让溪望陪同知妍在外等候,随即给申羽使了个眼色,后者立刻会意上前敲门,她则紧握挂在腰间的横刀,谨慎地紧随其后。然而,申羽连叫三声"有人吗",均没得到任何回应,只好自行打开大门入内。

这房子没有任何间隔,内里就一个大厅,中央点了一盏油灯,微弱的光线让人勉强能看见屋里的情况。整个大厅全是一张张用竹、树枝之类的东西拼凑而成的简陋小床,其中一半是空的,另一半则躺着一具具冰冷的尸体。而且正如知妍所言,这里的尸体显然都不是完好无缺的,尽管均盖上了草席,但仍能看到不少恶心的画面,空气中更弥漫着一股令人作呕的恶臭。

"不是有人在吗,怎么我叫了好几回也不答话呢?"申羽嬉皮笑脸地说,他发现有个二十来岁的年轻人坐在房子最里面,无奈光线昏暗,看不清对方的容貌。不过单看外表,这人好像挺潦倒的。因为这家伙不仅披头散发、蓬头垢面,而且衣服破破烂烂、邋里邋遢的,要是躺下来就跟屋里那些惨死的尸体没什么两样。

"答你个鬼话!"年轻人恼火地骂道,"你也不看看这里是什么地方,要是有'人'答话,你可就倒大霉了。"

申羽忽然想起,在那场漫长的梦里也有人对他说过类似的话,大概意思是,刚死的人往往不知道自己已经死了,若听见"有没有人"之类的话,弄不好会起来答话，也就是诈尸。同理，独自待在死人堆里，若听见有人说话，当然亦不能答话，谁知道说话的到底是活人，还是死人。

他继续往前走，渐渐看清楚年轻人的面容，认出这家伙就是他梦里那个鬼话连篇的老相识："你是叶老哥，叶流年？"

年轻人愣了一下，随即惊讶问道："你怎么会知道我的名字？"

申羽搔着脑袋，尴尬地说："如果我说，我在梦里是跟你共事多时，不仅跟你称兄道弟，就连出差也不忘帮你收集尸检小说、画集的好兄弟，你会相信吗？"尽管他向来以恬不知耻为荣，但说这种连自己也不信的鬼话时，感觉还是挺别扭的。

"原来是这样啊……"流年皱眉思索片刻，喃喃自语道，"佛说，一花一世界，一叶一如来，原来是这个意思吗？"随即对申羽说，"既然在你梦中我们是好兄弟，那么在现实中应该也能好好相处。你们吃饭没有？不嫌弃的话，跟我一起吃顿便饭，今晚我正好做了一道美味的好菜。"

两人一同往前走，渐渐看清楚流年身前有一张简陋的小桌子，桌上放着一锅热气腾腾的菜肴，他则一只手拿着饭碗，另一只手拿着筷子，显然正在吃晚饭。蓁蓁正奇怪他怎能在这种恶臭熏天的环境下用膳，忽然发现他嘴里叼着半截纤细的"手指"，不由得放声惊叫："婆姐啊，你吃的是什么鬼啊！"

流年露出莫名其妙的表情，将嘴里的"手指"吐出来，拿在手上仔细看了看，随即又向已走近的两人展示，不明就里地说："鸡爪啊，我好不容易才逮到一只野鸡做成鸡煲解馋，当然得仔细品尝一番啦！这只鸡虽然瘦了点儿，但嚼起来还是挺香的，尤其是鸡爪。"说罢又把"手指"塞回嘴里继续嚼。

已走到小桌子前的申羽，没看见凳子之类的东西，便干脆蹲下来，借助昏暗的灯火看见锅里就只剩一个鸡头，锅外倒是有一堆鸡骨，可想而知这顿晚饭已接近尾声了。不过尽管锅里的是正常食物，但能在尸体堆里大快朵颐，也算得上是人中龙凤，况且这家伙的"热情邀请"其实只是随口说说的客套话。

蓁蓁亦在小桌子前蹲下来，捏着鼻子问道："这里比茅厕还要臭，而且放眼都是恶心的尸体，你怎么还吃得下？"

"有啥吃不下的，就算泡在粪坑里，肚子饿了还是得吃啊！"流年露出理所当然的表情，"而且我整天都待在这屋子里，自然吃喝拉撒睡都得在这里解决了。"

"你连方便也不用回避一下吗？"申羽惊讶问道，因为他记起梦中的流年对尸体挺尊重的。

"有啥好回避的。"流年毫不在意地说，"我办我的事，又不会打扰到他们，他们也不会理会我，大家互不干涉，这不是挺好的吗？哪像应付活人那么麻烦。"

申羽一个劲儿地点头，并且跟流年越聊越投契，仿佛就像他说的一样，两人是共事多时的好兄弟。可是，蓁蓁却无法理解流年的思路，倒是明白为何捕快们都不喜欢这家伙。见两人就像久别重逢一样，没完没了地聊着些闲话，蓁蓁只好打断他们，并道出此行的目的，以及身为司法参军的知妍仍在门外等候。

"金鳞岂是池中物，一遇风云便化龙。"流年斗志昂扬地站起来，雄心壮志地说，"我就知道，以我的本领，又岂会一直屈就于此？机会这不就来了！"话刚说完，他那条破破烂烂的长裤便掉下来了，露出了百孔千疮、连屁股蛋也遮不住的裤衩。他没有立刻弯腰提裤子，而是尴尬地笑了笑："没关系的，我也不知道看过多少具赤身露体的尸首，自然不会在意屁股被别人看到。你们想看的话，就尽管看吧！"说罢还故意抬起屁股朝向两人。

要不是申羽拼死拦住，蓁蓁就要拔刀把这个变态露体狂砍了。

第九章　神龙降罪

　　流年和申羽、蓁蓁、溪望，一行四人大清早便骑着一马三骡出发前往丰江县。在路上，流年从三人口中了解到目前的大概情况，包括丰江县的烂摊子和诡案组刚成立便面临解散的危机。昨晚，知妍已向他许诺，若能渡过这个难关，诡案组内必定有他的一席之地。可是，若不能解决丰江县的麻烦，他就只能待在那间随时会倒塌的破房子里，继续做最糟糕的活。

　　由于时间紧迫，抵达丰江县后，他们便兵分两路。流年和申羽前往陈家村调查鼓手陈得宝的死因，而肯定不会受陈家村欢迎的蓁蓁则和溪望前往隔壁的刘家村调查，因为在这场惨剧中获益最大的是刘家村，溪望怀疑这或许并非意外。

　　"果然是'人靠衣装，佛靠金装'，叶老哥你现在可神气多了。昨晚刚看到你的时候，我还以为哪具无名尸诈尸了，哈哈哈！"申羽边肆无忌惮地调侃流年，边将骡子绑在村口的大树上。

　　"我死后要是诈尸了，那肯定是要拉你一起到阴曹地府做伴。"流年不仅没有在意对方的嘲笑，还毫不客气地还以颜色，就像跟相识多时的挚友闲聊一样。但他俩其实昨晚才认识，算起来也就几个时辰前的事儿。他之所以这么快就跟申羽推心置腹，除了申羽声称在梦中跟他相识多时外，昨晚那一次澡亦功不可没。

　　之前待在尸体堆里没有察觉，但昨晚流年跟随众人前往都督府时，差点儿就被蓁蓁踹出马车，因为他身上散发着一股浓烈的尸臭味，令整个车厢都臭气熏天。再加上他一身破烂衣服，简直就像刚从坟墓里爬出来的僵尸，令人多看几眼就觉得头皮发麻。尽管他只是个"临时工"，但咋说也算是诡案组的一员，所以返回都督府后，知妍便让申羽帮他收拾一下仪容，还给他找来一套捕快服。

　　换洗衣物虽然有了，但他身上那股恶臭可不是轻易就能除掉的。申羽使劲地帮他搓澡，都快把他搓掉一层皮了，他仍像死了半个月才被发现的老鼠那样奇臭无比，甚至连申羽亦沾上他的臭味。幸好申羽忽然想到妙招，到厨房折腾了一番，烧了一大锅洗米水两人一同泡澡，才把这股烦人的恶臭彻底清除。毕竟已"赤诚相见",两人的友谊自然突飞猛进,以至于申羽说洗米水可除尸臭这事,是从梦里那个流年口中得知的,他亦没有丝毫怀疑。

或许因为两人均身穿捕快服,所以进村后很快便从村民口中得知了具体的位置并来到陈得宝的住处门前。其间申羽发现了一个细节,就是他俩在村子里只遇到女性,却没看见一个男人。在得宝家中也一样,只有三个女人在厅堂里围着已失去体温的尸体号啕大哭。申羽表明身份后得知,三人分别是得宝的娘子马转好、大女儿陈招娣和二女儿陈要娣。

转好自称与丈夫同岁,但与健壮的得宝相比,她不仅十分瘦弱,而且头发花白,还不时咳嗽,面容亦显得苍老、憔悴,仿佛年龄要比丈夫大一轮,或许是平日过于劳累把身体压垮了;正值锦瑟年华的招娣承继了父母长相的全部优点,眉清目秀挺好看的,在这穷乡僻壤里足以夺取村花之名;要娣长得虽不如姐姐漂亮,体格却显然优于姐姐,申羽甚至觉得自己的手臂不一定比她粗。

申羽边观察母女三人边作安慰,并且趁机了解事情的经过。因为事发时,只有大女儿招娣一个人在家,所以主要是由她来讲述。申羽在脑海里整理了一下,她的经历大概如下——

昨天虽然是一年一度赛龙舟的大日子,但饭还是要吃,生活还是得过,该做的活儿还是要做的。所以,我跟阿娘她们没有到江边看阿爹比赛,因为我们都有各自的活儿要忙。而且就算想去也不行,毕竟那是男人们的赛龙舟,女人去了会被赶回来。所以,我们就像平日那样做自己该做的事。

阿爹在天刚亮的时候回来,当时阿娘已经和二妹到田地里干农活了,只剩我跟三妹在家。我们家分前后两个部分,前屋供一家人起居饮食,后屋则是造鼓的作坊。我当时正在作坊里修补破损的旧鼓,听见拍门声和阿爹的叫唤,便慌忙放下手中的活儿往前屋跑。

我来到前屋时,三妹已经给阿爹开了门,并且问他怎么会浑身湿透。阿爹在厅堂的桌子前坐下,也没多说什么,只叫三妹去拿衣服给他更换。我先给他倒水,然后边把大门关上,边随口询问赛龙舟的结果,谁知道他竟然傻笑着说:"死了,我们村的人都死了,就只剩我一个,哈哈哈!"见阿爹越笑越开心,我还以为自己听错了,再问一次仍得到相同的回答——龙舟翻船了,所有人都淹死了!

我当场就愣住了，尽管赛龙舟是男人们的事，但这可是决定庄稼灌溉的大事，关系到全村人的命运。如果只是输了，那就勒紧裤带熬一年，等到明年还有取胜的机会。如果整条龙舟的人都死了，我们村或许将永无翻身之日。因为村里的男丁本来就没多少，为了凑齐一艘龙舟所需的十五个男人，就连已经四十岁的阿爹也得上场，根本不可能再凑出另一船人，至少在十数年内绝对办不到。

也就是说，在未来一段漫长的日子里，我们村再也无法参加决定水沟供水使用权的赛龙舟。没有充足的水源，庄稼就不可能有好的收成，一两年还能撑过去，但十多年可就是灭顶之灾了。这对整条村子而言都是个可怕的噩梦，我实在想不明白阿爹为何仍能开怀大笑，甚至一度怀疑他是不是疯了。

我实在按捺不住心中的困惑，便胆怯地问："大家以后恐怕连饭也吃不上，阿爹为什么还这么开心呢？"

可阿爹一听，竟然笑得前仰后合，过了好一会儿才缓过劲来作答："其他人吃不上饭关我屁事！等你出嫁了，彩礼足够我们家撑上两三年，那之后、那之后、嘻嘻嘻、哈哈哈……"他说着又忍不住大笑起来。

阿爹的怪异表现可把我吓到了，联想到他这段时间的种种奇怪行为，譬如从一个月前就开始只吃素，一点儿肉也不吃，而且每晚都会朝向丰江跪拜，还不停念叨"神龙保佑""连生八子"之类的话，我不禁颤抖地小声问道："阿爹，你没事吧？"

"没事，我能有什么事呢？"阿爹喜笑颜开地说，"我已经按照神龙的吩咐去办了，神龙一定会赐福于我，让我连生八个白白胖胖的儿子，我又怎会有事呢？"

"神龙？你是说雾江神龙吗？"我疑惑地发问，见阿爹乐呵呵地点头，我可就更困惑了。

关于神龙的传说，我很小的时候就听过了，也知道附近挺多人信奉神龙，并且向神龙求子的。不过我从未听闻神龙是有求必应的呀，不然我们村就不会连凑齐划一艘龙舟的男丁也十分困难了。而且别说生八个儿子，光是生八个孩子已经十分困难了，因为根本养不活这么多的孩子。

我们村田地最多的陈村正，也才生了五个孩子而已，前四个还都是姐姐。附近能生八个孩子，并且都是儿子的，好像就只有隔壁刘家村的刘村正。可我看阿爹那信心十足的样子，仿佛明天我就会有八个弟弟，一点儿也不像仅仅是求神问卜得到了好结果。

因此，我不禁问道："阿爹，你替神龙办什么事了？神龙又怎样让你生八个儿子呢？"

"臭丫头，你懂个屁！"阿爹忽然变得不耐烦，骂骂咧咧地说，"你们这些女人全都头发长见识短，啥都不懂就只知道问长问短。我告诉你，你也听不明白，别整天絮絮叨叨坏老子的心情。我还没吃早饭呢，赶紧去给我拿点儿吃的，把酒也拿过来，老子今天要喝个痛快。"

阿爹明明一大早就带着食材到祠堂跟大伙集合，一起做早饭吃完再去赛龙舟，怎么又说没吃早饭呢？我虽然觉得奇怪，但不敢多嘴询问，连忙到厨房拿酒，然后盛了一大碗粥，再装了一碟咸菜给他下酒。其间，三妹也拿来了干爽的衣服伺候他更换。

这之后，三妹就背上竹篓出门上山采药去，我也回到后屋继续修补旧鼓，只剩阿爹独个儿待在厅堂里。他边喝酒边自言自语，时不时还放声大笑，我在后屋虽然能听见他的声音，但听不清楚他说什么。不过我想大概也是神龙赐福、他快要生八个儿子、以后谁也不敢瞧不起他之类的话吧！

如果阿爹真的能跟阿娘生八个儿子，的确没有人敢瞧不起他。毕竟我们村连凑齐划一艘龙舟的十五个男丁也十分困难，而八个男丁已经是半船人了，以后全村人都得指望我们家，谁还敢跟阿爹过不去？说不定还会推举阿爹当村正呢！就像隔壁刘家村那样。

不过，哪会有这种好事发生在我们家呢！

阿爹虽然很想要儿子，但我们家又不是特别富裕，光靠修补鼓子和那几块瘦田，也就勉强够我们一家糊口而已。别说连生八个儿子，就连再添一个弟弟也很吃力，说不定经常要饿肚子，要不然阿爹阿娘早就要老四了。或许待我出嫁后，情况会有所改变，我的彩礼能让家里过上一段稍微宽裕的日子，阿爹阿娘甚至可以再生一个孩子。可是，彩礼花光后又该怎么办呢？

参加赛龙舟的男丁就只剩阿爹一个，再加上已经五十岁的陈村正，整条村子也就只有两个男人。别说凑不齐一艘龙舟，就算硬是要划，只有两个人也划不动啊！根本不可能跟刘家村争夺水沟的使用权。没有水源，粮食就种不出来，不管生多少个弟弟也只会饿死……

"其实你们阿爹跟我说过这事……"转好忽然插话，解开女儿的疑问，"他打算等把你的彩礼花得差不多了，就让娣嫁人，再之后你们三妹也差不多可以嫁人了。这样就算庄稼收成不好，光靠你们三姐妹的彩礼也能支撑一段不短的时间，足够给你们添三个弟弟。要是我们家有四个男丁，你们阿爹想当村正不就轻而易举了？只可惜他不知道做错了什么，惹怒了神龙，竟然遭到神龙降罪……"

申羽问转好是否知道丈夫跟神龙之间有何渊源，无奈转好告知，得宝总说女人头发长见识短，很多事情都不告诉她，她稍微多问两句，得宝就会大发雷霆。她喃喃自语地诉说丈夫生前的点点滴滴，得宝生前诸多蛮横无理的举动，在她眼中却是理所当然的"夫为妻纲"。她全然没注意到两个女儿的表情变化，在得知父亲打算利用她们的彩礼生几个弟弟后，姐妹俩均露出失望的神色——或许，她俩已意识到，父母眼中的这个家不包括她们三姐妹。

察觉到气氛的微妙变化，申羽慌忙请大女儿继续讲述昨天的情况。招娣虽然情绪比方才更低落，但也没有拒绝，叹了口气便再度开腔——

昨天早上，我待在后屋修补旧鼓，不时听见在前屋喝酒的阿爹或自言自语或放声大笑。听多了，我就没怎么在意，边修鼓边胡思乱想，琢磨他是不是因为赛龙舟出了状况而吓疯了，毕竟整条龙舟就只有他一个人活着回来，换作是谁也不好受。

我想着想着，忽然被前屋传来的大动静吓了一跳，那是什么东西掉到地上的声音，或许是阿爹喝醉酒摔倒了。我慌忙放下手中的鼓子往前屋跑，谁知道竟然被地上的杂物绊倒了，狠狠地摔了一跤，过了好一会儿才缓过劲儿，爬起来一瘸一拐地走向前屋。

当我来到前屋时，发现装咸菜的碟子和酒碗都是空的，酒瓶更落在地上，大概已被喝光了。阿爹就趴在打翻了的面盆前，身前的地面都被水弄湿了，而刚才三妹出门后，明明被我亲手关上了的大门却是敞开的。我以为他喝醉了想洗把脸，可一不小心就摔倒了，就赶紧上前扶他起来，并且问他要不要紧，有没有摔到哪里去。可是他不仅没有回话，而且身体十分沉重，我用尽全身的力气也扶不起他，这才意识到他出事了……

申羽按照招娣的指示，查看得宝昨天伏卧的位置，可惜这至关重要的案发现场已被收拾干净，地上甚至连水渍也没有，难以准确推测当时到底发生了什么事。若不往神龙降罪这种怪力乱神的方向想，单以招娣的叙述推断，得宝很可能只是喝多了酒，想洗把脸却稀里糊涂地淹死在面盆里。可是，他家的面盆是放在木凳子上，洗脸时得像鞠躬那样俯身弯腰。人在这种情况下，就算喝醉了也不至于会淹死，充其量也就呛几口水，然后就打翻面盆倒在地上而已。

　　这不由得令申羽大惑不解，难道当真是神龙降罪，令得宝莫名其妙地淹死？如果是这样的话，知妍惹来的大麻烦恐怕就解决不了，诡案组也得在三天后解散。而他跟溪望要么再度风餐露宿，要么就跟随知妍回家当洗马桶的狗奴才，当然两者都并非他乐意看到的结果。

　　幸好天无绝人之路，申羽跟死者家属交谈期间，流年一刻也没有闲着。这家伙虽然不善言辞，尤其不懂得跟陌生人交流，因而经常得罪别人，不过，他懂得如何跟死人"交流"，就这么半个时辰的工夫，他已从得宝身上获得诸多信息……

第十章　神龙教主

"吁，吁。"蓁蓁收紧缰绳让飞驰的骏马停下来，随即不耐烦地回头大喝，"就不能快一点儿吗？你再这样磨磨蹭蹭，太阳下山也到不了刘家村。"

溪望一再催促胯下的骡子，好不容易才追上来，颇为无奈地说："李捕头，时也，命也，运也，非吾之所能也。"

"不要说这种文绉绉的谜语，说！人！话！"蓁蓁瞪眼怒骂，并且让骏马放慢步伐跟骡子并排同行。

溪望耸肩答道："简单来说，就是我骑骡子走得慢，是时机、命运、运气等因素的综合结果，这些都不是我可以掌握的事情，所以我也没办法。"

"直接说走得慢是因为你是个不会骑马的瘸子不就行了，非得绕个大圈子说这么多废话。"蓁蓁不屑地白了他一眼。

"李捕头说得对！"溪望竖起拇指称赞，迅速结束这个不愉快的话题，随即望向前方笑道，"看来不用等太阳下山，我们马上就到了。"蓁蓁亦往前望去，刘家村的牌匾随之映入眼帘。

蓁蓁将骏马留在村口，牵着溪望所骑的骡子进村，把沿途碰见的每一个村民都拦下来盘问。而且她是把人家当作江洋大盗那样对待，以揪住人家的衣服冲人家咆哮的凶悍方式发问，不仅接连把村民吓倒，其中一个小伙子甚至被她吓得尿裤子了。

"李捕头，你要不是穿着捕头服，大家肯定会以为是山贼进村了。"溪望无奈地苦笑，"我知道你对大人忠心耿耿，很想尽快消除大人的危机，但你这样子恐怕不可能从村民口中得到任何信息。"

蓁蓁本想反驳，可是仔细一想，她进村后已拦住了五个村民盘问，但不管她问什么，对方的回答均是"不知道"，然后就像见鬼似的跑掉了，所以她连村正刘耀祖住在哪儿仍不晓得。因此，她只好深吸一口气，暂且压下心中的焦躁，心平气和地说："我这么着急，并非仅仅出于对大人的忠心，更因为在女人甚至能当皇帝的大唐里，仍有一大群故步自封的老顽固不遗余力地阻拦所有女子前进。我虽然拥有不比任何男人逊色的高强武功，但要不是得到大人的赏识，恐怕穷极一生也只能待在小小的县衙里当捕头，白白浪费我的天赋。"

"李捕头大可放心，只要有我跟阿慕从旁协助，大人就不用辞官回家伺候爹娘，你的绝世武功也不会被埋没。"溪望俯身低头以减少骑骡造成的身高差距，谦卑地说，"不过术业有专攻，现在还不到李捕头出手的时候，这种动嘴就能解决的琐事，还是由小人代劳吧！"

蓁蓁没有答话，继续牵着骡子前行，但再度碰见村民时没有蛮横地揪住人家的衣服，而是将对方拦下来便交给溪望处理。溪望亦没有辜负她的期望，尽管不如申羽那般油腔滑调，但胜在谦逊有礼，向村民套个话收集情报这种小事还是十分轻易就能办到。

在接连问了三位村民后，溪望不仅知晓了耀祖的住处所在，还了解到一些基本情况。跟丰江县其他地方一样，刘家村同样受到男丁稀少的问题困扰。因此连生八个儿子的耀祖，不仅在四乡八镇是个家喻户晓的传奇人物，在本村更是备受尊崇。毕竟本村的龙舟健儿差不多一半是他的儿子，他家要是不参赛，那就肯定凑不齐一船人——这就是他当上村正的主要原因。

除幺儿外，耀祖的其他七个儿子均已娶妻，包括年仅十六岁的老七，并为他生了十来个孙子，且无一例外全是男孙。据说这是因为他信奉雾江神龙，得到神龙庇佑，所以才能家宅安宁、求子得子、求孙得孙。他甚至自称"神龙教"教主，代神龙接受信徒的供奉，宣称会让神龙保佑信徒，让信徒多生儿子。他宣称只要诚心就必定会生儿子，甚至像他那样连生八个，可尽管全村村民均信奉神龙，但也没看见谁家生儿子特别多，倒是有个倒霉蛋连生四胎都是女儿，或许是不够虔诚的缘故。

虽说当教主不是很靠谱，但作为村正，耀祖却能做到说一不二。因为按照传统，村里的大小事务均由男人做主，女人不得指手画脚，所以几乎占了村里一半男丁的刘耀祖家族牢牢地掌控着刘家村的一切。

作为一家之主并且担任村正的耀祖，在村里就是半个土皇帝，村民们均对他唯命是从，谁也不敢反抗他。正因如此，想巴结他、跟他拉关系的村外人多不胜数，这从他那几个非富即贵的儿媳妇便可见一斑。甚至连县令大人亦跟他交情深厚，曾亲自前来刘家村拜访他。

"在村里已经是半个土皇帝，在村外又有好几个家道殷实的亲家，还自称教主妖言惑众……"溪望捏着下巴喃喃自语，"虽然刘村正本身似乎没什么大本领，不过若使用得当，倒是一枚十分完美的棋子。"

"你说话就不能直白点儿吗？"蓁蓁翻着白眼说，"你想说黄县令会不会打算利用刘村正蛊惑人心，图谋造反是吧！"

"嗯，不过这只是我的猜测而已，总不能单凭从村民口中听来的只言片语，就将谋反的大帽子扣在黄县令头上吧！至少，我们得先试探一下刘村正的虚实才能做判断。"溪望狡黠地说，随即催促蓁蓁赶紧去找耀祖问话。

耀祖的房子建在紧邻陈家村的鸡公山山脚，不仅坐北朝南，门前还有个鱼塘，可说是山明水秀，而且附近没有其他住宅，十分清静舒适。这原本应该只是一间小房子，但由于其后不断往四周扩建，渐渐形成了颇具气派的建筑群式大宅。听村民说，他一家三代约三十口人都住在这儿。

大宅门前的空地上有八九个十岁以下的孩童互相追逐打闹，此外还有个牵着一条大黑狗的少年，百无聊赖地坐在门前，打着哈欠照看他们。不过，当少年发现了蓁蓁跟溪望，立刻就生龙活虎地跳起来，拉着大黑狗径直冲向两人，并且嚣张地叫嚷："喂，你们是什么人，来我家干吗？"

两人一眼便认出少年是昨天清晨才见过的耀祖幺儿刘佑兑，不由得感叹这小子大概把整条村子都当作自家院子了，毕竟他俩距离大宅至少还有半炷香的路程。然而，佑兑显然没认出他俩，也没有在意他们身穿捕快服饰，竟放任恶犬扑向两人。蓁蓁本想一脚把恶犬踢飞，幸亏溪望早就料到她对付畜生不会手下留情，大黑狗还没跑到跟前就赶忙善意提醒："打狗看主人，我们连刘村正都还没见到，就先把人家的狗打伤，待会儿见面时气氛恐怕不会太好。"

蓁蓁没好气地翻着白眼，眼见恶犬快扑到跟前，她才迅速俯身弯腰装作捡起石子朝恶犬使劲地扔过去。大黑狗不知有诈，被吓得慌忙止步，甚至连佑兑也被她刚猛的英姿吓到，往后一缩便失去平衡跌坐在地。正在玩耍的孩童们见状均捧腹大笑，其中稍大一点儿的男孩更放声叫嚷："幺叔一见女人就腿软了！"其他孩童随即跟着起哄。

"小兄弟，光看这身打扮就该知道我俩是捕快了吧，其实昨天赛龙舟时我们就见过了。"骑在骡子上的溪望友善地俯身笑道,"隔壁陈家村整条龙舟的健儿都出事了,你应该早就知道了吧!虽说对你们村来说不是坏事,但这事惊动了刺史,我们这些当跑腿的,怎么也得过来走一趟了解情况。你啊,与其待在这儿让晚辈看笑话,还不如帮我们一个忙,进屋给你爹刘村正传个话,就说都督府的李捕头来了。"

佑兑傻乎乎地盯住两人好一会儿,脑袋才反应过来,尽管被女人吓倒令他十分窝火,但从身后传来的嘲笑声让他明白,该听从溪望的建议,不然他在晚辈面前下不了台。于是,他便胡乱地丢下一句自以为非常帅气的狠话:"你俩给老子等着,老子马上就叫老子的老子出来教训你们!"然后就连滚带爬地拉着大黑狗跑进大宅。

"真是个被宠坏的孩子。"蓁蓁翻着白眼说,随即望向仍在大宅门前玩耍的孩童,认真地数了数,"……七、八、九,咦,真的全是男孩呢!"

溪望亦仔细观察孩子们,随即察觉好像有点儿不对劲,便骑着骡子跟蓁蓁一同走近,朗声叫道:"少爷们,你们谁是哥哥,谁是弟弟呢?"得到孩子们的回应后,他又继续问,"那你们谁的阿爹是老大,谁的阿爹是老二、老三?"

透过这两道简单的问题,溪望发现耀祖的孙子们年龄分布有点儿奇怪。子孙众多显然是耀祖最大的优势,按理说他必定会让儿子们多生孩子才对,就算不能三年抱俩,至少也得每隔两年就生一胎。可是,由老大所生的三个孩子分别是九岁、八岁和三岁,由老二所生的两个孩子则是七岁和四岁,老三所生的两个孩子是六岁和两岁,老四和老五各有一个孩子,分别是四岁和三岁。听孩子们说,他们的六叔和七叔也各有一个孩子,因为仍在襁褓之中,所以没有跟他们一起玩。

这不禁令溪望皱起眉头,因为从村民口中得知,耀祖的长子已年近三十,再加上另外六个已婚的儿子,若非刻意限制,他的孙子至少得比现在翻一倍。可是男丁众多明明是他整个家族的优势,而且光看这建筑群式的人宅就知道他家道殷实,就算孙子的数量翻倍仍有充裕的能力抚养,为何他家竟会如此"人丁单薄"呢?

"难道是这样……"溪望刚理出头绪,便看见耀祖快步踏出大宅,并且认出他跟蓁蓁是知妍的部下。

"昨天因为一时护犊心切,我才会犯糊涂冒犯宋参军,麻烦两位捕爷帮忙在参军大人面前美言几句……"耀祖误以为知妍仍记恨昨天被揭穿身份一事,所以派部下过来找麻烦,便声泪俱下地诉说自己无意触怒知妍,更不敢与知妍为敌,恳请知妍宽恕云云,还想往两人的口袋里塞银两。

溪望本想趁机恐吓这家伙,以便待会儿更容易套取情报,顺便也弄点儿银两花。谁知道蓁蓁竟然一点儿也不配合,不仅义正词严地拒绝了耀祖的贿赂,还心直口快地道出此行的目的是调查陈家村的命案,而不是来找麻烦的。耀祖当即喜笑颜开,虽说看蓁蓁的眼神有点儿奇怪,大概当真以为蓁蓁是知妍的女人,且无法接受这种有违人伦的关系,但仍热情地请他俩进屋详谈。

因为行动不便,溪望本想直接在屋外问话,但耀祖仍担心被知妍记恨,便想讨好两人,说这样太失礼了,他俩可是远道而来的都督府捕爷,不好好招待一番可就把刘家村全体村民的脸都丢光了。于是,他叫来了年轻力壮的老六和老七,让兄弟俩合力把溪望抱进屋内,还叫儿媳妇们赶紧到厨房做几道好菜让两位捕爷品尝。

由于经过多次扩建,大宅内里的布局十分奇怪,七拐八弯了好一会儿才来到一个宽阔的厅堂。耀祖特意叫么儿搬来两张舒适的太师椅请客人就座,并让儿媳们奉茶奉酒。

年长的大儿媳随即就捧来了一大瓶酒,耀祖说这是他家自酿的雄黄酒,包括敬堂在内,喝过的人都赞不绝口,让两人一定要尝尝。可蓁蓁竟以办案期间不能喝酒为由拒绝,令耀祖十分尴尬,溪望只好打圆场说:"我倒是挺想尝尝刘村正家的好酒,能让我带一点儿回都督府品尝吗?"

耀祖正想着怎么贿赂两人呢,当即叫大儿媳把整瓶酒拿到门外塞进溪望那头骡子的挂包里。溪望边跟他说着些"谢谢款待"之类的客套话,边仔细观察四周的布置。

这厅堂兼备了供全家用膳及供奉神龙的功能,不仅放有五张八人方桌,正北方还有一幅过人高的金龙挂画,并且设有供桌,香火及水果供品一应俱全。以供桌的整洁程度和供品的状况判断,应该每天都有人祭拜神龙,作为信徒已算是十分虔诚了。不过,作为"神龙教"的教主,耀祖竟然把神堂跟饭厅并在一起,而不是挑选一个僻静的房间供奉神龙,还只是随便供奉一幅挂画,而非为神龙打造雕像，可见他的信仰亦不外如是。

最要命的是，溪望发现挂画上的题字是"全龙献瑞"，作画人竟然把"金"字的两点漏掉了，也不知道是一时疏忽，还是有意为之。他假意称赞画中的题字铁画银钩，询问是不是耀祖亲自题字。

"这幅神龙画像，是我花钱让陈荣宗那个臭书生画的。那家伙起初还假装清高，推三阻四，但钱给够了，还不是乖乖地给我把神龙像画出来。"耀祖得意扬扬地说，并坦言他一家子都没念过书，就连一个字也不认识，日子却过得像蜜一样甜。反观邻村的臭书生，书念得越多越倒霉，像个怨妇似的整天抱怨这抱怨那。由此可见，要想日子过得好，就得少读书多生娃。

溪望听着这狗屁不通的言论，又看了眼挂画上的题字，不由得露出苦笑。眼前这个夸夸其谈的家伙，跟连佛祖名号也不知道，只懂得烧香拜佛求佛祖保佑的愚夫蠢妇没多大区别，充其量只是个稍有势力的土豪，自身能力十分有限。不过正因为他不太聪明，若被别有用心的人利用，或许会摇身一变成为带头造反的邪教首领。然而，这不是目前需要担心的问题，毕竟谋反并非十天半月就能成事，但溪望等人不能在三天之内解决知妍的麻烦就会被辞退。

故在客套几句后，溪望便进入正题，提起昨天陈家村的龙舟除鼓手外全员覆灭的意外，以及鼓手随后亦离奇死亡的怪事，询问耀祖是否知道详情。他原以为耀祖为了置身事外，会对此避而不谈，可没想到对方竟然开怀大笑："哈哈哈，陈家村这回肯定要完蛋了，唯一的出路就是并入我们村，不然就等着荒废吧！哈哈哈，这都是神龙对我的恩赐，是我诚心诚意供奉神龙换来的福报！"

"陈家村整条龙舟全员覆灭，就连唯一幸存的鼓手亦在家里离奇死亡，都是雾江神龙所为？"蓁蓁惊讶地问道。

"那当然！"耀祖神气地昂首挺胸，坚定不移地答道，"三十年来，我一直诚心诚意地供奉神龙，每逢初一、十五均风雨不改地亲自到江边向神龙奉上祭品，才能换来神龙的关怀与眷顾。对于我的请求，神龙向来都是有求必应，包括陈家村这个大麻烦，神龙亦如我所愿，一劳永逸地替我根除了这个烦恼。"

第十一章　关键证据

"这应该是撞到面盆边缘留下的……"流年指示靠过来询问有啥发现的申羽，细看得宝额头上那道不太显眼的圆弧状伤痕。申羽仔细对比伤痕和放在一旁的木面盆，发现两者形状吻合，可见他的判断应该没错。

流年深知自己口没遮拦，经常一开口就会得罪人，所以他围着尸体折腾了半个时辰，仍没有跟家属们说过一句话。不过在志趣相投的申羽面前，他就毫无顾忌了，尤其是他擅长的领域，一开口就像决堤的洪水一样说个没完没了。他根据在尸体身上发现的痕迹，粗略地还原了昨天早上的情况——

得宝把酒碗里的酒喝光了，粥喝没了，咸菜也吃完了，但他仍意犹未尽，便拿起酒瓶直接往嘴里灌。可是，酒瓶里也没剩多少酒，他才喝了一两口便一滴不剩了。他有些许失望，无力地垂下双手，酒瓶随即从手中滑落，掉到地上缓缓滚动。尽管还想继续喝酒，可他已有七分醉意，脑袋昏昏沉沉的，连走路也摇摇晃晃，便想先洗把脸，好让自己清醒些再去拿酒喝。

然而，他走到面盆前，刚俯身弯腰准备洗脸，大门便被一阵突如其来的怪风吹开。他还没反应过来，随风而来的雾江神龙已在他身后，并且对他施以惩罚——将他的脑袋按进装满水的面盆里！

这一切来得实在太突然了，而且他仍醉昏昏的，压根就不晓得是怎么回事，想叫女儿帮忙又叫不出声，反倒呛了一大口水，不由得凭本能拼命挣扎，想摆脱那只按住他脑袋的龙爪。不过，按住他的可是神龙，他非但挣脱不了，额头还撞到面盆边缘留下了伤痕。尽管在力大无穷的神龙面前，他这点儿力量简直微不足道，但他不停地挣扎，最终还是把面盆打翻了。可惜为时已晚，他的气道和肺部已被呛进去的水堵住，而且他亦因为窒息而渐渐失去意识。

神龙见他倒在地上不再动弹，后屋又传来动静，便冷笑一声化作清风离开……

"叶老哥，你是认真的吗？"申羽搂住流年的肩膀，跟对方一同蹲下来交头接耳,"你这番鬼话不就等于承认是大人惹怒了神龙,害陈家村整条龙舟的健儿都被连累了?"

"可是,根据尸体的情况推断,死者生前肯定是被按在面盆里淹死的,他的额头和双手都有挣扎留下的痕迹,后脑勺更是有明显的按压迹象,这些都是骗不了人的证据啊!"流年自信不疑道,"而且刚才招娣姑娘不是说,她明明把大门关了,可从后屋跑出来时大门却开着。还有,你看看地面,昨天把面盆打翻了弄得一地都是水,却没有留下任何脚印。除了腾云驾雾、来去如风的神龙之外,还有啥能做到这两点呢?"

"没有脚印不一定就是凶手会腾云驾雾,或许只是打扫过而已。"申羽说罢便向家属求证,转好说她得知丈夫的噩耗后虽悲痛万分,但还是跟女儿们简单地收拾了一下厅堂以便为丈夫守灵,地面当然亦被打扫了一遍。至于打扫之前地上有没有脚印,她跟两个女儿均想不起来。尽管如此重要的证据已被破坏,但至少可以推翻流年的鬼话——凶手不见得会腾云驾雾。

至于流年的另一个推断,申羽亦质疑道:"哪用得着来去如风,小声叫个门不就行了。"说罢便指着大门旁边那扇敞开的窗户。窗户跟桌子也就不到两步的距离,若有人在窗外跟坐在桌子旁的得宝交谈,置身于后屋的招娣很可能注意不到。毕竟得宝当时一直自言自语,就算来了个熟人让得宝开门,招娣全然不知亦不稀奇。

综合以上两点,凶手很可能并非神龙,而是得宝认识的人。可得宝是鼓匠,经常有人找他修鼓,尤其是赛龙舟刚结束的当下,各村鼓手或村正带着龙舟鼓来找他也很正常。再加上陈家村整条龙舟的健儿全军覆没,只剩他一个人活着回来,健儿们的家属来找他了解情况,甚至是来找他麻烦也在情理之中。因此,就算知道凶手是人,要将其揪出来亦是大海捞针。

幸好,流年虽然鬼话连篇,但尸检技术还是不错的。他将尸体翻过来并且将头发拨开,让申羽观看死者后脑勺上的按压痕迹,解释道:"这是将死者按进面盆时留下的,只要跟这个掌印对上,那就一定是凶手。"

"咦,这怎么好像只有四根手指?"申羽盯着隐藏在头发下的压痕愣了一下,心想凶手该不会当真是神龙吧!

"只有四爪的是普通的龙,可人家雾江神龙应该是五爪金龙吧!"流年神神道道地说，随即耐心地整理并拨开死者的头发，使后脑勺上的压痕完整地展现出来。

申羽仔细地看清楚，这才发现原来还有一道不显眼的压痕，要不是流年提醒，他还以为凶手只有四根手指。他伸出右手对着压痕比画，发现凶手的手掌大小跟自己差不多，就是拇指比较特别，不仅比他的粗很多，而且短了一大截。他忽然想起好像见过这根奇怪的大拇指，可一时间又记不起在哪儿见过，亦想不起大拇指的主人是谁，只好询问家属，得宝是否认识拇指又粗又短的人。可惜转好和两个女儿均摇头表示不知道，他虽有些许失望，但随即又打起精神跟三人交谈。

聊了一会儿，申羽发现大女儿招娣尽管看起来很伤心，可又给人一种如释重负的感觉。细问之下得知，原来招娣有一双巧手，自幼就帮忙造鼓修鼓，并且想像父亲那样当一名出色的鼓匠。

然而，得宝竟然大骂女儿痴心妄想，说自己的手艺传男不传女，招娣在家里帮忙捣弄一下鼓子还行，但出嫁后就不许再碰任何鼓子。得宝还十分着急招娣的婚事，女儿刚到适婚年龄，他就让媒婆帮忙为女儿物色夫君，甚至想把她嫁到隔壁的刘家村。招娣虽然不想匆匆出嫁，却又不敢违抗父亲的命令，如今父亲突然离世，她不禁在痛哭之余大松一口气。

既然聊到一双巧手，申羽便趁机捧起招娣的双手细看，说是给对方看掌相，实则是确认手掌的大小，当然还有一个目的是揩油，摸摸人家柔若无骨的玉手。招娣的手掌明显比凶手小一圈，而且右手拇指很正常，并无任何特别之处，可以排除她是凶手的可能性。

占了大女儿的便宜后，申羽当然得再接再厉，继续将魔爪伸向二女儿要娣，还顺便了解一下对方的情况。要娣的双手比姐姐大一圈，而且长有老茧，就像男生一样,平时肯定没少干重活累活。尽管手掌的大小跟凶手留下的掌印相当，但要娣右手的拇指也很正常，而且得宝出事时，她正跟母亲在田地里干农活，所以她不可能是凶手。

要娣比较怕生，不太喜欢说话，幸好申羽舌灿莲花，不一会儿就把她的话匣子打开了。她虽然不像姐姐那样拥有一双巧手，可以帮父亲造鼓修鼓，但她力气很大，打小就跟随母亲下田干农活。农闲时，她会到后屋跟姐姐聊天，顺便捣弄作坊里的鼓子。其实她很喜欢打鼓，尽管从来没有人教过她，但她打起鼓来像模像样的。

"如果女人也能当鼓手就好了，这样阿爹就能把鼓手的位置传给我。"要娣长叹一息又道，"阿爹还在的时候，总说要把鼓手的位置传给儿子，每次看见我捣弄鼓子就会破口大骂，所以我只能趁阿爹不在家的时候偷偷捣弄鼓子……"说着眼泪便落下来了。

虽说申羽的主要目的是揩油，但两个女儿的双手都摸过了，不看看她们母亲的掌相好像说不过去。于是，申羽便边为转好看掌，边询问她跟得宝的情况。

也不知道是陈家村的风水不好，还是那个传说中让丰江人无子送终的诅咒应验了，反正村里各家各户的男丁大多是单传了好几代，得宝也不例外。自成亲之日起，他就一直想要儿子，无奈连生三胎都是女儿。其实他还想继续生，可他们两口子养三个孩子已经很吃力了，再生恐怕无力抚养，只好暂时放弃。

这些年来，得宝为了生儿子，甚至想把女儿送人，是转好以死相逼才让他放弃这种冷酷无情的想法。眼见招娣已到婚龄，他就迫不及待地想将招娣嫁出去，这样他就能跟转好再生孩子了。近一个月来，他还整天神神道道地说得到了神龙的赐福，再生孩子的话必定是儿子。

可是，转好自从三女儿出生后，身体便大不如前，不仅日渐消瘦，还经常生病，就连头发都花白了。而且她现在已经四十岁了，还能不能生孩子也不好说。然而，得宝却不管怎样也要生儿子，说陈家若在他这一代断后，他就愧对列祖列宗了。

"得到神龙的赐福就一定会生儿子吗？"申羽露出疑惑的表情，转头向流年问道，"你做件作应该听说过不少奇奇怪怪的偏方秘方吧，有必定生儿子的吗？"

"我的确听说过一大堆，可这世上哪有必生儿子的方法，坊间流传的偏方秘方无一不是胡扯，谁信谁笨蛋！"流年翻着白眼说，并且肆无忌惮地在众人面前用小指挖鼻孔——他检验尸体后好像没有洗手。

不过，这点儿猥琐邋遢的小动作，丝毫没有影响他义正词严地发言："生男生女是天意，人力是无法改变的，要不然大家都只生儿子，那就整个天下全是光棍了？那些所谓的偏方秘方，说白了就是只宣扬谁谁谁用过后当真生出儿子了，却对生女儿的置若罔闻、只字不提，这样就能以讹传讹，把胡扯的偏方秘方变成屡试不爽的神方了。"

"附近一带有这种'神方'吗？"申羽又问。

"嗯,其实很多地方都有,毕竟哪里都不缺招摇撞骗的神棍和骗子嘛！"流年点头答道,"听说雾江神龙就能保佑信徒生儿子,当然这也是以讹传讹的鬼话。"

"这可不是鬼话,是真的！"转好以毋庸置疑的语气说,"隔壁刘家村的刘村正就是信奉雾江神龙的,的确连生了八个儿子,孩子他爹还偷偷找他问过这事……"她说着忽然捂住自己的嘴巴,愣住了,一会儿才回过神来又道,"这事本来不该说出来的,毕竟我们村跟刘家村是世仇,孩子他爹不该主动去找刘村正。不过他现在人都不在了,大概也没有人会在乎这事吧！"她说罢便看着丈夫的尸体默默地流泪。

聊了一圈仍没有任何值得注意的发现,申羽不由得皱起眉头重提方才的问题："你们真的没见过右手拇指又短又粗的人吗？要是没有的话,那么凶手的罪名或许就得落在雾江神龙头上了。"

"是大指头！杀死阿爹的凶手不是神龙,而是我们村的大指头。"

从门外传来朝气蓬勃的少女声音,申羽立刻转头望去,得见一个面容跟招娣姐妹相似,但年龄稍微年轻的少女,背着大竹篓从外面走进来。转好随即介绍少女是她跟得宝的三女儿陈求娣,然后就责怪求娣到处乱跑,没有像大姐二姐那样在家里为父亲守灵。

"唉,阿爹走了,我们还是要吃饭的吧！"求娣没好气地说,随即转身向众人展示背上的竹篓,里面装满了刚采摘的蘑菇、野菜和草药,"幸好去年我们村赢了赛龙舟能用江水灌溉田地,庄稼的收成还不错,今年还不至于要饿肚子。可是从明年开始就得勒紧裤带了,而且也不知道要勒到什么时候,所以米粮能省就省吧,现在还能在鸡公山上找到吃的,到了冬天就只能指望这点儿米粮了。"

求娣边往厨房走,边以嫌弃的目光打量申羽和流年："你俩不会是来蹭饭的吧？我们家穷得连自己也吃不饱,你们别妄想赖在这儿就能吃席了。"

转好边责骂求娣怎能跟都督府来的大人说话也毫无分寸,边慌忙向申羽和流年赔罪,并告知两人,求娣平日经常会到分隔陈、刘两村的鸡公山上采药和摘野菜。这阵子经常下雨,山上冒出了很多蘑菇,所以求娣每天都会一大早就上山，快到中午才会回家，昨天得宝出事时也一样。

申羽自认脸皮比城墙厚，才不会在意黄毛丫头的冷嘲热讽，只想知道求娣口中的"大指头"是谁，便跟随对方走进厨房。求娣没有理会他，放下竹篓便背向他蹲下来，熟练地将林林总总的蘑菇、野菜和草药挑选出来，分别放进不同的竹篮子里。他凑近一看，发现全都不认识，不过有一朵被丢在地上的鲜红色蘑菇挺让人在意的，于是他便问求娣是不是竹篮子不够用，怎么把红蘑菇丢到地上。

求娣不耐烦地回答："那个没用，不能吃，是用来杀苍蝇的，叫毒蝇伞，人吃了过会儿就会晕头转向。"

"既然没有用处，那你为什么还要摘回来？"申羽不解地问道，同时好奇地往前挤，想看清楚毒蘑菇长什么模样。求娣随手将毒蘑菇扔在身前，而厨房又十分狭小，他没办法绕到求娣前方，只好靠着人家的后背站立探头往前看。

"你在看什么？"求娣仰头盯住他。

他低头跟求娣对视，少女独特的体香随之钻进鼻腔，他双眼的焦点亦从略带稚气的脸庞移向敞开的领口，并发出由衷之言："小笼包虽然小巧，却另有一番风味……"求娣没等他把话说完，已经跳起来将倒转的竹篓套在他脑袋上，饱含少女怒火的纤细拳头随即像暴雨般落在他瘦弱的小身板上。

第十二章　与龙结缘

"刘村正,你怎么把话说得像神龙当真就住在丰江里,只要你一句话,神龙就会把陈家村的龙舟掀翻,接着还腾云驾雾飞到村子里,把侥幸生还的鼓手也杀掉一样。"溪望刻意以开玩笑的口吻说,并且仔细留意耀祖的每一个表情变化。

"虽然不是我说啥,神龙都会言听计从。但我敢大胆地说,只要我开口,不管是什么要求,神龙都不会推辞。还有,神龙其实不是住在丰江,而是住在江边那片过人高的广阔草丛里,我们把那片草丛叫作'龙宫'。"耀祖言之凿凿,仿佛"神龙"不过是他一个儿子。

"你这牛皮未免吹得太过了吧!"蓁蓁翻着白眼说,"你怎么不让神龙给你个皇帝当当?"她一时心直口快,竟然暴露了调查对方是否有意谋反的真正意图。

"我才不想当皇帝,管理整个大唐得多累啊!还是当村正好,只管一个村子可轻松得多。"耀祖慌忙摆手摇头,澄清自己没有觊觎皇位的野心,可他又不甘心被蓁蓁小瞧,绘声绘色地说了一大堆神龙如何对他有求必应的旧事。

譬如曾有一条巨鳄闯入村里,不仅咬死咬伤了很多牲畜,还咬死了一个村民,把整个村子弄得鸡飞狗跳。幸好神龙在他的要求下出手帮忙,没一会儿就把巨鳄赶走了;又譬如有一年因为赛龙舟输了,村民们没有足够的灌溉用水,庄稼都快枯萎了,也是他求神龙帮忙接连下了好几天大雨,才让大家渡过难关;当然,神龙赐予他最大的恩泽,还是保佑他和他的后代所生的每个孩子都是男孩……

耀祖如数家珍地列举神龙的种种事迹,除了说明神龙的神通广大外,还一再强调神龙对他的每个要求均有求必应,最后自鸣得意道:"这三十年来,要不是我诚心诚意供奉神龙,神龙就不会保佑我们村逢凶化吉,大家也不可能过上现在这种舒适的日子。"

"三十年来?"溪望注意到他两度提及这个时间段,不由得好奇问道,"三十年前神龙就没有保佑你们村吗？还是那时候你还没有供奉神龙？"

耀祖愣了一下，随即笑道："应该说，三十年前根本就没有雾江神龙。"

"怎么可能，雾江神龙不是丰江县尽人皆知的传说吗？"蓁蓁瞪大双眼，不可置信地说，"听说所有丰江人都是从小就知道。"

"三十年说长不长，说短也不短。"耀祖得意地笑道，"两位捕爷还这么年轻，三十年前才开始流传的故事，对你们来说不就是从小就知道的传说吗？"

"你的意思是，雾江神龙的传说是三十年前才出现的？"溪望冷静地发问。

"不是传说，而是真实发生过的事情。"耀祖得意扬扬地摇头，"只是因为太匪夷所思，才会被大家当作传说。"

"你怎么知道这事真的发生过？"蓁蓁质疑道。

"因为我就是传说中的村夫。"耀祖的回答令蓁蓁目瞪口呆，溪望倒是早已料到，所以没有太大的反应。然而，溪望的镇定却让耀祖误以为是怀疑他在撒谎。为证明自己并非信口雌黄，他便详细地讲述三十年前那段"与龙结缘"的神奇经历——

在我们村的老一辈口中，流传着这样的一个传说：每当江神闹脾气时，丰江就会泛滥成灾，必须到江边献祭一只公鸡，才能阻止江水淹没村子，并且可以得到江神赐予多子多福的回报。

我是家中独子，成亲后将近一年，娘子的肚皮仍没有一点儿动静，爹娘都十分焦急，担心无法延续香火。因此，在三十年前那个雷雨交加的端午节深夜，我喝了几口雄黄酒壮胆，便独个儿提着一只公鸡往江边跑。我之所以这么做，既是担心江水泛滥会将整条村子淹没，同时亦为了安抚爹娘——尽管我并不相信那个骗人去祭江的传说。当然，要是祭江能阻止江水泛滥就最好，要是看到势头不对，我会立刻跑回村里叫大家往山上跑。

然而，外头的情况比我想象中要糟糕得多，我刚跑出村口就发现到处都泥泞不堪，暴雨更令我晕头转向，不仅看不到路，甚至连三步外的景象也看不清，我只能像瞎子那样，边伸手往四周摸索边慢慢走路。不过为了全村村民的安危，也为了安抚爹娘，不管多困难多危险，我也得继续前进。

好不容易才来到江边，我发现江水虽然十分汹涌，但还没到泛滥成灾的程度。我不由得大松一口气，本想赶紧用公鸡祭江，然后就返回村子向爹娘和邻里道平安。可我还没来得及将公鸡往江里扔,便瞥见一道闪电从天而降,而且就落在距离我没多远的地方,不仅发出可怕的巨响,还点燃了一大片过人高的野草。我差点儿就被闪电打中,这虽然十分吓人,但跟我接下来的经历相比,根本不值一提。因为我在冒出火焰的草丛中,看见一个巨大的身影,并且意识到天雷是这家伙招来的。

在狂风暴雨的深夜里,孤身一人来到荒无人烟的江边,突然发现草丛中出现一道招来天雷的巨大身影,我要是说一点儿也不害怕,恐怕谁也不会相信。可是这道身影显然非比寻常,就算不是什么妖魔鬼怪,至少也是豺狼虎豹之类的猛兽。而我手里就连根棍子也没有,只提着一只公鸡,肯定打不过这家伙。不过,为了大家的安全,我必须看清楚这家伙是什么东西,否则让它跑进村里作乱,也不知道会闯出什么大祸。于是,我只好壮着胆子,一步一步地慢慢靠近草丛,睁大双眼并且一再抹去碍事的雨水,仔细看清楚草丛里的情况。

随着那道巨大的身影不断地翻滚及暴雨的洗刷,吞噬野草的火焰渐渐熄灭,但我走近后仍能借助微弱的火光看清楚那家伙的身姿——粗约一人环抱、长逾数十米、呈长条状,躯体不见四肢,通体覆盖因遭受雷击而变成焦黑色的鳞片,越看就越像传说中的"灵蛟"!

"刚才那道闪电难道是天劫?"我目瞪口呆地看着身上仍冒着白烟的灵蛟,心想它要是渡劫成功,或许已成为能腾云驾雾、呼风唤雨的神龙了。

然而,尽管渡劫失败了,但灵蛟没有因此丧命,经过一番翻滚挣扎后,不仅将周围的火焰扑灭了,它亦渐渐缓过劲来。它睁着一双比牛眼还要大的眼睛盯住我,虽然它一言不发,但透过那双巨大的眼睛,我竟知晓它的心意:为了应对天劫,我已经精疲力竭,现在连一丝力气也没有,急需食物恢复力量。你若为我奉上食物,我便满足你一切心愿。

我愣住了片刻,不过马上就反应过来,立刻跪下将原本打算用来祭江的公鸡双手奉上,诚心诚意地向灵蛟贡献祭品。灵蛟迫不及待地一口将公鸡吞入腹中,闪电随即落在它身上,差点儿把我也劈到了,吓得我慌忙倒地打滚躲避。

这老天爷啊,下手可真是毫不留情,一下子就降下十道连环雷,全打在灵蛟身上。幸好它吃掉公鸡后稍微恢复了些许体力,勉强撑住了足以令寻常妖魔鬼怪灰飞烟灭的可怕厄难,从而成功渡过天劫,在万丈光芒中化身为能上天入地、呼风唤雨、法力无边的神龙，随即一飞冲天没入云端。

尽管神龙一下子就不见踪影了，但我仍能听见它的声音在耳边回荡："你助我化身为龙，这份恩情我将十倍奉还。你想要什么尽管开口，我会竭尽所能令你如愿以偿。"

眼前的变化来得太快，我愣住了好一会儿才回过神来，当即对着仍下着暴雨的天空大叫："我成亲一年仍未有喜，求神龙大发慈悲，保佑我多子多福。"

我看见天上的乌云雷光闪烁，雷声传入耳朵的同时亦听见神龙的回应："行，只要你诚心供奉，我就保佑你连生八子、每子八孙、每孙八曾，开枝散叶、子孙满堂。"

自此之后，我就一直诚心诚意地供奉神龙，神龙当然也没有食言，不仅保佑我接连生了八个儿子，就连我的儿子同样也是每一胎都是男孩，还保佑我阖家平安、事事顺意。就算不巧遇到麻烦，神龙也会帮我解决，就像赛龙舟这事那样……

尽管耀祖口中的"事实"不像传说那么富有戏剧性，至少没有妖道、少女以及由灵蛟幻化的少年等个性鲜明、显然带有艺术元素的角色，但依旧鬼话连篇。譬如他说冒着暴雨前往江边，完全是为了父母和村民，这种往自己脸上贴金的鬼话就只有笨蛋才会相信。帮助灵蛟渡劫就更胡扯了，他奉上的又不是千年灵芝、万年人参，不过是一只公鸡而已，哪有可能刚吞进肚子就能恢复力量？

"这番鬼话不过是蒙骗教徒，巩固教主地位的谎言罢了。"溪望只是稍微想了想，便在心中得出这个结论。不过，耀祖这段"与龙结缘"的经历虽然纰漏百出，但用来蒙骗那些没见过世面的愚夫蠢妇，还是毫无问题的，毕竟就连终日跟犯人打交道的蓁蓁也将信将疑。

溪望没有指出当中的漏洞，而是顺着这个话题，询问陈家村的龙舟意外和鼓手的离奇死亡是否神龙所为。耀祖昨天还说神龙是福神，绝对不会害人，更不可能将龙舟掀翻。现在却毫不忌讳地直说，是他向神龙祈求解决陈家村这个大麻烦，神龙有求必应，果然一劳永逸地将他的烦恼清除了。现在陈家村只剩下荣宗这个老头子，年轻的男丁全死光了，二十年内恐怕也凑不出划一艘龙舟的男丁。而在这段漫长的日子里，无法获得水沟的江水灌溉庄稼，陈家村的村民就算不饿死，也会想方设法往外逃。所以陈家村要么就并入刘家村，要么就等着荒废，不可能再跟刘家村争夺水源。

虽说耀祖直言他就是始作俑者，但向神龙祈福许愿，既谈不上厌胜之术，又没有任何证据可以证明他跟陈家村的命案有直接关联。因此，就算他拿此事往自己脸上贴金，并且向村民邀功，溪望也拿他没办法。

耀祖甚至绘声绘色地描述昨天的情况，说神龙其实就待在江底，比赛一开始便浮出水面，从后追上陈家村的龙舟，轻挥右前臂的五根利爪，一下子就将龙舟掀翻了。然后，神龙将落水的陈家村健儿逐一拖入水底，可惜当时雾气太浓，一不留神就让鼓手陈得宝溜上岸了。不过也没关系，神龙随后腾云驾雾到他家，把他直接按在面盆里淹死了。

"你认识陈家村的鼓手？"溪望问道，他清楚记得至今仍未提及鼓手的名字。

"认识，当然认识了。他不仅是鼓手，还是造鼓修鼓的鼓匠，整个丰江县就只有他会弄龙舟鼓，所有村正都认识他。"耀祖不假思索地回答，随即又调侃道，"得宝这家伙一连生了三个丫头，想要儿子想得快要发疯了。我每次找他修理龙舟鼓，他都会缠着我讨教必生儿子的秘方。我让他像我这样诚心供奉神龙，但他又怕被陈荣宗那个臭书生发现，真是个废物。他要是听我的，或许就不会被神龙弄死了。"

跟耀祖聊了老半天，溪望越来越觉得这家伙鬼话连篇。别的不说，光是昨天赛龙舟的时候，他就跟知妍、敬堂等官员在江边观赛，好歹也是待在前排，江里是什么情况，跟其他村正一同待在后方的耀祖又怎会比他清楚？当时四周均白蒙蒙一片，就算神龙当真浮出水面也不可能被人看见，可耀祖竟然知道神龙是以右前爪将龙舟掀翻，这明显就是胡扯的鬼话。

尽管在陈家村的惨剧中，刘家村或者说刘耀祖家族获益最大，但眼前这个鬼话连篇的家伙显然没有龙舟掀翻，并且神不知鬼不觉地溜到邻村将得宝杀死的本领。因此，溪望觉得没必要继续在此浪费时间，赶紧跟申羽会合，从另一个方向入手调查或许会更容易取得进展。

然而，当耀祖送溪望和蓁蓁出门时，却遇上他年近三十岁、身材魁梧的大儿子，正在门外揪住一个瘦弱的小伙子，并冲其大吼："你是不把神龙放在眼里，还是瞧不起我刘佑乾？竟然就拿三颗鸡蛋过来做供品！你是不是想我再把你扔到神龙面前，让神龙亲自处罚你？"

小伙子当即惶恐地跪地求饶："乾哥，乾哥，求你放过我吧！这三颗鸡蛋已经是我家唯一能拿出手的供品了，求你别再把我扔到神龙面前，不然神龙真的会把我吃掉。"

　　"难道刘村正没有吹牛，雾江神龙真的存在？"溪望惊讶地于心中暗忖。

第十三章　反叛少女

"你好像挺快活的嘛！"流年探头进厨房，看见头套竹篓的申羽趴在地上被求娣狠狠地连踩了五脚，不由得接连哆嗦了两下，颤抖着说，"不管饭的话，我就先回去喽！反正我的活儿已经干完，之后的事情就交给你了。你们继续吧，不用管我。"随即缓缓地把脑袋缩回去。

"一个好色之徒，一个胆小如鼠，都督府的捕快亦不外如是。"求娣冷哼一声，随即取回竹篓并收拾因刚才那番折腾而被打翻的竹篮子等杂物，且毫不怜悯地踩在申羽身上来回走动。站在厨房门前目睹这一幕的转好，先是惊呼，随即慌忙向申羽赔罪，接着便气愤地呵斥求娣。

求娣不声不吭地将杂物收拾好，又将倒地的申羽拉起来，并朝母亲丢下一句："什么也不知道就胡乱骂人。"然后便恼火地推开母亲往屋外跑。也不知道是不是类似的事情经常发生，转好对此竟然毫不在意，反而关切地询问申羽有没有受伤，并且一再替女儿道歉。

"我又不是纸糊的，要是挨你女儿几拳就会散架，还怎么去抓贼呢！"申羽边应付转好边往门外走，"我刚才跟求娣只是有些小误会而已，我这就去跟她解释清楚。"

走到屋外往四周张望，申羽只看见求娣的身影，流年恐怕已经跑到村口骑上骡子往都督府狂奔了。他又想起在那场漫长的梦里，流年也只负责检验尸体，从不直接参与抓捕犯人，甚至几乎不与活着的犯人接触。之所以说"几乎"，是因为流年唯一一次直接面对活着的犯人就被人家宰了，而且是被个神经病宰了。

尽管那只是一场梦，但连花季少女也嘲笑其胆小如鼠，可见流年当真不是做捕快的材料，尤其是遇到危险的时候，绝对不能指望这家伙。反正他的工作已经完成了，留下来也没什么能帮上忙的，申羽便没理会他，边大叫求娣的名字边追着人家跑。

没追多久，申羽就追上了，不过这并非他跑得快，而是求娣停下来回头朝他瞪眼。等他跑到跟前,求娣更是气愤怒骂:"别乱喊乱叫,难听死了!"

"我没有乱喊乱叫啊,你不是叫陈求娣吗?"申羽喘着气说。

求娣杏眼圆睁,凶巴巴地说:"就是因为叫对了,所以才让你别乱叫。"

申羽瞬间明白对方不喜欢这个名字,但随即又觉得奇怪,不由得问道:"你知道自己名字的含义吗?"

"当然知道,我又不像你这么傻。"求娣翻着白眼说,"大姐、二姐跟我分别叫招娣、要娣和求娣,就算是傻子一听也知道,是我那个只念过几回书、算是会几个字的蠢阿爹想生儿子想疯了,所以才给我们取这种像笑话一样的名字。"

申羽一脸严肃地点头:"嗯,对,的确是挺蠢挺像笑话的。"

"你竟然还说对!你不是该说点儿安慰话,让我别那么生气的吗?"求娣气得握拳跺脚,仿佛随时会失控扑过来暴打申羽。

"通常是该那样,可我就偏不。"申羽耸肩摊手,随即加以解释,"一是只有头儿才值得我低声下气地去讨好;二是根据我多年的办案经验,对待像你这样既反叛又泼辣的黄毛丫头,不能太谦卑、太友善,否则会被你瞧不起。必须使出我的独门绝学,精准打击你的弱点,才能让你认同我、尊重我。"

"哼,我才不在乎你那什么绝学,不过倒是想知道你发现我啥弱点了?"求娣抱肘冷笑,仿佛在等着看戏。

"小弟不才,在姑娘面前献丑了!"申羽装模作样地行拱手礼,随即放开嗓门大叫,"陈求娣!陈求娣!陈求娣……"

"要死呀你!别叫了,立刻给我闭嘴!"求娣气得头发都竖起来了,猛然扑上前捂住申羽的嘴巴。可她一时情急用力过猛,竟然把申羽扑倒了,并且把对方压在身下。

申羽被捂得透不过气,好不容易才把求娣的手推开,深吸一口气后才委屈地说:"姑娘,光天化日之下,别这样好吗?我知道自己长得挺俊俏的,你要是馋我的身子,我们可以找个僻静的地方继续。不过别太过火,我还想把贞操留给头儿。"

求娣这才意识到自己的举动太失礼了,竟然将一个陌生男子压在身下。虽说这儿并非人来人往的繁华大街,但好歹也是在村子里,偶尔还是会有人路过的,要是被邻里看见肯定会被说闲话。她慌忙爬起来往后退了三步,转身背向申羽,红着脸气呼呼地说:"谁馋你身子呀,臭不要脸!"

"现在可以好好跟我说话了吧!"申羽爬起来拍掉身上的泥土,然后往不远处的大树指了指,"要不我们到那边坐会儿,太阳这么猛都快把我晒融化了。"

"真是一点屁用也没有。"求娣回头白了他一眼,尽管语气中充满了厌恶与不屑,但仍跟随对方走到树荫下席地而坐,并且刻意保持一条手臂远的距离。

"你真的明白自己名字的意思吗?"申羽以轻松的语气打开话题,不过脸上却露出不怀好意的笑容。

求娣看穿他的心思,白了他一眼后才满脸不屑地说:"我知道你想说啥,你想说娣字的含义不是弟弟,而是妹妹。所以阿爹给我们三姐妹取的这种破名字,招来、要来、求来的只会是妹妹,而不是弟弟。他要是多念几年书,就不会闹出这样的笑话了。"

申羽面露惊讶之色,盯着她好奇地问道:"这么说,你不但念过书,还念得比你爹多喽?"

"对呀,我自小就喜欢读书……"求娣自豪地答道,或许这个话题触动了她的心坎,她随即滔滔不绝地讲述自己这些年来的学习经历——

自记事起,我就经常往村里的私塾跑,蹲在窗户下偷听老师教学生读书写字。虽然我也很想像学生们那样,光明正大地在课室里跟老师学习。可是,阿爹说女人早晚也得嫁人,书读得再多还不是便宜了婆家?我们村的私塾就从来没收过一个女学生,而且家里也没钱让我读书。

村里的私塾的确只收男学生,而且不管家里有钱没钱,只要是本村的男孩子就能进去念几回书,学些最简单的字,至少学会写自己的名字。因为只学些皮毛,老师不会收取分文,所以大家都会把男孩子送进私塾。当然,如果还想再多学些学问,那就得交学费了。老师这么做看似是出于善意,实质是让村里的男丁都成为他的学生,这样他就能在学生们的推举下,轻易地成为村正。

哦,我忘记说了,我们村的私塾老师就是村正陈荣宗。

因为村里的大小事务都是由男人做主,女人连发声的权利也没有,所以陈老师,也就是陈村正,自然就不想将时间浪费在用不上的女学生身上,甚至连偷听他教书也不行。当发现我躲在窗外偷听,他就像抓小偷一样,把我拧到阿爹面前,训斥阿爹不配当他的学生,因为阿爹生了我这个"文贼"。

阿爹挨骂后,自然就把怒火都发泄在我身上,把我打得皮开肉绽,打得我此生也不敢再当"文贼"。可我真的很喜欢读书写字,既然不能偷偷摸摸,那我就光明正大地走进私塾吧!当然,我不是说跟阿爹要钱交学费,他也没给陈村正交过学费,只学会几个字就没再念书了,又怎会替我这个早晚也得嫁人的赔钱货交学费呢!

那时候我虽然还小,但一点儿也不笨。我知道因为赛龙舟输了,导致庄稼收成不好,家里没剩多少米粮,过不了多久全家都得挨饿。于是,我就跟阿爹说,想去私塾帮忙做些煮饭打扫之类的工作,说好听是向陈村正赔罪,其实是为了填饱肚子,节省家里的米粮。当然,我的真正目是继续念书,而这回我不用躲在窗户下了。

我在私塾帮忙打下手足足三年,虽然陈村正早就察觉我的目的,但我勤快能干,而且任劳任怨,他也乐得有个免费丫鬟使唤。阿爹就更巴不得我一辈子也赖在私塾,少一张嘴在家里吃饭,大家过日子可要轻松很多。所以后来庄稼丰收,阿爹仍让我每天都往私塾跑。

之所以没再给陈村正当免费丫鬟,是因为我学会了读书写字,觉得在他身上已经再也学不到什么了。而且他的女儿见我这么喜欢读书,光靠偷听就学会了那么多字,就偷偷送了我一本《本草经》,使我学会了分辨山上的草药。我每天上山摘摘蘑菇、采采草药,不仅能给家里带回食物,还能拿草药到市集换点儿铜钱给阿爹买酒喝,阿爹当然不想让我往私塾跑了……

聊到此处,阿慕想起在厨房里看见的红蘑菇……当然,"小笼包"亦在他脑海中闪过,不过他努力压抑鼻血喷涌的冲动,询问刚才因为挨揍而被忽略的问题:"对了,那个红色的毒蘑菇,你不是说没用的吗?那为什么还要摘回来呢?"

"阿爹叫我摘的。"求娣不假思索地答道,随即详加解释,"家里挺多苍蝇的,前阵子我跟阿爹说,山上有种红蘑菇可以杀苍蝇,要不要摘些回来试试?不过千万别拿米吃,不然轻则晕头转向,重则会丧命。阿爹当时说别把这种危险的东西带回家,可是前几天他忽然又叫我多摘些红蘑菇回来。我问他是不是用来杀苍蝇,他却叫我别管,多摘些回来就是了。于是,这几天我在山上看见毒蝇伞就会摘回来,都摘习惯了,回到家里才记起阿爹已经走了,不用再帮他摘了。"她长叹了一口气,不过脸上没有多少伤感,反而有一种解脱的放松。

"你好像不太喜欢你爹。"申羽抛出这个试探性的话题,同时仔细观察对方的表情。

求娣冷笑一声,丝毫没有掩饰自己的情感,伸了个懒腰才心旷神怡道:"喜欢他?谁会喜欢一直叫自己赔钱货的浑蛋?我跟大姐二姐都恨不得他早点儿死,只是她俩不敢像我这样表露出来而已。"

"是因为他想拿你们换彩礼,然后再生几个儿子吗?"申羽问道并道出转好提及得宝生前有此打算。

"我们倒不介意早点儿出嫁,也不在乎那个浑蛋怎么花我们的彩礼。可你有没有想过,整个丰江县的男丁都在减少,我们三姐妹该嫁给谁?"求娣再度冷笑,但这回眼中有着一丝自嘲的悲凉,"我不知道那个浑蛋打算怎么把我卖掉,倒是知道他给大姐找来的夫君,竟然是隔壁刘家村的刘混八!"

"这个刘混八是大坏蛋吗?"申羽不明就里地问。

求娣满脸不屑地说:"这只是那家伙的诨名,他是刘家村村正的幺儿刘佑兑,因为在家里排行第八,而且是个混子,所以大家就叫他刘混八。"

申羽想起昨天那个牵着大黑狗、飞扬跋扈的少年郎,不由得惊讶叫道:"啊,刘村正的幺儿不就是那个比你还小的小屁孩吗?他连胡子都没长出来,怎能跟你大姐成亲啊!"

"这才不是问题的重点啦!"求娣愤慨地说,"我们村跟隔壁村可是世仇,几乎每次赛龙舟都会打起来,平日也经常因为些鸡毛蒜皮的琐事大打出手,互相都对对方恨之入骨。你说大姐嫁到刘家村后,会过上怎样的日子?先别说她能不能吃上一顿饱饭,光是哪天没被羞辱欺负就得感谢上苍了。"

"也不一定吧!"申羽安慰道,"这个刘混八虽然少不更事,但咋说也是村正的儿子,应该没人敢欺负他的娘子吧!"

"就怕欺负大姐最凶的人就是他!"求娣随即细数佑兑的恶行,而且越说越来气。原来她上山采药摘蘑菇时,经常碰见在山上掏鸟窝偷鸟蛋的佑兑。每次狭路相逢,佑兑都会指使大黑狗追咬她,她打不过这条恶犬,只好狼狈地逃走,经常因此而受伤。有一次眼见大黑狗已扑到身后,她一时慌不择路,脚下踏空便从山上滚下来,弄得遍体鳞伤。

求娣受了这么大的委屈,作为父亲的得宝,本该为女儿讨回公道。然而,得宝对此竟然不闻不问，甚至让求娣别主动招惹人家。毕竟耀祖不仅是村正，而且有八个儿子，他却是个连一个儿子也没有的穷鼓匠，跟对方起冲突就只有挨打的份儿。可是，求娣从来也没有主动惹事啊！每次都是佑兑欺负她，总不能为了避开这个浑蛋，就不再上山了吧！

父亲不愿伸出援手，求娣只好自己想办法。幸好她在私塾当免费丫鬟的时候，偷偷地看过了陈村正的大部分藏书，其中有提及怎样设置陷阱的。于是，她大清早就往山上跑，在经常碰见佑兑的地方挖了个大坑，并且铺上树枝树叶。然后等佑兑出现，等他再次跟大黑狗追赶她时，她就引导这家伙掉进陷阱去。

那个大坑她挖了一个早上，比大人的个头还要深，她要不是在旁边的大树上绑了根藤蔓，恐怕也爬不出来。佑兑跟大黑狗一同掉进去，摔得七荤八素，一时半刻肯定出不来。她站在坑外等佑兑缓过劲儿，就问对方还敢不敢欺负她，要是肯认错，她就放下藤蔓让这家伙爬上来。

谁知道佑兑竟然仍想逞强，不仅不肯认错，还抓起一把泥巴往她身上扔。她早就料到这家伙死不悔改，所以提前准备了一份"厚礼"——一桶夜香。她将夜香全往佑兑身上淋，然后就在欢快的笑声中小跑下山。

"后来呢？"申羽兴致勃勃地问道，"之后他就不敢再招惹你了？"

"才怪！"求娣翻着白眼说，"他虽然在坑里爬不出来，但是把大黑狗推出来了，然后大黑狗就回村里带人上山救他……"她说着忍不住放声大笑，过了好一会儿才缓过劲儿继续说，"你想象一下大伙儿找到这个浑身夜香、臭不可闻的家伙时，会是怎样的情景？我想一定是全都捧腹大笑，甚至满地打滚。"

申羽亦觉得当时的场面必定十分滑稽，不过求娣随即又愤慨地说："我被欺负阿爹不管，可我教训刘混八，阿爹却跳起来了……"她使劲地跺了一下脚才道出当时的情况。

知道女儿报复佑兑后，得宝竟然不等人家上门讨说法，就立刻拧起求娣到隔壁刘家村负荆请罪。为了得到人家的原谅，得宝在耀祖和佑兑面前狠狠地揍了求娣一顿，把她打得半死不活，就差没把她的肉割下来给人家炖汤补身。

"有这种阿爹，刘混八不继续欺负我才怪！"求娣愤愤不平道，"我原本是一整天都在山上采药摘蘑菇摘野菜，现在只能大清早上山，还没到中午就得回家。因为刘混八通常吃完午饭就会上山溜达，我得退避三舍。大姐要是嫁给他，肯定会被折磨得很惨。因为他知道,不管他怎样欺负大姐,阿爹也不会过问。大姐要是不听话,他甚至还能让阿爹过去教训大姐。"

尽管求娣说得头头是道,但有个疑问申羽却怎样也想不通:"刘混八或许少不更事,但刘村正不可能讨个儿媳妇回来,单纯就为了让儿子欺负吧?"

"那只能说阿爹为了生儿子,已经到了丧心病狂的地步了。"求娣怒哼一声,随即道出缘由——

丰江县男丁稀少,只要稍微有点儿家底就能娶得娇妻,所以刘耀祖的儿媳妇要么明眸皓齿,要么朱门绣户,要么心灵手巧。他之所以看中大姐,并非大姐长得漂亮,而是因为大姐懂得造鼓修鼓。

陈家村是整个丰江县里人口最少,不管哪一方面都是最弱、最糟糕的村子,要不是村里有全县唯一的鼓匠,恐怕早就荒废了。因为其他村子造鼓修鼓都得找我家,所以大家对我们村都十分友好。就连隔壁刘家村这样的世仇,在对待水沟以外的事情时,通常都会留有余地。毕竟别的鼓子还能将就,但龙舟鼓可不行。

按照传统,女人是不能碰包括龙舟鼓在内的多种鼓子的,但整个丰江县就只有阿爹一个鼓匠,所以尽管大家都知道他让大姐打下手,但该造鼓修鼓的时候还是得找他。只要交接鼓子的是男人就行了,其间鼓子被多少个女人碰过,大家都会装聋作哑。

刘耀祖的三儿子刘佑震,也就是刘家村的龙舟鼓手,曾经跟阿爹学过打鼓,其实其他村的龙舟鼓手大多是阿爹的徒弟。阿爹明明知道二姐很喜欢打鼓,却从来也不教二姐,反而转头耐心地教别人的儿子,还老说刘佑震有一双好耳朵,能分辨细微的鼓声变化,是他最出色的徒弟,几乎把人家当作自己的亲儿子。

大姐要是嫁给了刘混八,那么刘耀祖肯定会声称他们也是鼓匠世家,并且拿刘佑震当作招牌,承接全县的造鼓修鼓委托。虽然鼓子都是出自大姐的一双巧手,但报酬和功劳都会全归刘家的男人,大家仍然会装聋作哑。不过,这对陈家村而言,可是关系到村子存亡的重大危机。

这就是大指头要杀阿爹的原因了……

"等等,什么大指头啊?"申羽慌忙叫停,他本想先取得求娣的信任,再细问对方刚才进屋时为何说凶手是"大指头",以及"大指头"是谁。现在求娣主动提及，他便抓紧机会，先问清楚"大指头"的身份。

"大指头就是我们村的私塾老师兼村正陈荣宗啊！"求娣不假思索地答道，随即竖起拇指解释，"他右手的拇指又短又大，所以大家背地里都叫他大指头。"

第十四章　神龙现身

刘耀祖的长子刘佑乾在自家门口教训前来给神龙送供品的小伙子,原因是嫌弃供品太寒酸,这一幕恰巧被正准备离开的溪望和蓁蓁目睹。溪望一眼便认出小伙子是刚才进村时,被蓁蓁吓得尿裤子的胆小鬼,便借此为契机,冲对方朗声叫道:"这不是方才的小兄弟吗,你怎么得罪刘村正的公子了,是有什么误会吗?"

耀祖慌忙训斥佑乾别在两位捕爷面前失礼,并向溪望和蓁蓁解释,村民们都希望得到神龙的庇佑,所以会定时送来供品,让他帮忙转交神龙。神龙善良宽容,只要是诚心诚意地奉上供品,无论是什么均会笑纳,不过供品实在太寒酸的话,就难免让人觉得对神龙不够尊重了。

溪望在老六和老七的帮助下骑上骡子,装模作样地对耀祖的说辞表示理解并再次道别,同时偷偷给蓁蓁使眼色。蓁蓁愣了一下随即会意,牵着骡子跟溪望一同离开,在经过小伙子身旁时,顺便单手把这个瘦弱的家伙提起来拎走。直到回头已看不见耀祖的大宅且四下无人时,蓁蓁才将不知所措的小伙子扔在一棵大树下,然后就交给溪望处理,自己则抱肘待在一旁。

溪望俯身低头,谦逊友善地跟小伙子交谈,得知他名叫刘一丁,今年十五岁,是村里为数不多的男丁,同时也是家里唯一的儿子。或许蓁蓁和溪望刚帮了他一把,又或者目睹耀祖对两人的态度十分恭敬,从他口中得到的信息跟其他村民不太一样——

我和爹娘,还有两个尚未出嫁的姐姐,一家五口就指望一块瘦田和几只母鸡过活,所以经常要饿肚子。不过就算天天都得挨饿,只要人还活着,还待在村子里,就得给村正家送供品。过往都是阿爹去送供品的,因为不管是阿娘还是大姐、二姐过去,都会被欺负、被占便宜,村里的其他女人也是一样。村正的幺儿是个出名的混子,大家都叫他刘混八,他经常无所事事地守在自家门前,一看见女人就会像疯狗一样扑过去,跟他那条大黑狗没什么两样。

第十四章 神龙现身

我不明白全家都饿得骨瘦如柴,为什么还要把家里最好的东西拿去供奉神龙?说好听是给神龙的供品,实际上不就是给村正家进贡吗?村正那八个儿子,谁不是整天在村里横行霸道,看谁不顺眼就欺负谁,看到啥喜欢的就抢去做"供品",说是献给神龙其实不都进了他们的口袋。

虽然十分不满,可我每次跟爹娘提起,他们都会说要是不供奉供品,神龙就不会继续保佑我们村,甚至会作乱把大家都吃掉。小时候我还会被吓到,但随着慢慢长大,我渐渐就不再相信这种吓唬小孩的鬼话了。因此,当阿爹因为实在撑不住而病倒时,我便自告奋勇代替阿爹去送供品。我这么做不是担心阿娘和两个姐姐被占便宜,而是心疼我家的供品。

我家虽然穷得揭不开锅,但好歹也养了几只会下蛋的老母鸡,所以村正要我们每个月都送十个鸡蛋到他家,说好听是给神龙的供品,其实都被他的儿子、孙子吃掉了,我是亲眼看见的。有一次我在村里碰见刘混八,他从口袋里掏出一颗煮鸡蛋当着我面吃了起来,边看着我嘴馋的样子,边亲口承认是我爹送来的。

既然供品不是奉献给神龙,而是被刘混八这一家子浑蛋私吞了,那就没必要继续当这个冤大头了吧!于是,我就把献给神龙的十颗鸡蛋截留了五颗,打算留给阿爹补补身子。我本想随便撒个谎,说在半路摔倒把鸡蛋打碎了,只剩下五颗完好的,然后再说些只要诚心诚意就好,神龙不会在意供品多寡之类的话。心想他们家不过是借神龙之名,骗大家供奉的供品,给他们五颗鸡蛋就不错了。

然而,事实跟我想象中完全不一样,村正压根就不听我的解释,狠狠地甩了我一巴掌,然后就让乾哥揪住我的耳朵把我拖回家。乾哥说我对神龙不敬,在阿爹阿娘面前狠狠地揍我。阿爹尽管卧病在床,但怕他会把我打死,只好吃力地爬起来,跟阿娘一起跪下来向他磕头。可不管爹娘怎么磕头,他仍抓住我往死里打。最后还是大姐二姐从家里仅有的六只老母鸡中抓了三只给他,说是给神龙赔罪,他才肯住手。不过,他只是暂时住手而已,仍没有打算放过我,因为村正还要我当面向神龙认错。

就在当晚深夜,村正带上八个儿子,把我拧到江边。听他们说,平时只有初一和十五才会到江边向神龙供奉供品,不过遇到特殊情况也会提前。那晚就是所谓的"特殊情况",仅仅为了给我一个教训。

也不知道是不是我特别倒霉,那晚是月初,月色本来就不怎么明亮,天上还好死不死地飘着几朵乌云,使得江边一带都乌漆墨黑的。要不是乾哥他们带了火把,恐怕连路也看不见。而且附近连一户人家也没有,安静得吓人,除了呼呼的风声外就听不到别的声音。

乾哥将从我家拿来的三只老母鸡绑在一起,放在那片被称为"龙宫"的过人高草丛前,并且让我跪在母鸡跟前。他还跟我说本该拿公鸡做供品,供奉母鸡说不定会令神龙生气,弄不好会一口把我吃掉。然后,他们父子九人就一起大叫"恭请雾江神龙"。

本以为他们只是装模作样地吓唬我,可没一会儿我就发现不对劲。尽管当时乌云盖月,光靠火把根本看不清楚周围的情况,但我听见前方的草丛里传来清晰的声音,似乎有什么东西准备从"龙宫"里爬出来。而且光听声音我就知道,那东西必定是庞然大物。

果然,没一会儿就有一根比我双手环抱还要粗的巨大"柱子"缓缓地从草丛里升起,升到至少三个人叠起来那么高才停下来。虽然周围太黑令我看不清楚,但借助火把那点儿光,我看见一双比牛眼还要大的眼睛出现在"柱子"顶端。我看着这对眼睛,愣住了好一会儿才意识到,这根巨大的"柱子"就是传说中的雾江神龙。

神龙出现后,村正说了一大堆话,大概是说我对神龙不敬,问神龙要不要惩罚我什么的。我当时害怕得连大气都不敢出,哪有心思仔细听他的话?只知道他刚把话说完,神龙那颗比牛背还要宽的巨大脑袋就朝我伸过来,大概是在闻我的气味,琢磨着要不要把我吃掉。这可把我吓坏了,身体像被法术定住了一样,连一根手指也动不了,倒是浑身不停地颤抖。当神龙用鼻子还是什么轻轻地碰了我额头一下,我立刻全身僵直,并且眼前发黑,随即昏死过去。

我是被乾哥连甩了好几巴掌打醒的,睁开眼睛的时候,神龙已经离开了。村正说,神龙宽宏大量,见我只是初犯,所以没有严惩,吃掉供品就离开了。不过,乾哥却嘲笑我:"臭小子,还挺聪明的嘛,竟然懂得撒尿保命。要不是你一身尿腥味,说不定已经被神龙吃掉了。"

这时我才发现,原来刚才因为太害怕,竟然尿裤子了……

"自此之后,我就特别胆小,稍微受到一点儿惊吓就会尿裤子……"一丁尴尬地低下头。

蓁蓁一时看不过眼，走到他跟前凶狠地训斥："男子汉大丈夫，岂可胆小如鼠！遇到一点儿风吹草动就尿裤子，连自己都保护不了，还怎么保护家人？"这本来是想让他坚强一些，他却被吓得身子一缩，裤子随即就尿湿了。

溪望朝蓁蓁投以责怪的目光，后者尴尬地说："我也不知道他真的这么胆小。"随即走到一旁不再吭声。

"小兄弟，别在意，谨小慎微也是一种生存策略，胆小的人往往会活得更久。"溪望安慰道，随即问了一丁几个问题，譬如他在目睹神龙之前，有没有吃过刘村正等人提供的食物或者水，又或者闻到些特别的气味之类。

"没有，这一家子浑蛋抠门死了，一整天连一滴水也没给我喝过。"一丁抱怨道。大概是隔三岔五就尿裤子，早就习惯了，所以他虽然有些许尴尬，但仍装作没事，继续回答溪望的问题。

原来那天佑乾离开他家时，顺便把他也一同拧回家，并且让他跪在厅堂的神龙挂画前忏悔。然后他就一整天都跪在挂画前，除了那几个调皮捣蛋的小屁孩偶尔会作弄他之外，就谁也没有理会他。大伙开饭时，他的肚子饿得咕咕作响，可是谁也没看他一眼，之后更是直接把剩饭都拿去喂猪，压根就当他不存在。故直到目睹神龙之前，他仍粒米未进、滴水未沾，也没有闻到什么奇怪的气味。

溪望如此一问，是想确认一丁是真的遇见神龙，还是受到迷药、迷香之类的东西影响产生了幻觉。从目前所知的情况判断，他看到的显然不是幻觉造成，就算不是法力无边的神龙，至少也是体形巨大的生物。再加上这家伙就待在江边，说不定当真是掀翻陈家村龙舟的元凶。

溪望随后又让一丁详细描述神龙的形态，可他说当时周围太昏暗了，根本看不见神龙长什么样子，甚至连神龙是啥颜色的也看不出来，只能勉强看到外形轮廓。而且他只看到其中一部分，感觉神龙还有一大截身体藏在草丛里。不过被神龙触碰额头时的感觉，他仍难以忘怀："湿湿的、滑滑的、凉凉的，就像被刚出水的鱼碰到那样，或许神龙现身之前一直都待在江底吧！"

跟一丁分别后，溪望和蓁蓁来到村口，后者询问接下来该怎么办，溪望皱着眉头答道："唉，这桩案子真不好办啊！先不说鼓手的命案，陈家村的龙舟或许当真是被'神龙'掀翻的。"

"你真的相信世上有神龙吗？"蓁蓁将信将疑地问道。

"'神龙'不过是个称呼而已，或许那只是一条会游泳的大虫子，反正体形足够巨大，足以将龙舟掀翻就是了。"溪望惆怅地叹了口气，"想想刘村正家的大黑狗吧！或许当真是大人在龙舟上留下了气味，令躲在江底睡懒觉的'神龙'冒上来将龙舟掀翻。"

"如果真的是这样，我们可不好向刺史大人交代。"蓁蓁急躁地说。

"所以说这桩案子不好办。"溪望无奈地耸肩摊手，"因为我们不仅要查明真相，更重要的是证明大人跟这场惨剧没有关系。"

"那该怎么办才好呢！"蓁蓁急得团团转，忽然灵光一闪，阴险地说，"要不我们把刘一丁……"

"你不会想杀人灭口吧？"溪望惊讶地盯住对方，不可置信地说，"我认识的李蓁蓁可没有这么心狠手辣啊！"

"你认识我才几天时间，哪晓得我是什么人？"蓁蓁白了他一眼才作解释，"我想说的是，刘一丁这么胆小，我们只要吓唬一下他，让他对看到神龙的事绝口不提，说不定就能蒙混过关了。"

"李捕头英明！"溪望竖起拇指称赞，随即又道，"可是，见过神龙的人应该不止他一个人吧，要不然就不会整个村子的人都对刘村正一家唯唯诺诺了。我们不可能让所有人都闭嘴，至少刘村正还得靠这招儿继续在村里当土皇帝。"

"不然我们该怎么办？"蓁蓁恼火地跺脚，"总不能眼睁睁地看着诡案组解散，看着大人辞官回家吧！"

"我也不想跟随大人回家洗马桶。"溪望苦笑道，随即打起精神控制胯下的骡子前行，"我们先去看看龙舟的情况，再到邻村找阿慕吧！要是在龙舟上能找到让大人跟惨剧撇清关系的证据就最好，不然就只能在鼓手的命案里想办法了。"

"还能想啥办法？"蓁蓁利索地跳上骏马跟随。

"我也不知道，得看看阿慕有什么发现。"溪望露出从容的笑容，"不过我想就算大人当真触怒了神龙，神龙也不可能神不知鬼不觉地潜入村子里杀人吧！只要把凶手找出来，我们就能替大人洗脱污名。"

第十五章 杀人灭口

"大指头就是陈村正?"申羽惊讶叫道,随即回想起昨天赛龙舟开始之前,曾看见荣宗举起右手,拇指的确明显比别人短且粗。他慌忙往四周张望,发现附近没有半个人影,才压低声音确认求娣的指控:"你认为陈村正为了不让鼓匠技术外流,所以对你爹狠下杀手?"

"对啊,而且这也是他唯一能够保住村正头衔的方法。"求娣毫不犹豫地答道,随即详加解释,"昨天的龙舟惨剧,令我们村失去了所有的年轻男丁,就只剩下我爹和大指头两个男人,寡妇却一下子多了十几个。以前依仗着村里的男丁都是自己的学生,大指头才能轻易当上村正,但这回情况可就不一样了。我爹咋说也是鼓匠,跟县里每条村子的村正都关系良好,大家肯定会逼大指头退位让贤,不然我们村根本撑不下去。现在我爹死了,不仅没有人跟大指头争当村正,他还能做个名副其实的土皇帝。"

"铲除对手我倒是可以理解,但当土皇帝是啥意思呢?"申羽不解问道,"陈村正之前不也一样掌管村里的大小事务吗?"

"这还不简单?"求娣以轻蔑的眼神白了他一眼,"没有孩子出生的村子,早晚也会完蛋。而寡妇们想生孩子就得找大指头借种,因为他是村里唯一的男人,这不就变相都成了他的后宫佳丽?所以对他而言,铲除我爹是个一石二鸟的妙计。"

"可是,寡妇们想借种不一定要找他啊!"申羽站起来,自信地摆出各种帅气的姿势,"你看,这里不就有一匹优秀的'种马'了吗?你要是有这个意思,我可以给你优惠价,哎呀!"求娣跳起来一脚踹在他屁股上,把他踹得像蛤蟆一样趴在地上。

"我才不会找你这种无赖借种,而且我也用不着做这种恶心的事。"求娣厌恶地说,随即详加解释。按照老祖宗留下来的规矩,寡妇们只能找村里的人借种,因为除了嫁来的媳妇外,整条村子都是同一个祖宗,所以借种这档事虽然恶心,但一直以来均得到众人的默许。当然,像求娣三姐妹这样的年轻姑娘,可以外嫁到其他村子,自然就不用理会这种破事了。

"总而言之,巨大的利益足以令陈村正冒险杀害你爹。"申羽爬起来拍掉身上的泥土并做出正义凛然的总结,随即又补充道,"我早就知道他是凶手了,只是一时没想到他竟然还能借此风流快活一番。"

"对,你最聪明。"求娣翻着白眼说,随即带头往前走,"我现在就带你去抓大指头,我爹虽然死不足惜,但这不是任由凶手逍遥法外的理由。"

两人来到位于村子中央的祠堂门外,求娣说这座相对于村里其他房子显得格外宏伟的建筑,是大家一起出钱出力建成的,不过因为被用作村塾,所以几乎跟荣宗的家业没什么两样。撕心裂肺的号哭从祠堂里传出,申羽往门里看,发现内里被布置成灵堂,"大指头"陈荣宗就在儿子的尸体旁哭得呼天抢地。

在进入祠堂之前,申羽发现门外有一堆似乎是来不及收拾的炊具,询问求娣得知,村里不管是举办红白喜事,还是节日庆典,都会在祠堂门外的空地上设宴。当然,这种穷乡僻壤的"宴席",其实就是大伙儿聚在一起烧火做饭吃一顿而已。昨天赛龙舟之前,健儿们就是先来这里集合并做早饭吃,然后才一起出发。原本打算赛后无论输赢,也得再吃一顿慰劳饭,便没有将炊具收起来。可谁也没想到,竟然就只有荣宗和得宝两个人回来,而且前者因痛失爱子悲痛欲绝,后者更是离奇丧命。再加上龙舟健儿全员覆灭,十几户村民都在办白事,自然就没必要将炊具收起来了。

申羽走近瞥了几眼,发现炊具竟然仍未清洗,不仅留有食物残渣,还散发着轻微的馊臭味。他虽有些许意外,但仔细一想便不觉稀奇,毕竟突然间死了十多人,谁还有心思理会这些锅碗瓢盆。故他便没有在意,稍事整理一下衣冠,随即跟求娣一起走进祠堂。

然而,申羽刚踏入祠堂,便被荣宗认出是知妍的手下。荣宗不仅不欢迎他的到来,更激动地大骂知妍将晦气带上龙舟,因而害死了包括其儿子在内的全船男丁,并且质问知妍派他前来是幸灾乐祸,还是落井下石。灵堂内那些不明就里的妇女亦纷纷指责他,甚至群起上前拉扯推撞。申羽弱不禁风,哪经受得起大伙儿的折腾?他本想向求娣求助,谁知道对方竟然一见势头不对,就立刻退出祠堂。

第二章 零江神龙

俗话说"求人不如求己",眼见求救无门,申羽只好顺着被一众妇女拉扯的势头,将上半身的衣服解开,露出瘦弱的胸膛,假装害羞地低着头说:"哎哟,人家还是雏儿,你们这么着急干吗呢!就算三十如狼,四十如虎,也不能在灵堂上乱来啊!"妇女们随即都愣住了,谁也不敢再碰他一下。毕竟大伙儿都是良家妇女,没有人会自认"如狼似虎"。

"放肆!灵堂之上岂可胡作非为,这成何体统呢!"荣宗气得脸红筋暴,放声训斥,也不知道是骂申羽在灵堂上开黄腔,还是责怪妇女们太激进、太鲁莽。反正经过他这一吼,混乱的局面总算受到控制,妇女们纷纷后退,不再为难申羽。

求娣见危机已过,便溜回来躲在申羽背后,凑近他的耳朵低声提醒:"你快仔细看看大指头的右手,是不是跟阿爹后脑勺上的掌印一模一样。"

"没义气的家伙!"申羽回头瞪了求娣一眼,随即双手合十,庄严且恭敬地对灵堂中央的遗体拜了三下,然后一本正经地对众人说,"刺史大人派我来,不是为了幸灾乐祸或者落井下石,而是要我查清真相,还死者一个公道。只要大家配合调查,我保证三天之内,必定会给大家一个满意的交代。"

尽管申羽刻意不提及知妍,改称是刺史的部下,并未能熄灭荣宗的怒火,但总算令他稍微冷静了些许。然而,怒意稍退,悲痛随即涌上心头,令他哽咽难言,好不容易才把话说出口:"我的儿子死了,我唯一的儿子死了,你们还能给我什么交代,还怎样让我满意?你们能让我儿子活过来吗?"

"人死不能复生,这是谁也改变不了的事情。陈村正这个要求,恐怕就算是圣上也无法满足吧!"申羽无奈地摊开双手,随即又正义凛然地说,"可是,你不想查清真相,弄清楚令郎的不幸是怎么回事,还令郎一个公道吗?"

"还用得着去查吗?"荣宗再度脸红筋暴,激动地怒吼,"谁不知道是刘耀祖那个浑蛋用妖术害死我们村整艘龙舟的男丁?他自己对此也直认不讳,还在我面前炫耀得到神龙的偏爱呢,这事黄县令也知道。"随即道出昨天申羽等人离开后,耀祖当众承认曾向神龙祈求一劳永逸地解决跟陈家村的纷争,没想到神龙竟会用这么残暴的方式让他如愿。

"你回去汇报此事,让刺史派人到邻村把刘耀祖那个妖道诛九族就行了,根本无须浪费时间调查。"荣宗如下达命令般冲申羽叫嚷一番后,便指示亲友送客。

"且慢！"申羽竖起双手挡在身前，示意先别着急，然后才不紧不慢地说，"陈村正未免太看得起小弟了，我只是个小捕快，哪有可能随便说几句，就能让刺史将隔壁刘家村的村正诛九族？"

"至少也得向刺史讲清楚事情的经过，然后再来点儿关键细节才行啊！"他双手各自揉搓拇、食、中三指，并露出贪婪的表情。他环视了一圈灵堂上的众人，最终目光落在荣宗身上，狡猾笑道："这里人多口杂，说话不方便，要不我们换个安静的地方聊聊。"

这么明显的暗示，荣宗再怎么笨也知道他在索贿，当即请他进内堂详谈。仍躲在他身后的求娣，则厌恶地说："原来你是这种货色。"

"不然呢，你以为我是啥货色？"他回过头来看着求娣，脸上的表情恢复一贯的嬉皮笑脸。

求娣瞬间明白他并非真心索贿，只是略施小计博取荣宗的信任而已，不由得扑哧一笑："以为你是那种只会耍无赖的下流货色。"

"谢谢赞赏！"他的恬不知耻让求娣无言以对。求娣本想跟随进入内堂，但被他使眼色阻止，求娣亦明白这会令荣宗起疑心，便乖乖地溜到祠堂外，找了块树荫蹲下来静心等候。

内堂是间宽敞的书房，申羽刚坐下，荣宗便给他奉茶，并且恭敬地递上一个小布袋，说是小小心意请捕爷笑纳。他打开布袋瞥了一眼，发现内里装满铜钱，放在掌心掂量了一下，挺沉的，估计不比普通捕快一个月的工钱少，作为陈家村这种穷乡僻壤的村正，出手算是十分阔绰了。

申羽当即展露欢颜，询问荣宗昨天的情况，当然重点是能用于指控耀祖的部分。然而，尽管荣宗没完没了地说了一大堆废话，但核心内容其实就只有一句话——耀祖当众承认曾祈求神龙帮忙解决跟陈家村的纷争。可求神问卜是十分平常的事，又岂能跟妖术害人扯上关系。要是随便拜个神就能把人害死，那还用得着打仗吗？只要让全国民众一起拜神，就能令敌国灭亡了。

"陈村正，刺史明察秋毫，可不是三言两语就能糊弄过去的呀！你得给我多提供点儿关键证据，不然我也很难办的。"申羽迅速将装满铜钱的小布袋塞入怀里，故作为难地长叹一息。

荣宗对耀祖的指控，就全凭对方的一句话，哪来什么关键证据？而这句话充其量也只能证明耀祖是个坏心眼，压根谈不上犯罪，要不然耀祖也不敢在县令面前说。所以就算申羽想帮忙，也无法向刺史证明耀祖是罪魁祸首。

见荣宗为此苦恼皱眉，申羽便挤出一副狡诈的嘴脸，阴险地说："没关系，受人钱财，与人消灾。这事我还能想办法，胡扯些有村民在出事前看见刘村正在作法之类的鬼话。毕竟昨天清晨雾气那么浓，江面一片白蒙蒙的，大家什么都看不见，操作空间还是挺大的。不过……"他抬起右手揉搓拇、食、中三指，还露出贪婪的笑容，任谁也能一眼就看出他的坏心思。

荣宗犹豫了一下，随即用右手掏出一串铜钱递上："劳烦捕爷费神了。"

"哎哟，我不是这个意思啦！"申羽接过铜钱便立刻塞入怀里，同时瞥了一眼对方的右手，确认其拇指比常人短且粗，随即又一本正经地说，"龙舟这事我还能想办法，可那个鼓手是回到家里才出事的，实在不好赖到人家刘村正头上。"

荣宗不假思索道："有啥不好办的，得宝那个反骨仔一直偷偷摸摸地跟姓刘的混蛋来往，这是全村人都知道的事。肯定是姓刘的串通得宝，把我儿子和龙舟上的其他人都害死了。然后姓刘的害怕得宝把这个秘密说出来，就干脆杀人灭口。"

"陈得宝不是你们村的鼓手吗，他当时也在龙舟上，怎么会害死令郎呢？"申羽假装惊讶地问道，并且皱起眉头做出分析，"刘村正还好理解，毕竟你们两个村子的关系向来都不太好。可陈得宝是你们自己人呀，在没有任何实质证据的情况下，单凭他跟刘村正有来往就断定他俩合谋害死整条龙舟的健儿，刺史大人恐怕不会相信。"

"我，我，我……"荣宗欲言又止，经历了好一会儿的思想斗争后，才从口袋里掏出一张巴掌大小的纸条递上，并且激动地说，"这是在得宝身上发现的，足以证明他跟姓刘的串通，害死了我儿子和龙舟上的其他人。"

申羽接过纸条细看，一行秀丽的字迹随即映入眼帘："早饭下毒，神龙赐福，连生八子。"然而更重要的是，纸条的署名竟然是个"祖"字，不由得令人立刻想到耀祖。

第十六章　不期而遇

"这是怎么回事啊？"申羽惊讶地盯着手中的纸条，脑筋一时未转过来。

"这不是显而易见的吗！"荣宗指着纸条上的"祖"字署名，激动地怒骂，"姓刘的浑蛋用'神龙赐福，连生八子'这种鬼话蒙骗得宝，让得宝在大家的早饭里下毒。我昨天拿碎银往剩下的早饭里放，果然变成了黑色，说明被人下了毒。"

"你昨天没跟大家一起吃早饭吗？"申羽问道。

"没有。"荣宗不假思索地回答，并解释他要到江边做赛前的准备，所以需要更早出发，自然就来不及跟大伙儿一起吃早饭。这顿早饭本该大家一起做，但年轻人要么不愿下厨，要么厨艺粗浅。因此多年来都是由最年长的得宝下厨，其他人则帮忙打下手，这给了得宝下毒的机会。

申羽忽然想起求娣提及前几天得宝让她多摘些有毒的红蘑菇回家，难道就是为了在早饭里下毒？仔细一想的确有这个可能，因为昨天的惨剧实在太离奇了。作为龙舟健儿，必定熟识水性，就算因触怒神龙而受到袭击，也不至于仅得宝一人幸存。毕竟神龙也不见得能同时将十多人拖入水底，总会有三五个漏网之鱼吧！但要是除没吃早饭的得宝外，大家都中毒了，并且在赛龙舟期间毒性发作，那么全数葬身鱼腹便合情合理了。

要验证这个推测并不难，只需用银针检验健儿们的尸体即可，譬如外堂那一具。若银针变黑，则说明是被下毒害死的，那么唯一幸存的得宝自然大有嫌疑，获益最大的耀祖亦需重点调查。可惜流年已返回都督府，只能明天再拉这家伙来一趟。

不过，在此之前也不是无事可做，因为申羽已经察觉一个非常严重的问题："你是啥时候发现这张纸条的？"之所以有此一问，是因为村里一下子死了十多人，荣宗作为村正，本该逐一慰问大家。但他自家也在办丧事，按理说不该到别人家里去，所以他何时发现纸条就十分蹊跷了。

"我，我，我是昨天清晨在得宝身上发现的，就在赛龙舟开始之前。"荣宗慌乱作答，目光不自觉地从申羽脸上移开，显然是在撒谎。

申羽忽然收起一贯的嬉皮笑脸，盯住荣宗双眼严肃地质问："既然在比赛开始之前，你就发现得宝给大家下毒了，为何不阻止惨剧的发生呢？"

"我可能记错了，应该是在赛龙舟之后发现的……"荣宗缓缓地低下头，声音亦渐渐变小，并且毫无底气，任谁也能一眼看出他的心虚。

申羽晃了晃手中那张干爽的纸条，狡黠笑道："虽然当时我不在场，但也能想象你因为儿子生死未卜而急得六神无主，还有看到儿子的尸体被打捞上岸时仰天痛哭的模样。我实在想象不到，在那种情况下，你怎么还有心思去翻得宝的口袋，找到这张没沾一滴水的纸条。"得宝从江里爬上岸时浑身湿透，就算身上有纸条也会被泡糊，不可能保全完好。

"我，我，我是他回家后……"荣宗仍想解释，但说着突然觉得不对劲。

"天底下不存在完美的谎言，但凡说谎就会有漏洞，为了把漏洞堵上必须再次撒谎。可是越撒谎，漏洞就越多，直到最后漏洞百出，无法自圆其说为止。"申羽站起来挡住内堂唯一的出入口，拨了一下额前的刘海，摆出一个帅气的姿势才继续说，"得宝回家后，没多久就出事了。其间造访他的人就只有一个，那就是杀死他的凶手！"

荣宗低头不语，申羽知道他在琢磨如何辩解，便不再给他胡扯的机会，直接抛出关键证据："仵作在得宝后脑勺发现了一个掌印，显然是凶手将他的脑袋按在面盆里的时候留下的。只要让大家都把手伸出来对比一下，马上就会知道凶手是谁。"说着往他的右手指了指又道，"虽说大家都觉得是神龙把他杀了，但神龙的龙爪应该不会像陈村正的手指头这样又短又粗吧！"

荣宗浑身一抖，随即牙关打颤，过了好一会儿才从牙缝里挤出一句话："他该死，我只是替天行道而已！"说罢猛然跳起来扑向申羽。尽管他是个五十多岁的文弱书生，但申羽也是个体能逊色的废柴，竟然被他毫不费劲地推倒了，还摔到了尾椎骨，痛得挣扎了好一会儿才能爬起来。

当申羽不顾灵堂内众人的惊愕表情，迅速冲出祠堂时，已连荣宗的影子也看不见了。幸好一直待在门外的求娣慌忙跑过来问发生了什么事，并告知荣宗朝丰江的方向跑去。他当即拉着求娣往丰江跑，并且将刚才的情况简略地道出。

第十六章 不期而遇

"哦哦哦,那大指头忽然逃跑就是变相承认他是杀死我爹的凶手喽!"求娣边跑边说,见申羽点头确认,她当即鼓起腮帮子说,"你是捕快,追捕犯人天经地义。可这跟我有什么关系,为啥非得拉着我跟你一起跑?"

"简单来说,就是只有我一个人打不过他,不然也不会被他跑掉。"申羽毫不忌讳地道出自己的短处,并且严肃地说,"把你也拉上,再怎么不济也能壮胆助威嘛!"

求娣脱口骂了一大堆脏话,要不是为了追上荣宗而拼命奔跑,她还想跳起来一脚把这家伙踢飞。

两人一路奔跑,当申羽快要跑不动时,丰江终于出现在视线范围内,熟识的声音亦随之传入耳中:"兄弟,你怎么也跑到江边来了?陈家村已经调查完了吗?流年又跑哪里去了?"他循声望去,发现分别骑着骡子和骏马的溪望和蓁蓁正向着他走来。

蓁蓁靠近后便盯住因怕生而躲在申羽背后的求娣,责怪道:"你不是去查案的吗,怎么拐来个小姑娘到处乱跑?"话虽是对申羽说,却像说给求娣听,犹如宣示主权。

"头儿,我可没有偷懒啊!"申羽慌忙辩解,将求娣的身份告知两人,并为他们互作介绍,随即简要地道出在陈家村调查的经过,包括流年检验尸体后便先行离去和荣宗恶行被揭露后仓皇出逃。

"原来是这样子啊,我们在刘家村也有些许发现……"溪望亦道出在刘家村的调查经过,以及刚才查看龙舟时的发现。离开刘家村前,他从刘一丁口中得知,江边有一间茅屋专门用来存放各村的龙舟,就在距离比赛地点没多远的地方,于是他便跟蓁蓁过去看看龙舟的情况。

原本他还担心龙舟会被人悄悄做手脚,毕竟比赛已是昨天的事情,昨晚是个绝佳的下手机会。幸好来到茅屋时发现,原来有两名捕快在此看守。经询问后得知,这些龙舟平日是无人看管的,但昨天一下子出了十几条人命,因此将龙舟搬进茅屋后,敬堂便吩咐捕快轮流看守,直到风波平息为止。

"黄县令做事也挺牢靠的。"申羽赞许道,随即又细问详情。

经看守的捕快确认,自昨天至今也没有人进出茅屋,自然也不可能在龙舟上动手脚。尽管之前在县衙有过一面之缘,知道溪望跟蓁蓁的身份,但两名捕快仍没有丝毫松懈,进入茅屋的整个过程均把他俩盯紧,并一再告诫只可近观,不能接触龙舟,否则不好向敬堂交差。

溪望自然没有为难两人,骑着骡子进入宽敞的茅屋,在只看不碰的前提下,从头到尾仔细地检查陈家村的龙舟,发现船尾有明显的碰撞痕迹。他随即检查另外十七条龙舟,发现仅刘家村的龙舟船头破损,其余龙舟均未见碰撞迹象。他再仔细对比两条龙舟的破损处,几乎可以肯定两者曾发生碰撞。

"也就是说,大人将晦气带上龙舟触怒神龙的说法纯粹是胡扯喽!"申羽嬉皮笑脸地分析道,"实情是得宝先将毒蘑菇混进早饭里,令龙舟上的其他健儿都迷迷糊糊的,然后刘家村就将他们的龙舟撞翻,使大家都掉进水里。得宝没吃那些有问题的早饭,可以自行游上岸并且胡扯一通龙舟被神龙掀翻的鬼话,而那些因中毒而神志不清的健儿就没这么幸运了。"

"也就是说,我们又一次轻而易举地帮大人解除烦恼了。"骑在骡子上的溪望俯身跟申羽击掌,并且准备掉转骡头返程,"趁现在天色明亮,我们赶紧回都督府吧,不然就吃不上晚饭了。"

"等等我,我得回陈家村找骡子。"申羽说罢便作势往村子跑。

溪望没好气地抱怨:"你追出村口时就该骑骡子啦,说不定早就追上陈村正了。"

"我怎么没想到……"申羽露出恍然大悟的表情,但随即又凑近溪望,以只有他俩才能听见的声音说,"骑骡子哪有牵着小姑娘的小手跑好。"两人随即相视而笑。

"你们还没有抓到大指头,怎能说走就走?"求娣恼火地抱怨,"他可是杀死我爹的凶手,岂能轻易饶恕他。"

"不仅是陈村正,还有隔壁刘家村那些家伙。"蓁蓁亦点头认同,正气凛然地说,"不能让任何一个凶徒逍遥法外。"

"唉,大概赶不上回去吃晚饭喽。"溪望无奈地苦笑,随即指着江边那片长满过人高野草的广阔区域又道,"这附近十分开阔,陈村正除非渡江游到对岸去,不然就只有那儿可以藏身。我们先去把他揪出来,然后再想怎么处理刘家村那些家伙吧!"

"好嘞,看我怎么对付这个斯文败类。"申羽撸起衣袖走向草丛,似乎准备大干一场。

蓁蓁立刻下马走在他身前,并且翻着白眼讥讽:"是看你怎么出丑吧!你要是能把这个老头子制服,他还会逃到这里来吗?"

"知我者莫若头儿也,哈哈哈!"申羽恬不知耻地大笑,忽然发现求娣死死地拉住他的手,不让他走向草丛,便问对方怎么了。

"我们管那片草丛叫'龙宫',自古以来就是神龙的地盘,你千万别进去,不然神龙可不会轻饶你。"求娣惶恐不安地说,并且告诉三人,她自小就被告诫不能进入这片草丛打扰神龙,否则会遭到神龙的严惩。

"那不过是吓唬小孩的传说而已。"蓁蓁翻着白眼说,"听刘村正说,雾江神龙是三十年前才开始流传的传说,哪来什么自古以来。"

"这可不是以讹传讹的鬼话,是我亲眼所见的。"求娣焦急地说,"就在去年,隔壁牛叔家的猪圈跑了一只猪崽出来,牛叔一路追到这里看着猪崽跑进草丛,他啥也没想就一头扎进去了。结果在他快要把猪崽抓住的时候,神龙忽然出现,不仅一口就把至少四十斤重的猪崽吞入腹中,还甩了他一巴掌,令他整个人飞起来掉到草丛外,当场就昏死过去。幸好没过多久就有村民路过,叫人过来一起把他抬回家,要不然他可能就没命了。不过纵使如此,他还是在床上躺了整整一个月,身体才恢复过来。"

"神龙竟然会甩巴掌?那就有意思了。"蓁蓁气壮胆粗,摩拳擦掌,吩咐大家在外等候,由她独自进入草丛寻找荣宗。

"头儿不是最害怕妖魔鬼怪的吗,怎么现在就不怕了?"申羽不解地问道。

蓁蓁恼火地瞪了他一眼才回话:"我只怕摸不着的鬼,摸得着的邪神恶佛,我一刀一个帮他们脱离苦海。"说罢便拔出挂在腰间的横刀,英姿飒爽地挥舞了几下,然后大步走向草丛。

"头儿果然威武勇猛!"申羽竖起拇指称赞,立刻甩开求娣快步跟随,并且嬉皮笑脸地说,"小人甘愿生死相随。"

求娣本想扑上前再度拉住申羽,却被溪望按住肩膀将她拉回来,并劝说道:"小姑娘,阿慕虽然看起来像个弱不禁风的废柴,但脚底抹油的本领可是登峰造极,就算不小心钻进了神龙的被窝,我也有信心他能活着回来。"

"不怕一万,就怕万一。"求娣仍忧心忡忡,"万一有什么意外,他就得把命留在龙宫里。"

　　"你大可放心，万一他当真出事了，别说龙宫，就算追到阎王殿，我也会把他拉回来。"溪望悠然笑道，并且以蚊蚋般的声音补充一句，"反正也不是第一次。"

第十七章　勇闯龙潭

被过人高的茂密野草包围，不仅视野受阻，还难以分辨方向，因为不管往哪边望去都是绿油油的。如果只是一小片地方，那么问题还不大，但在面积不比半个村子小的草丛中寻找藏匿起来的荣宗，难度虽不如大海捞针，亦不远矣。

因此，也就进草丛探索了一会儿，蓁蓁便恼火地用刀鞘胡乱敲打周遭的野草，并且高声怒吼："陈荣宗，立刻给我滚出来！你怎么说也是为人师表，怎能当缩头乌龟？难道你打算一辈子都躲起来吗？"

"头儿，或许你能试试不用刀鞘，直接用刀把附近的野草砍掉，应该比较容易找到陈村正。"申羽紧随蓁蓁身后，生怕稍不留神便会走散，"这些野草长得比人还要高，让人分不清方向，他应该不敢走得太深。而且头儿刀法凌厉，他要是不立刻现身束手就擒，搞不好就会被就地正法。"

"乱砍野草的人根本不配用刀！"蓁蓁转身想用刀鞘敲申羽的脑袋，却因为对方几乎贴在身后，差点儿就撞个满怀。幸好她反应迅速，立刻后退一步，并且用刀鞘顶住申羽的胸口，将这个张开双手做好拥抱准备的家伙往后推，然后恶狠狠地质问："你这个厚颜无耻的家伙到底想干吗？"

"我没想干吗，只是给头儿一点儿意见而已。"申羽装作什么事也没发生，边往四周张望边苦恼地说，"哎呀，我已经分不出东南西北了，怎么办呢？"

"啊，我想到了！"他猛然捶打掌心，恍然大悟道，"头儿快骑到小人身上，这样就不会被野草遮挡视线了。"说罢便蹲下来指着自己的肩膀。

"滚一边去！"蓁蓁一脚把他踹翻并骂道，"我才没那么笨，会被你这个无赖占到便宜。"

周遭的野草都长得比人稍高一点儿，蓁蓁若骑在申羽的肩膀上，的确可以看清楚周围的情况，从而分辨方向。不过男女授受不亲，她才不想跟这个无赖有任何肢体接触，而且她有更好的方法分辨方向。她下蹲蓄力，随即往上一跳，轻易就跳得比野草还要高，并且在空中转了一圈，看到骑着骡子在草丛外等候的溪望，从而确定离开草丛的方向。

两人若继续漫无目的地在草丛里乱逛，恐怕逛到天黑也找不到荣宗，而且入夜后这家伙可能会趁着夜色逃走，要是跑掉了那就麻烦大了。因此，他俩打算先退出草丛，到外面跟溪望商量怎么办。然而，两人刚生退意，便听见拨开野草的声音，而且声音很大，地面甚至出现轻微的震动，仿佛有庞然大物在附近活动。

申羽察觉异样，当即压低声音惊呼："婆姐啊，我们是不是被神龙发现了？"

"别动，别吭声！"蓁蓁按住他的肩膀，让他停下脚步，同时盯住他身旁的位置，并且紧握刀柄随时准备拔刀挥斩。

申羽缓缓扭头沿着蓁蓁的视线望去，在野草的缝隙中看见一道半人高、覆盖着浅黄色鳞片的"矮墙"正在缓慢地移动。因被野草遮挡视线，他看不到"矮墙"的两端，甚至不晓得对方是往哪个方向移动，只知道这显然是个大家伙，而且很可能是传说中张口就能活吞猪崽、一巴掌能把人扇飞的"雾江神龙"。

蓁蓁屏气敛息，像尊石像似的纹丝不动，死死地盯住就在他俩三步外经过的大家伙。申羽也一样，不过他是因为害怕而全身僵硬，并且连大气也不敢出，生怕龙头忽然就在身旁冒出来，张开大口将他俩吞入腹中。两人就这样呆立了一炷香的时间，才没再看见那令人畏惧的浅黄色鳞片。

"神龙已经走了吧？"申羽小声问道，并且大松一口气。

然而，蓁蓁仍如临大敌，边将食指放在唇前示意噤声，边警惕地环视四周，突然大叫一声"跑"，随即揪住申羽的衣襟拔足狂奔。

申羽虽然一时没反应过来，但双脚仍本能地跟随蓁蓁跑，正想询问发生什么事时，一张足以将他俩吞噬的血盆大口突然从背后冒出，并凶狠地咬向他俩刚才呆立的位置。若非蓁蓁准确预判危机，并提前逃走，他俩恐怕已一命呜呼了。

尽管被这突如其来的袭击吓得魂飞魄散，但申羽临危不乱，回头想看清楚袭击他俩的是什么东西。无奈危机尚未解除，蓁蓁仍拉着他拼命奔跑，他只是匆匆瞥了一眼，便被野草挡住了视线。因此，他只看到一个浅黄色的巨大身影，虽说颜色不如挂画上的金龙那么艳丽夺目，但亦有几分相似，再加上体形庞大这个明显的特征，以及此处是神龙的地盘等因素，几乎可以肯定袭击他俩的就是"雾江神龙"。

然而，此刻可不是琢磨袭击者身份的时候，因为对方似乎没有放过他俩的打算。尽管视线遭野草遮挡，但申羽仍从缝隙中看到那个浅黄色的巨大身影对他俩穷追不舍。而且对方的移动速度极快，没一会儿已追到五步外，随时会像刚才那样猛然扑过来将他俩吞噬。

"哇，婆姐啊！那个大家伙马上就要追上来了，要死啦，要死啦！"申羽惶恐地大叫，虽然一再回头，但他始终没有看清楚袭击者的真容，索性闭着眼睛跟随蓁蓁狂奔。

蓁蓁本来可以跑得更快，无奈被申羽拖后腿，回头发现大家伙已近在咫尺，不由得气愤怒骂："你不是逃跑的功夫很厉害吗，怎么跑得这么慢？"

"我有信心不会被任何人追上，但现在追我们的显然不是人呀！"申羽慌乱答道。

"哼，说你是无赖也抬举你了，你简直就是毫无用处的废物。要不是怕给大人添麻烦，真想把你扔下。"蓁蓁不屑地说，随即牢牢地抓住申羽的手臂，严肃地吩咐道，"不想死就抓紧我的手，我现在教你一招绝世武功。"

"头儿终于发现我是练武奇才了吗？"申羽欣喜笑道，当即亦牢牢地抓住蓁蓁的手臂，并且满怀期待地发问，"你要教我什么武功呢，是无相神功，还是降龙十八掌？"不知为何，一提起武功，他的脑海里便浮现一大串奇怪的名字，尽管他压根就不晓得这些是什么鬼。

"是'迅柔刚烈'中由'迅'跟'烈'组成的招式——双龙旋舞！"蓁蓁说罢便将申羽朝天甩出去，随即利用对方甩出去的惯性牵引自己的身体，使两人像竹蜻蜓一样旋转上升，朝草丛外飞去。

就在他俩腾空而起的瞬间，后方的大家伙猛然前扑，并且张开血盆大口袭来。幸好蓁蓁提前洞察危机即将降临，早一步做出应对，不然两人恐怕已尸骨无存。然而，尽管躲过一劫，但危机仍未解除，大家伙依旧穷追不舍。而且他俩也不可能一直在天上飞，降落地面那一刻或许就是大家伙饱餐一顿的时候。

幸好天无绝人之路，尽管急速回旋令申羽头晕目眩，但他还是瞥见待在草丛外的溪望，便立刻大叫求援："兄弟，神龙好像饿了，你不快想想办法，我跟头儿就要当活祭品了。"

"这不是我爸的招式吗？"溪望抬头看着于空中回旋的两人，不禁摇头苦笑，

"李捕头该不会是我失散多年的妹妹吧！"

求娣亦看着他俩，同时察觉到草丛里的大动静，不由得惊慌地对溪望说："神龙通常不会主动伤人，但前提是不能闯入龙宫，不然就算逃出草丛它也不会轻易罢休。"

"唉，真让人头疼！"溪望朝过人高的草丛望去，透过缝隙已能隐约看见浅黄色的巨大身影正以雷霆万钧之势扑出，恐怕用不着多久就会冲出草丛，吞噬即将落地的两人。他极不情愿地从骡子身上的挂包里拿出耀祖赠送的雄黄酒，惋惜地说："我还想留着今晚跟阿慕喝一杯呢！"

"都什么时候了，你还想着喝酒？"求娣焦急地责骂。

"小姑娘，别着急，世间所有问题都有解决的办法，只要冷静思考就行了。"溪望骑骡缓步走到草丛前，眼见空中回旋的申羽和蓁蓁已呈下降趋势，马上就会在他身后着地，而草丛里的大家伙则势如破竹，势必赶在两人落地之前冲出草丛大快朵颐。他不识好歹地挡在两者之间，无异于自寻死路。然而，他仍镇定自若，不紧不慢地拔掉酒瓶塞，悠然地喝了一口，随即看准时机，在大家伙扑出草丛的那一刹那，朝对方泼洒雄黄酒。

已张开血盆大口的大家伙，本以破竹之势扑出草丛，就算不能一口将三人吞噬，至少也能把他们撞飞。而且大家伙势头之猛，足以使他们轻则重伤，重则当场丧命。然而，就在溪望将雄黄酒泼出的瞬间，大家伙竟然立刻止住攻势，并且迅速缩回草丛里，以至于众人未能看清楚其真面目，只看见一张比人还要高的可怕大嘴。

蓁蓁以敏捷的身手平稳着地后，立刻放开申羽，指着溪望手中的酒瓶问道："这不是刘村正给你的酒吗，怎么会把神龙赶跑？"

"我也不晓得。"溪望耸肩答道，随即详加解释，"听刘一丁说，刘村正一家带他去见神龙之前，每人都喝了口雄黄酒，就连嫌这酒太苦不肯喝的老幺也被兄长往身上喷了一口。我想这会不会是某种标记，方便神龙辨识谁是可以吃的祭品，谁是不能吃的祭司呢？毕竟在我们眼中，同一种动物几乎就长一个样，要不是经常接触，根本分辨不出个体差异。或许在神龙眼中也一样，所有人都长得差不多，不弄点儿特别的气味就分辨不了。"

"啥？"蓁蓁目瞪口呆地盯住溪望，过了好一会儿才能说出话来，"就凭这点儿瞎猜的拍脑袋想法，你就敢挡神龙的路？"

"不然呢？眼睁睁地看着你俩被神龙吃掉，然后独自回去向大人哭诉你们是如何英勇牺牲的？"溪望晃了晃酒瓶，发现还剩下少量酒液，便递给蓁蓁，"李捕头也喝一口吧，天晓得神龙会不会杀个回马枪。"

蓁蓁接过酒瓶便仰头喝了一口，本想顺手递给申羽，可扭头一看才发现，刚才着地时她一松手，申羽就失去平衡，像个大冬瓜似的在地上滚得老远才停下来。求娣当即上前扶起申羽，并帮其将身上的泥土拍掉，此时正朝两人缓步走过来。

求娣走近后便说："或许问题不在于神龙会不会分辨谁跟谁，而在于神龙很可能根本就不是真正的神龙，只不过是畏惧雄黄酒的五毒罢了。"

"嘿嘿，你挺聪明的嘛，这个推测比阿相的靠谱多了。"申羽边竖起拇指称赞，边将手臂从求娣怀中抽出，"要不你也跟我们一起帮参军大人办案？大人现在正缺人手呢！"

两人的亲昵举动被蓁蓁看在眼里，她虽然毫不在意，却不知为何从心底涌现一股莫名的烦躁，便以食指戳申羽的脑袋，训斥道："哪轮到你替大人做主？"

"不要在意那些无关紧要的细节，我们只要知道雄黄酒能逼退神龙就行了。"溪望说罢便示意蓁蓁将酒瓶交给申羽。申羽先往求娣身上喷了一口，随即把剩下那点儿酒喝光，然后问接下来该怎么办。

溪望狡黠笑道："既然知道神龙害怕雄黄酒，那就说明它不过是条大虫而已，不足为惧，能对付它的方法多得是。"

"等等，我们的目的是抓捕犯人，为啥非要跟神龙过不去？"蓁蓁不解问道，随即以鄙视的目光瞥了申羽一眼，"我虽然不见得能斩杀神龙，但有信心全身而退，但你们就不好说。我不可能在跟神龙拼杀的时候，仍分心保护你们的周全。"

"李捕头大可放心，小人有一妙计，无须跟神龙正面交锋，就能迫使陈村正现身。"溪望胸有成竹地说，随即在三人追问下道出计策，"火攻！"

第十八章　洞若观火

蓁蓁看着申羽和求娣用火折子将堆放在草丛前的枯枝败叶点燃,不由得好奇地向溪望问道:"你早就料到会遇到这种情况吗,怎么会随身带着火种?"

"我可没有预知未来的本领,只是在都督府的时候什么都准备了些,有备无患而已。"溪望轻拍骡子身上的挂包,笑着解释,"反正有刺史的令牌,想要什么直接去拿就行了,所以能用上的工具我都往挂包里塞。"

野草没一会儿就烧起来了,而且火势远比想象中猛烈,差点儿把申羽的头发也点燃了,他慌忙拉着求娣跑到远离草丛的蓁蓁和溪望身旁。蓁蓁见他仍握着求娣的手,便忿忿不平地教诲后者:"防火防盗防色狼,面对好色之徒绝不能忍气吞声。自己反抗不了就大声呼救,就算没人帮忙,至少也能让心虚的色狼知难而退。"

"谢谢捕头的好意,我知道该怎么办的。"求娣虽点头致谢,但不仅没有甩开申羽的手,还不动声色地往对方身上靠。蓁蓁不由得翻起白眼,本想不再理会两人,可申羽竟然嬉皮笑脸地问她是不是吃醋了,气得她狠狠地敲这个色狼的脑袋。

在他们打闹期间,由于刚好吹来阵阵南风,草丛的火势越烧越旺,大有星火燎原之势。溪望看着这熊熊烈火,假惺惺地露出担忧之色:"陈村正再不出来,恐怕会被烧成灰喽。"

"没关系,他要是不能亲自交代恶行,就由我来帮他瞎编一通就好了。"申羽信心十足地拍着胸口保证,"我最擅长的就是瞎编故事,必定会给陈村正胡扯一段既十恶不赦,但又感人肺腑的犯罪经历。"

"其实也用不着你胡扯瞎编吧!"求娣冷静地分析,"大指头就是发现了阿爹在早饭里下毒,所以跑到我家找阿爹理论,其间又看见刘家村的人指使阿爹下毒的纸条,从而确认是阿爹害死他的儿子。他生了四个女儿,好不容易才生下这个宝贝儿子,当然不会轻易放过阿爹了。他一时被愤怒蒙蔽了双眼,因而狠下杀手亦在情理之中。"

"大方向应该就像你说的那样,但有些细节还得问他本人才知道,不然就只能瞎猜了。"溪望耸肩摊手,"譬如他是怎么知道早饭被人下毒了。"

"看脸色就知道了。"求娣不假思索地说,"中毒死掉的人,脸色会不一样,要么发黑,要么红润,我在书里看过。"

"哦,是陈村正的藏书吗?"溪望饶有兴致地问道。

求娣点了下头,迟疑片刻又道:"大指头应该也看过那本书,只是承受不了丧子之痛,没有在第一时间发现问题而已。是我,是我提醒他的……"

昨天求娣给父亲准备替换衣物后,便背上竹篓出门,准备上山采摘蘑菇、草药。然而,她刚走出村口就看见哭得呼天抢地的荣宗,正在亲属的帮助下用木头车将儿子的尸体运回家。虽然她已从父亲口中得知清晨发生的惨剧,但仍好奇地走近瞥了几眼。一看见尸体脸色潮红,她就觉得不对劲,不由得多嘴说了句:"这脸色怎么就像中毒一样。"

或许言者无心,听者有意,荣宗一听就立刻跳起来,恶狠狠地抓住求娣,问她怎么知道他儿子中毒了,是不是她下毒害死他儿子的。求娣被他吓坏了,慌忙指着尸体红润的脸色,说在书里看过关于中毒的描述,而且是他的藏书。

荣宗看着儿子的面容,思索了好一会儿,喃喃自语道:"难道是他?没错,一定是他害死我的儿子!"说罢便甩开求娣,气呼呼地往村里走……

"当时我还以为大指头只是将儿子的尸体运回村里,没想到他竟然跑到我家找阿爹的麻烦。"求娣面露愧疚之色,大概为间接害死父亲而感到愧疚,尽管她并不喜欢自己的父亲。

"你刚到村口就碰见陈村正了?"溪望问道,见求娣点头确认,他便露出狡黠的笑容。不过他还没来得及再度开口,便听见一阵惶恐的惊呼,随即看见头发冒烟的荣宗从草丛里冲出来,不由得笑道,"真好,陈村正这么快就自投罗网,今晚应该不用吃剩饭了。"说罢便从挂包中掏出水囊递给蓁蓁。

"你跟阿慕都一样,就只知道吃。"蓁蓁翻着白眼说,接过水囊便飞身扑向荣宗,顺势一脚将他踹倒,随即踩住他的胸口使他无法动弹,并倒出水囊里的水浇灭他身上的火苗。

此时恰好有一名村妇路过,看见被称为"龙宫"的广阔草丛升起熊熊烈火,便走近询问众人为何不赶紧救火，毕竟他们均穿着捕快服饰，理应为民请命。然而，溪望却毫不在意地说："野火烧不尽，春风吹又生。这些野草就算烧光也不会伤及人畜，明年就会长回来，或许还能长得更好，没有必要费时费力将火扑灭。"随即拜托村妇回村里帮忙召集大家到祠堂，他们待会儿就过去为昨天的龙舟惨剧给大家一个交代。

"人家是刘家村的。"求娣提醒道。溪望得知自己弄错后，便让村妇别在意，晚些他们亦会到刘家村说明此事，随即请对方先行离开，免得被大火波及。

待村妇离开后，申羽见荣宗已被蓁蓁反绑双手，便神气地跳到他面前，掏出那张指示下毒的纸条，正义凛然地叫道："大胆刁民，你可知罪！你把陈得宝按在面盆里，使其溺水身亡，证据确凿，若不立刻从实招来，本官就先赏你五十大板。"

"官你个头！"蓁蓁用食指戳申羽的脑袋，训斥道，"你只是我手下的小喽啰，连我也没有官职，你竟然好意思大言不惭。"她将申羽推开后，便扭头对荣宗说，"杀人偿命，你杀了陈得宝，这是死罪，要么立刻坦白交代事情的始末，然后由参军大人亲自审判，最坏的结果是秋后问斩。其间若遇上皇恩浩荡，大赦天下，或许还有一线生机。要么啥也不说，我这就把你的脑袋削下来，十八年后又是一条好汉。至于你的罪状嘛，我手下这个废柴别的不会，最擅长的就是瞎编春宫故事，自会把你跟陈得宝的恩怨编成一段荒淫无度的春宫恩仇录。"说罢她走到荣宗身旁，拔出横刀并以双手高举，摆出准备斩首的姿势。

虽说蓁蓁显然只是吓唬荣宗，但当事人可不能一笑置之，慌忙说"知无不言，言无不尽"，随即如实交代杀害得宝的详细经过——

昨天惨剧发生后，得宝那家伙连招呼也没跟我打一个，就独自回家去了。我则因江面仍被浓雾笼罩，无法确认儿子和其他健儿的生死而急得团团转。直到半个时辰后旭日初升，雾气渐渐散去，捕快们才下水捞人……不过被打捞上岸的，已经不是活生生的人，而是一具具冰冷的尸体。

身为村正，我本该亲自确认本村每一位健儿的生死，可看见儿子的尸体被打捞上岸，我便哭得死去活来，哪还有心思理会他人？连忙使人找来木头车，将儿子的尸体送回村里。

回到村口时，恰巧碰见准备上山采药的求娣，这丫头多嘴说了一句，使我意识到儿子很可能是被人下毒害死的。于是，我立刻把儿子送到祠堂，随即检查仍放在门外的炊具，在早饭的残渣中发现了毒蘑菇的踪迹，从而断定是得宝在早饭里下毒，害死了包括我儿子在内的所有健儿。

我不由得怒火冲天，立刻只身去找得宝理论。我来到他家门前，透过窗户看见他独个儿坐在厅堂喝酒，就气冲冲地叫他开门。他大概是喝多了，完全没意识到我是来找他麻烦的，不仅开门拉我进屋，还问我要不要一起喝酒，而且喜笑颜开非常兴奋，仿佛有什么天大的喜事。

赛龙舟输了，甚至连整艘龙舟的健儿都淹死了，这对全村而言都是苦不堪言的噩梦，得宝竟然还能笑出来，用脚指头都能想到是怎么回事——这家伙出卖了大家。我气愤地质问他，是不是在早饭里下毒，害死了我的儿子和其他健儿。

他起初不肯承认，但在争执的过程中，有张纸条从他的衣服里掉出来。他没注意到这事，以觉得累想休息为由下逐客令，然后就不再理我，自顾自地走到面盆前洗脸。我捡起纸条一看，怒火立刻涌上心头，身体仿佛不受控制似的扑上前，将他的脑袋死死地按在装满水的面盆里……

"我虽然一时冲动犯错，但他勾结外人害死同村兄弟，而且令我们村陷入断后灭族的危机之中，本来就是罪该万死，我只是替天行道而已。"荣宗理直气壮地申辩。

"先不论人家有没有罪，就算罪恶滔天，也轮不到你动手，不然要我们这些捕快干吗？"蓁蓁翻着白眼说，"要是大家都执行私法，滥用私刑，那跟兵荒马乱的乱世又何区别？天下不就乱套了？"

"李捕头言之有理！"溪望竖起拇指称赞，接着又补充一句，"而且陈得宝也不一定有罪。"

"他怎么会没罪！"荣宗激动地叫嚷，"他吃里爬外，害死了我的儿子，害死了整艘龙舟上的同村兄弟，怎么会没罪？"

溪望瞄了眼申羽手中的纸条，耸肩道："你跟刘村正也是老冤家了，之前有见过他写的字吗？就算一时被悲愤冲昏了头脑，现在也该记起来，他一家子目不识丁吧！否则也不会把你画的'全龙献瑞'挂在神堂里供奉。"

荣宗瞬间愣住了，呆呆地盯住申羽手中的纸条，张开嘴巴却发不出任何声音。

"刘村正不识字，自然不可能通过纸条指示得宝下毒。那么，这张纸条为何会从得宝身上掉落呢？"溪望不紧不慢地解释，"答案当然是栽赃嫁祸了。"

"这不可能呀！"蓁蓁不解地叫道，"在早饭里下毒的显然是得宝，否则怎么解释只有他一个人侥幸生还？还有，他要是没跟刘家村的人串通，对方又怎能在啥也看不到的浓雾中将他们村的龙舟撞翻呢？"

"其实有很多方法可以办到，譬如调整龙舟鼓的响声。"溪望空手做出打鼓的姿势，并加以解释，"赛龙舟时，阿韦不是说有一个龙舟鼓的声音不一样吗？黄县令也说，刘家村有人单凭声音就能分辨出每一条狗……"

"应该是刘村正的三儿子，也就是刘家村的龙舟鼓手。听说他有一双好耳朵，能分辨出细微的鼓声变化，是跟得宝学打鼓的徒弟中最出色的。"申羽接过话头，随即恍然大悟，"赛龙舟时尽管江面被浓雾笼罩，但刘家村的鼓手能透过鼓声判断陈家村龙舟的位置，然后指示大伙儿将对方撞翻。"

溪望点头认同，又道："至于得宝侥幸生还这事，除了跟邻村串通外，其实还有别的可能。譬如他听信谎言，以为做了某些事情，就会得到某种他想要的结果。"

"像斋戒一个月且每晚朝丰江跪拜，然后赛龙舟当天别吃早饭，就能连生八子之类？"申羽会意地接话。

"我怎么觉得你俩说的都是些似是而非的鬼话。"蓁蓁皱起眉头质疑道，"陈刘两村的龙舟有明显的碰撞痕迹，足以证明陈家村的龙舟是被刘家村撞翻的，这应该毋庸置疑吧！要不是跟得宝勾结，刘家村哪有办法撞翻陈家村的龙舟呢？"

"如果没有内应，刘家村的确不可能将陈家村的龙舟撞翻。"溪望认同地点头，但随即又说，"不过内应并非得宝，他只不过是个无辜的替死鬼而已。"

蓁蓁皱眉问道："内应不是陈得宝，那是谁？"

"既能在陈家村的龙舟鼓上做手脚，又能往得宝的衣服里塞纸条，还能在别人察觉不到的情况下频繁跟刘家村联系的人，一只手掌就能数过来吧！"溪望狡黠笑道，目光随即落在求娣身上。

第十九章　揭露真相

"我？"求娣惊讶地指着自己，不可置信地反问，"我怎么可能是内应？把村里的男人都害死了，对我有什么好处？"

"咦，我们好像从来没有从这个角度思考。"申羽恍然大悟，喃喃细语道，"现在陈家村的男丁就只剩下陈村正一个，可他犯下了大罪，就算侥幸逃过一死，也得发配边疆。那么以后陈家村管事的，就只能是村里的女人……"说着扭头望向身旁的求娣，原本轻轻牵着对方的手，猛然发力将对方牢牢地抓住。

然而，求娣并没有他想象中那么好对付，先是狠狠地往他脚背踩了一脚，接着二指插眼，然后抬脚使劲地朝他肚脐往下一掌处踹过去。他虽惊叫连连，但仍死死地抓住求娣的手。他本想使尽浑身解数也要将对方留下，无奈求娣竟然毫不犹豫地张口就咬，而且使出足以将他的手指咬断的狠劲，痛得他本能松手放开对方。幸好，尽管求娣轻易就摆脱了他这个孱弱的废柴，但才跑出三步就被蓁蓁逮住了。蓁蓁像猫抓老鼠似的，轻易就将求娣按倒在地，还掏出绳子把她绑起来。

为防止求娣和荣宗逃走，蓁蓁把反绑他俩双手的绳子另一头均系在溪望骑的骡子身上，然后便严肃地盘问前者："别逼我用刑，赶紧如实交代一切，你是怎么跟刘家村串通，密谋害死陈家村所有男丁的？"

"我没有，我什么也没做，你们冤枉我！"求娣犹如耍泼般回应。

"事已至此仍死鸡撑饭盖。"溪望摇头叹息，随即给申羽使了个眼色。

申羽好不容易才缓过劲儿，边把纸条拿给荣宗辨认是否求娣的字迹，边向求娣抱怨："还以为你挺喜欢我的，没想到反转猪肚就是屎，下手竟然这么狠，几乎要把我的眼睛戳瞎了。"

求娣别过脸没有吭声，荣宗则盯住纸条看了几眼，眼泪就哗啦啦地落下，痛心疾首地说自己一时糊涂铸成大错，恳求三位捕爷体谅他是陈家村硕果仅存的男丁，放他一马，否则陈家村将会断后灭族云云。

"没关系,小弟陈申羽可以当你义子,承继你的家业,帮你开枝散叶。"申羽恬不知耻地对荣宗说,"又或者我入赘陈家也行,你别看我长得瘦,你四个女儿一起来我也受得了,保证明年就能为你生四个白白胖胖的孙子。"

"滚!"蓁蓁一脚把这个臭不要脸的踹飞,随即又掏出一根绳子把荣宗的嘴巴勒上,免得他继续像念经似的不断求饶,然后才问求娣还有何狡辩。

求娣也没有理会蓁蓁,转头问溪望何时开始怀疑她。

"就在你急于解释陈村正的杀人动机,一时说漏嘴告诉我们是你提醒他他儿子中毒了的时候。不过那时我也只是多留了个心眼,真正让我确定你是幕后主谋的,是你跟陈村正在村口相遇的时间。要不我把整件事的来龙去脉说一遍,你看看我有没有猜错。"溪望狡黠笑道,随即道出对求娣的推理——

得知父亲要将大姐嫁给邻村的刘混八,你便意识到自己也将面临相同的命运。因为在父亲眼中,你们三姐妹不过是赔钱货罢了,只要能换来彩礼,他压根就不在乎你们的死活。哪怕要将你们送到世仇手中,受尽非人的折磨,他也不会有一丝犹豫。

你不忍大姐受苦,当然也不想自己受苦,于是便拼命思考如何摆脱宿命。你很快就意识到,你跟两位姐姐,甚至是母亲的命运均被父亲牢牢地掌控着,所以摆脱宿命的唯一办法就是将父亲杀死。可是,父亲死后,你家就只剩孤儿寡妇,势必会遭到村里那些不安分的浑蛋觊觎。想到此处,你就豁然开朗了,因为你终于想到摆脱宿命的唯一办法——杀掉所有男人!

你知道身为女人,只要身边有男人存在,就必定会遭到盘剥压榨,甚至是欺凌,所以你想把天下所有男人统统杀掉。然而,单凭你一己之力,这显然是痴人说梦,但如果把范围缩小到仅限于陈家村,你还是可以办到的。而你首先想到的办法,就是利用一年一度的赛龙舟。

尽管刘混八经常欺负你,但你知道这家伙是个脑袋装咸菜的笨蛋,只要稍微动动脑筋就能让他成为你的提线木偶。而且你们经常在山上碰见,就算频频联系也不会被别人发现。于是你就编造了一堆梦见神龙、奉神龙旨意之类的谎言,让他转告父亲及兄长,神龙已经给陈家村的龙舟鼓动了手脚,赛龙舟时让他的三哥仔细分辨鼓声,然后指示大家全速撞过去。

你跟阿慕说,是父亲让你采摘毒蘑菇的,可实际上得宝根本就不知道那些蘑菇有毒,是你骗他那些蘑菇可以吃,并且混进给赛前那顿早饭准备的食材里。你还跟他说,在刘混八口中打听到"连生八子"的方法,骗他做了些斋戒、跪拜等毫无意义的事情后,就让他将龙舟鼓的鼓声调整成有别于其他村子,好让神龙知道他的位置,并赐福给他。你还让他切记端午节那天别吃早饭,至少在比赛结束之前不能吃,必须空腹上龙舟以表示对神龙的尊敬。

你这么做,并非要救父亲一命,而是就算你们村的龙舟被撞翻,健儿们因中毒而全数葬身鱼腹,仍不能让你达到目的。因为只要还有一个男人活着,你就无法摆脱命运的枷锁,所以你需要父亲活着回家。这样你就能往他的替换衣服里塞伪造的纸条,然后让陈村正误以为他是害死自己儿子的凶手、出卖全村的叛徒,因而丧失理智将他杀死。

你在父亲回家后没多久便出门,当时才刚刚天亮,陈村正仍在江边焦急地等待捕快打捞自己的儿子。且不说打捞费了不少时间,随后张罗木头车,并且从江边将尸体运回来,陈村正来到村口时起码是天亮后一个时辰,不可能碰见天亮没多久便出门的你,除非你一直待在村口等他经过。

通过提醒陈村正,你成功达到目的,让他杀死了父亲,使你从父权中得到了解放。你接下来需要做的,就只剩下揭发他的恶行,将陈家村最后一个男人清除……

"我说得没错吧!"溪望盯着求娣问道,见对方低下头没吭声,便狡黠地笑道,"陈村正虽说是被你蒙骗,但杀人是事实,就算死罪可免,亦活罪难逃,发配边疆是跑不掉的。所以你的目的已经达到了,只是你一时疏忽,未能全身而退而已。不管论智谋,还是论胆识,你都远胜身边的男人,要不是恰巧遇上我们,或许就永远也不会有人知道是你将村里的男人杀绝。"

"我的目的可不仅是杀光陈家村的男人,而是要连隔壁刘家村的浑蛋也一起杀光,不然大家还是会被欺负、被压榨。"求娣缓缓抬起头咬牙切齿道,随即指出溪望推理中的错漏——

跟恬静漂亮的大姐相比,刘混八那个傻小子更喜欢我这种活泼好动的野丫头,所以他才会经常上山溜达,目的就是跟我相遇找我麻烦。我知道这一点,并且利用这一点,说他跟大姐成亲后就是我姐夫,不能再这样欺负我。他说自己并不喜欢大姐,是他爹非要他跟大姐成亲的,成亲后仍会天天上山找我玩。

我说这样不行，要避嫌，不然会被人笑话。他说要不他别娶大姐，跟我成亲好了，这就能天天欺负我。我说也不行，他爹不会答应，然后给他分析他爹为何非要他娶大姐。他傻笑着说干脆把我跟大姐一起娶回家好了。我说还是不行，除非我爹死了，不然绝对不会答应。

我就这样一步步地诱导他，让他萌生谋害阿爹，甚至害死陈家村所有男人的念头。因为村里的男人都死光了，他就算强行把我家三姐妹据为己有，也不会有谁敢多嘴说一句。而且我不仅要让他做这种白日梦，还要让他回家传话，只要他一家子，还有其他龙舟健儿配合，就能在赛龙舟时将陈家村的男丁全数杀绝。事后将责任推给神龙，说陈家村得罪了神龙，因而遭神龙降罪，便能应付官府。从此不仅不会再有人跟他们争夺水源，陈家村的女人亦会归他们所有。

刘混八一家子都是笨蛋，为了水源，为了女人，便恶向胆边生，让陈家村整条龙舟的男丁葬身鱼腹。他们完全没意识到，就在撞上陈家村龙舟的那一刻，已犯下杀头大罪。等待他们的并非独占水源和霸占邻村的姑娘，而是牢狱之灾和锋利的鬼头刀……

"就是说，刘家村的人之所以会配合你的计划，并非被你蒙骗，而是打从一开始就打算将陈家村的男人杀光？"蓁蓁哆嗦了一下，喃喃自语道，"妖魔鬼怪固然可怕，但远不如险恶的人心。"

"李捕头说得对！"溪望朝蓁蓁竖起拇指，随即向求娣问道，"你不会是自知死罪难逃，就拉刘村正全家的男人都给你陪葬吧！"

求娣倔强地答道："不只刘混八一家子，还有刘家村的其他龙舟健儿也是杀人犯，都该严惩不贷。"

"好吧，你以一己之力，改写两个村子的命运了。"溪望苦笑摇头，"我们会将一切如实向参军和刺史大人汇报，至于最终结果如何，得由两位大人定夺。"说罢便叫申羽去取回骡子，以便一同押两人回都督府，随后再带人去刘家村。毕竟得抓捕十数人，就凭他们仨难以控制场面。

申羽的背影刚消失，溪望便看见耀祖带领十数人，拿着面盆、水桶等工具朝火光冲天的草丛跑来。他立刻吩咐蓁蓁和求娣别打草惊蛇，因为他们人手不足，无法将刘家村的人全数逮捕，得先回都督府一趟再带人过来。

"拉弟说得没错，龙宫真的快烧光了，大家赶紧跑过去扑火啊！"耀祖边跑边回头冲众人大叫,显然是从刚才路过的村妇口中得知草丛起火便立刻赶来。然而,当他跑到溪望等人身旁,发现死对头荣宗的双手竟被反绑,嘴巴也被勒上说不出话,不由得停下脚步,指示同来的众人赶紧去扑火,随即询问溪望发生什么事了。

"正如刘村正所见,陈村正和这个小姑娘犯事了,得跟我们去一趟都督府。至于具体情况,得等刺史大人定夺后才能细说。"溪望耍官腔搪塞过去后,便将话题转移到草丛的大火上,"其实没必要为这种野火费劲,反正烧掉的野草明年就会长回来。"

"那可不行,这片草丛是龙宫,神龙经常在此休息,要是把神龙烧伤了怎么办。"耀祖着急地看着冒出熊熊烈焰的草丛,可又忍不住偷偷瞄了荣宗一眼,显然十分在意对方为何被捕,无奈溪望态度坚决,令他不好意思追问。

"会被凡间野火烧伤的就不是神龙了。"溪望调侃道,并且露出寓意深长的笑容。耀祖愣了一下,随即明白他的暗示,胡乱地说了几句客套话便冲向草丛跟大伙儿一起扑火。

蓁蓁凑近小声问道:"你这话是啥意思呀?"

"就是叫刘村正赶紧去扑火,不然神龙当真被烧焦了,他就不能继续当教主了。"溪望亦压低声音回应,同时看着冲到前线奋勇扑火的耀祖,嘴角不自觉地微微上翘。

蓁蓁稍微想了想便恍然大悟,捶打掌心叫道:"对哦,这所谓的神龙害怕雄黄酒,要是野草都被烧光了,就算不把它烧死,也会令它现出原形。届时刘村正就不能再妖言惑众,假借神龙之名欺压村民了。"

"我倒是更期待事情往另一个方向发展。"溪望不怀好意地笑道。

蓁蓁困惑地皱起眉头:"你在打什么鬼主意啊?"

"像我这么善良的人,会有什么坏心思呢?"溪望指着快要将大火扑灭的耀祖,不紧不慢地说,"草丛边缘的野草已被烧掉了一大片,刘村正要救火就得深入神龙的地盘。刚才跟他交谈时,我没闻到酒气,恐怕是来得太匆忙,他忘记喝雄黄酒了。也就是说,他现在就跟放在龙宫里的祭品没什么两样。"

话音刚落,一张可怕的血盆大口从冒着白烟的野草中扑出,瞬间将在最前沿奋力扑火的耀祖吞噬。传说中的神龙随即显露于众人眼前,竟是一条粗壮如牛的浅黄色"巨虫"。一同扑火的众人无不大惊失色,纷纷丢弃手中的水桶面盆,于惊呼声中作鸟兽散,唯恐避走不及步耀祖的后尘。

蓁蓁立刻拔出横刀并摆出迎战姿势,准备跟这至少一人环抱粗、长不见尾的"神龙"拼死一战。然而,"神龙"虽想追击众人,但当大家都跑出被烧焦的草丛地区后,它便停下来且转身钻进茂密的草丛里。她不由得大松一口气,心有余悸地向溪望问道:"这家伙到底是什么鬼呀?跟画像上的神龙相差挺远的。"

"都当众吃人了,哪还有当神龙的资格?就算是龙,也只能是孽龙恶龙妖龙,反正就不是什么好东西。"溪望看着已隐没于草丛中的巨大身影,清了清喉咙,朗声对惊慌的众人喊道:"这大虫没角没须,也没有四肢五爪,哪有一丁点儿龙样?根本就是条大蟒蛇嘛,你们竟然把它当作神龙供奉。现在可好了,它连你们的教主也吃掉了,还能指望它保大家平安吗?"

在场众人除耀祖的八个儿子外,还有近十名村民,大家都面面相觑,谁也没有反驳一句。蓁蓁见状便凑近压低声音对溪望说:"我怎么觉得你比这个陈家村的小姑娘更歹毒,杀人就凭一张嘴,而且我就算想抓你也没证据。"

"李捕头过奖了,我只是尽心尽力地为大人办事而已。"溪望露出狡黠的笑容,环视周遭众人又道,"蛇无头不行,现在我把蛇头除去,待会儿善后可就轻松多了。"

尾声

一

"丰江县的龙舟惨案已经侦破,罪魁祸首陈求娣已认罪并被收押,尽管年纪尚轻,但犯下如此滔天大罪,恐怕死罪难逃。陈荣宗虽遭求娣欺骗,不过他杀害陈得宝是不争的事实,就算死罪可免,亦活罪难逃,发配边疆或许是最合适的刑罚。刘耀祖的八个儿子和刘家村的其他龙舟健儿,均不同程度地参与谋害陈家村的龙舟健儿,下官已在都督府的捕快协助下,亲自将他们逮捕收押,随后会按他们的参与程度判处一至三年徒刑。"知妍仍以男装打扮,身穿整洁的官服,恭敬地向刺史汇报案情,"此外,下官已让黄县令张贴公告,知会全县民众,所谓的雾江神龙只不过是条大蟒蛇,既无法力,亦无灵性,甚至把所谓的神龙教教主也吃掉了,根本就没有受百姓供奉的资格。只要大家喝下雄黄酒,或别靠近蟒蛇出没的草丛,便不会受其袭击。"

刺史接过她递上的公文,仔细翻阅后便点头赞誉:"嗯,还不错。原以为三天限期会有些许窘迫,可你竟然仅花了一天就把烂摊子收拾好,总算没让我丢脸。"

她的嘴角悄然上翘,好不容易才按捺住心中的兴奋,继续严肃恭敬地说:"可惜事出突然,打乱了下官的步伐,未能仔细调查黄县令是否有造反的意图。不过刘耀祖一家已被连根拔起,神龙教亦不复存在,黄县令不可能借此谋反。现在最让人头疼的就是水沟失修的问题,还有陈家村已经连一个男丁也没有了。"

"就让陈刘两村合并吧,这样既能化解两村的仇恨,又能解决存续问题,一举两得。至于水沟的问题……"刺史沉默片刻才再度开口,"其实男丁不足、女人会玷污水沟等都是借口,县衙之所以这么长时间也没有组织民众修葺水沟,是因为水沟的源头穿过'龙宫'，修葺时会被'神龙'袭击。"

"你早就知道'神龙'是条大蟒蛇？"知妍吃惊地说。

"这条大蛇在丰江盘踞多年，我哪有可能不知道。"刺史无奈地叹息，"奈何这家伙虽说只是猛兽，但硕大无朋，而且十分狡猾，要么藏身于草丛之中，要么就干脆潜入丰江，我曾派官兵围剿数次均无功而返，因此称它为'神龙'其实并不为过。"

"不过现在知晓这条大蛇畏惧雄黄酒，那么修葺水沟就容易多了。让敬堂指示全县各村宣扬雄黄酒可除晦气，女人喝了也能清理淤泥、修葺水沟即可。"刺史松了口气，皱紧的眉头稍微舒展了些许，"至于敬堂有没有谋反的意图，容后再议吧！反正没有神龙这面大旗，他也耍不出什么花样。"说罢便挥手示意知妍退下。

知妍随即行礼告退，但走到门口便被刺史叫住："你的身份已被当众揭穿，以后无须再假扮男人了，以真面目示人吧！"

二

知妍刚踏入门前挂着一块简陋牌匾的诡案组，便迎来一阵惊呼，皆因她身穿色彩鲜艳的浅黄色石榴裙，并且画上雅致的妆容。不过更重要的是，这是她初次向众人展示红装。

"哇，没想到大人原来这么漂亮，花容月貌、倾国倾城这些成语恐怕都是专为大人而设的。"申羽盯住知妍吹捧一番后，转头对蓁蓁说："头儿要是稍微打扮一下，肯定不比大人逊色。"

"滚！"蓁蓁一脚把他踹开，翻着白眼说，"大人是大家闺秀，自然怎么打扮都漂亮。可我也跟着打扮只会东施效颦，而且也不方便挥刀。"

"李捕头说得对，打扮只会影响她拔刀的速度。"溪望竖起拇指称赞，随即仔细审视知妍又道，"不过大人若以这身打扮前往丰江县，肯定不会闹出触怒神龙的闹剧，因为大人活脱就是金龙化身的仙女嘛！"

"对对对，大人的确美若天仙，怎么看都漂亮。"伯仑亦一同拍马屁。

"等一下！"知妍惊奇地盯着正跟大家围坐在一起喝茶吃花生嗑瓜子的伯仑，向众人问道，"这家伙不是客栈里的店小二吗，怎么会跑到我们这里来？"

"嘿嘿，大人有所不知了，我可不是普通的店小二，而是大唐最伟大的二五仔！"伯仑站起来昂首挺胸，得意扬扬地说。

蓁蓁边嗑着瓜子，边好奇问道："二五仔是啥，店小二的头领吗？"

"当然不是啦！"伯仑义正词严地纠正，"二五仔是指告密者，或者出卖同伴的叛徒，主旨是背信弃义、卖友求荣！不过那只是普通的二五仔，作为大唐最伟大的二五仔，我的主营业务是不择手段地收集情报，为此做内奸也好，当细作也罢，甚至是卜卦招魂跳大神，我都会义无反顾。"

伯仑忽然一个箭步上前，牢牢地握住知妍的双手，慷慨激昂地说："现在我受到使命的召唤，为了查清整个广州的一切悬案奇案，还所有受害者一个公道，我决定投身大人麾下，为广州百姓鞠躬尽瘁，死而后已！"

"我还是第一次听到把吃里爬外的反骨仔说得如此大义凛然。"

知妍听到一个似曾相识的声音从墙角传来，扭头望去发现流年竟然蹲在墙角喝茶嗑瓜子，便一把将伯仑推开，再次向众人问道："这家伙又怎么跑到我们这里来了？"

"大人不会打算过河拆桥吧！"流年可怜兮兮地说，"是你亲口答应我，只要解决丰江县的问题，诡案组里就有我一席之地的啊！"

"大人才不会言而无信，只是事务繁忙，一时没想起来而已。"蓁蓁帮忙打圆场，随即告诉知妍，其实流年早就待在这里了，只是他身上那股浓烈的尸臭味难以彻底清除，就算用洗米水泡澡，充其量也就管用一天，过后就会恢复原样。因此，他便被大家排挤了，整天都得蹲在靠近茅厕的角落里。

"你大可放心，我向来言而有信，绝对不会亏待你，等一等……你还是蹲回墙角吧！"知妍摆出一副言出必行的态势，但见流年想走近道谢，便立刻把他赶回墙角，免得沾染上他那股尸臭味，随即又为化解尴尬将话题转移到伯仑身上。

流年蹲回墙角便可怜兮兮地说："这个反骨仔是刺史大人从监牢里放出来的，听说他之前伙同一帮贼人到城里的大财主家盗窃，偷走了不少金银财宝和字画古籍，然后转头就举报贼人领赏。捕快把贼人全数逮捕后，虽缴回大部分财宝和古籍,唯独缺了几幅春宫图。这本来也不是什么大事,奈何财主把这几幅春宫图视为命根,一口咬定是捕快私吞了,到都督府闹了好几回。刺史大人不得不下命彻查,结果发现竟然是这个反骨仔截留了。"

"所以,你现在是以被刺史招安的身份加入诡案组的喽!"知妍杏眼圆睁地瞪着伯仑。

"大人请放心,我虽然是刺史派来的,但对大人忠心不二,绝对不会出卖大人!"伯仑举起三指对天发誓,"皇天在上,我若对大人不忠,便保佑我天打雷劈不得好死。"

"不用老天爷帮忙,你要是敢做小动作,我就重金礼聘全广州最好的刺青师傅,在你脸上刺一幅香艳的春宫图。"知妍对付完伯仑后,便告诉众人,刺史说无须再调查敬堂是否有意谋反,可她对此仍十分在意,打算再到丰江县仔细调查。

"哈哈哈,大人实在没必要多此一举。"溪望狡黠笑道,见知妍不明所以,便转头对伯仑说,"别只会表忠心,也该展现一下你的才能,譬如出卖刺史跟黄县令之类。"

"我的才能可不是出卖别人,而是收集情报。"伯仑义正词严地纠正,随即正经八百地说,"不过关于刺史跟黄县令,我倒是打听到不少内幕消息。譬如黄县令前往丰江县上任之前,一直都是刺史的直属部下,跟刺史的关系犹如师徒,就连孩子取啥名字也得请教刺史。"

知妍当即惊讶叫道:"啊,那黄县令就算当真要谋反,也必定是在刺史授意的情况下!"

"真相或许是黄县令压根就没有谋反的意图,刺史让我们走这一趟,目的是让黄县令帮忙考验大人的能力而已。"溪望分析道,"这就能解释,黄县令为何会热情地招待我们,却只给我们准备两个房间。而且他非要我们留下来观看赛龙舟,但当人人的身份被揭穿,他不仅没帮腔还一直黑着脸。"

申羽恍然大悟并接过话头:"实情是黄县令早就从刺史口中得知大人是女儿身,所以故意出难题考验大人。"

"现在所有问题都解决了,那么大人已经通过考验喽!"蓁蓁露出欣喜的笑容。

知妍亦展露欢颜："这是大家的功劳，待会儿我请大家出去吃顿好的，慰劳大家。"

众人一同欢呼，唯独蓁蓁忽然皱起眉头："等一下，我刚想到还有一个问题没弄明白，就是刘村正为啥能连生八子，而且他的孙子也全是男的，连一个女孩子也没有。"

"其实我早就想明白了。"溪望悠然笑道，随即抬起双手伸出十指，然后将右手藏在背后，狡黠地对蓁蓁说："李捕头，你看我的手指是不是都长在左手上？"

"这不是废话吗，左手的手指当然是长在左手上了。"蓁蓁翻着白眼说，但随即就明白了对方的意思，惊讶叫道，"你想说刘村正把女儿、孙女都藏起来了？"

"那我就不知道了，我只是注意到，他的儿子、孙子的出生间隔均毫无规律。"溪望将右手移到面前晃了晃，"如果他家不是只生男孩，而是把女孩藏起来，那就说得通了。"

"求娣会不会也发现了这个秘密，并且假借神龙之名告诉了得宝呢！"申羽恍然大悟道，"所以得宝才会坚信自己得到了神龙的保佑，必定会连生八子。"

知妍点头认同："的确有这个可能，她或许是自己想到的，又或者是从刘混八口中得知，所以才会起杀光两村男人的念头。"

"可是刘村正把女儿、孙女都藏哪里去了？"蓁蓁不解问道。

众人一同沉默了好一会儿，溪望忽然拍手并以轻快的语气说："这不是个愉快的话题，而且已经发生的事情我们改变不了，将来大概也不会再发生这种事。毕竟陈刘两村一下子少了三十多人，急需扩充人口，所以不管是生男还是生女，日后都是宝贵的劳动力。"

"我们还是聊聊到哪儿下馆子吧，我已经饿了。"流年已经把瓜子嗑光了，但又不敢走到众人围坐的桌子上拿，正可怜兮兮地蹲在墙角嚼瓜子壳，把大家逗得哈哈大笑。

第三案　人皮妖书

引子

一

"从前有个百子翁，长子膝下三男六女，次子膝下七男九女，三子膝下二男八女，四子膝下九男三女，五子膝下一男七女……"前不久才做完六十大寿的福星银楼掌柜卢永福，在风和日丽的早晨，安坐于卢府庭院的凉亭里，边悠闲自在地喝茶，边打着拍子吟唱歌谣。

看着眼前的鸟语花香、惬意安逸，永福不禁回想起过去一个甲子的跌宕起伏。虽说作为广州城内广为人知的银楼掌柜，他已取得骄人的成就和羡煞旁人的财富，但他仍觉得远远不够，他可以得到更多，能把生意做得更大，只要多给他一点儿时间……

"唉，不知不觉就头发都白了。"永福抬头看了眼朝气蓬勃的太阳，惆怅地长叹一声，"要是我年轻时就有现在这个条件，肯定能把银楼开遍整个大唐。可惜我已经老了，也不知道啥时候就两脚一蹬，纵有鸿鹄之志亦来不及成就伟业。"

"没关系，阿翁不是有阿爹跟德叔吗？他俩能帮阿翁把银楼做大，帮阿翁赚很多很多银两。"胖乎乎的八岁男童展露天真无邪的笑容，目光随即落在身前石桌上的玉盘珍馐上，挑选了一块精美的糕点塞进嘴里又调皮地说，"然后阿翁给我买最好吃的糕点。"

"我买我买，我现在就每天都给你买，用不着指望他俩。"永福轻抚长孙卢守业的脑袋，露出欣喜的笑容，但随即又皱眉叹息，"继业那个臭小子除了给我生了你这个小乖乖就一无是处，一天到晚就只会跟些狐朋狗友往赌坊里钻，把银楼交给他恐怕用不着三天就会输给别人了。"

"还有德叔呀,德叔不是天天都在银楼里帮忙吗?"守业面露不解之色,但双手一刻也没有闲下来,仍不停地将糕点往嘴里塞。

"我的家财只会传给长房,继德又不是长子,帮忙打点一下还行,继承家业就别想了。"永福惆怅地叹息,但看着胖乎乎的孙子忽然又展露欢颜,"等我百年归寿,就将所有家业都交给你继承好了。"

"好呀!"吃得满嘴流油的守业当即愉快地回应,"我一定会把阿翁的事业发扬光大,让福星成为全广州最大最著名的银楼。"

"好孙,好孙!"永福疼爱地轻抚孙子的脑袋,但随即又露出贪婪的笑容,"不过小小的广州可满足不了阿翁哦,你得让福星成为大唐第一银楼,阿翁才会心满意足。"

"那得需要多少银两呀?"守业终于不再将糕点往嘴里塞,皱起眉头掰着指头说,"听德叔说,开银楼最重要的就是本钱,银两充足啥事都好办,银两不够就连喝凉水也会塞牙。要让福星成为广州第一银楼,需要比现在多十倍的银两,如果是大唐第一银楼,那至少得一百倍……不不不,是一千倍的银两吧!"

"呵呵呵,这只是小问题而已。"永福胸有成竹地笑道,"小乖乖给我听好了,恶人山附近一带在千年之前是个叫'缚娄'的小国。这个千年古国在灭亡之前,将国库里的金银财宝都藏起来了,只要找到这个宝藏,我们卢家便富可敌国,让福星成为大唐第一银楼易如反掌。"

"可是阿翁知道宝藏藏在哪里吗?"守业晃着脑袋问道,"而且宝藏是千年之前留下来的,谁知道会不会早就被人挖走了?"

"嘿嘿,你也不想想阿翁当年开福星银楼的本钱是怎么得来的。"永福轻抚孙子的脑袋,溺爱地说,"小乖乖尽管放心,除了福星银楼,阿翁这辈子的心思就全花在缚娄宝藏上。在我驾鹤西去之前,必定会找到宝藏,然后把福星银楼,连同我的所有家财一并交给你继承。"

"好呀,阿翁最好了!"守业满心欢喜,随即好奇地说,"能告诉我宝藏的事吗,要怎样才能找到呢?"

"当然可以了,阿翁什么都告诉你。想知道宝藏在哪里,必须先找到一本用人皮做的书……"永福滔滔不绝地向孙子讲述一直埋藏于心底的秘密,全然不知有人躲藏在凉亭旁边的花丛里偷听。

二

恶人山山顶聚集了一群亡命之徒,他们在光天化日之下拦截了从山下经过的迎亲队伍,凶残地杀光了新郎新娘以外的所有人,并且将这对新人连同花轿及嫁妆一起带到山上。此刻,他们在山寨里的空地上围成一圈,贪婪地盯住装满五个大木箱的嫁妆,以及载有美艳新娘的花轿,等待着瓜分战利品。

这群山贼的首领是个四十岁出头、身材魁梧的光头大汉,左边脸上有一道贯穿眼眶的可怕刀疤,左眼也瞎了,因而被称作"独眼龙"。他扛着一把刀刃锋利、寒光闪烁的大刀,神气地走到双手被反绑跪坐在花轿旁的新郎面前,对这个已踏入古稀之年的倒霉蛋说:"我是讲江湖道义的人,虽然把随从都杀光了,但新娘子不仅没碰一下,甚至连看也没看一眼。"

待在一旁的胖山贼傻乎乎地接上话头:"对啊,首领没撒谎,我们把花轿原封不动地抬上山,连轿帘也没揭开,所以连新娘是男是女还不知道呢!"

"笨狗你给我闭嘴!"独眼龙一巴掌拍在胖山贼的脑袋上,并厉声责骂,"我没叫你说话,你就别张嘴,赶紧给我去烧火做饭,不然今晚你就饿着肚子睡觉。"

见"笨狗"唯唯诺诺地点头,并且转身穿过人群往厨房跑去,独眼龙便转头继续对新郎说:"我们只是求财而已,只要你乖乖配合,我保证你跟新娘子下山时,连一根毛发也不缺。不过,你要是不配合,就别怪我了。"

"兄弟有话好说,我是福星银楼的掌柜卢永福,别的东西或许给不了你,但银两我从来都不缺。"新郎展露牵强的欢颜,以最和善的语气说,"只要现在放我跟新娘下山,随行的嫁妆你们尽管拿去,明天我还会亲自送来两箱银两以作谢礼。"

"卢掌柜,你不会以为我连你是谁也不知道,就敢胡乱杀人劫花轿了吧?"独眼龙阴险笑道,"我要是现在放你走,用不着等到明天,今晚都督府就会派官兵上山把我们杀个片甲不留。"

"那你把文房四宝拿来,我这就修书一封,你带去福星银楼便可换取一箱银两。"永福发挥商人的本色,讨价还价般提议道,"待你带着银两回来再放我们走,我到家后再送来一箱银两答谢,你意下如何?"

"用不着这么麻烦……"独眼龙狡诈地笑了笑,随即凑到永福耳边细语,"你只要把宝藏藏在哪里告诉我,我就立刻放你跟新娘子下山。"

永福大惊失色,不可置信地盯住对方:"你,你怎会知道此事?"

"你看着我这张威武帅气的脸,有没有想起谁来着?"独眼龙蹲在永福身前,好让他仔细看清楚自己那张凶神恶煞的丑陋脸庞。

独眼龙不仅剃光了头发,脸上的刀疤还格外显眼,所以永福之前没注意到对方的面容有一点儿似曾相识的感觉。现在仔细一看,他当即想起一位故人,不由得脱口而出:"你是老大的儿子?"

"你能认出来就最好。"独眼龙阴险地笑道,随即换上严肃的语气,"我再说一次,我是讲江湖道义的人,我对你的银两不感兴趣,也不打算追究你当年的背信弃义,但宝藏是我应得的,我必须得到!"

"嗯,没错,这的确是你应得的。"永福缓缓地点了下头,心平气和地说,"其实你没必要将我掳劫上山,当年我并没有出卖老大,只是为形势所迫先走一步而已。我至今仍把老大视为兄长,你只要表露身份,不管有何要求,我都会尽可能满足你。"

"既然如此,那就别说废话了,赶快告诉我宝藏藏在哪里?"独眼龙往他身后的花轿瞄了一眼,狡猾地笑道,"别以为说不知道就能蒙混过关,当年我虽然年纪还小,但阿娘把所有事情都告诉我了,能找到这个丫头,说明你已经知道宝藏藏在哪里。"

"我已经说了会满足你的所有要求,你就尽管放心好了。"永福长呼一口气,扭头往堆放在一旁的嫁妆瞄了眼又道,"大嫂应该有跟你说过人皮宝书的事吧?那本书就在嫁妆里,你找出来打开看看就知道宝藏藏在哪里了。"

"你最好别耍花招,不然我怕你这副老骨头经不起折腾。"独眼龙冷哼一声,随即将大刀塞给手下,亲自打开装着嫁妆的木箱翻找"人皮宝书"。

然而,不翻还好,他一翻山贼们都傻眼了。五个大木箱,竟然三箱里面全是衣服,一箱装满腊肉、咸鱼、虾干等食材,最后一箱则是铜镜、梳子等杂物。虽说他最终找到了那本令人感到不安的"人皮宝书",但五个箱子都打开了,竟然连丁点儿值钱的东西也没有,难免令一众山贼大失所望。不过,他对此毫不在意,因为他知道只要找到宝藏,便是泼天的富贵,没必要在意那点儿蝇头小利。

独眼龙兴高采烈地翻看手中那本所谓的"宝书",可越看眉头就皱得越紧,因为书中的内容压根就和宝藏毫无关系,气得他冲永福大骂脏话,并且恶狠狠地说:"你是不是皮痒了?要我把你吊起来先揍一顿再说吗?竟敢拿这种破书糊弄老子!"说罢便抬手想将书扔到地上。

"且慢!"永福慌忙叫住他,以最平和的语气安抚道,"你别着急,千万别把宝书弄坏,它可是寻找宝藏的关键。你先把它打开放在箱子上,然后慢慢听我说。"

"你要是敢耍花招,就别想看到明天的太阳。"独眼龙虽撂下狠话,但还是依言将书打开并且放在木箱上。

"大嫂应该不知道人皮宝书的来历吧!"永福看了眼那本被打开了的书,又抬头看了看午后的艳阳,随即不紧不慢地细说,"这本书的书皮是用缚娄国最后一名公主的皮肤做成的,所以书里寄存了公主的冤魂。传说公主生前夜夜笙歌、通宵达旦,不到天亮绝不会上床睡觉,并且在入夜前也不会起床。谁要是敢打扰她休息,就会被她赐死……"

"我说过你要是敢耍花招就得吃苦头吧!"独眼龙从手下手中夺回大刀,将唯一的眼睛瞪得老大,盯住永福凶狠地说,"我现在就卸你一条胳膊,你要是再说这种无聊的废话,我就再卸另一条。"说罢举刀挥斩。

然而,永福竟然毫不畏惧,镇定自若地说:"我说的并非废话,而是想告诉你,这本人皮宝书必须在深夜翻阅,白天若被打开,便会惹怒缚娄公主,而她积压千年的怒火足以将目之所及的每一个人杀死。"

独眼龙愣了一下,随即瞥了眼打开了的放在箱子上的书,又环视围成一圈的手下,不由得仰天大笑:"哈哈哈,差点儿被你吓到了,大白天的,竟然给老子讲什么千年公主的冤魂……"

他的话还没说完,手下的惨叫声已传入耳际,还不止一声,而是此起彼伏,一眨眼已有五名山贼倒下了。这群乌合之众当即乱作一团,都像无头苍蝇一样四散逃走,但惨叫声仍不绝于耳。山贼们一个接一个地倒下,仿佛有一个谁也看不见的恶鬼,正以迅雷不及掩耳的速度夺去他们的生命。

"哼,想抢我的宝藏?我宁愿同归于尽,也不会便宜你们这群笨贼,想要宝藏就到阎王殿找吧!啊……"永福正轻蔑地说着,忽然惨叫一声倒地。

不消片刻,花轿周遭已不剩一个活人,所有人都倒下了,变成一具具沉默的尸体。然而,在这片笼罩着死寂的空地上,却隐约传出平稳的鼾声。目睹这一幕的笨狗,躲在厨房里用肥胖的躯体死死地把门顶住,还用手捂住嘴巴,生怕发出半点儿声音,引起"公主"的注意。

第一章　不打不识

　　晨光熹微知妍便会起床，因为恢复女儿身后，她得花上不少时间梳妆打扮。虽然像之前那样男装打扮挺方便的，只需将头发盘起来，再穿戴整齐就行了。不过正值桃李年华的女生，哪个不想以最靓丽的面目示人呢？所以尽管觉得有些许麻烦，她仍每天都起个大早，精心打扮一番才出门。

　　她会先到书房拜见刺史，也就是她的父亲，既是作为女儿向父亲问好，也是作为下属向上级汇报工作情况。虽说只是每天的例行公事，但偶尔也会遇到特殊状况，譬如今天。

　　"盘踞恶人山的山贼昨天闹出了大乱子，才一晚的时间已经谣言纷飞，你赶紧派人过去查清真相以正视听。"刺史急躁地将一份公文递出。

　　她接过公文还没细看，已先皱起眉头："大人，山贼不是该派官兵征剿吗？我的部下一只手掌就能数过来，而且只有一个懂武功，哪能应付占山为王的亡命之徒呢？"

　　"我再怎么糊涂，也不会让你带领几个弱不禁风的捕快去讨伐山贼。"刺史苦笑摇头，随即换上严肃的表情，"恶人山上最近又藏匿了一群山贼，他们昨天还拦截了福星银楼掌柜卢永福的迎亲队伍。卢家人下午发现他跟新娘被劫后，立刻报官求助，官兵傍晚便上山营救，却发现他跟山贼都死光了。"

　　"福星银楼的卢掌柜？"知妍曾光顾过这家银楼，印象中掌柜好像是个已踏入古稀之年的鳏夫，年纪这么大仍要续弦，也不知道该说他老当益壮，还是临老入花丛。不过人家已不幸离世，她自然就不会把这种没教养的话说出口，而是一本正经地发问："我记得卢掌柜是个古稀老人，就算拼尽全力也不可能跟山贼同归于尽吧！是迎亲队伍中有武功高强的镖师吗？"

　　"队伍的确是由武艺超群的镖头带领，可惜在山下已跟其他随行人员一并被山贼全数杀光，只有卢掌柜跟新娘被带到山寨，这就是让你派人去调查的原因之一——多达二十余人的山贼团伙为何会在顷刻之间被剿灭。"刺史哆嗦了一下,沉默半晌才继续说,"据侥幸生还的新娘说,杀死山贼的是她嫁妆里一本用人皮做的古书。这消息昨晚才传出,今早半个广州城都在议论了,说这本古书是用亡国公主的皮做成的,里面藏着公主的冤魂,弄不好会把整个广州城的人都杀光云云。"

知妍点头认同:"百姓往往人云亦云,不尽快查清真相,的确会流言四起。"

"嗯,这桩案子我就不给你定时限了,不过你应该明白,若不尽快消除百姓的担忧,就会有人趁机浑水摸鱼,恶意散播谣言哄抬物价从中渔利,说不定会因此引发大乱。"刺史忧心忡忡地说,随即吩咐道,"我已让昨天负责上山营救的官兵队正到诡案组等你,你了解详情后就立刻派人去调查吧,此事刻不容缓。"

"遵命,下官马上亲自带人到恶人山调查。"知妍恭敬地行礼告退。

然而,她刚转身便被刺史叫住了:"现在换回女装不就挺贤淑的,别像个糙汉似的整天往外跑,危险不说,光是把漂亮的衣裳弄脏就让人揪心了。那些劳累的差事就让部下去办吧,你稳坐大本营运筹帷幄就行了。"

这话若出自上司之口,就是体恤下属,但出自父亲之口,对仍处于叛逆期的女儿而言,则等同于"你给老子老老实实地待在家里,别踏出家门半步"!

尽管知妍已经二十岁了,但她的叛逆期显然还没有结束,当即感到一股怒火涌上心头,若非仍记得此刻是以下属的身份拜见上司,她肯定会跟父亲对骂。故当她转过身来时,脸上的怒容已经消失,再次恭敬地行礼告退:"谨遵大人教诲,下官会尽快安排部下前往恶人山调查。"当然,她心里则是另一种想法:老娘想去哪儿就去哪儿,你这个老头子管得着吗?

知妍随即来到门前仍挂着一块简陋牌匾的诡案组,发现五名部下早已齐聚一堂,而且一如既往,其中四人围坐在大圆桌旁喝茶聊天,唯独被排挤的流年捧着茶杯待在靠近茅厕的墙角里。不过比之前稍好一点儿,流年现在也有凳子坐了,不用再可怜兮兮地蹲着。她在屋内向四处张望,又探头到门外瞄了几眼,确认除五名部下外就没有别人,便疑惑地问道:"咦,你们看到一个官兵队正了吗?他应该在这里等我的。"

"没有啊,我一大早就来了,没看见任何陌生人。"申羽嬉皮笑脸地说。

蓁蓁白了他一眼,讥讽道:"什么一大早就来了,说得好像你最早来似的。最早来的是我,你是最晚过来的。"

"其实我也不算最晚，毕竟我是跟阿相一起来的。"申羽一副死猪不怕开水烫的表情。

溪望看着知妍，往自己的双腿指了指，无奈地耸肩摊手："我可没有偷懒啊，没有阿慕帮忙，我就来不了了。"

"要不我今晚就在这儿睡好了，明天肯定是我最早。"

"这里又没有尸体，我来早了也没事可做。"

伯仑跟流年亦加入这个无聊的话题当中，然而当他们你一言我一语地聊得不亦乐乎时，忽然听见一个陌生的女性声音："其实最早来的是我。"

大家随即一同闭嘴，屋内顿时鸦雀无声。蓁蓁一个箭步扑到知妍身前，随即警惕地环视四周，且手紧握刀柄准备随时拔刀应战。溪望亦谨慎地往四周张望，申羽则一本正经地分析："这声音既平稳又冷漠，而且像霜雪一样毫无感情，还给我一种似曾相识的感觉。我想肯定是之前那些案件的女死者因为沉冤昭雪，所以前来找我报恩吧！"

伯仑原本因为害怕而靠近申羽，可听他这么一说立刻就弹开："哇，想不到慕老弟竟然有这种爱好，那就让女鬼都找你好了。"

"唉，不是跟你们说过吗？"流年惊恐地缩作一团，将食指竖于唇前示意噤声，"听声不见人，别随便答话，谁知道说话的是不是人。"

知妍亦紧张地环视一圈，虽说这房间挺大的，但也就六十平左右。而且现在是早上，屋外阳光明媚，屋内亦亮亮堂堂，若屋里多了一个人，必定一眼就能看见，除非那个并不是人。

正当大家都或警惕或惊慌地往四处张望，寻找那个不知道是人还是鬼的家伙时，对方的声音再次响起："我在这里。"

这次大家都听清楚了，声音来自申羽身后那个阴暗的墙角，不由得一同盯住他。申羽先是哆嗦了一下，随即以僵硬的动作缓缓往后转身，竟发现墙角的阴影里站着一名"冰山美人"。

之所以说是"冰山美人"，是因为此人肌肤胜雪，似乎这辈子也没有晒过太阳，而且表情冷漠，给人一种拒人于千里之外的感觉，就像面上覆盖了一层薄霜，仿佛多看几眼就会被冻伤。不过她长发及腰、面容姣好、亭亭玉立，又让人忍不住盯住她细看，哪怕因此被冰封亦在所不惜。

"你继续这样盯着我，我不确定能否按捺下刺瞎你双眼的冲动。"冰山美人的声音虽然毫无感情，但她抬起手晃了晃手中那把小巧的飞刀，明确表达了对申羽的厌恶。

然而，申羽直勾勾地盯着她，并非因为她如花似玉的美貌和既修长又凹凸有致的诱人身材，而是记起在那场漫长的梦里与她共事多时，不由得脱口而出："雪晴，你是原雪晴？"

"你怎会知道我的名字？"冰山美人冷漠的声音中带有一丝警惕。

申羽搔着脑袋尴尬地说："如果我说在梦里我是跟你出生入死，甚至可以互相托付性命的同袍，你会相信吗？"

"不信。"雪晴的回答简洁明了。

"慕老弟，这招儿跟哥儿们拉关系还行，想骗姑娘就算了。"伯仑调侃道。

流年认同地点头："嗯嗯，就只有哥儿们才会相信你这种鬼话。"

"对啊，这家伙对谁都是这套说辞，真是臭不要脸。"蓁蓁亦翻着白眼讥讽，"要是有哪个不长眼的姑娘相信他，那肯定是脑袋被米虫蛀透了。"

"大家好像被阿慕带偏方向了。"溪望苦笑摇头，随即一本正经地对雪晴说，"原姑娘，这里可是都督府，虽然我看你这身装扮应该是官兵，但为了避免误会，还是请你自报家门吧！"

众人这才注意到，雪晴身穿官兵队正服饰，背着长弓及装满箭的箭袋，腰间挂有一肘长的短刀，除已拿在手上的小巧飞刀外，她身上恐怕还藏有诸多暗器，给人一种生人勿近的感觉。

"癸旅丑队队正原雪晴，参见参军大人。"雪晴恭敬地向知妍行礼，并道出她至此的原因——协助调查恶人山命案。

得知雪晴不是敌人，更不是什么魑魅魍魉后，蓁蓁便大松一口气。然而，她紧握刀柄的右手刚垂下来，雪晴竟猛然朝知妍掷出飞刀。她还没来得及反应，飞刀已从知妍头顶掠过，插在其身后的门框上。

"你竟敢行刺大人？"蓁蓁厉声怒喝，同时拔出横刀前冲，跳上挡在两人之间的大圆桌，并再次跳起以怒劈华山之势朝雪晴挥斩。

尽管溪望大叫"且慢"，但蓁蓁的速度极快，眨眼间刀刃已落到雪晴头顶。眼见马上就会被劈成两半，雪晴竟然毫不惊慌，反手拔出短刀高举过头格挡，但她并非硬接这足以将短刀连同手臂一起砍断的重斩,而是巧妙地把横刀往身外推,使断石分金的挥斩落空。

然而,争斗并未随着雪晴灵巧地化险为夷而结束,蓁蓁双脚刚着地便反转刀刃往上挥斩,雪晴当即侧身闪避,还顺便将身旁的伯仑踹开。蓁蓁亦把呆立在另一侧的申羽踹飞,因为她们处于墙角与大圆桌之间,不把这两个碍事的家伙踹走,就难以大显身手。

两人就在这狭窄的空间里过招,蓁蓁的招式充分体现出她的刚猛暴烈,每一刀均蕴含足以将对手劈成两半的强劲力量。雪晴尽管一直处于防守状态,但灵巧的动作令她每次均能绝处逢生,将蓁蓁的杀招一一化解。

双方看似势均力敌,本以为得打上半天。可是,蓁蓁越打越急躁,一不留神便露出破绽,竟被雪晴逮住机会,将不知从哪里掏出来的飞刀架在她的脖子上。

"这场不算,我们到外面再打一场!"蓁蓁气急败坏地跺脚,随即抱怨雪晴背贴墙角,她又被大圆桌顶住无法后退,在这狭窄的空间里挥舞近一米长的横刀,让她觉得束手束脚,越打越憋屈。不到外面再打一场分个高下,她就咽不下这口气。

"李捕头,觉得憋屈的人可不止你一个。"溪望慌忙劝说,指着雪晴背后的长弓又道,"你应该能看出,与短兵相接相比,原队正更擅长远攻吧!若要公平比试,你得先让人家往外跑上三百步,然后再顶住迎面而来的箭矢杀过去。"随即他又将问题抛给知妍,询问她的看法。

知妍对掠过头顶的飞刀仍心有余悸,虽说心中有些许愤怒,但当务之急是让两人停手。故她接连深呼吸三下平复情绪,然后冷静地说:"阿相说得在理,原队正擅长远攻,近战能保性命便是得胜。蓁蓁你要知道,就算武功盖世亦有英雄无用武之地的时候,遇到不利的局面就掀翻棋盘要求重来,这可是比阿慕更不要脸的行为。"

被踹翻在地仍未爬起来的申羽咕哝道:"我怎么就成了无赖的代名词了?"

蓁蓁瞪了他一眼,虽然仍觉得十分憋屈,但细想的确是自己技不如人,只好跺脚泄愤。不过,她并未就此罢休,眼珠一转便说:"可她行刺大人是大家亲眼所见的事实,我不管用什么方法也得把她制服啊!"

"或许只是一场误会而已。"溪望连忙给申羽使眼色。

申羽立刻爬起来跑到门前,将插在门框上的飞刀拔出,发现有什么东西从刀尖掉落,便拾起来向众人展示:"是蜜蜂,原队正并非行刺大人,反而是将'刺客'就地正法。"

蓁蓁自知理亏,但一时间未能放下身段,仍怒气冲冲地责问雪晴:"既然没有加害大人的打算,你为什么不为自己辩解呢?"

"没必要,清者自清。"雪晴的回答依旧简洁,且带有一股风霜般的冷漠,仿佛不想多说一个字。

"误会解除了就好,头儿就跟原队正握手言和吧!"申羽嬉皮笑脸地打圆场。

"我才不要,保护大人是我的职责,我没错。"蓁蓁将横刀入鞘,扭头抱肘,气鼓鼓地说,"是她没解释清楚才会引起误会,是她不对。"

"道不同不相为谋。"雪晴冷漠地说,连看也没看蓁蓁一眼,便以轻盈的身姿绕过大圆桌来到知妍身前,其间还顺便从申羽手中取回飞刀。她恭敬地向知妍行礼,再次道明来意,"小人奉命前来协助大人调查恶人山命案,在查清真相之前,将任由大人差遣。"

第二章　大闹灵堂

"为啥我要跟你们在城里闲逛？"骑马走在前头的蓁蓁，恼火地回头朝两个骑骡子的家伙抱怨，"发生命案的是恶人山，我们在城里浪费时间哪能查出真相？"刚才在诡案组里发生的一幕，随即在她脑海里浮现——

她跟雪晴的争执落幕后，知妍本想带大伙儿一起到恶人山调查。可是，溪望认为大家扎堆往山上跑不见得能更快查明真相，反而有全军覆没的风险，毕竟现在还不清楚山贼们为何会在顷刻之间覆灭，于是便建议道："我们兵分两路吧，阿慕和阿叶跟原队正前往恶人山，我则跟李捕头、阿韦到福星银楼转一圈。"

"为何要这样安排？"知妍皱眉问道。

"原队正负责带路，阿叶负责检验尸体，他俩均不可或缺。而跟我相比，阿慕双腿健全，更适合走山路，让他们三个前往恶人山是最合理的安排。"溪望不慌不忙地解释，忽然眉头一皱又道，"大人不会认为我是因为贪生怕死，所以才会提出这个建议吧？阿慕别的本领没有，逃跑倒是天下第一，遇到危险绝对跑得比我快，这就是我让他上山的原因。"

申羽连忙点头，认同他的确比溪望更适合走山路。

"我不是这个意思。"知妍皱着眉摇头，"我想说为何没有我？就算去恶人山太危险了，福星银楼就在城里，我一起去也没关系吧！"

溪望解释道："之前人手不足，需劳烦大人陪同我们这些小喽啰奔波劳碌还情有可原。现在诡案组总算能坐满半桌，不再左支右绌，若仍需大人舟车劳顿，就算大人不介意，刺史也会责怪我们大逆不道。"

"对啊，刺史之所以让我来帮忙，就是免得你整天在外面跑，不能像他那样坐镇都督府掌控大局。"伯仑亦点头附和，随即学着刺史的语气说，"为官者，岂可如同差役终日奔波犯险？"

"也就是说，刺史下了命令，不让我出门了？"知妍杏目圆睁盯住一众部下。

"大人少安毋躁！"溪望连忙劝说，"圣人不出户而知天下，运筹帷幄之中，决胜千里之外,才是真正的雄才大略,大人又何必非要劳筋苦骨呢?把这身艳丽衣裳弄脏了,不挺可惜吗?"

"果然是那个老头子搞的鬼。"知妍怒哼一声,缓了口气又道,"好吧,我就在这里等你们的消息,若不能尽快将该案查个水落石出,就让你们到隔壁的茅厕里洗马桶!"随即将众人轰出诡案组……

"听原队正说,新郎的家属昨晚连夜将他的遗体运走,并且带走了本案的重要证物——人皮宝书。"溪望的声音将蓁蓁从回忆中拉回现实,"这本书或许就是山贼们离奇暴毙的原因,所以我们必须尽快知道内里藏着什么乾坤。"

沉默寡言的雪晴方才虽然没有说仔细,但有提及山贼们似乎是被鬼魅之类无形无影的东西于顷刻之间统统杀光。蓁蓁最害怕这种看不见、摸不着的玩意儿,为此不禁大松一口气,心想不用到恶人山实在太好了,毕竟她跟雪晴互相看不惯,同行必定会起争执……她正这么想着,忽然察觉这恐怕是溪望的刻意安排,雪晴的身手不比她逊色,足以保护申羽和流年那两个废柴,所以让她在城里"闲逛"显然更合适。

心念及此,她回头再看这条不会走路的软皮蛇时,感觉对方看起来比之前顺眼多了。

卢府位于福星银楼后方,两者是相连的,前店后宅,均拔地倚天、富丽堂皇、气派非凡。三人先来到银楼门前,然后沿着围墙绕了一大圈才看见卢府的牌匾,且发现大门打开,两侧挂上了白灯笼,内里还传出阵阵哭声,显然正在办丧事。

蓁蓁向在门口迎客的家丁表明身份,让对方安顿好她的骏马和伯仑的骡子,然后牵着溪望所骑的骡子进门。虽说这样挺失礼的,奈何溪望双腿不便,也只能请主人家见谅了。幸好,卢府的庭院十分宽广,就算骑骡走动亦没有问题。

三人一骡在家丁的引领下穿过庭院来到楼高三层的宏伟大宅前,透过敞开的大门得见大厅被布置成灵堂,虽一时难以看清内里的情况,但随便瞄一眼便知道卢家并非等闲之辈。因为不少于三百平米的宽阔大厅里座无虚席,全是前来吊唁的亲友,而且都衣冠楚楚,显然并非穷苦百姓。

溪望骑着骡子,贸然闯进灵堂恐怕会被暴打一顿,因此他便待在庭院里,由蓁蓁和伯仑入内悼唁死者,并向家属了解情况,当然最重要的是询问人皮宝书的下落。

"坐在首席的是死者卢永福的长子卢继业,他身旁那个是次子卢继德。"伯仑边走边小声提示,蓁蓁当即仔细观察两人。

年近不惑的继业虽披麻戴孝,但仍能看出他油头粉面、脑满肠肥,给蓁蓁的第一印象是典型的纨绔子弟。他不像其他家属那样,跪在死者的遗体前痛哭,而是跷着二郎腿坐在太师椅上,嘴里还叼着根牙签,并且毫不掩饰地露出极不耐烦的脸色。他边敷衍地回应亲友的慰问,边厌烦地对弟弟说:"还要折腾到什么时候啊,赶紧把老头子埋了不就行了呗。"

继德的相貌跟兄长十分相似,身形却截然不同,清瘦干练,而且悲伤中带有三分疲惫,双眼更犹如涂了一圈墨,昨晚显然彻夜未眠,跟哥哥那种纵使带有一丝困倦,但仍算得上精神饱满的良好状态形成鲜明的对比。他恭而有礼地接受每一位亲友的慰问,好不容易才利用空当,语带哽咽地回应继业:"按照传统,必须守灵三天才能安葬,这是阿爹的最后一程,请兄长忍耐一下。"

"三刻我也受不了,竟然要三天?"继业摊在太师椅上翻着白眼,长呼一口气又道,"这里就交给你吧,我回房间睡个回笼觉。昨晚为了带老头子回来,害我折腾到半夜才睡,现在困死了。"

"守业还没有起床,兄长要是也回房间去,长子长孙都不在会被人笑话的。"继德慌忙劝阻准备起身离开的兄长。

"有什么关系,不是还有守信吗?长房有人在就行了。"继业瞥了眼不远处那个温文尔雅的十七岁少年,随即站起来趾高气扬地环视一众亲友,朗声叫嚷,"而且有谁敢笑话我?我可是卢家长子,福星银楼的新掌柜,谁敢笑话我就是跟卢家过不去。"

虽说前来吊唁的大多是跟银楼有生意来往的商贾或受过永福恩惠的友人,或多或少也对卢家阿谀谄媚。不过,卢家说白了也就城中富户而已,还不至于能让所有人卑躬屈膝。故灵堂内的亲友们当即议论纷纷,有的说继业目中无人,有的为福星银楼的命运担忧,有的甚至拂袖而去。

蓁蓁对卢家的家务事不感兴趣,只想向继业两兄弟了解死者的情况。可是她还没来得及走近两人,便听见一个年少气盛的声音响遍整个灵堂:"你这个一无是处的老废物别信口雌黄,我才是福星银楼的新掌柜,阿翁在生时亲口说待他驾鹤西去，便将所有财产都交给我继承，包括我们家的福星银楼。"

蓁蓁朝声音方向望去，得见是个十八九岁的青年。青年的相貌跟继业有几分相似，而且两人均胖乎乎的，显然是父子俩。伯仑随即告诉蓁蓁，此人的确是继业的大儿子卢守业，也就是永福的长孙。

守业不像其他家属那样披麻戴孝，而是穿着睡袍且披头散发地闯入灵堂，指着父亲破口大骂："老子也就起晚了些许，你这个老废物就胆敢说自己是福星银楼的新掌柜？这不就是摆明要抢阿翁留给我的财产吗？"

继业亦冲儿子大骂："你这个小畜生，是不是昨晚喝酒喝多了，到现在还没醒过来？子承父业天经地义，我爹死了，财产当然该由我来承继，哪轮到你这个小畜生？你想当福星银楼的掌柜，得等你爹我百年归寿，不然就只能多喝几杯多做梦。"

继业和守业均情绪激动，言辞犀利，互相指责对骂，前者痛斥儿子大逆不道，后者指责父亲侵吞财产。两人各执一词，互不退让，吵得面红耳赤，随后更大打出手，要不是蓁蓁及时上前阻止，恐怕连死者的遗体也会被推倒。父子俩把本该庄严肃穆的灵堂弄得乌烟瘴气，亲友们无不摇头叹息，也不跟主人家道别便匆匆离开，不消片刻就走掉了一大半。

"君子动口小人动手，我不管你们是君子还是小人，反正谁动手我就揍谁。"蓁蓁用刀柄分别"问候"了父子俩犹如十月怀胎的圆润肚腩，两人均倒地不起，然后蓁蓁便拦在他俩之间。

父子俩随即用尽各种污言秽语辱骂蓁蓁，气得蓁蓁想拔刀把这对人渣父子砍了。伯仑慌忙上前阻止，并且对蓁蓁说："李捕头，别动气，小人有一妙计，你不妨先听一听。"随即猥琐地凑近蓁蓁，刻意提高声音笑道，"我这就回都督府禀告参军大人，说这对父子是色中饿鬼，竟在灵堂上公然侵犯你，结果被你把舌头割了下来。大人要是细问详情，你就说他俩是这样侵犯你的……"说着竟当真下流地朝蓁蓁的脸颊伸出舌头。

蓁蓁被这厮恶心到了，在侧身躲避的同时拔刀挥斩。不过她留有余地，用的是刀背，只是狠狠地敲了伯仑的舌头一下，并没有让这厮变成哑巴。

"你速去速回，我先把他俩的舌头割下来，免得他们在大人面前乱说话。"蓁蓁翻转横刀，使刀刃朝向前方，凶神恶煞地盯住继业父子又道，"你俩配合一点儿，把舌头伸出来，我的刀很快，不会痛的。"

"臭婆娘，我可是福星银楼的新掌柜，广州城里屈指可数的富商，而你区区一个小捕快，竟敢对我无礼？"继业虽被蓁蓁的气势吓倒，肥胖的躯体微微颤抖，但仍不甘示弱地叫嚷，"来人啊，给我把这个臭婆娘拿下！我要押她到都督府，亲自向刺史大人讨个说法。"

继业方才那番目中无人的言辞，令亲友们无一不感到寒心，所以就算蓁蓁扬言诬陷，众人亦不发一言，甚至纷纷后退回避，免得殃及池鱼。不过亲友们可以袖手旁观，但家丁可不行，在继业的命令下，近二十名手持木棒的健壮家丁迅速拥入灵堂并且将蓁蓁包围。

眼见大战一触即发，溪望可顾不上礼仪，直接骑着骡子闯进灵堂，对一众家丁厉声大喝："都不想干了吗？我们可是宋参军的手下，谁敢动手就抓谁去服苦役！"

"你们算什么东西啊，竟敢乱闯卢府，还在阿翁的灵堂上大放厥词？"守业爬起来冲溪望等人怒骂，在抛出一连串不堪入耳的脏话后又说，"我们卢家可是广州城内无人不知、无人不晓的富商，结交了不少达官贵人，谁敢不给我们三分薄面？你们无缘无故闯进来打人捣乱，还想胡乱抓人？这还有王法吗？这事就算闹到神都，我也要向女皇陛下讨个说法。"

"士农工商，商人在四民中排名末位，因为在官府眼中，你们这些不靠劳动，而是通过花言巧语，甚至欺诈牟利的家伙是对社会最没有贡献的阶层。"溪望朗声斥责并恐吓道，"哪怕卢家富可敌国，但朝廷若有需要，随时能像牲畜一样，将你们宰了吃肉。"

"别把卢家跟一般市井商贩混为一谈，我可是拥有广州首屈一指的银楼，顾客都是些有权有势的大人物，有这么多靠山撑腰，岂容你们这些贩夫走卒随意冒犯。"继业亦爬起来，并且退到家丁身后，指着被包围的蓁蓁和伯仑叫嚣，"给我往死里打，一切后果由我来承担。"

"且慢！"溪望厉声喝止并问道，"你们可知道我们的靠山是谁？"

"不就是衙门里的小喽啰，老子才不管你们的靠山是谁呢！"守业也退到家丁身后叫嚣，"都给老子狠狠地打，连这个骑骡的家伙也一起打。"

方才还跟儿子大打出手的继业，现在倒是跟对方一同刀口朝外："对，刺史大人也是福星银楼的座上宾,甭管你们的靠山是谁,反正在广州城内就没有比刺史大人更牢固的靠山。"

家丁们闻言自然不再畏首畏尾,纷纷摩拳擦掌准备将三人往死里打,不过伯仑赶在他们动手之前慌忙叫道:"我们可是刺史大人的亲闺女宋参军宋知妍大人的手下,我就不信你们卢家的靠山比我们的更牢固。"话一出口,家丁们便愣住了,既不敢动手,亦没有后退。

"怎么了?现在害怕了吧!"蓁蓁得意地冷笑一声,环视一圈见没人敢吭声,便对伯仑说,"赶紧回都督府禀告参军大人,让大人多带些捕快过来,顺便把他们家连同银楼一起抄了。"

第三章　不务正业

"唉，又得跟你这家伙搭档，我啥时候才能跟随头儿办案呢？"申羽垂着八字眉向一同骑骡前往恶人山的流年抱怨，"虽然头儿经常揍我，但打是亲骂是爱，而且她身上香香的，哪像你总是一股尸臭味，昨天是不是又没有洗澡？"

"我每天都有洗澡啊，可就算用洗米水泡澡，顶多大半天这股味儿就又回来了。"流年无奈地耸肩叹息。

申羽忽然灵光一闪问道："你这身臭味该不会是天生的吧？"

"天晓得，我又闻不到。"流年翻着白眼作答，"以前独个儿待在尸堆里，压根就没察觉这毛病，要不是进了诡案组，或许我这辈子也不会察觉。"

因为身上带有一股难闻的恶臭，所以流年在诡案组里经常被排挤，尤其是蓁蓁跟伯仑总对他退避三舍，只有申羽愿意跟他待在一块。

"不过，虽然大家都嫌弃我有点儿臭，但有啥好吃好喝的都不忘分我一份。"流年露出憨厚的笑容，"比我独个儿待在死尸堆里好多了。"

申羽本想利用赶路的时间了解案情，无奈雪晴也嫌弃流年那股臭味，骑马在前头走得老远，他只好跟流年有一搭没一搭地聊着些闲话。由于他总把蓁蓁挂在嘴边，流年便翻着白眼调侃："女人啊，越讨好她们，她们就越看不起你。李捕头也一样，你越对她卑躬屈膝，她就越觉得你软弱无能，越讨厌你，恨不得一脚把你踹开。"

他本想反驳，可仔细一想，却发现不无道理，而且脑海里还闪过一句奇怪的话——舔狗不得好死！虽然觉得莫名其妙，但他好像又明白这句话的意思，并且知道是在那场漫长的梦里听过的。他之所以迷恋蓁蓁，也只是因为在梦中跟对方相恋。可那不过是一场梦而已，残酷的现实是蓁蓁对他并没有一丝好感。

"或许我不该吊死在一棵树上，得多找几棵树试试。"申羽喃喃自语道，随即皱眉思索除蓁蓁外，身边还有哪些可选对象。知妍就别想了，毕竟两人身份悬殊，刺史要是知道他对知妍有非分之想，说不定会送他去神都当太监。

然而，他稍微琢磨片刻便发现，除了知妍和蓁蓁，他平日接触较多的女子，就只有都督府里的厨娘和侍婢。虽说身份是挺匹配的，可就是没有一个合眼缘。若说办案时接触到的女子，陈家村的求娣机灵古怪，倒是挺有意思的，可惜对方走了歪路。

"小心看路呀，笨蛋，快要撞树啦！"

流年的提醒让申羽从胡思乱想中回过神来，慌忙驱使差点儿撞上树桩的骡子避开，随即打起精神目视前方，正好看见雪晴在马背上的婀娜背影，不由得喃喃自语："不知道原队正成亲了没有，或许我能在这棵树上吊几下试试。"

雪晴虽然沉默寡言、待人冷漠，就像冰山一样，但她面容姣好，身材亦凹凸有致，丝毫不比蓁蓁逊色，完全符合申羽的择偶要求——但凡长得漂亮的女子，这头色狼都不会抗拒。

申羽色眯眯地盯住雪晴的背影，跟随对方来到恶人山山脚，虽然一路上跟流年聊了不少闲话，但他连一句也记不起来。

"这里山势险峻，只能徒步上山。"雪晴将骏马绑在山脚的大树上并指示两人将骡子绑好，随即带头往山上走。

申羽快步追上，嬉皮笑脸地搭话："原队正，这里之所以叫恶人山，就是因为山势险峻吗？"

"是，也不是。"雪晴冷漠地给出模棱两可的答案后便不再说话，直到申羽再次追问才详细解释，"这座山崎岖陡峭，易守难攻，自古以来便常有山贼藏匿于此，抢劫在山下经过的百姓。久而久之，大家就将这个恶人聚集的山头称为恶人山。"

申羽接着又问："既然这里经常有山贼聚集，官兵怎么不定期前来扫荡？这样不就能防止山贼壮大，保护百姓免受抢夺了。"

雪晴突然停下脚步，脸上犹如结了一层薄冰，显然不想谈论这个话题。申羽并不笨，当然知道说错话了，但他没有住口，而是将错就错，一本正经地说："原队正，或许我问得太多，你会觉得十分厌烦，可是我不问个仔细又无法查明真相，至少我连昨天山上出了啥状况也不清楚。所以尽管有些事情你不愿意提起，但为了完成刺史大人下达的命令，还是请你知无不言，言无不尽。"

雪晴沉默不语，直到一股恶臭钻入鼻腔，意识到跟随在身后老远的流年快要追上来，她才继续迈步，并且毫无表情地答道："官兵兵力紧绌，而且主要任务是守卫城区和港口，只能派出少量人手清剿山贼。"她长叹一息，随即道出官兵的难处——

山贼、倭寇等劫匪并不容易对付，尽管他们大多只是乌合之众，但偶尔也有武功高强的高手混杂其中，所以每次清剿都必须格外留神。更重要的是，虽说现在国泰民安、歌舞升平，不过好吃懒做之徒哪个朝代都不缺，占山为王、落草为寇的人远比百姓想象的要多。往往是刚捣毁了这座山的山寨，那座山就冒出一伙山贼，可把那座山清剿掉，这座山又出现另一伙山贼了。

可是整个折冲府也就十个旅，共一千名士兵，当中九个旅负责驻守城区和港口等重地，只有我所属的癸旅负责驻守以外的一切状况。癸旅分子丑两队，各五十人，加起来才区区一百个士兵，却要承担辖区范围内一切超过捕快能力范围的治安工作，譬如驱赶猛兽、清剿山贼等。

因为人手有限，山贼又多如牛毛，所以就算我们不眠不休，也不可能将所有山贼消灭，亦没有时间和精力定期扫荡山贼聚集的窝点。尽管我也不愿看到山贼横行，但实在有心无力，只能按照命令讨伐那些闹得特别凶的山贼……

"既然兵力紧绌，怎么不向刺史提议增加士兵的数量呢？"申羽困惑问道，并且嬉皮笑脸地说，"参军大人是刺史的女儿，要是请她帮腔，刺史肯定会答应。"

然而，对于这个热心的建议，雪晴竟以嗤笑回应："刺史要是真的答应了，你猜会有什么后果？"

申羽仔细一想，马上就察觉问题所在——作为地方长官的刺史忽然增加兵力，必定会引起女皇陛下的猜疑，轻则革职查办，重则满门抄斩。因此，不管地方兵力如何紧绌，哪怕敌军已兵临城下，刺史也不会贸然增加兵力，充其量只会请求女皇陛下派兵支援。

意识到又说错话了，而且说的还是傻话，申羽便赶紧奉承几句，称赞雪晴武功高强，手下必定人强马壮，对付区区山贼易如反掌云云。然而，他正一个劲儿地拍马屁，却发现雪晴的脸色比刚才更"冰冷"，仿佛整张脸都结冰了。

"其实大部分人都是为了养家糊口，迫不得已才当兵的，受训十天半月就得上阵了。"雪晴冷若冰霜地说，或许是话匣子打开了，她竟然在上山的路上滔滔不绝地详述从军的艰辛——

心狠手辣的山贼与豺狼虎豹无异，均杀人如麻，尤其是被逼上绝路的时候，他们往往拼死也要拉上别人垫背。因此，每次跟山贼交锋，士兵的伤亡总是难以避免。虽然很快就有新兵填补空缺，但新兵缺乏经验，在兵荒马乱的战场中往往会成为累赘。而且每个士兵都有各自的家庭，有需要照顾的父母、娘子，甚至是孩子。任何一个士兵的伤亡，都可能是某个家庭的灭顶之灾。

由我统领的丑队，五十名士兵当中，经验丰富的老兵才只有不到一半，其余的则是十箭里连一箭也射不中的新手，若跟山贼短兵相接更会惊惶失措，别说杀敌，能否活着回来也不好说。

故我一直都十分谨慎，尽可能藏匿起来等待时机，在敌人最松懈的时候才发起攻击。而且我会优先选择远攻，甚至是火攻，尽量避免近身交锋，以减少手下的伤亡。我不敢说自己很出色，但在我的统领下，丑队的伤亡远比执行相同任务的子队少。

可是，前不久才升任为我上级的邓旅帅却不认同我的作战方式，认为我一介女流，胆小如鼠，每次围剿山贼都磨磨蹭蹭，非要埋伏到下半夜才潜入山寨偷袭，不仅卑鄙龌龊，而且浪费时间。若要营救被劫持的达官贵人，恐怕只能将尸体运回来。

两个月前在围剿之前盘踞恶人山的另一伙山贼时，邓旅帅亲自到阵前指挥，并且无视我的劝阻，坚持在白天就仓促下令进攻。当时我跟手下刚从山下爬上来，还没有把气喘顺就得立刻进攻，战力自然大幅下降。而且我们习惯悄然无声地潜入敌阵，在敌人还未察觉的时候就将他们解决。可是，邓旅帅竟然敲响战鼓，让我带领手下跟山贼正面硬拼。虽然我们最终将山贼全数剿灭，但为此亦付出了惨重的代价——二十八名跟随我出生入死的士兵在这场战斗中牺牲了……

雪晴惆怅地长叹一息，犹如冰封的脸庞终于显露出一丝哀伤的感情："他们都是别人的儿子、丈夫，甚至是父亲，他们的牺牲直接导致二十八个家庭失去了支柱。可在邓旅帅眼中，他们却像棋盘上的棋子一样，不管损失多少都能补充回来。"

"官府有给士兵家属发放抚恤金吗？"申羽露出怜悯的目光，在这种沉重的话题上，他可不敢像平日那样嬉皮笑脸。

"有，但不多。"雪晴点了下头，伤感地答道，"至少不够这二十八个家庭渡过难关。"

申羽一时间不知道该如何接话，琢磨了片刻才讪笑道："那这回你们再次围剿恶人山的山贼，却没有丝毫损伤，不就挺幸运的嘛！"

"虽然这次我们来到山寨时便发现山贼早就死光了，但按照我一贯的作战方式，我方的伤亡通常不会太严重。就算偶尔有一两个同袍不幸牺牲，大伙儿也能凑点儿银两接济家属。"雪晴再度惆怅地叹息，"可是上一回牺牲的同袍实在太多了，大伙儿想接济亦有心无力。"

"都怪那个邓旅帅瞎指挥吧！"申羽挤出一副同仇敌忾的表情，以兴师问罪的架势说，"他就待在山贼搭建的山寨里吗？看我一会儿怎么收拾他，作弄人这事儿我最擅长了。"

"他生怕被那个害死山贼的冤魂盯上，早就回折冲府了。"雪晴的脸庞恢复了一贯的冷若冰霜，但又隐隐带有一丝可怕的杀意，冷漠地说，"这样也好，他要是继续待在这里，就算我的手下能忍气吞声，我早晚也会按捺不住将他杀掉。"

申羽被她这番话吓出一身冷汗，因为她显然是那种受了冤屈也不会吭声，但转头就会把人家杀掉的狠角色，不由得慌忙劝阻："这事大可从长计议，能为你无辜牺牲的手下讨回公道的方法多不胜数，可你要是把邓旅帅杀了，就是大逆不道的重罪，会株连家人的。"

"我早就没有家人了。"雪晴平静的语气，仿佛说明了她已经准备好送邓旅帅上黄泉路，"而且我实在无法容忍他为了早日加官晋爵，竟然让我带领手下去送死。只要继续当他的部下，那么我为手下报仇是早晚的事。"

"或许你可以试试为参军大人效力。"申羽劝说道，随即告知雪晴，诡案组急需增加人手，知妍亦求贤若渴，必定会欢迎她的加入。他还说在梦中跟雪晴是合力屡破奇案的同袍，赞扬对方功夫了得，又善于潜藏和远攻，是不可多得的人才，非常适合跟踪、监视和抓捕犯人。

雪晴默不作声，直到走到山顶看见了山寨才幽幽地说了句："虽然我不相信你曾在梦中与我共事的鬼话，但我会考虑为参军大人效力。"说罢便先行走向山寨。

"天涯何处无芳草，何必单恋一枝花。"申羽看着雪晴婀娜的背影，乐滋滋地笑道,"原队正要是加入诡案组,我就不用只做头儿的舔狗了,还能试试当原队正的舔狗。"

"慕老弟,捡到春宫图了吗,怎么笑得这么下流?"流年跟上来问道,见他慌忙摇头,便又问,"那你跟原队正聊了这么久,应该对案情有初步了解了吧?"

申羽这才发现,跟雪晴聊了一路,竟然压根就没有提及案情,倒是对雪晴的背景多了些许了解。因此,他只好边往山寨走边尴尬笑道:"我们过去边看边聊。"

第四章　争产风波

"三位捕爷，少安毋躁！"一直不声不响待在一旁的继德忽然走上前，恭敬地分别向蓁蓁、伯仑和溪望行拱手礼，随即作自我介绍，并声称家父仙游，所以由他暂代银楼掌柜一职，并且主持家中大小事务。然后，他又为继业父子的鲁莽致歉，恳求三人原谅。

在前来吊唁的亲友眼中，继德无疑是在打圆场，好让继业父子免受牢狱之灾。可是在继业父子眼中，则是继德公然争夺当家和掌柜的位置，妄图侵吞属于他们的财产。

故继业当即发难，毫不留情地甩了继德一巴掌，并且凶狠地责骂："你这个狼心狗肺的东西，阿爹尸骨未寒，你就想争夺家产了？当家掌柜哪轮到你去做？你配吗？"说罢又是一巴掌。

守业亦抬脚往继德身上踹，毫不理会对方是自己的长辈，与父亲一同责骂："对啊，阿翁把财产都留给我了，不管当家还是掌柜，都得由我来做，谁也别想抢老子的东西。"

"臭小子，你爹我还生龙活虎，哪轮到你做当家！"继业扭头冲儿子怒吼，父子俩随即又大打出手。

"真是没完没了。"溪望无奈地摇头叹息，随即给蓁蓁使了个眼色。

蓁蓁挥刀拦在父子俩之间，厉声呵斥："我不管你俩谁是当家，反正等我把你俩的舌头割掉，再把卢家抄了，你俩都是阶下囚，是当家还是奴仆都没关系。"

见继业父子被镇住了，一时间还没有反应过来，溪望连忙朗声叫道："又或者你们俩先别为谁当家做主吵个不可开交，暂时找个能信任的人处理家务事，免得家产还没到手就被官府充公了。"说罢目光便落在继德身上。

亲友们亦纷纷劝说继业父子别在灵堂上胡闹，继德见两人没再吭声，便连忙指示家丁送他俩回房间休息，随即向一众亲友致歉，并让侄子守信帮忙招呼亲友。

妥善地处理好乱局,让灵堂恢复之前的庄严肃穆、井井有条后,继德便请蓁蓁等三人到庭院的凉亭里休息,毕竟溪望需骑骡代步,待在屋内不太方便。移步到凉亭外,他就让家丁将溪望背进去就座,并吩咐家丁奉上热茶和糕点,可说是招待周到。

"先父生前宠爱长子长孙,把兄长两父子宠坏了,方才有何得罪之处,请三位捕爷见谅!"继德谦逊地向刚坐下的三人致歉,并从家丁手中接过放有三个布袋的托盘,恭敬地递向三人又道,"这里小小心意,请三位捕爷笑纳。"

托盘上的布袋均拳头大小,从敞开的袋口能看到里面装满了白花花的银子,每一袋都足够普通百姓过上好几年富足的生活。当然,对家财万贯的卢家而言,这不过是打发乞丐的仨瓜俩枣而已。

伯仑盯住银子两眼发光,甚至忍不住贪婪地伸手。可是,他的手还没伸到托盘上,已被蓁蓁使劲地拍下来。蓁蓁恶狠狠地瞪了他一眼,转头严肃地对继德说:"我们不是来讨打赏的,而是为调查恶人山的命案而来,你只要把所知道的一切如实告诉我们就行了,无须做这种无谓的事情。"

"三位捕爷清廉正直啊!"继德将托盘交给家丁并让其退下,边招待三人用茶和糕点边说,"捕爷有什么想知道,小人必定知无不言,言无不尽。"

蓁蓁朝溪望瞄了一眼,将这项工作塞给对方。

刚才在都督府里,雪晴曾提及山贼们很可能是被一本"人皮宝书"害死的,而昨晚家属将永福的遗体运走时,把书也一并带走了,因此溪望本想先仔细检查这件至关重要的证物,以便了解山贼为何会突然死光。可经过刚才灵堂上的闹剧后,他不禁对卢家的争产风波感兴趣,于是便问这到底是怎么回事。

"唉,都怪阿爹在这事上犹豫不决,总以为日后会有机会解决,大不了就临终前把话说清楚,可他偏偏又走得这么突然……"继德苦恼地叹息,坐下来徐徐道出父亲生前的往事——

阿爹成家立业时,已经三十出头,所以他非常疼爱兄长,自小就把兄长视为心肝宝贝,含在嘴里怕化了,捧在手里又怕碎了。他对兄长千依百顺,自然就养成了兄长好吃懒做的习惯。

小时候,兄长到私塾上学,每天不是专心求学问,而是挖空心思地捉弄老师,并且一再大闹课堂。结果所有私塾都不敢收他,阿爹只好花重金请老师到家里教他念书，可老师来了没几天也被他气走了。他如此恣意妄为，阿爹本该呵斥他一顿，但阿爹不仅没有责怪他，还让书童替他到私塾上学，以便他需要读书写字时能让书童代劳。

长大后，兄长每天都会睡到日上三竿，今早要不是我亲自拉他起床，他甚至不愿到灵堂为阿爹守灵。他不肯早起，自然就不能到银楼帮忙，那就帮忙收租吧！这些年阿爹在城区买了不少物业，总得有人打理一下，反正只是在城里溜达一圈的事儿，挺轻松的。

然而，兄长溜达一圈后，不仅赶走了好几个租户，还把租金全拿去赌坊输光了。不过阿爹虽然生气，但也就说了句"钱财身外物"，便没再责怪他，只是再也没有让他去收租而已。而我若犯了相同的过错，恐怕会被赶出家门。

由于阿爹的纵容，兄长越来越好吃懒做，几乎什么事都让别人代劳。阿爹以为他成亲后会有改善，却没想到他竟然变本加厉，就连跟大嫂回娘家也懒得去，只是让家丁陪同，气得大嫂独自回娘家住了好些日子，后来还是阿爹拉下脸跟我一起去劝大嫂回来的。

而且兄长不仅终日游手好闲，还经常惹是生非，隔三岔五就在外面跟别人大打出手。阿爹怕他会被人打伤，只好挑选了十名健壮的家丁给他，不管他何时出门，都至少有四名家丁陪同。刚才包围三位捕爷的家丁，其中一半就是直接听命于他的。

阿爹虽然疼爱兄长，但深知不可将银楼托付于他，不然他早晚会败光阿爹辛辛苦苦积累下来的家业。恰好这时守业出生了，阿爹就将对他的期望转移到守业身上。

阿爹对守业这个长孙的疼爱，丝毫不比兄长少，甚至有过之而无不及。而且他只会抱怨兄长不长进，完全没有察觉是自己把兄长宠坏的。这样的结果就是，他把守业也宠坏了。

这本来也没什么关系，阿爹怎么说也是福星银楼的掌柜，就算兄长两父子一辈子游手好闲，也不至于挨饿。可在守业还小的时候，阿爹却千不该万不该地跟这个虎头虎脑的孩子说了句戏言："等我百年归寿，就将所有家业都交给你继承好了。"

言者无心，听者有意。阿爹只是随意地跟孙子开了个玩笑，守业却视之为千金一诺,随后一再向大家宣扬。守业说多了,兄长自然就不高兴。父母留下来的财产由儿子继承,这是千百年来约定俗成的规矩,哪有越过儿子,直接由孙子继承财产的道理?

因此,兄长就怒气冲冲地质问阿爹,这是怎么回事?

阿爹说只是一句戏言而已,不必当真,他死后财产当然是留给兄长。可当兄长离开后,轮到守业前来时,他又说必定会信守承诺,将财产交给守业。结果导致兄长两父子终日为此大吵大闹,把整个卢府闹得鸡犬不宁。

随着守业渐渐长大,开始意识到他能否直接得到家产,全凭阿爹一句话。可阿爹年事已高,要是没留下只言片语就突然仙游了,家产必定会落到兄长手上,所以频频要求阿爹立下遗嘱,明确财产的归属。

虽说守业这个要求大逆不道,但兄长也想早日解决这个问题,免得一直为此跟儿子纠缠不清,便一同要求阿爹把这事说清楚,并且把卢府上下所有人,甚至连银楼的伙计都叫来做证。

可是,阿爹最终还是没有立下遗嘱,也没有给出一个明确的说法,只是在所有人面前说了句模棱两可的话:"反正我的财产必定会留给长房,给谁还不是一样?"

这之后,兄长父子分别跟阿爹密谈,且过后都来找我。守业坚称阿爹一再向他承诺,仙游前必定会将包括银楼在内的一切家产都交给他,叫我小心看管银楼,别让兄长做小动作。兄长则说阿爹没有打算将家产直接交给守业继承,只是敷衍他而已。因为兄长继承家产后,早晚也得传给守业,所以阿爹不算违反承诺。

父子俩各执一词,我也不知道该相信谁,只好找阿爹密谈,谁知道阿爹竟然另有打算:"把银楼交给他俩都不行,早晚会被他们败光。等我仙游了,就由你来当银楼的掌柜,你每个月给他们发月钱就是了……"

"就是说,按照卢老掌柜的意愿,家产应该由你继承,而不是继业父子?"溪望问道,并且露出狡黠的笑容。

继德点头称是,蓁蓁当即皱起眉头,困惑问道:"可是卢老掌柜不是在大家面前说,要将财产留给长房吗?"

"李捕头又不是卢老掌柜肚子里的蛔虫,怎会知道人家哪句话才是心里话呢?"溪望给蓁蓁使了个眼色,示意她别揭穿继德的谎言,他们的目的只是办案,卢家的争产风波不在他们的管辖范围内。

蓁蓁愣了一下随即会意,便不再多嘴,倒是伯仑咧嘴笑道:"像卢老掌柜这样的老人还挺常见的,虽然心里早就想好要把财产留给谁,可是又怕一旦说出来就会家无宁日,所以不到最后一刻也不肯开口,不管大家怎么逼问,也只会给出模棱两可的回答。"

"嗯,阿爹的确是这样。"继德点头认同,"我倒没在意,兄长两父子却一再逼迫阿爹落实财产的分配,可阿爹每次都会以不同的借口拖延。最初,阿爹说双亲健在谈论后事不吉利。阿娘仙游后,他又说守业还小,待守业成亲后再说也不晚。守业便让媒婆帮忙物色对象,还不管对方的条件有多糟糕,只要能立刻成亲就行了,吓得他又改口说要续弦,一切容当后议。"

"续弦后又是双亲健在,也就是说,不到最后一刻,卢老掌柜也没打算开口吧!"溪望调侃道。

"大家对此心照不宣,都各自悄悄做好准备。虽然表面上大家仍和和气气,但随时会翻脸不认人。刚才兄长一声令下,就有近二十名手持木棒的家丁冲入灵堂,显然是早就安排好的。"继德心痛地长叹一息,"阿爹要不是走得这么突然,情况或许会好一点儿。"

"卢老掌柜已经七十岁了,那方面恐怕已经有心无力了吧!"溪望一本正经地发问,"他之所以要续弦,纯粹是为了应付继业父子吗?如果是,应该犯不着亲自去迎亲吧!毕竟迎亲必须经过恶人山,那里常有山贼出没是尽人皆知的事情。"

"其实我也这么想,还劝阿爹迎亲的事让家丁去办就行了。"继德答道,"可阿爹却说,他迎娶乐家姑娘的目的是看中对方的嫁妆,所以他必须亲自把嫁妆押送回来。"

"新娘娘家是富可敌国的名门望族吗?"蓁蓁好奇地问道,因为愿意嫁给古稀老人的姑娘,家境恐怕好不到哪里去,但能令作为银楼掌柜的永福也必须亲自押送的嫁妆,又肯定是十分贵重的宝贝,绝非寻常人家能拿出手的。

"其实我对新娘的情况也不是很清楚,只知道她很年轻,比守业、守信还要小,是个十六岁的黄花闺女。"继德说着忽然皱起眉头,迟疑片刻又道,"关于阿爹亲自迎亲这事,我跟兄长都十分反对,担心他会在路上遇到不测。可是,他不知道跟兄长两父子说了些什么,兄长随即就改变了态度,而守业不仅鼎力支持,还说了些莫名其妙的话,譬如'等阿翁续弦后,我就能把福星银楼开遍整个大唐'之类。"

"卢大郎君挺有大志的嘛!"伯仑调侃道,"虽然你们卢家家财万贯,但要把银楼开遍大唐,恐怕也需要千倍以上的财力才行。难道说,新娘的嫁妆全是价值连城的宝贝?"

"捕爷见多识广,令人佩服。我帮忙打理福星已二十余载,所以非常清楚,开银楼最重要的就是充足的资本。若要将福星开遍大唐,的确就如捕爷所言,需要比目前多千倍以上的雄厚财力,否则就是痴人说梦。"继德恭维地说,随即摊手叹息,"尽管新娘的嫁妆仍留在恶人山上,但十分遗憾,据我所知,嫁妆似乎都是些新娘平日常用的衣饰和器具,还有就是一些新娘喜欢的食物,都是些不起眼也不值钱的普通物件。"

"你怎么好像知道卢家挺多事情的?"蓁蓁凑近伯仑耳边细语。

伯仑亦低声回应:"我之前不是帮一群贼人打家劫舍吗,不对广州城里的大户人家有点儿初步了解,又怎能找到合适的目标呢!"

溪望瞥了眼窃窃私语的两人,狡黠地对继德说:"听说在新娘的嫁妆中有一本人皮宝书,这或许就是卢老掌柜眼中价值连城的宝贝吧!驻守山寨的官兵说,昨晚家属运走卢老掌柜的遗体时,把宝书也一同带走了,请问宝书在什么地方呢?"

"人皮宝书?我没看见什么书籍啊……"继德皱着眉头想了想,"或许是在兄长手上吧,昨晚是他亲自将阿爹的遗体运回来的。"

"你不是说他好吃懒做,啥事都假手于人吗?"蓁蓁质疑道,"官兵上山时已经入夜,那他不就连夜奔波了?"

"其实我也觉得兄长十分反常,或许是因为阿爹出事了吧……"继德正说着,突然有一名家丁边大叫"不好了",边慌慌张张地冲进凉亭。

继德连忙问发生了什么事,家丁瞄了眼溪望等人,不敢直说,便凑近他耳边细语。他一听,当即脸色大变并放声惊呼:"什么,兄长死了?"

第五章　落草为寇

在恶人山接近山顶的位置，有一片地势平坦且宽阔的空地，三间简陋的草房在空地边缘依山而建，并且有一圈用树枝搭建的护栏将空地包围，只剩下一个约两米宽的出入口。这就是山贼们搭建的山寨，简陋但实在，遮风挡雨还行，但作为防御工事就不堪一击了。

不过，申羽从雪晴口中得知，这片空地居高临下、视野广阔，因而占尽地利，易守难攻，所以才屡屡被山贼盘踞。两个月前她跟手下剿灭另一伙山贼时，已将对方搭建的山寨付之一炬，没想到才过了一阵子又卷土重来了。

雪晴昨天上山时，发现空地上全是山贼的尸体，由此推断山贼已经死光。但为了提防仍有余孽在逃，她留下了十名士兵把守，并吩咐手下别碰任何东西。因此，除最初对山寨进行了一番彻底的搜查，确认活人和死人的数目外，士兵们就没再触碰山寨里的东西，甚至没有移动任何一具尸体，尽可能保持他们刚到时的模样。

申羽站在山寨入口，首先映入眼帘的是一顶停在空地中央的红色花轿。之所以强调是红色，是因为这不仅是花轿本来的颜色，更因为轿身布满干涸的血迹，生动地描绘了就发生在昨天的那场腥风血雨，十分恐怖吓人。

花轿周围的空地上躺满了尸体，申羽轻手轻脚地转了一圈，确认都是些身穿粗衣麻布的糙汉，身旁均有散落的叉、斧、耙、铲等农具。由此可见，这群山贼似乎是些不愿意踏踏实实地务农的庄稼人。

花轿旁边放有五个大木箱，雪晴说是新娘的嫁妆，还说昨天控制山寨并确认新郎遭遇不测后，她便立刻通知卢府，卢家长子卢继业随即亲自前来运走新郎的遗体。家丁搬运遗体时，继业偷偷摸摸地将一本放在木箱上的书籍收入怀中。她目睹了这一幕，便向继业提议把嫁妆也一起运走，因为财物留在山寨里，她跟手下就得负上保管的责任。然而，继业却说嫁妆里没什么值钱的东西，回头再处理也没关系。

"虽说这是他们的家务事,但我还是将此事告诉了新娘。"雪晴面无表情地说,"新娘说那本人皮宝书的确是她嫁妆里最珍贵的,因为书里禁锢着亡国公主的冤魂,山贼就是被公主的冤魂杀死的。"

"新娘也一起去卢府了吗?"申羽问道。

雪晴摇了摇头,指着花轿说:"你要是留心听,就能听见新娘的声音了。"

"新娘就在花轿里?"申羽大感愕然,既惊讶于继业竟然把自己的"后娘"扔在遍地尸体的山寨里,亦为新娘竟敢待在布满血迹的花轿里感到不可思议。不过更出乎意料的是,他凝神谛听,竟然听见花轿里传出平稳的鼾声。

"新娘睡着了?"申羽不敢相信自己的发现,毕竟不是每个女子都能像雪晴那样,面对堆积如山的尸体仍无动于衷,更别说在尸体堆里安心睡大觉了。因此,他便问雪晴,怎么不让卢家人接新娘回卢府,而让人家独个儿待在花轿里睡觉?

"这不在我的职责范围内。"雪晴冷漠地回应,随即解释昨天继业以传统风俗为由,拒绝迎接新娘回卢府。因为按照传统,新娘进门后就得拜堂成亲,哪怕新郎遭遇不测也一样。也就是说,新娘若前往卢府,就得跟刚去世的新郎举行冥婚。

"让新娘留下来是权宜之计,而让她待在花轿里,是因为没有更舒适的地方。"雪晴解释道,并示意这里除了花轿,就只有三间简陋的草房。尽管花轿外面布满了血污,但里面肯定比土匪窝干净舒适,而且待在较熟悉的环境里,也能令新娘的情绪稳定一些。

雪晴问要不要叫醒新娘问话,申羽觉得新娘挺可怜的,不想扰人清梦,便说:"你们不是生擒了一个山贼吗?他在哪里?我想先找他问话。"

"在最大那间草房里,由我的手下看守着。"雪晴面无表情地作答,并带头往草房走。

三间草房大小不一,中间大两侧小。申羽粗略地看了几眼,发现都十分简陋。左侧的是厨房,用竹子做的房门上有好几个鞋印,已经坏掉被放置在地上,里面有一口铁锅和一堆被当作饭碗使用的竹筒。用石头和泥巴堆砌而成的土灶台,虽然能透过烟囱排烟,但巴掌大的空间里连窗户也没有一扇,负责做饭的人应该挺辛苦的。

右侧是首领的房间，尽管大小跟厨房差不多，同样也没有窗户，不过门后就一堆铺在地上的干草，并且在最里面的墙角里放了个能把两个成年人装进去的大竹篓，另一边的墙角还放有一把寒光闪烁的大刀，此外便没有任何家具，所以感觉还挺宽敞的。申羽往竹篓里瞥了几眼，里面都是些草鞋、草帽、蓑衣之类不值钱的手工制品，大概是没处理掉的赃物。大刀则扎实且锋利，显然是能工巧匠的杰作，一看就知道远比竹篓里的便宜货贵重。

中间的大草房是个大通铺，地上铺了二十余堆干草，首领以外的山贼应该都睡这里。同样用竹子做的房门摇摇欲坠，大概跟厨房门一样是被官兵踹开的，只是稍好一点儿，虽然还没有完全坏掉，不过也撑不了多久。

被生擒的山贼自称"笨狗"，他被五花大绑坐在大草房里的干草上，由两名士兵看守。从雪晴口中得知，士兵搜查山寨时，发现厨房门紧闭，便使劲将其踹开，随即发现这个山贼中唯一的幸存者。

申羽仔细地观察笨狗，发现这个二十岁出头的胖家伙，不仅面容憨厚，眼神中还带有一点儿傻气，哪像杀人越货的凶残劫匪，倒像总被欺负却不敢吭声的憨小子，便问他是怎样当上山贼的。

"首领说当山贼有饭吃，而且能发大财……"笨狗憨厚地笑道，随即徐徐道出如何走上歧途——

前不久一场龙舟水把我们的村子淹了，一下子死了很多人。我虽然侥幸活了下来，可是我的爹娘跟弟弟妹妹都没挺过来。而且洪水把粮食都泡坏了，吃了会拉肚子，牲畜和庄稼也全被淹死了。

村里很多人都跟我一样，啥吃的都没有，只能上山摘野菜，抓鸟抓野兔充饥。大家都知道这样不是办法，因为山里没多少能吃的东西，我们不可能撑到明年秋收，搞不好今年中秋就得到地府跟家人团聚。为了活下去，全村人都聚在一起商量，这时候首领就提议大家跟他去干一票大买卖。

首领是外村人，大概十年前才来到我们村了。当时有二个山贼想进村打家劫舍，刚好被路过的首领碰见，就跟他们打起来。虽然他最终把三个山贼都杀了，但也付出了惨重的代价——左眼被砍瞎了。

他保卫了村子，是我们的恩人，所以大家就请他进村，帮他包扎伤口，并且问他尊姓大名。他知道自己的左眼已经救不回来了，就豪爽地说："以后老子就叫独眼龙。"从那之后，他就在大家的帮助下在村子里盖了一间草房住下，不知不觉就待了十年。

他会养蜂，在草房外养了好几窝，我不知道他养的是啥品种，反正挺厉害的。有一次我去找他，被这些小家伙蛰了一下，当场就晕倒了。要不是他掐我人中把我弄醒，我也不知道得在地上躺多久。不过养蜂赚不到多少钱，甚至连糊口也不够。

幸好他本领高强，就凭借一身本领当个走镖的。他一年里至少有一半时间在外面走镖，啥地方都去过，见多识广，经常给大家讲外面的奇闻逸事，大家都很信任他。所以当他说要带我们到外面发财时，大家想都没想就说跟他走。我当然也一样，不过我的目的不是发财，而是不想天天挨饿。毕竟留在村子里，早晚会饿死。

首领当场就挑选了包括我在内的二十四名健壮青年，信誓旦旦地说："我保证干完这票，全村都不用挨饿！而且所有跟我出去的人都能买几十亩地当地主，每天都能大口吃肉，大碗喝酒，老婆想要几个就娶几个，还能每晚都去喝花酒。"

我们都是些连邻村也没去过几回的乡巴佬，自然是首领说啥，我们就信啥，压根就没想过他会骗我们。立刻就按照他的吩咐，把家里能吃的都带上，再收拾几件衣物，然后找件能当作武器的农具，就一起跟随他出发。

本以为他会带我们到镖局，教我们当镖师赚钱，没想到他竟然把我们带来恶人山，让我们在这里搭建山寨，抢劫从山脚经过的商旅。这时候我们才知道，原来他每年不在村里的时候，其实是在外面当山贼。因为怕被官府抓获，所以每隔半年就回村子里避风头，安安分分靠养蜂糊口度日，熬一段日子后又到外面作恶。十年前那三个山贼其实是他的同伙，当时他也不是保卫村子，而是因为分赃不均而大开杀戒。

尽管知道被骗了，但我们已经没有退路，因为回村子就只有死路一条。而且首领的确能让大家发财，只要我们能够狠下心肠，将经过的商旅杀死就行了……

申羽忽然问道："你动手杀人了吗？"

"没有，我胆子太小，杀鸡杀鸭还行，杀人就不敢了。首领让我试了好几次都没有成功，差点儿就把我赶回村子里。"笨狗露出牵强且尴尬的笑容，"不过大家一起过日子,像挑水、做饭、倒夜香之类的脏活累活总得有人干,所以首领就让我留下来了……"随即又继续讲述当山贼的经历——

其实我们也就半个月前才来到这里,当时这山头就是个废墟,啥都破破烂烂的。还好我们人多,加上首领有二十五个人,所以只花了五六天就把地方清理干净,并且搭建了三间草房落脚。

这时候,大伙儿带来的食物都吃光了,首领就对我们说:"不想挨饿就跟我到山脚收点儿买路钱。"

大家以为只要装出一副凶狠的样子,吓唬一下路过的商人,抢点儿银两就完事了。可万万没想到,当看见四五名结伴而行的商贩出现时,首领啥也没说就挥舞着砍柴刀扑过去,毫不犹豫地砍在其中一个商贩的脑袋上。大家虽然都惊呆了,不过还是有好几个胆大的哥儿们很快就反应过来,立刻扑出去追截四散逃走的商贩。尽管大伙儿都是庄稼人,但胜在人多势众,对付几个商贩还是挺轻松的,我甚至都没干啥,只是跟随大家喊了几声助威。

大伙儿把那几个商贩都杀了,把他们身上所有值钱的东西都扒了下来,再随便挖了个坑把他们掩埋。虽然没抢到多少钱,不过好歹接下来的几天里不用挨饿。

之后,首领每天都带我们到山脚伏击路过的商旅,并且刻意让每个人都开杀戒。他说这是江湖规矩,好像是叫投名状,意思就是大家都杀过人了,被官府抓到都得杀头,所以都不能出卖彼此。谁要是不肯动手杀人,以后说不定会向官府告密。

因此,在还不到十天的时间里,大伙儿都背负人命了,只剩下我一直不敢动手。哪怕首领把抓到的人绑在树上让我去杀,我也没杀成。不过大伙儿都知道我傻乎乎的,不可能到衙门告密,而且我这么笨,就算想去衙门也不知道怎么走,所以就让我留下来做些脏活累活。

从村子里出来已经半个月,大家算是习惯了这种生活,可我们渐渐发现当山贼其实也赚不到多少钱。因为携带大量值钱货物的商旅,必定会聘请一大群武艺高强的镖师护送,我们这些庄稼人根本打不过,只能抢那些穷商贩。可穷得连镖师也请不起的商贩,又哪有多少值钱的东西?所以不管我们怎么折腾,也就只能糊口度日,别说发大财,能熬过冬天就不错了。

大伙儿本想干一票大买卖就回村子里安稳过日子，哪知道都犯下杀头大罪了，竟然也只能勉强吃饱肚子。而且这种日子也不见得能一直维持下去，说不定明天官兵就会冲上山寨，把大家都抓去砍头。所以大家难免会抱怨，说这样混日子也不是办法。还好首领说马上就会带领大家发大财，这半个月不过是让大家熟识一下，接下来要干的才是正事。

原来首领收到风声，过两天将有一支迎亲队伍在山脚经过，新郎新娘都是富贵人家，光是嫁妆就足够我们一辈子吃香喝辣。而且新郎还能帮我们找到一个巨大的宝藏，那可是堆积如山的金银财宝，不管我们怎么挥霍，哪怕每人养十个小妾，每天用十桶蜂蜜给小妾泡澡，泡上十辈子也花不完。

大家一听马上就来劲了，都开始琢磨怎么纳妾了。不过很快就有人回过神来，说有钱人的迎亲队伍不可能没有镖师护送啊！对付不会武功的商贩，我们还能依靠人多势众，但在武艺高强的镖师面前，我们就只有挨打的份儿，人再多也伤不了人家分毫。

"大家尽管放心，这事我早就安排好了，到时候只要把镖头放倒，小弟们就会立刻四散逃走。"首领不慌不忙地说，原来他勾结了护送迎亲队伍的镖师，不光知道对方什么时候经过山脚，还知道整个队伍的详细情况。

带队的镖头是个老江湖，不仅武艺超群，还有很高的江湖地位。在外人眼里，他是个备受尊崇的老前辈，但私底下其实是个卑劣的浑蛋，终日打骂手下的镖师，还用各种借口侵吞他们的酬劳。大家都对他恨之入骨，可又敢怒不敢言，所以才会跟首领串通。只要镖头一死，其他镖师就会立刻抛弃迎亲队伍逃走，反正有镖头背黑锅，没有人会责怪他们……

"像镖头这样的人其实并不鲜见。"雪晴冷不防地插话，随即又沉默不语，直到申羽问她有何高见才继续说，"江湖中倚老卖老的大有人在，但前提是必须有真本事，不然根本没有作威作福的机会。"

申羽亦觉得在理，身为镖头肯定不好对付，所以才会不把手下放在眼里。因为就算没有手下帮忙，镖头也有独挑大梁的自信。而独眼龙只是个跟同伴搏斗也被砍瞎一只眼睛的毛贼，哪怕连同二十多名村夫一起上，也不见得是镖头的对手。故他便向笨狗问道："独眼龙要怎么放倒镖头？"

笨狗憨笑答道："嘿嘿，首领很厉害，懂得很多法术，当中包括杀人的法术。"

第六章 密室凶案

卢府大宅是广州城中最宏伟的建筑之一，不仅占地广阔，而且楼高三层，比附近的房子高了一大截，有种一览众山小的气派，格外引人注目。把房子建得富丽堂皇，显然是为了展示财力，毕竟作为银楼世家，住所绝对不能寒酸，否则难以招待贵宾。

大宅一楼主要用于待客，二楼和三楼则是诸多宽敞的卧房和书房。因为家丁都住在位于大宅外的下房，大宅里就只有卢家人居住，所以空置了不少房间。而且卢家人的房间也挺分散的，永福和儿子儿媳住在二楼，孙子们都住在三楼，大家的卧房都不相连，要么隔着空房，要么就隔着书房。

继业在二楼的书房里出事，溪望行动不便，继德本想让家丁背他上楼，但他不想落人口实，毕竟蓁蓁刚刚才刚正不阿地拒绝了人家的打赏，所以只好难为伯仑了，反正又不是第一次。伯仑虽然颇有微词，不过被蓁蓁瞪了一眼后，还是老老实实地背着他上楼。

在继德的带领下，一行人来到二楼，远远看见一个房间门外有四名家丁看守，此外还有一对穿着孝服的男女，女的看见继德便像看见救星一样，一连叫了好几声"小叔"。继德慌忙快步上前，女的紧紧地握住他的双手，不停地说着怎么会这样、该怎么办之类的话，急得像快要哭出来。

伯仑小声地告诉溪望和蓁蓁，这个三十五岁、风韵犹存的少妇是继业的娘子徐秀芳，旁边的男生是她跟继业的次子卢守信。不同于继业、守业两父子的飞扬跋扈，秀芳和守信都是温婉和善的善荏，而且都跟继德十分亲近。

"继德都三十有六了，仍未有成家立业的打算，却跟大嫂亲密无间，所以坊间传言他俩关系不一般。甚至有传说，守信其实是他的孩子。"伯仑猥琐地笑道。其实刚才在灵堂上已见过两人，只是当时他没有机会细说而已。此时他背着溪望走在后头，跟焦急地上前安抚秀芳的继德有一段不短的距离，身旁又只有蓁蓁，正好能说些风月消息。

秦蓁细看秀芳的面容，虽说眉清目秀，但远未达到倾国倾城的程度，至少要比知妍逊色多了，甚至连她最讨厌的雪晴也比不上。因此，她不由得皱眉咕哝："她又不是再世西施，不至于能把卢家两兄弟都迷倒吧！"

"不好说，情人眼里出西施，而且有钱人的品位往往都很奇怪。"溪望苦笑摇头。

继德安抚秀芳一番后，便让守信照顾母亲，随即请三人进入由四名家丁看守的书房调查。溪望进门后便习惯性地观察四周的情况，书房的布置跟大宅其他地方一样富丽堂皇，正对房门的书桌由一整块巨大的紫檀木雕刻而成，桌面光滑如镜且散发着淡淡的木香。书桌后方是一个背靠墙壁放置的檀木架，架上放满了各种各样的赌具。书桌右侧是些过人高的柜子，应该放满了继业珍藏的宝贝。书桌左侧是一排敞开的窗户，能清楚地听见从繁华街道上传来的熙熙攘攘，不过整个书房均一尘不染，显然每天都有打扫。

继业倒在书桌与檀木架之间，他是坐在太师椅上，连同椅子一起往后倒地的。他的右手紧紧地抓着一本皮质封面的书，左手则按住自己的脖子，面露痛苦、惶恐之色，且双眼不能瞑目。似乎是在他看书的时候，突然发生了什么意想不到的事情，令他受到惊吓，甚至是受到伤害，因而仰倒地。

秦蓁绕过书桌蹲下来伸手试探继业的鼻息，回头向溪望示意这个方才仍飞扬跋扈的纨绔子弟已经横死了。她的目光随即落在死者右手那本合上的书上，准备拿起来打开细看。

"李捕头且慢！"溪望慌忙叫停，并提醒恶人山上的山贼离奇暴毙，或许跟某本书籍有关，如今继业莫名其妙地丧命，手里又拿着一本书，说不定有什么关联。他接着又问继德，知不知道继业手里拿着的是什么书。

"没见过，兄长从不看书。"继德摇头答道，一副百思不得其解的模样，"这间书房里原本一本书也没有，就连书桌上的文房四宝也只是摆设，压根就没用过。因为兄长不认识多少字，哪怕是签租约打借条都得书童帮忙，所以我也不晓得他怎么忽然就来兴致了，更不知道他从哪里弄来这本书。"

"令兄不识字，那么方才应该有人念书给他听吧！"溪望机警地问道。

继德立刻询问门外的家丁，得知继业大闹灵堂后就独自待在书房里，还吩咐家丁守在门外，不许任何人进入。他在书房里待了小半个时辰，忽然大叫一声，家丁们当即一同冲进书房，发现他已倒地抽搐。

溪望细问家丁，得知当时有四名家丁守在门外，都是平日跟随继业左右的贴身保镖，深得继业信任。而且其他路过的家丁亦能证明，四人的确一直守在书房门前。

"他不会真的是被这本书害死的吧？"蓁蓁看着尸体手中的书籍，连脸色都变了，并且深感后怕，要不是溪望提醒，她或许已步其后尘。

溪望亦仔细观察，得见该书大概百页厚，以泛黄的皮革为封面。由于封面上没有任何文字或图案，不清楚其内容，也不知道是不是雪晴所说的"人皮宝书"。因此，他便从另一个方向寻找线索，指着死者按在脖子上的左手说："或许让他把手松开，就会知道答案。"

蓁蓁谨慎地以刀鞘拨开继业的左手，发现对方脖子上有一个针孔大小的细微伤口，且伤口周围出现红肿，显然是死前受到的伤害。她不禁疑惑地皱起眉头："难道是毒针之类的暗器？"随即仔细地搜查了周遭一圈，却没发现任何刺针状的物件。

"应该没有会拐弯的暗器吧？"溪望向蓁蓁问道，并且朝敞开的窗户望去。书房门外有四名家丁把守，凶手只能通过窗户袭击继业。可是继业的伤口在脖子的左侧，而不是靠近窗户的右侧。也就是说，除非凶手在窗外使用的是"会拐弯的暗器"，否则不可能在继业脖子的左侧留下伤口。

蓁蓁思索片刻后答道："会拐弯的暗器我没听说过，不过轻功了得的高手能轻易爬上二楼，并且通过窗户进出，还不会留下半点痕迹。"

溪望曾目睹蓁蓁如何飞檐走壁，自然不会有丝毫怀疑，便示意背着他的伯仑走近窗户，仔细观察窗外的情况。尽管繁华的街道就在眼前，但窗户并非临街，下方还隔着宽阔的庭院。窗户距离地面也就四五米高，凶手若懂得轻功，的确能轻易爬上来。不过前提是，凶手还要懂得隐身术，因为有近十名家丁就在窗户下方忙碌着。

溪望让继德把其中一名在窗户下方忙碌的家丁叫来，经询问后得知，他们是在为丧宴做准备。因为需要处理大量食材，厨房地方不够用，所以像洗菜切菜之类的只好搬到庭院里，在不易被亲友看见的角落进行，而这个角落正好位于书房窗户的下方。

"我们一大早就在庭院里忙个不停,虽然没有特别留意,但现在可是大白天,哪怕身手再怎么好,也不可能神不知鬼不觉地在我们头顶溜过吧!"家丁坚称从早上至今也没有任何人通过窗户进出书房。

溪望抬头看了眼明媚的太阳,并且将手探出窗外。他低头一看,得见手影落在一名正在洗菜的家丁头上,对方察觉异样便抬头跟他对视,随即困惑地向他点头示好,然后就继续洗菜。

刚走到窗边,将这一幕看在眼里的蓁蓁,不由得皱起眉头:"看来除非没有影子,不然就算轻功再怎么厉害,从窗户进出书房也必定会引起下方的家丁注意。"她看了看庭院里差不多两个人叠起来那么高的围墙,又回头瞥了眼继业倒地的位置,"外墙这么高,死者距离窗户又至少五步远,而且是坐在椅子上,街道上的行人肯定看不到他,更不可能用暗器将他杀死,哪怕是会拐弯的暗器也一样。"

"也就是说,卢大公子是被手中的妖书害死的喽。"溪望看着那本被死者紧紧地抓住的书,眉头皱得能夹住苍蝇。

书房门外有四名家丁看守,窗户下方又有十多名家丁在忙碌,双方均能证明继业独自待在书房期间,没有任何人进入书房。窗外的街道尽管人来人往,不过有高墙及庭院阻隔,根本看不见坐在书桌旁的继业,更别说施放暗器伤害他。因此,虽然难以置信,但溪望的推测似乎是唯一的可能。

然而,尽管害死继业的"凶器"就在眼前,但谁也不敢轻举妄动,将这本诡秘莫测的皮质书打开仔细调查,因为稍有不慎便会落得跟继业一样的下场。无奈之下,溪望只好从这本书的来历入手,逐一询问在场的众人。

贴身保护继业的四名家丁告知,这本书是继业昨晚运送永福的遗体时,一起从恶人山带回来的,应该是新娘的嫁妆之一。不过继业返回卢府后,就将遗体塞给继德处理,却将这本书悄悄带进书房。

蓁蓁听着觉得不对劲,连忙问新娘呢?怎么只把新郎的遗体运回来,新娘就不用管了吗?

"不是不用管,而是现在这状况,不能让新娘进门。"继德尴尬地作答,随即详加解释——

按照传统风俗,新娘在迎亲队伍的护送下来到男家,进门后便要跟新郎拜堂成亲。可是现在还没有拜堂，阿爹就已经仙游了，若非要把新娘接回来，她就得跟阿爹冥婚。

新娘是个十六岁的黄花姑娘，当然不愿意跟阿爹冥婚了，所以她绝对不能踏进卢府的大门。不过，她也不能回娘家去，因为阿爹已经带着迎亲队伍将她从娘家接走了。对娘家而言，她就是"泼出去的水"，得完成所有成亲仪式之后，才能跟新郎一起回娘家探望。也就是说，现在新娘陷入进退两难的境地，既不能踏进卢府的大门，也不能回娘家去，只好让她暂时待在恶人山。

兄长昨晚刚返回卢府就跟大家商讨此事，解决方案其实只有一个，就是在家里的男人当中挑选一个代替阿爹当新郎。然而，问题就出在该选谁上。

兄长认为他是长子，理应由他代替阿爹续弦。不过新娘虽然愿意嫁给古稀老人，但人家好歹也是朱门出身，要求必须当正妻，而不是小妾，所以他打算停妻再娶。

然而，大嫂也是朱门出身的大家闺秀，兄长如此胡闹，不仅令她颜面扫地，甚至她的娘家也会蒙羞。因此，她当即表示绝对不会允许这种荒唐闹剧发生，兄长若肆意妄为，她就会闹上衙门，甚至闹到都督府去。她还提议该由守业当新郎，因为守业已经十八岁，正值婚龄是最合适的人选。

守业也愿意迎娶新娘，还说阿爹承诺死后将一切都交给他，他继承阿爹的财产，连同新娘也一并娶进门，自然是理所当然之事。兄长自然不会答应，因为这不仅是谁当新郎的问题，还涉及财产的继承。

按理说，阿爹的财产该由兄长继承，但如果守业娶了新娘，就相当于接替了阿爹的位置，辈分从孙辈变成了祖辈。再加上阿爹生前的承诺，那么他越过兄长继承家族财产，在道理上就说得通了，日后就算闹到官府去，也能得到官府的支持。

兄长当然不会让这种事发生，坚决反对由守业当新郎。大嫂只好退而求其次，提议由守信将新娘娶进门，反正守信也十七岁了，同样是适婚的年纪。

守信是个乖巧的孩子，愿意遵从爹娘的吩咐，可问题是兄长跟大嫂的吩咐不一样。兄长态度强硬，一定要停妻再娶，大嫂则让守信明天就去将新娘娶进门，而守业也坚持要当新郎。一家四口三个主张，吵了一宿仍互不相让，最终不欢而散……

"其实最好的解决方案，是由我代替阿爹将新娘娶回来。"继德叹息道，"不过兄长一家几乎都各有盘算，压根就没有考虑这个方案。当然我也没有提出，不然被他们误会我想争夺家产就不好了。"

"衣冠禽兽。"溪望于心中讥讽，脸上却没有流露出一丝痕迹。

继德若当真没有争产的念头，就不会提议由自己来迎娶新娘。因为在继业突然离世、秀芳和守信在场的当下，向都督府派来的捕快提出这个"最佳方案"，不就是以退为进，让都督府按这个方案善后吗？毕竟都督府不可能让新娘一直滞留在恶人山，必定会让卢家人尽快将她接回卢府。

既然有争产的念头，那么继德就有杀人的动机。

溪望看了眼沉稳的继德，又看了眼惊惶失措，需守信撑扶的秀芳，再看着继业手中的皮质书，心想继业若不是被这本书害死的，那就肯定是被身边的至亲谋害。因为继德和秀芳各自都有杀人动机，前者为了争产，后者为了保住自己和娘家的名声。

又或者两者其实并不冲突，凶手说不定就是利用这本诡秘的皮质书将继业杀死……

"哈哈哈，老废物终于死了！现在不论当家还是掌柜，都没有人跟我争了，哇哈哈哈！"守业兴奋的笑声从门外传来，溪望的思绪因而被打断，同时亦意识到此人才是获益最大的嫌疑人。

第七章　少女新娘

"独眼龙会什么法术？"申羽惊讶地追问，可惜笨狗是真的笨，想了好一会儿也不知道该怎么回答，只是说独眼龙会很多法术，当中包括"杀人的法术"。无奈之下，申羽只好让笨狗将独眼龙使用法术的过程说出来。

"我没看见呀！首领每次都是躲起来施法的，还吩咐大家绝对不能偷看，不然法术就会失效……"笨狗答道，随即详细讲述伏击迎亲队伍的经过——

昨天，我们一大早就在山脚那条小路的两旁埋伏好，而首领则独自藏身在一棵比四五个人叠起来还要高的大树上，能看清楚小路的情况。首领吩咐我们，别管那些连几个铜板也没有的小商贩，免得打草惊蛇。所以我们一直埋伏到午后，肚子都开始打鼓了，也不敢动弹一下。幸好，在我快饿晕的时候，迎亲队伍终于出现了。

带领队伍的镖头是个四五十岁的大汉，他背着一把大刀、骑着骏马威武霸气地走在前头，双眼瞪得老大，时刻留意着周围的情况。我一看就知道这家伙不好惹，就算我们所有人一起冲过去，恐怕也伤不了他分毫。

不过当镖头再走近一些，我发现他不仅满头大汗，面色还有点儿苍白，似乎状态不太好，就像吃坏了肚子那样，或许是天气太热的缘故吧！尽管如此，他仍十分吓人，我甚至能想象到他一刀一个地把我们的脑袋逐一砍下来的情景，实在太可怕了，光想想就让我颤抖不止。

也不知道是不是我抖得太厉害，被镖头发现了，他忽然拉紧缰绳并扬手示意队伍停下来，随即警惕地注视小路两旁的草丛，缓缓地从背后拔出寒光闪烁的大刀。我可被吓得快要尿出来了，生怕他突然骑着马朝我这边冲过来，像割草似的把我们的脑袋都割下来。

事实上，镖头似乎真的有这个打算，他死死地盯住我的位置，双手执刀蓄势待发。眼看下一刻他就要扑向草丛大开杀戒，大刀竟然从他手中掉落。我还以为看错了，揉了揉眼睛再看，发现他用左手捂住脖子，不停地大口喘气，不一会儿就从马上掉下来了。

首领随即从树上跳下来,挥舞着砍柴刀冲迎亲队伍喊话:"我是法力无边的恶人山寨主,你们的镖头已经被我用法术杀死了,你们要想活命就乖乖地束手就擒,不然休怪本座手下无情。"

迎亲队伍里的近十名镖师看见镖头倒地后抽搐了几下便没有了动静,而且其余山贼纷纷从两旁的草丛里冒出来,便互相使了个眼色,随即转身逃跑。镖师一下子跑光了,家丁们回过神来自然就跟着跑。不过首领可没打算放过他们,见镖师已经跑远了,就叫大伙儿追上去,把家丁统统杀光。

之后就是些善后的事情,我们先把躲在马车里不敢出来的新郎绑起来,连同五大箱嫁妆都带回山寨去,仍待在花轿里的新娘也连人带轿抬上山寨。然后就在附近挖了个大坑,将镖头和家丁的尸体,还有其他没啥用处的东西都扔进去埋起来。

把这些事情都折腾完后,申时都快过一半了。首领让大伙儿在山寨的空地里,围着被反绑双手的新郎、坐着花轿的新娘还有嫁妆。我以为首领准备给大家分赃,谁知道他跟新郎竟然是认识的。

原来这个老头子是个腰缠万贯的银楼掌柜,怪不得白发苍苍还能娶妻,有钱真是想干啥都行。不过他落在我们手上,得给多少银两才能保平安,还不是我们说了算,大伙儿可高兴坏了。

不过,首领竟然拒绝了新郎让家属送来赎金的提议,却要新郎告诉他宝藏藏在哪里。然后他就按照新郎的指示,在嫁妆里找到一本"人皮宝书"。可是,这本哪是什么宝书啊,压根就是本妖书。他把书打开也没看几页,突然就妖风大作,随即漫天妖魔鬼怪张牙舞爪,不一会儿就把大伙儿连同新郎也一起杀掉了……

"漫天妖魔鬼怪张牙舞爪?"申羽被这句话吓得脸色都变了,连忙追问当时的情况,以及笨狗为何能在如此凶险的情况下幸存下来。

谁知道笨狗竟然傻乎乎地说:"我哪知道,我只是猜的。"原来独眼龙翻开"人皮妖书"时,笨狗已被差遣到厨房做饭。当时厨房门仍是完好的,关上门后他就不知道外面的情况,只是接连听见一声声惨叫,吓得他拼命把门顶住。直到入夜后,官兵把厨房门踹开,他才知道整个山寨就只剩他跟新娘活下来。

"唉，我们整个山寨，二十五名兄弟，竟然在眨眼间就剩我一个。"笨狗伤感地叹息，"除了忽然冒出漫天的妖魔鬼怪，我实在想不到还能有啥原因。"

聊了一大轮后，申羽虽然对案情已经有了初步的了解，但在诸多关键问题上，笨狗均含糊其词，因此他仍有种云里雾里的感觉。走出草房发现流年仍在检验尸体，他的目光不由得落在空地中央的花轿上，随即嬉皮笑脸地对身旁的雪晴说："新娘漂亮吗？有没有你这么漂亮？要不我们现在跟她聊一聊？"

面对这一连串问题，雪晴冷漠地逐一回答："各花入各眼，我不觉得自己漂亮，也不会跟别人比较。不要。"

申羽虽知道眼前的冰山美人寡言少语，说话十分精简，且前两句也能听明白，但最后的"不要"是啥意思呢？不跟新娘详谈，案子还怎么查下去？

见他困惑地皱起眉头，雪晴叹了口气才详细解释："按照传统风俗，新娘抵达男家后，需由新郎踢轿门，然后才能下轿。在此之前，她不能下轿，也不能见任何人，尤其是男人，所以她才会坚持独个儿待在花轿里。之前都是我在轿外跟她交谈，谁都没有将轿门掀开，当然也没有人知道她的长相。"

"新娘从昨天到现在都没有下轿？"申羽吃惊地说，"她不用吃喝也不用上茅厕吗？"

雪晴面无表情地作答："我问过她好几次，但每次她都说没关系，让她待在花轿里就好。"

"不可能吧，一天不吃不喝还问题不大，但连茅厕也不上就奇怪了。而且我很好奇到底是新娘长得漂亮，还是你长得漂亮。"申羽嬉皮笑脸地对雪晴说，"新娘虽然是朱门出身的大家闺秀，但我有信心，你一定远比她漂亮。"

雪晴依旧冷漠地回答："你的任务是调查山贼们为何突然暴毙，而不是在这种无聊的事情上浪费时间。"

"不无聊，也没有浪费时间啊！能跟你多说几句话，就已经很有趣了。"申羽坏笑着说，"要不我这就去给新娘吹个小调，看她会不会忍不住冲出来上茅厕。"说罢就当真走向花轿。

"你这么无赖，让我很想把你的舌头割下来。"雪晴面无表情地抛下狠话，但仍呆立不动，并没有阻止申羽的打算。

申羽越过遍地的尸体来到花轿旁，凑近紧闭的轿窗吹起类似小鸟鸣叫的小调。然而，他吹了好一会儿，仍未见花轿里传出任何动静，便停下来静心聆听。花轿里传出轻柔且平稳的鼾声，新娘似乎在睡觉。

正当他以为白忙一场时，忽然听见花轿里传出惶恐的尖叫，新娘似乎遇到了什么可怕的事。他当即望向正在草房门口准备冲过来的雪晴，经过刹那间的眼神交流，他十分确定对方以眼神传来的信息：踢轿门！

"嘿嘿，那我就不客气，当一回新郎哥喽！"申羽立刻转身走到花轿门前，赶在雪晴走近之前将轿门掀开。

新娘显然没料到轿门会突然被掀开，所以把沉重的凤冠摘下来放在一旁，令申羽可以一睹她的真容。她有一种花季少女独有的天真烂漫，秀发乌黑亮丽，乌溜溜的双眼又大又水灵，面若桃花，唇似樱红，还有点儿婴儿肥。她虽跟美艳二字沾不上边，但也十分可爱迷人，跟雪晴那种冷艳是完全不同的美态，若非要把两人作对比，只能说各有千秋且不相上下。而且，申羽还觉得她好像有点儿眼熟。

然而，申羽还没来得及细看新娘的面容，一把锋利的短刀已经架在他的脖子上，吓得他立刻下意识地举手投降。他缓缓扭头望向短刀的主人，发现是脸上像覆盖了一层薄霜的雪晴，正冷酷无情地对他说："你肆意损坏新娘的名节，让我忍不住想将你的双眼挖出来。"

"刚才不是你让我踢轿门的吗？"申羽顿感冤受屈。

"我刚才没说话。"

"但你给我眉目传情了啊！"

"虽然我读书不多，但也十分确定这个成语不能用在我俩身上，因为我们之间不存在任何感情。"雪晴冷若冰霜道，"而且我方才跟你眼神接触的意思是想让你别动，等我过来再说。"

"那是我误会了，哈哈哈。"申羽讪笑着将随时能夺他性命的短刀轻轻推开，但雪晴没有放过他的打算，所以不管他怎么推，也不能令短刀移动分毫。

就在他为此犯愁之际，花轿里的新娘似乎已从惊慌中回过神来，哭丧着脸说："你们能帮我一下吗？"

新娘的声音软绵绵的，带有一股慵懒的气息，让申羽觉得很舒服，也很放松，而且有种似曾相识的感觉。他不由得再度细看新娘的面容，那场漫长梦境的片段随即在脑海中浮现，并且想起新娘是那个在梦中跟他共事多时，好吃懒做却怎么也长不胖，还总是吉星高照的同事："喵喵？你是喵喵乐小苗？"

"你怎么会知道我的名字？还连我的乳名也知道？"新娘惊讶地盯着他，"可我应该不认识你呀！"

申羽尴尬地说："如果我说梦见在一千多年后跟你是关系亲密的同袍，不仅情同兄妹，我还天天请你下馆子，你有啥好吃的也不忘留我一份，你会相信吗？"

"会呀！我一千年前还是公主呢，怎么会不相信一千年后跟你是同袍呢！"小苗兴奋地叫道，"那你这辈子也会跟我情同兄妹，天天请我下馆子吗？"

"会，不过前提是我还能保住这份工作。"申羽亦兴奋地跟小苗击掌为誓。

"唉，好好的黄花姑娘，脑袋竟然被米虫蛀透了。"雪晴摇头叹息，见新娘毫不在意轿门被掀开，所以她早就将短刀收起来了。在惋惜的同时，她亦不忘自己的职责，询问小苗刚才为何尖叫。

小苗羞涩地低着头，声如蚊蚋道："我刚才睡着了，梦见独个儿待在一个漆黑的房间里，令我觉得很焦急很害怕。幸好忽然飞来一只漂亮的小麻雀，它的叫声很好听，让我觉得很安心。它还飞在前面，让我跟它走。虽然不知道它要带我去哪里，但我总觉得跟着它准没错。我跟着它走着走着，竟然走进了茅厕，然后我就……"

"就尿床了？"申羽闻到那股令小苗面红耳赤的尴尬气味，随即仔细观察花轿里的情况。

小苗个子十分娇小，别说跟高头大马的蓁蓁相比，就连跟雪晴比较，也是家猫跟野狼的区别。因此对她而言，花轿里的空间十分宽阔，不仅能摘下凤冠放在身旁，甚至蜷缩着睡觉也没问题。而且花轿里还放满了水果、糕点、猪肉干等食物，数量之多，恐怕没个三五天也吃不完。

然而，尽管小苗待在花轿里吃和睡都不成问题，唯独没办法方便。过去的一天一夜她都是憋住的，一直忍到现在。所以当她在梦中听见申羽吹起小调，便自然而然地梦到走进茅厕，释放积压了一整天的"压力"了。

"呜……怎么办？"小苗羞愧得捂住脸哭起来。

申羽跟雪晴对视，随即从冷漠的眼神中读懂对方的心意：你惹的祸，你自己想办法解决。

"唉，小弟只好献丑了。"申羽无奈地叹息，随即在小苗的惊叫声中把全身衣服脱光，只剩下一条破旧的裤衩。

第八章　独揽大权

　　溪望正想从动机入手，琢磨继业的命案时，嫌疑最大的守业忽然带着一大群人闯进书房，还肆无忌惮地放声大笑，气得秀芳大骂他大逆不道，并且教训他不可对刚过世的父亲不敬，哪怕两人之前有天大的仇恨。

　　守业没有驳斥母亲，尽管露出不耐烦的表情，且一再打哈欠，但仍呆立着任由对方责骂。溪望趁机观察跟在他身后的那群人，其中四个是健壮的家丁，应该是他的贴身保镖，还有三个穿着银楼员工的制服，并且都是五六十岁精明老练的男性，似乎是银楼的老伙计。

　　等秀芳骂够了，守业便吩咐弟弟扶她坐下，然后才气定神闲地说："趁大家都在，我简单说几句。国一日不可无君，家一日不可无主。这么多年来，幸得有阿翁担当卢府的当家、福星银楼的掌柜，把家里和银楼都打理得井井有条。可惜昨天阿翁仙游了，现在连阿爹也走了，那不管是当家，还是掌柜都理应由我来接手。府里所有家丁都赞成我做当家，银楼的员工也十分支持我这个新掌柜，所以这事就这么定了，阿翁的所有财产都由我来继承，包括他未进门的新娘。等我把阿翁和阿爹的丧事一块办妥，就派人到恶人山接新娘回来。"

　　守业还甩手示意溪望等人赶快离开，说继业是死于隐疾，没什么好调查的。然而他刚吩咐家丁送客，秀芳便立刻站起来喝止，并朝他劈头盖脸地责骂："你爹尸骨未寒，你就惦记着家产了？还连你阿翁的新娘也不放过，你怎么连最基本的礼义廉耻也不懂得？我上辈子到底做了多少孽，这辈子才会生下你这个畜生。"

　　或许因为过于激动，秀芳感到一阵眩晕，身体摇摇欲坠。分别站在她两侧的守信和继德，慌忙各扶着她一根手臂，以防她跌倒。

　　守业看见母亲跟叔叔竟在大庭广众之下如此亲密地接触，不由得怒火中烧，一反常态不再任由秀芳责骂，而是青筋暴起地怒吼："你上辈子做了多少孽老子不知道，倒是亲眼看见你这辈子没少做孽！你要是安分守己，别惹老子生气,老子还能让你安度晚年。你要是总给老子添堵添乱,老子就让你立马滚回娘家去!"

见秀芳被吼得愣住了,继德亦尴尬地将手缩回,待在窗边距离他们至少五步远的溪望,便压低声音询问身下的伯仑:"卢家人的关系似乎不一般,你有没有打听到什么小道消息?"

"卢府里的恩怨情仇,至少能让说书人说个三天三夜。"伯仑小声回答,见蓁蓁也好奇地凑近,他便以只有三人才能听见的声音说,"刚才不是说过,坊间传闻继德跟大嫂秀芳有染吗?据说守业曾撞破他俩的丑事,但他为了争产而跟父亲关系恶劣,所以就没有声张。不过他从此就把继德和守信视作外人,因为他开始相信坊间的传言,认为守信是继德的孩子。"

"住在同一屋檐下的一家人,怎么还能互相怀疑?真是不可思议。"蓁蓁吃惊地说。

"更不可思议的是,在这个只有几口人的卢府里,竟然还能分为三个派系。"伯仑挤出夸张的表情,眉飞色舞地继续讲解——

继业经常在外面拈花惹草,夫妻关系自然好不到哪去,而且他对两个儿子又不闻不问,所以卢府里就只有继德对他言听计从。不过他再怎么说也是长子,按照传统必定是下任当家,家丁们自然都不敢违抗他的命令。因此,尽管他孤立无援,却是府里最得势的一派。

守业的情况跟父亲近似,撞破母亲跟叔叔的丑事后,便十分厌恶两人。尽管他对母亲仍存有一点儿孝心,甚少顶撞秀芳,但若看见对方跟继德亲近,便会怒不可遏。再加上跟父亲交恶,卢府之内除了卢老掌柜,就只有弟弟守信能跟他说上话。得益于卢老掌柜的宠爱,家丁们亦不敢得罪他,所以他也成了一派势力。

最后一派势力由卢老掌柜之外剩下的三人组成,一言以蔽之,曰:"抱团取暖!"

秀芳是妇道人家,最大的能耐也就是拿娘家做后盾。过去她还能指使守业,但自从丑事被撞破后,就只能依靠继德跟守信了。

守信是个乖巧的孩子,跟府里所有人都保持着良好的关系。不过继业和守业都专断独行,他就只好偏向母亲和叔叔了。而且他平时会到银楼跟随继德做事，算是继德的徒弟，两人亲近亦是理所当然。哪怕撇开不可尽信的坊间传言，他俩亦胜似父子。

继德在卢府里虽然没什么地位，但在福星银楼则是备受尊敬的二掌柜，卢老掌柜不在的时候，所有员工都会听从他的吩咐。而卢老掌柜因为年纪老迈，近年已甚少在银楼露面，所以银楼实际上是掌握在继德手里。哪怕卢老掌柜的财产全数由长房继承，银楼还是得由继德继续管理……

"等等，那边的情况好像跟你说的不太一样。"蓁蓁打断伯仑唾沫横飞的叙述，并且将他的脑袋扭向正在争吵的众人。

三人在窗边窃窃私语期间，守业不仅喝退了母亲，还宣布革除继德的二掌柜之职，银楼所有伙计对此均无异议，并且非常支持他接管银楼担任掌柜。

"怎么了，我只是今早没去银楼而已，你们就想造反了？"继德盯着三名老伙计问道。尽管在卢府没什么地位，但在银楼伙计面前，他却有股不怒自威的气势。

老伙计显然都被他吓到了，互相推诿片刻，最为年长的伙计才上前答话："二掌柜……不不不，二公子，新掌柜刚才到银楼告诉大家，大公子已紧随卢老掌柜的步伐仙游了，并且宣布为庆祝他成为新掌柜，即日起所有伙计的工钱、奖金、假期统统翻倍，并且即日发放一个月工钱作为奖励。"

"翻倍？"继德不可置信地瞪大双眼，随即掐着指头计算，不一会儿便惊讶地叫道，"不可能，那根本就不可能！别说奖金、假期，光是工钱翻倍，银楼就会入不敷出，早晚得关门大吉。"

他随即冲三名伙计怒骂："守业不了解情况还情有可原，但你们都是在银楼工作了大半辈子的老臣子，应该很清楚当中的利害得失，怎能任由他胡闹呢？"

三名伙计再度互相推诿，最终还是由最年长的伙计作答："我们只是打工的，哪晓得新掌柜的宏图大略呢？要是有那种能耐，我们又怎会在银楼当一辈子伙计？早就自己当掌柜了。"

"没错，就是因为德叔你一直都墨守成规，所以才不能让福星银楼门庭若市、日进斗金！"守业雄心壮志地说，"银两从来都不是省来的，而是赚来的，给伙计们双倍的工钱，他们自然会加倍努力，令银楼的收入也翻倍。那么实现阿翁的心愿，将福星银楼开遍整个大唐，不就指日可待了，哈哈哈！"

在守业狂妄的笑声中，蓁蓁悄然跟身旁的两人窃窃私语："这家伙的脑袋恐怕被猪油塞满了吧，不然怎会想到工钱翻倍，收入就翻倍的神奇逻辑。"

"其实人的思想，是会随着身边的环境而得到修正。"溪望狡黠笑道，"譬如我说一两银应该能买到一把削铁如泥的好刀，李捕头肯定会翻着白眼说'一两银的刀砍柴都费劲，削铁如泥的宝刀没一百两就别做梦了'。"

伯仑当即会意："但如果我不给李捕头说出真相的机会，而是抢先附和，那么你的错误想法就不会被修正了。"

溪望点头认同："银楼里的一众伙计出于自身利益考虑，并没有纠正守业一厢情愿的妄想，还鼎力支持他这种会令银楼干倒闭的鲁莽决定。因为银楼盈利与否，跟伙计们毫无关系，到手的工钱却是实实在在的。"

三人窃窃私语期间，继德竟然被气得晕倒了，书房当即乱作一团。幸好，作为新任当家的守业虽然少不更事，但他身后的三个伙计都是阅历丰富的人精，当即出谋献策，指导他收拾局面。

守业吩咐家丁送继德回房间休息，并请大夫上门为其把脉，顺带把秀芳也送回房间去。他还想把溪望三人赶走，不过刚才在灵堂上的经历让他知道蓁蓁不好对付，便以还有诸多事务需要处理为由，吩咐弟弟守信："待会儿会有人来将老废物的臭皮囊入棺下葬，你赶紧把那些碍事的人送走。老废物死掉虽然是好事，但该做的表面功夫还是得做，再加上阿翁的丧事，接下来可要忙上一阵子，别把时间浪费在那些小喽啰身上。"说罢鄙夷地瞥了溪望三人一眼，便带着家丁和银楼伙计离开。

"什么碍事的人，什么小喽啰呀！"蓁蓁盯住守业远去的背影跺脚低吼，"真想把他按在地上，狠狠地揍他一顿。"

"或许会有这样的机会。"溪望狡黠笑道，并在蓁蓁不解的目光中详细解释，"继业继承家产还不到半天就离奇暴毙，不仅脖子上有个像被暗器所伤的伤口，看上去还有几分像中毒身亡。在这个时候，从继业的死亡中获益最大的守业，竟说父亲死于隐疾，还打算匆匆将其下葬，这好像有点儿此地无银三百两的感觉。"书房里只剩下他们三人和守信，所以他不仅没有压低声音，还像怕守信听不清楚似的，刻意提高声线。

"既然如此，我们还待在这里干吗？"蓁蓁干劲十足地往外走，"我这就去把那个弑父的禽兽抓回去。"

"且慢！"溪望慌忙抓住她的手臂，把她拉回来又说，"捉贼捉赃，捉奸捉双。我们至少得先弄明白，夺走卢大公子性命的'会拐弯的暗器'是怎么回事才能逮捕凶手，不然闹到刺史那儿，很可能是我们挨板子。"

见溪望刻意提高声线，伯仑当然知道他在煽动守信，于是便一起煽风点火："或许卢二郎君能给我们提供一些重要的信息，毕竟他也不想自己阿爹死得不明不白吧！"

守信盯住父亲的遗体，叹息一声后对三人说："阿爹不是被暗器杀害的，杀死他的是被封印在人皮宝书里的亡国公主的冤魂。"

雪晴曾提及恶人山的山贼很可能是被鬼魅之类无形无影的东于顷刻之间杀光，因此守信说人皮宝书里封印着冤魂，当即令三人提高警惕，一同朝继业的右手望去。可是原本被继业抓住的皮质书，此刻竟然不见踪影了，因此三人不禁一同脱口而出："书哪里去了？"

刚才继德、秀芳，还有带着四个家丁、三个银楼伙计的守业，在书房里大闹了一场。尽管书房十分宽敞，但挤进了十多人，难免会有些许混乱。因此，根本不会有人留意继业手中那本书，何时被谁拿走了。

尽管关键证物不知所踪，令溪望十分头痛，但他并不急于寻找。他更想知道，守信为何认定是书里的冤魂将继业杀死，因为山贼们很可能也是死于相同的原因。

"阿翁很喜欢讲人皮宝书的故事，不过他讲的不是书里的内容，而是一群山贼如何利用这本可怕的妖书杀人越货。"守信谦逊有礼地请三人坐下来，随即道出一些永福生前的零碎片段——

从前有个百子翁，长子膝下三男六女，次子膝下七男九女，三子膝下二男八女，四子膝下九男三女，五子膝下一男七女……

阿翁常常吟唱这首既不好听，也不顺口，而且没有任何意义的歌谣，尤其是讲关于人皮宝书的故事时，必定要先唱一遍才开始讲。不过兄长可没有耐性等阿翁把这首沉闷的歌谣唱完，通常他唱到一半的时候，兄长就开始打瞌睡。所以，尽管阿翁讲了一遍又一遍，但兄长仍对这些故事仅有一点儿模糊的印象，并不知晓详细内容。反倒是躲在一旁偷听的我，对这些故事倒背如流。

阿翁其实从来也没跟我说过任何故事，他甚至连看也没多看我一眼。他只疼爱兄长，也只会给兄长讲故事。可是我也很想听故事，只好在他给兄长讲故事的时候，悄悄地躲在附近偷听。他还在的时候，我不敢将这个秘密告诉任何人，怕被他知道了，我就再也不能偷听故事了……

　　回想起祖父生前的点点滴滴，守信既没有露出怀念的神色，亦没有伤感落泪，只是失意地长叹一息，然后就徐徐道出从永福口中听来的故事……

第九章　前世今生

"光天化日之下仍斗胆调戏民女，我这就帮你清除恶念！"雪晴怒喝一声，随即拔出短刀朝申羽的裤裆捅过去。

申羽惊慌地双手护裆并大叫"别错杀良民"，好不容易才让雪晴停下攻势，使他得以解释："原队正，方才那一眼，你是让我解决喵喵的麻烦对吧？"见对方点头，他不由得大松一口气，又道，"既然这回我没有会错意，你为何仍要拔刀砍我？而且还是最要命的地方。"

"我不觉得你在帮喵喵解决烦恼，只看见你裸露躯体调戏民女。"雪晴将短刀指向申羽瘦弱的胸膛，冰冷的脸庞上尽是厌恶之色。

"冤枉啊！"申羽挤出一副蒙受天大冤屈的表情，"你也看见的吧，花轿里就只有吃的，喵喵连一件换洗的衣物也没有。我要帮她把嫁衣洗干净，不是该先给她准备衣物更换吗？这里荒山野岭的，我不把自己的衣服脱下来给她穿，难道去翻找山贼们留下来的脏衣服？"

雪晴觉得他的解释也挺合理的，不过正想将短刀收回时，便听见蹲在远处验尸的流年指着摆放在花轿旁边的大木箱叫道："别听这家伙说得头头是道，我们整个诡案组都知道他是大色狼，一天到晚都挖空心思占姑娘们的便宜。整整五大箱嫁妆就放在眼前，又岂会连一套换洗衣物也没有？他不过想让自己的一身衣服，沾上人家新娘的女儿香罢了。原队正不必手下留情，狠狠地揍他就是了，只要不影响办案，参军大人绝对不会责怪。李捕头就没有哪天不揍他的。"

"你丫就是口没遮拦才会只有我这个朋友。"申羽冲流年骂道，随即跟雪晴对视，这一次他确定自己绝对没有弄错对方的心意。只是他还没来得及转身逃走，雪晴已用刀柄砸在他的左眼上。

经过一轮打闹后，雪晴便在木箱中取出一套便服，让小苗躲在花轿里换上，然后把嫁衣交给申羽清洗。因为厨房的水缸里还有不少清水，所以要将嫁衣洗干净倒不难，就是申羽洗内衣时的表情过于猥琐下流，所以连右眼也被雪晴打肿了。

"唉，看来原队正不太适合我，在她这棵树上多吊几下，说不定真的会吊死。"申羽边洗衣服，边于心中感叹。

尽管调戏蓁蓁也会挨揍，但蓁蓁每次都是只打痛不打伤，令申羽有种打是亲、骂是爱的感觉。雪晴可不一样，虽说下手仍留有余地，但都是在不出人命的前提下往死里打，丝毫感受不到丁点儿打情骂俏的意味。

"或许该再换棵树吊吊看。"申羽于心中念道，并转头望向坐在轿门掀开的花轿里，津津有味地吃着荔枝的小苗。他不由得长叹一息，心想小苗要不是已经出嫁，说不定就能跟他成就一段可歌可泣的爱情。虽说他更喜欢蓁蓁、雪晴这种上围丰满的女生，但娇小的小苗至少不会动辄就把他揍飞。

把嫁衣洗干净并晾起来后，申羽再次来到花轿前跟小苗交谈，询问对方是否知道山贼为何会在顷刻之间离奇暴毙。

"当时我睡着了。"小苗尴尬地笑了笑，随即又补充道，"不过我知道那些山贼肯定是被人皮宝书收拾掉的，我之前就跟雪晴姐说过了。"

笨狗亦说独眼龙打开"人皮妖书"后，山贼们便在短时间内逐一暴毙，而这本书是从小苗的嫁妆里翻出来的，因此申羽便细问这本书的来历。谁知道经他一问，小苗的眼泪便哗啦啦地落下，哭哭啼啼地诉说自己的前世今生——

一千年前，恶人山附近一带是个叫缚娄的古国。尽管只是个小国，但在皇帝英明的治理下，总算国泰民安，百姓都安居乐业、忠君爱国。后来东宫皇后诞下公主，不仅皮肤是雪白的，就连头发和眼睛也一样，全身上下都是雪一样白。而且一旦有阳光落在身上，公主就会号啕大哭，眼泪更会变成冰针刺向附近的人。被冰针刺中的人都会当场一命呜呼，所以公主白天绝对不能离开房间，只有夜晚才能到屋外欣赏月色，因此被赐名为"夜姬"。

夜姬就是前世的我——缚娄最后一位公主。

尽管生在帝皇家，但天生就与众不同，自然会招人嫉妒，谗臣们纷纷诬蔑我并非父皇的骨肉。父皇听多了，难免会心存芥蒂，加上我白天不能离开房间，难以跟父皇接触，所以渐渐就变得疏远了。

恰巧在这时候，西宫皇后为父皇诞下太子，父皇自然把太子视作心肝宝贝，不仅把最好的一切都给予他，还从不拒绝他的任何要求。哪怕他想要天上的月亮，父皇也会找来变戏法的，从湖里的月亮倒影中捞出一颗价值连城的夜明珠给他。

随着父皇渐渐老迈，本该将皇位传给由东宫皇后所生的我，可是父皇偏爱我那个卑鄙无耻的皇弟，一度想把本属于我的皇位传给他。幸好母后的娘家也不好欺负，给父皇施加了很大的压力，父皇只好将皇位传给我。

我成了女皇，当然得善待百姓啦！登基当日就下令举国同庆，让大家都跟我一起彻夜庆祝，开怀畅饮，通宵达旦。毕竟我白天不能离开房间嘛，夜晚当然要玩得痛快一些。

大家夜晚都跟我一起玩，白天自然没啥精神。作为体恤百姓的明君，我当然得让大家好好休息。于是我就宣布，大家白天都别干活了，好好睡一觉，晚上继续举国同庆，通宵达旦。

于是，我在百姓的拥戴下，举国欢腾了半个月。我那个卑鄙无耻的皇弟终于忍不住出手，跟一众奸臣谋权篡位，竟然趁我白天睡觉时，冲进寝宫把我杀害。他们还残忍地将我雪白的皮肤剥下来，做成了人皮宝书，并且将我的灵魂封印在书里。而我的灵魂同样很害怕阳光，若在白天将宝书打开，我就会号啕大哭，由眼泪化成的冰针将会夺取附近每一个人的性命。

皇弟原本打算利用宝书消除异己，但拥护爱戴我的百姓知道我被谋害后，纷纷拿起武器冲进皇宫为我报仇，将皇弟和一众奸臣统统杀光，缚娄古国因此灭亡。幸好母后在混乱中夺走宝书，并将其带回娘家，才使这本寄存了我的灵魂的宝书得以幸存。

之后过了一千年，母后的娘家乐府虽仍屹立不倒，但早已家道中落，不过烂船也有三斤铁，总算还能维持体面的生活。而我就在这时候转世投胎，再次降临人间。

这辈子虽然不是生在帝王家，但幸运的是，我再也不怕太阳了，白天也能到屋外玩耍。而且小时候爹娘都很疼爱我，每天都让我吃足八顿，顿顿都十分丰盛。

可是，我前世那个卑鄙无耻的皇弟，显然是跟着我一起转世投胎了，这辈子也成了我的弟弟。打从他一出生，爹娘就没那么疼爱我了，从每天给我吃八顿，变成只能吃五顿，而且食物也远不如之前那么丰盛。而且那个臭弟弟还啥都要跟我争，就连我已经吃进嘴里的五花肉，他也得扑过来咬一口。

臭弟弟虽然很讨厌，但这辈子我们又不是生在帝王家，他想怎么争就怎么争吧，反正家里又没有皇位让他继承。可他简直就是个扫把星，自他出生以来，家里就没发生一件好事，大旱大涝瘟疫蝗灾等灾祸倒是接踵而来。

乐府本来就家道中落了，经过这一连串的灾祸，更是家徒四壁。别说一天吃五顿，就连维持一日三餐也很吃力。恰巧这时福星银楼的卢掌柜前来拜访，他似乎跟我那个早就不在的阿翁是生死之交，知道我家的困境后，就跟爹娘说他丧妻多年，早有续弦之意，爹娘若不介意他年纪大，他想娶我为妻，并且强调会让我当正室，还会亲自上门迎接我。

爹娘虽然很为难，但家里实在穷得快揭不开锅了，与其全家一起挨饿，倒不如把我嫁出去，至少我以后就衣食无忧了。可是爹娘刚含泪送我出嫁，转头迎亲队伍就遇上山贼，还连新郎也一命呜呼……

"就是说，山贼们因为不知道人皮宝书的厉害，大白天就将它打开，所以被夜姬公主的冤魂杀光了。"申羽骚着脑袋问道，生怕自己理解错了，因为小苗的叙述就像在胡扯一个狗屁不通的鬼故事。

"不是公主，是夜姬女皇！"小苗严肃地纠正，"而且那是我的前世。"

"你不是活生生地坐在我眼前吗？"申羽皱眉盯着坐在花轿里啃猪肉干的小苗，不禁深感困惑，"你都投胎转世了，前世的灵魂怎么会仍留在人皮书里呢？"

"我都相信一千年后跟你是情同兄妹的同袍了，你咋就不相信我一千年前是夜姬女皇呢！"小苗扔掉猪肉干，抓住申羽的手臂狠狠地咬了一口。

申羽好不容易才挣脱开来，看着手臂上那道深深的咬痕，心想别看小苗个子娇小，生气了还是能要他的命。他不由得感叹自己命苦，怎么遇到的每一个女生都这么暴力，该不会是自己的问题吧？

然而，他仔细一想又觉得不对，至少知妍绝对不会对他动手。当然，他可不敢高攀参军大人，更不敢对人家动歪念，还是老老实实地继续调查吧！

小苗认为她的前世今生，甚至是下辈子，其实并没有先后次序之分，而是同时存在的。所以尽管她已投胎转世，但跟她前世的灵魂被封印在人皮书里并不冲突。而申羽梦见一千年后跟她是同袍，显然是他俩下辈子又相遇了。

虽然这种说法十分胡扯，但申羽不想再被咬一口，只好不停地点头认同。

不过他最终还是忍不住好奇，问小苗为何对夜姬女皇的生平了如指掌，是像他那样做了一场漫长的梦，还是打从一出生就拥有前世的记忆。

"都不是，我是从人皮宝书里看到的，而且是夜里躲在床底下看，好几次差点儿就让油灯把床给烧掉了。"小苗的回答让申羽惊讶得下巴都掉地上了，原来她那所谓的前世记忆，不过是看书看得太入迷，把自己当作主角而已。

虽然前世今生之说很可能只是小苗的少女幻想，但申羽从她口中得知，全书刚好一百页的人皮书，仅仅记载了夜姬的生平，完全没有任何跟宝藏有关的信息。不过她还说，人皮书提及夜姬为庆祝登基，举国同庆期间，花掉了国库里近一半的财宝。可是百姓冲入皇宫时，却发现国库里空无一物，也不知道剩下的财宝是不是被皇弟藏起来了。

"登基才半个月就花掉了一半财宝，这样的女皇不被推翻才怪。"申羽于心中暗忖，并开始相信夜姬是小苗的前世，因为小苗若成为女皇，肯定也会让大家都别干活，只管吃喝玩乐就好。

尽管申羽并不认同山贼们是被小苗前世的冤魂杀死的，但在白天打开人皮妖书，附近的人就会被鬼魅之类无影无形的东西杀死，似乎是无可争议的客观事实。至于杀人的是小苗前世的冤魂，还是别的妖魔鬼怪，并非问题的关键所在，反正只要知道这本妖书里藏着可怕的东西，并且绝对不能在白天打开就行了。

申羽本想尽快将这个消息告诉溪望，无奈往返一趟恐怕得花上半天，便只好作罢了。反正以溪望的才智，肯定早就意识到妖书的危险性并加以防范。因此，他只要留在山寨里专心查明山贼们的死因就好了。

见在小苗身上已找不到更多的线索，申羽便走向为检验尸体而忙个不停的流年，询问对方有何发现。流年抹去额上的汗水，指着身前那名山贼的手臂说："全部尸体都有中毒的症状，而且身上至少有一个这样的针孔，针孔数量越多，症状就越明显，应该都是被毒针之类的暗器杀死的。"

申羽沿着流年的指尖望去，得见山贼裸露的手臂上的确有个细小的针孔，就像被缝衣针刺了一下，而且伤口周围有明显的红肿，由此可见流年的推断没错。可是，假设山贼们当真是被毒针杀死，那么在他们身上应该能找到凶器。除非凶手用毒针杀人后，又将毒针逐一拔出回收。

"应该没有人这么抠门吧！"申羽于心中暗忖，毕竟凶手若以毒针杀人，必定谨小慎微，绝不会轻易显露踪迹。可是回收所有毒针所需的时间，恐怕不会比流年验尸的时间短多少，风险实在太大了。难道当真就如小苗所言，是由夜姬的眼泪化成的冰针，于顷刻之间将山贼统统杀光？

这一切实在太匪夷所思了，令申羽深感困惑，不禁怀疑是否哪里弄错了，便向流年确认，是否所有尸体都有针孔状的伤口。流年当即不苟言笑地作答："对，全部二十三具尸体无一例外，至少都有一个针孔状的伤口。"

"只有二十三具尸体？"申羽愣了一下，随即环视一圈仔细查点尸体的数目，确认的确只有二十三具，不由得疑惑地皱起眉头，"笨狗明明说一共有二十五名山贼，除去他应该有二十四具尸体才对，怎么少了一具呢？"话音刚落，他便瞥见把守山寨入口的两名官兵，竟然先后悄然无声地倒下。

第十章　山贼传说

从前有三个异姓兄弟，老大本领高强、老二精明能干、老三心灵手巧。他们志同道合，并且机缘巧合地得到了蕴藏神秘力量的人皮宝书，便想齐心协力共创一番大事业。

这本神秘的人皮书源自一千年前便已灭亡的缚娄古国，由亡国公主夜姬的皮肤做成，或许称其为"妖书"会更合适。因为书里封存了夜姬的冤魂，若在白天打开，害怕阳光的夜姬便会大哭，而她的眼泪将会化成带有剧毒的冰针朝四周乱射，杀光附近所有人。

三兄弟藏匿于恶人山，利用妖书在山脚布置陷阱杀人越货，残杀每一个经过的途人。恶人山是进出广州城的必经之路，因此尽管大家都知道危机四伏，但仍有不少人冒险闯过去。

渐渐地，大家发现白天踏入恶人山必死无疑，哪怕聘请武艺超群的镖师护送亦不例外，可晚上即使是三五个小商贩结伴同行也能平安通过。于是，大家便都等到圆月高挂，才穿过危险的恶人山。

三兄弟原来只需在天亮之前布置陷阱，入夜后就能轻轻松松地搜刮商旅的财物，充其量也就埋葬尸体稍微劳累点儿。不过随着恶名昭彰，前来投靠他们的恶棍越来越多，脏活累活大可以交给喽啰们去干。可是，现在大家都只在夜里通过恶人山，妖书就完全不起作用了。就在老大跟老三都为该如何养活一众手下而犯愁时，精明的老二已想好对策——占山为王！

之前他们都是偷偷摸摸地打劫经过恶人山的商旅，现在山寨已渐渐壮大，而且占尽地利优势，大可以自立为王，光明正大地设置关卡，对来往的商旅收纳关税。反正白天能以妖书布置陷阱，官兵只能在夜里摸黑攻打山寨。山寨本来就易守难攻，再加上大伙儿熟识地形，拥有一双巧手的老三又布置了诸多陷阱，摸黑进攻山寨无异于自寻死路。

老大当然十分乐意当皇帝了，当即就任命老二和老三为左右丞相，还宣称迎娶封存于妖书中的夜姬公主为鬼皇后，打着缚娄古国的复国旗号，将更多恶棍召集到山寨里充当打手。尽管这只是胡扯的无稽之谈，无奈他们掌握了地利，加上初期并没有引起官府的重视，所以眨眼间就壮大起来了，发展成一个拥有近三百人的土匪窝。并且通过抢夺过往的商旅，积累了惊人的财富。

当官府发现问题时，已难以将这颗毒瘤清除，接连几次派出官兵围剿均无功而返，而且每次都伤亡惨重。幸好终究是邪不胜正，遍地亡命之徒的山寨里出现叛徒，几乎是不可避免的宿命。

叛徒串通官府，不仅将上山路上所有陷阱的位置如实禀告，还偷走了那本可怕的人皮妖书，令官兵在白天上山亦畅通无阻。于是官兵便大举进攻，趁山贼们毫无防备睡大觉时，打了他们一个措手不及。

老大虽然本领高强，奈何双拳难敌四手，面对源源不断的官兵，终究还是倒下了。这帮山贼就是一群乌合之众，见首领已被斩杀，当即如鸟兽散。不过官兵已将整个山寨包围，大部分山贼均被抓捕或就地正法，只剩少许漏网之鱼侥幸逃脱……

"卢老掌柜是个正经的生意人，怎么会整天给孙子讲山贼的故事？"蓁蓁听完守信的讲述后，便困惑地皱起眉头。

守信思索片刻后答道："或许因为阿翁在广州城扎根之前，也是四处奔走的小商贩，对这种沿途截劫的山贼深恶痛绝，所以才会特别留意他们的故事吧！"

"卢老掌柜不是世代都在广州城开银楼的吗？"蓁蓁向伯仑问道。

"非也，非也！"伯仑摇头作答，"虽然大多数人都以为福星银楼是百年老店，但事实上卢老掌柜是四十年前才孤身来到广州，凭借一包袱的精美首饰开了一间小店，经过多年的苦心经营才成为广州城内首屈一指的银楼。"

"卢老掌柜白手起家的精神的确令人敬佩，但我更想知道他为何执着于那本能杀人于无形的人皮妖书。"溪望狡黠地向守信发问，"他终日把人皮妖书的故事挂在嘴边，而这本妖书又出现在新娘的嫁妆当中，我想应该不是巧合吧？"

守信沉默了好一会儿才作答："阿翁生前说过，相传缚娄亡国时，心怀不轨的皇弟悄悄将国库里的财宝埋藏在无人知晓的地方。而人皮妖书作为缚娄的遗宝，或许有关于这个宝藏的线索。只要找到宝藏，阿翁就能实现心愿，将福星银楼开遍整个大唐。所以阿翁一直都在寻找人皮妖书的下落，迎娶乐府的姑娘，也是为了得到这本妖书。"

"财主的想法还真奇怪，明明已经有一辈子都花不完的银两了，还想要十辈子，甚至一百辈子也花不完的银两。"蓁蓁困惑地皱起眉头，显然不理解永福的思维。

伯仑则有另一番见解："每个人的乐趣都不一样，就像李捕头一心只想伸张正义、为民除害那样，卢老掌柜则以积聚财富为乐。他享受的并非结果，而是财富积累的过程，所以就算富可敌国，他仍会想方设法地获得更多的财富。"

"卢老掌柜的格局太大了，不是我们这些穷光蛋可以理解的。"溪望轻描淡写道，随即话锋一转再度向守信发问，"我更想知道的是，人皮妖书为何会落在新娘手上？"

"对呀！"蓁蓁当即恍然大悟，"妖书不是被叛徒偷走了吗，怎么会出现在新娘的嫁妆里？"

"阿翁追查多年，发现三兄弟中的老三很可能就是叛徒……"守信不紧不慢地解释——

老三当年不仅偷走了妖书，还从山寨里带走了不少金银财宝，足够他过上一辈子富足的生活。阿翁把恶人山方圆十里内所有可疑的富贵人家都调查个遍，好不容易找到了新娘的娘家，并且确认妖书就在其家中。

新娘和家人都不知道妖书的来历，因为老三逃离山寨后就改名换姓，且对过往的恶行绝口不提，所以大家都以为他是个安分守己的老实人。他利用从山寨里带出来的金银财宝买田买地、娶妻生子，当个三餐不愁的小地主，安安稳稳地过日子，直到三年前才安详地离开人世。

老三仙游时，他的孙女乐小苗才十三岁，当时他们的家境还十分富裕。可是，随后小苗的食量越来越大，尽管她怎么也吃不胖，但怎么也吃不饱。短短三年间，她竟然把一个富裕的地主家庭吃得需要举债度日。

阿翁知晓情况后便登门拜访，撒谎说自己是老二的旧相识，并提议迎娶小苗，以帮助他们家渡过困境。小苗的家人恨不得立刻把这个能吃空金山的馋猫赶走，当然是求之不得了，毫不犹豫地答应了阿翁必须把妖书当作嫁妆的要求。

小苗也深知家里的难处，出嫁是她唯一的出路。不过她好歹也是地主家的千金，尽管是嫁给古稀之年的阿翁，仍要求必须当正室，绝不做小妾。自祖母仙游后，阿翁便一直形单影只，之所以要娶小苗续弦，也不过是为了得到人皮妖书，自然不会拒绝她这个要求了……"

听完守信的解答后，溪望总算对案情有了初步的了解，并于心中梳理目前已知的信息——事情的起因是永福为了得到缚娄古国的宝藏，而亲自迎接新娘回来，可经过恶人山时竟被山贼劫持。其后不知为何，嫁妆里的人皮妖书在白天被打开了，书中的冤魂随即将永福和山贼们统统杀死。懒散的继业知晓噩耗后，竟然连夜将永福的遗体运回来，还把妖书一同带走，继而独自待在书房里离奇暴毙。

理清头绪后，溪望想到三个问题，便逐一向守信提问："我听同僚说，恶人山常有山贼盘踞，而迎亲队伍又必须从山脚经过，卢老掌柜作为腰缠万贯的富商，难免会被贼人盯上，为何仍要亲自迎接新娘呢？"

"其实这是新娘其中一个要求。毕竟嫁给阿翁这个古稀老人，她应该很委屈吧，要求所有仪式均按照最高规格去办亦是可以理解的，由阿翁亲自迎接就是她其中一个要求。"守信于叹息中作答，"德叔特意找来为银楼押送金银财宝的镖局里首屈一指的镖头护送迎亲队伍，本该万无一失。可没想到武艺超群的镖头竟然被山贼用暗器偷袭，一身武艺还未来得及施展便已倒地，其他镖师更是不顾道义落荒而逃。"

"镖师都是卢二掌柜请来的吗？"溪望问道，见守信点头确认，他又提出第二个问题，"令尊也知道人皮妖书和缚娄宝藏的故事？"

"小时候有听阿爹说过只要找到缚娄宝藏就能富可敌国之类的话，所以他肯定知道这事。"守信慢条斯理地作答，"我想阿爹应该也听过阿翁讲的故事，不过阿爹比兄长更没有耐性，恐怕没怎么留意故事里的细节。"说罢又长叹一息。

溪望瞥了眼躺在地上的尸体，心想若守信所言非虚，那么继业很可能想从妖书中寻找宝藏的线索，可惜没有仔细听永福讲的故事，不知道白天打开妖书必死无疑，因而惨死当场。

"令尊刚走，令兄就把卢二掌柜辞退，你往后的日子恐怕也不好过。"溪望仔细地观察守信的神色，并提出最后一个问题，"你将来有何打算？"

"我自小就跟随德叔到银楼帮忙打点，对银楼的事务了如指掌。"守信无奈地叹息一声，"若当真在家里待不下去，就另起炉灶，独自经营银楼吧。"

"志向远大啊！"伯仑奉承道，随即趁机套话，"可经营银楼不是需要巨大的资本吗，难道卢二郎君年纪轻轻就已经腰缠万贯？"

"当然不是了！我就只有一点儿阿翁给的月钱，应付日常开销还行，开银楼的话就九牛一毛了。"守信连忙摆手摇头并作解释，"不过我经常在银楼帮忙，跟几个豪爽的贵宾挺聊得来的，我要是另起炉灶，他们肯定愿意给我出资。"

该问的问题都问过了，案情却没有多大进展，毕竟没有仵作帮忙，难以在尸体身上找到线索。因此，溪望琢磨着要不要先回都督府，跟申羽等人交换情报后，明日再带流年过来检验永福跟继业的遗体。然而，他正准备告辞时，蓁蓁忽然问守信有没有听闻过会拐弯的暗器，并道出在继业脖子上发现针孔状的伤口。

尽管方才三人发现伤口时，守信也在场，但当时他需要照料母亲，因而没注意到他们的发现。此刻经蓁蓁告知，他当即趴在继业的尸体旁，仔细观察其脖子上的伤口，并且喃喃自语："一模一样，跟阿翁耳朵后面的伤口一模一样。"

守信告诉三人，为永福整理遗容的师傅，发现他耳朵后面有个针孔状的伤口，且伤口周围红肿了一圈。不过因为被耳朵和头发遮挡，所以不容易看到，至少溪望等人在灵堂上就完全没有察觉。

在永福和继业身上出现了类似的伤口，那么与"会拐弯的暗器"相比，妖书作祟的可能性显然更大。可现在妖书不知道被谁拿走了，搞不好又会出人命。因此，溪望便打消了回都督府的念头，当务之急是尽快找到那本杀人于无形的妖书。

其实，要知道谁拿走妖书并不难，因为刚才进入书房的总共才十来人。除去溪望等三人，也就卢家仅存的四口人和几个家丁跟银楼伙计。家丁擅自拿走书房里的东西无异于偷窃，卢府可是广州城内尽人皆知的朱门，家丁的素质应该不至于这么差。银楼伙计就更不可能乱来了，毕竟这可关系到职业素养，而且他们应该不想晚节不保。

家丁跟银楼伙计显然都不会主动拿走妖书，除非是受人指使，而能使唤他们的就只有卢家人。守信仍留在书房里，嫌疑相对较小。继德气得晕倒了，应该没有打妖书主意的闲情逸致。秀芳作为当下卢家辈分最高的长辈，大可以光明正大地将妖书拿走，谁若有异议便是目无尊长。那么，会悄悄地将妖书带走的人就只剩下守业了。

正当溪望琢磨着要怎样才能让守业交出妖书时，忽然听见门外传来焦急的呼叫："快来人啊，又死人了！"

第十一章　夺命妖术

"敌袭！立刻进草房躲避攻击。"雪晴冷静地下达命令，同时犹如闪电般扑向花轿，麻利地将娇小的小苗扛在肩膀上冲进大草房。原本在空地上看守山贼尸体的六名官兵亦迅速奔向大草房，其中两人还顺手把申羽和流年也拉进去。

见所有人均已进入大草房，雪晴便立刻把门关上，令这个没有窗户的陋室陷入漆黑之中。一直在此看守笨狗的两名官兵连忙用火折子点燃油灯，这才让慌乱大叫的小苗安静下来。

雪晴放下小苗后，便透过门缝观察山寨入口的情况，奈何距离甚远，纵使她耳聪目明，亦不晓得发生了什么事。她只看见两名把守入口的手下瘫倒在地，似乎遭到不知名的暗器袭击且生死未卜。

"嘿嘿，怎么大家都跑进来了？"笨狗傻乎乎地笑道。

"闭嘴！"雪晴恶狠狠地瞪了这家伙一眼，随即查点人数，确认除倒在山寨入口的两名官兵外，其余所有人均在大草房里，便询问手下是否知道敌人在何处发动袭击。可是，大家都跟她一样，压根就不晓得发生了什么事，只看见把守入口的两名官兵无缘无故地倒下，随即意识到受袭，便立刻听从她的命令躲进大草房。

这个山寨建在视野开阔的山顶上，现在又是白天，若有人靠近，应该早就被发现了。因为除连接入口的那条山道稍微平坦外，想从其他位置进入山寨就得攀爬陡峭的石壁，而刚才在外的六名官兵除看守尸体外，还时刻警惕周围的情况，并未发现半个人影。

"会不会是把守入口的兄弟打瞌睡了？"流年一本正经地推测。

雪晴猛然拔出短刀架在他脖子上，冷若冰霜地说："我的部下终日与穷凶极恶的悍匪厮杀，若大白天就打瞌睡，恐怕早就把命弄丢了。"

"他没有诋毁那两位兄弟的意思。"申羽慌忙上前轻轻地推开雪晴的短刀，并为流年打圆场，"这家伙向来都口没遮拦，经常一开口就得罪人，要不是身上总有股恶臭,恐怕坟头草都三丈高了。原队正别跟他一般见识,也别跟他靠得太近,他很臭。"

或许当真受不了流年身上那股恶臭,雪晴没再理会这家伙,继续跟手下琢磨敌人的位置,以及如何摆脱当前的困境。然而,他们聊了好一会儿仍没有任何头绪。毕竟大家都没有丝毫松懈,山寨又视野开阔,除非敌人是躲在天上偷袭,否则不可能悄无声息地将两名官兵放倒。

"难道杀光山贼的冤魂仍留在山寨里?"其中一名官兵的猜测,令大家都面如土色。他们都是身经百战的老兵,面对杀人如麻的悍匪仍面不改色,但对手若是无影无形的鬼魅,他们压根就无计可施。

"别自乱阵脚,情况应该没那么糟糕。"申羽镇定自若地安慰大家,他已注意到一个关键问题,便向笨狗问道,"除了你是不是还有一个山贼在生?"

然而,笨狗却言之凿凿地说,就只有他一个人活下来。在申羽指出只有二十三具山贼尸体后,他就开始装傻充愣,一会儿说自己不会算数,一会儿说前不久有个哥儿们跑回村里去了,反正就是不肯承认有一个山贼逃走了。

申羽琢磨着该怎样撬开这个笨蛋的嘴巴时,忽然意识到若逃走的只是一般山贼,没头没脑的笨狗应该不会如此守口如瓶。心念及此,他便问检验过所有尸体的流年,有没有哪具尸体是独眼的。

流年不假思索地答道:"没有啊,二十三具尸体都双眼完好。"

"我想袭击那两位兄弟的不是什么妖魔鬼怪,而是侥幸逃过一劫的独眼龙。"申羽自信不疑道。按照笨狗之前对独眼龙的描述,空地上并没有符合其特征的尸体。若独眼龙仍然在生,那么袭击者的身份就显而易见了。

可是,尽管知道偷袭者是人,但对方能悄无声息地将两名官兵放倒,或许当真如笨狗所说会用"杀人的法术"。所以在弄明白这种杀人法术是怎么回事之前,独眼龙就跟妖魔鬼怪没什么两样。

大家都躲在大草房里,显然不可能揭开"杀人法术"的奥秘,但走出屋外又会成为独眼龙的攻击目标。申羽正琢磨着该如何打破困局时,雪晴忽然将食指竖于唇前示意噤声。大家立刻安静下来,随即听见隔壁的首领房间传来些许细微的动静,房门似乎被缓缓地打开了。

大草房跟两侧的房间是相连的,都是共用一面薄薄的墙壁,因此毫无隔音效果。此刻首领房间传来动静，说明里面很可能有人，尽管不晓得此人是怎么躲进去的。

三间草房均依山而建，后方是陡峭的悬崖绝壁，哪怕是轻功了得的高手，显然也无法从后方爬上山寨。所以雪晴和手下压根就没考虑过敌人从后方偷袭的可能性。可是，如果独眼龙并非从悬崖爬上来，而是躲藏在首领房间里，那么只要使用具有一定射程的暗器，就能轻易地放倒把守入口的官兵了。

可是，申羽刚才进首领房间看过，里面什么都没有，自然也没有地方能让人藏匿。而且若独眼龙当真躲藏在房间里，为何先偷袭距离最远的两名官兵，而不是待在空地上的众人呢？

雪晴亦想不通偷袭者为何能神奇地绕到众人后方，不过她认为对方先攻击把守入口的官兵，是为了防止其他人逃走，并且令他们误以为敌人是从前方攻击，而非从后偷袭。这足以说明，偷袭者害怕暴露自己的位置。

道出心中所想后，雪晴脸上的冷漠便被愤怒取代，随即准备冲到隔壁收拾那个令她两名手下生死未卜的偷袭者。申羽慌忙拉住她，小声地给她分析，偷袭者必定也在留意大草房这边的动静，而且很可能已经察觉自己被发现了。因此，她若现在冲出去，必定会立刻遭受攻击。

"那该怎么办？"雪晴虽然依旧保持冷静，但那两名生死未卜的官兵显然令她焦躁不安。

申羽瞥了眼靠近首领房间的墙壁，琢磨着健壮的官兵们肯定能轻易地把这面用树枝和泥巴糊成的薄墙踹破。可是独眼龙应该蹲守在门口，踹破墙壁弄出的动静不把他吓跑才怪，之后要抓他可就难了。毕竟连他为何会忽然出现在隔壁，大家也没有半点儿头绪，谁知道他跑掉后会躲到哪里去。

不能踹破墙壁，那就只能直接扑向房门。这就相当于活靶子，放倒两名官兵的暗器必定会落在冲在前头的人身上。不过，除非偷袭者使用的是会拐弯的暗器，否则随后扑过去的人都没有任何危险。所以只要有一名勇敢的前锋，就能将偷袭者手到擒来。

申羽凑近雪晴耳边低声道出分析，目光随即落在被五花大绑的笨狗身上。雪晴跟手下们交头接耳，逐一低声下达命令，随即将笨狗揪起来拉到门后。笨狗还没弄明白是怎么回事，雪晴已猛然打开大门，并且将这家伙往外推，把他当作人肉盾牌，带领紧随其后的四名官兵冲出大草房。

然而，正当雪晴准备顶着笨狗肥胖的躯体，往隔壁的首领房间径直冲过去时，余光瞥见空地上竟然有一道人影。她定眼一看，发现不知何时来了个背着一把上好大刀的魁梧大汉，正埋头在那五个装着小苗嫁妆的箱子里不停地翻找，而且那把刀越看越像放在首领房间里的那一把。

她当即意识到，刚才听见首领房间传来的动静，就是大汉打开门蹑手蹑脚地走出房间的声音。至于对方偷袭入口官兵的目的，并非防止大家逃走，而是让所有人都躲进大草房里，方便这家伙在嫁妆里寻找其所需要的东西。因此，她当即果断地停下脚步，边以手势指示身后的手下退回大草房，边让笨狗面朝大汉当挡箭牌，随即张弓搭箭，准备一箭将大汉放倒。

可是，笨狗不知道是真笨还是装傻，看见大汉便欢天喜地地大叫："首领，首领，快救我呀首领，快用法术把这些官兵统统杀光。"大汉当即扭头望过来，脸上的刀疤和空洞的左眼眶随即显露于众人眼前，令大家都知道他就是笨狗口中的首领独眼龙。

尽管雪晴早占先机，但大草房跟摆放嫁妆的位置有着不短的距离，加上笨狗及时提醒，独眼龙侥幸避开了疾速而来的利箭。他赶在箭矢贯穿胸膛的前一刻倒地翻滚，藏身在半人高的木箱后方。

大难不死的独眼龙显然不会束手就擒，必定会用放倒两名官兵的"法术"反击，随即传入雪晴耳中的尖锐风声便是最好的证明。幸好她早有准备，已让手下都退回大草房，并且藏身于笨狗肥胖的躯体后面。然而，没想到独眼龙远比她想象中更冷酷无情，竟然毫不在乎笨狗的死活。

"首领，你怎么连我也……"笨狗愤恨的声音渐渐变得含糊，随即扑通一声跪下，肥胖的躯体亦无力地缓缓往前倒。

虽然仍不知晓独眼龙的"法术"是怎么一回事，但笨狗恐怕已步两名官兵的后尘，而雪晴将会是下一个。因为笨狗倒下后，便没有任何障碍物可供雪晴藏身，而退回大草房恐怕已经来不及了。

方才独眼龙接连放倒了两名官兵，说明他的"法术"在短时间内至少能连续使用两次。因此，雪晴唯一的对策就是抢在笨狗倒地之前，朝他藏身的木箱放箭，阻碍他施展"法术"。可是，尽管雪晴以敏捷的身手接连射出三箭，同时

第三章　人皮妖书

迅速往大草房门口移动，却仍被他逮住机会，猛然将脑袋探出木箱外反击。

雪晴本以为会像两名同袍那样被放倒，没想到申羽冒死扑过来挡在她身前，为她抵挡致命的"法术"。更令她意想不到的是，申羽竟然把那道摇摇欲坠的竹门拆下来当作盾牌挡在身前，使他俩拥有跟独眼龙对峙的资本。她立刻朝木箱射出箭矢，躲进大草房的手下亦在门洞两侧不停地放箭。形势一下子就逆转了，变成独眼龙被牢牢地压制住，躲藏在木箱背后不敢出来。

回头以手势指示手下继续放箭后，雪晴便轻推申羽，示意他缓步靠近木箱。他俩步步紧逼，独眼龙当然不会坐以待毙，忽然将从木箱里翻出来的衣物朝两人抛出，随即越过木箱扑向两人。

"当心！"雪晴抓住申羽的腰带将他往回拉，同时扔掉弓箭拔出短刀，准备跟独眼龙短兵相接。然而，独眼龙并没有跟她一决高下的打算，竟然利用冲力以肩膀撞向竹门。

申羽的体能连十来岁的姑娘也比不上，光是将竹门抬起来就很吃力了，被独眼龙使劲一撞，竟然连人带门往后飞。这可让雪晴始料不及，压根就来不及避让，不仅被撞倒了，还被这家伙压在身上。由于担心误伤两人，手下们都不敢放箭，只能眼睁睁地看着独眼龙趁机跑进首领房间。

"你再乱摸，我会控制不住扎你一箭的冲动。"雪晴冷若冰霜的脸庞上带有一丝愤怒。

"别别别，这是意外，我不是故意的。"申羽慌乱地推开压在两人身上的竹门，并且挣扎着爬起来。

雪晴冷眼盯住坐在她身上的申羽，目光徐徐落在对方仍按在她胸脯上还顺势抓了一下的左手，冷酷无情地说："你这话不仅毫无说服力，就连一点儿诚意也没有。"随即捡起散落在地上的箭矢，将箭头狠狠地插进这只色狼的手臂，撕心裂肺的惨叫当即响遍整个恶人山。

官兵们迅速冲出大草房，两人直奔山寨入口查看倒下的同袍，另外六人则拔刀包围房门紧闭的首领房间。雪晴在申羽的惨叫声中将箭头拔出后，就让这只色狼自己包扎伤口，随即指示手下踹开房门冲进首领房间。

然而，意料中的厮杀并未发生，因为房间里空无一人。原本放在墙角的大竹篓被移开了，露出一个足以让成年人钻进去的漆黑洞穴。寒光闪烁的大刀被丢弃在洞穴前，说明独眼龙已钻进洞里逃走了。不过更出乎意料的是，把守入口的两名官兵竟然还活着，将他俩放倒的似乎是一种能令人昏迷的暗器，笨狗的情况也一样。

或许，把笨狗弄醒后，能再仔细地询问他关于独眼龙的一切。这次他应该不会再包庇这个薄情寡意、毫不在乎他死活的首领了吧！

第十二章　灭族奇蛊

守业的书房位于卢府大宅三楼，就在他父亲的书房上方。两间书房不仅大小相同、朝向一致，就连装潢摆设也差不多，同样正对房门摆放了一张由整块紫檀木雕刻而成的大书桌，书桌后方也是背靠墙壁放置的檀木架，书桌左侧当然亦是一排敞开的窗户。尽管格局几乎一模一样，幸好父子俩一个好赌，一个好酒，所以檀木架上的赌具换成了各种各样的酒器，不至于让人将两者混淆。

守业显然跟父亲一样，是面朝房门坐在书桌与檀木架之间的太师椅上翻阅人皮妖书时出事的。不同的是，他并没有往后翻倒，而是趴在书桌上。蓁蓁通过试探鼻息确认他已命丧黄泉，随即仔细地查看他的脖子，却没发现任何异样，倒是在他左手的手背上找到跟继业近似的针孔状伤口，而且不仅伤口周围出现红肿，整个手背都红了。

刚刚为丈夫离世而落泪的秀芳，随即又经历丧子之痛，当然是哭得死去活来，甚至一度感到胸闷喘不过气。守信本想扶母亲回房间休息，奈何卢府老中青三代当家，竟在两天之内相继横死，继德又被气昏了还没醒过来，卢府和银楼里的众人均不知所措，迫使他必须站出来主持大局。

看着守信在三楼书房门外，有条不紊地指示家丁处理府中事务，大至丧事的安排，小至"二楼书房或许有老鼠，昨晚深夜竟传出动静"之类的琐事，他均处理得井井有条，蓁蓁不由得赞许道："看他年纪轻轻，没想到竟然这么能干。"

"恐怕是被逼出来的。"溪望怜悯地叹息，"卢老掌柜只宠爱长子长孙，守信若不能像继德那样练就一身本领，恐怕在卢府里压根就没有他的立足之地。"

"现在不就好了！"蓁蓁瞥了眼趴在书桌上的尸体，厌恶地说，"长子长孙都死了，这下子就不用再争来争去，无论是当家还是掌柜都该由守信担任。"

"其实也不一定，就算秀芳没有意见，继德恐怕也会占着掌柜的位置吧！"伯仑一直背着溪望，小身板有点儿吃不消，便让溪望坐在书桌旁的椅子上，接着又说，"而且继业两父子相继暴毙，李捕头就不觉得奇怪吗？"

"的确挺奇怪的,不过重点应该不在……"蓁蓁盯住仍被守业握在手中的人皮妖书,一时间不知道该如何表达心中所想。

"李捕头想说,继业父子应该是被妖书害死的,而不是遭人谋害对吧!"溪望话刚出口,蓁蓁便连连点头。

跟继业的情况一样,在门外把守的四名家丁可以证明,守业出事时同样是独自待在书房里。在窗户下方为丧宴准备食材的家丁亦确认,从清晨至今,别说是人,就连一只猫、一只老鼠,也没有从二楼或三楼的窗户进出。而且若在街道上朝三楼书房的窗户望去,压根就看不见书桌周围的区域,就算当真有"会拐弯的暗器",也不可能刺中守业左手的手背。

也就是说,父子俩极有可能是被妖书里的冤魂害死的。

"就算他俩当真是被妖书害死的,也不能排除是中了凶手设下的圈套。"溪望朝仍在门外忙碌的守信瞥了一眼,"毕竟这可是关系到万贯家财的归属,秀芳或许不会对自己的孩子狠下杀手,但两位次子可不好说。"

"卢老掌柜应该告诉了长子长孙,绝对不能在白天打开妖书,但他俩显然没把这事放在心上。"伯仑在书房里闲逛,到处看看跟二楼有何不同,可最终发现两个命案现场的最大区别只在于死者的姿态,便叹息道,"如果知道妖书是怎样把人害死的,这案子或许就好办多了。"

"其实也不难,找个不怕死的家伙,独自在房间里把妖书打开就行了。"溪望坏笑着望向同袍,见两人均摆手摇头,他便仔细地观察趴在书桌上的尸体,希望从中找到线索。

尽管没有件作帮忙,但溪望还是发现了异常之处,那就是不仅伤口周围红肿了一圈,守业的左手整个手背均呈微红色,跟继业的情况有着明显的区别。他看着守业牢牢地抓住妖书的右手,心想对方在出事前会不会曾用妖书拍打左手手背?再联想到继业出事前也是牢牢抓住妖书,难道杀死父子俩的"冤魂",是用书本就能对付的小家伙?

伯仑突然拍了一下手掌,被吓了一跳的蓁蓁当即冲这家伙怒骂,他只好讪笑着解释:"我只是打苍蝇而已,没想到三楼竟然也有苍蝇,或许是家丁在外面洗菜剁肉的缘故吧!"

正皱眉思索的溪望,闻言便恍然大悟:"'会拐弯的暗器'难道是毒虫?"随即告诉两人，继业父子或许是遭毒虫叮咬而死。

"的确有这个可能。"蓁蓁点头认同，"如果是像苍蝇那样的小虫子，通过窗户进出也不会有人留意，而且用起来也没有视野限制。"

溪望询问伯仑有没有与杀人毒虫相关的传闻，这家伙当即咧嘴笑道："你问对人了，老子可是万事通，大唐境内就没有我不知道的事情。"随即得意扬扬地侃侃而谈——

由于气候湿热，利于蛇虫鼠蚁孳生，两广百姓自古以来就深受其害。幸好蛇怕雄黄，老鼠怕猫，两者均无关紧要。可是，虫蚁就不一样了，这些小家伙一来不好对付，二来繁衍速度非常快，稍不留神便会成为祸害。

虽说广州城内鱼龙混杂，众多能人异士层出不穷，其中不乏擅长应对虫蚁之道的巧匠，能够让百姓免受虫蚁之害。但他们仅擅长驱虫灭蚁，至于能够操控毒虫杀人的奇才，不仅在广州，甚至放眼整个大唐，近年来也未曾耳闻。然而，四十三年前却有个家伙以蛊术操控毒虫，酿成一桩离奇的灭门惨案。

此人原本是在市集摆摊卖药的江湖郎中，自称来自苗疆，是九黎族的后裔，精通九黎七十二蛊，不仅擅长对付虫蚁，还能治百病，甚至可以令死人复生。当然，谁也不会相信他的夸夸而谈，毕竟拿他的药治病，就连小病小痛也不一定能治好，又哪有可能起死回生呢？不过见他整天自吹自擂，大家便经常拿他寻开心，他也喜欢信口开河把别人逗乐，所以大家都叫他"傻乐"。

傻乐治病的药品虽然效果不佳，但用于驱除蛇虫鼠蚁的药品反倒十分见效，而且他擅长吹嘘和奉承，总能逗乐每一个从他身边路过的人，因此不愁没有客人。无奈这些杀虫灭鼠药卖不出高价，远不如治病救命的药好赚，所以他的收入只能勉强维持生计。

尽管赚不到钱，但傻乐跟所有外出闯荡的年轻人一样，都怀着远大的理想——或者说是白日梦。那就是赚一大笔钱，然后买田买地娶老婆，当个小地主无忧无虑地过一辈子。

光靠卖虫药鼠药，当然不可能大富大贵，但并不妨碍傻乐整天做白日梦。他跟大伙儿吹牛时，常常一开口就是"老子一身本领，就差一个发财的机会"。尽管大家都嘲笑他异想天开，但谁也没想到，还真让他抓住了一个千载难逢的机会。

事因有个家财万贯的财主,家里被小小的床虱折腾得鸡飞狗跳,全家上下连带家丁都被床虱叮咬得浑身红肿,苦不堪言。财主尝试了诸多方法,仍未能将床虱根除,就差将大宅付之一炬再重建。可是将占地甚广的大宅推倒重建,恐怕得花费巨资,财主惜钱如命,当然不想为床虱这种小事一掷千金。可是总被床虱叮咬都快把人逼疯了,又怎能继续忍受?于是,财主便扬言谁能将大宅里的床虱彻底根除,就奖赏黄金百两。

傻乐听到这个消息,立刻跑到财主家求证,得到财主当面许诺,只要将床虱根除,就立刻给他黄金百两。他可乐开花了,当即拍胸脯保证,马上就能将大宅里的床虱全数消灭,并且在财主有生之年,大宅里再也不会出现半只床虱。

财主一听,立马两眼放光,以为他将要施展通天本领,谁知道他竟然就点燃了一束不知名的药草,并且在大宅里溜达了一圈,用烟熏遍大宅的每个角落,然后就搓着手对财主谄媚笑道:"大老爷,我的黄金呢?"

咋说也是久经世面的老江湖,财主当然不会被这种招摇撞骗的小把戏蒙骗,当即劈头盖脸地冲他怒骂,骂他随便转一圈就想骗取百两黄金,简直是想钱想疯了。他不禁露出含冤受屈的表情,可怜兮兮地问财主,是不是没再被叮咬了?

财主一时激动,所以没有留意,傻乐在大宅里溜达一圈后,不仅他本人,就连全家上下连带家丁,均再也没有遭到床虱叮咬。而且仔细检查床铺衣物,只能找到死去的床虱,翻遍整座大宅也找不到一只活的。也就是说,傻乐的确把大宅里的床虱根除了。

困扰多时的难题得到解决,财主本该高兴才对。可是这个惜钱如命的家伙,却觉得傻乐也没费多大的工夫,不过点燃了一束药草,溜达了一圈而已,哪值得百两黄金?给他一百两银子就不错了,不不不,给一贯钱打发他就行了。

说好的百两黄金未能兑现,仅仅得到一贯钱,任谁也不会轻易罢休。可是,不管傻乐怎么言之有理、名正言顺,也禁不住家丁们的一顿暴揍。他不仅被打得鼻青脸肿,还被扛起来扔到大街上,过了老半天才缓过劲来。

尽管气得七窍生烟,但财主财大气粗,又有一大群家丁,傻乐当然奈何不了人家。他只好在大宅门前咒骂几句发泄一下怨气,在抛下"三天之内必定让大宅里不留一个活口"的狠话后,便在家丁们的追赶下狼狈地逃走了。

谁也没把他的狠话当回事,该干吗就干吗,眨眼间两天就过去了,啥事也没发生，大家都快把这事忘记了。然而到了第三天，不仅财主全家上下连带家丁都莫名其妙地暴毙，就连饲养的牲畜也死光了——大宅里竟然还真的"不留一个活口"。

财主咋说也是有头有脸的人物，突然就灭门了，甚至连牲畜也没留活口，官府当然不敢轻视，立刻让仵作仔细地检查每一具尸体。虽说所有死者均浑身遍布蚊虫叮咬的红肿，但也不过是之前床虱闹得凶罢了，此外便没有任何外伤。

捕快们将整座大宅里里外外搜查了好几遍，并未发现任何异常之处，所有门窗均完好无缺，也没有任何搜刮财物的迹象，甚至连攀爬外墙的痕迹也没有，不像曾有外人闯入。而且也没发现任何打斗迹象，更不见一滴血迹，可以排除内部纷争的可能。

既非外人闯入，也不是内斗，可大宅里的四五十口人，连同近百头牲畜，却在顷刻之间莫名其妙地暴毙，实在令人百思不得其解。无奈之下，只好先搜捕嫌疑最大的傻乐。可是捕快们把整个广州城搜了个遍，都掘地三尺了，竟然仍未见这家伙的踪影。

傻乐平日不是到市集摆摊，就是到处闲逛跟别人吹牛，但自从财主暴毙那天起，他就像人间蒸发似的，突然消失了。由于此案过于离奇，而且实在找不到线索，便成了悬案。

然而，坊间却流传着一个说法，认为傻乐并非普通的江湖郎中，而是像他自夸的那样，是精通九黎七十二蛊的九黎族后裔，并且为了报复财主使用了禁忌蛊术"灭族蛊"，所以大宅里的尸体才会浑身红肿。而且财主暴毙当日，附近的居民曾目睹大群飞虫在大宅上空盘旋。

传说，灭族蛊是九黎七十二蛊中最霸道、最可怕的蛊术，能在顷刻之间将整个族群消灭，甚至连牲畜也不留一个活口。不过施展灭族蛊需以自身为代价，施术者在施术的过程中将不断遭到反噬，身体会一点一点地被腐蚀掉，直到最后连一块骨头、一根毛发也不会留下，犹如人间蒸发。因此，捕快们才会翻转整个广州城也找不到傻乐……

"哇，当真有这么可怕的蛊术吗？"蓁蓁不可置信地说，呼了口气又道，"还好，卢府里就只死了两个人，就算是毒虫所为，也不会是灭族蛊。"

"这可不好说，毕竟昨天恶人山那边，可是卢老掌柜连同整个山寨的山贼都离奇暴毙了。"伯仑故意装出阴森吓人的语气,"而且不管是昨天的恶人山,还是四十三年前的财主大宅,都是事后才发现所有人都死光了。可事实上,到底是顷刻之间人全部死掉,还是一个接一个轮流去见阎王,其实也不好说。说不定,明天别人也会说卢府上下连同三个倒霉的捕快,也是在顷刻之间就死光了。"

蓁蓁当即哆嗦了一下,扭头往守业手中的妖书瞥了一眼,惶恐地说:"虽然还没有弄明白是咋回事,但卢府三代当家和山贼们的死肯定跟这本妖书脱不了关系。要不趁现在是大白天,赶紧把妖书烧掉,免得待会又有哪个倒霉蛋丧命。"

虽说蓁蓁的提议十分轻率,但也不是毫无道理,毕竟这本妖书在两天之内夺走了近三十条人命,不赶紧将其销毁,说不定还会再添新鬼。于是,溪望便同意了,并叮嘱蓁蓁将妖书带到空旷无人的地方烧掉,以避免再生事端。

然而,正当蓁蓁准备拿起妖书时,守信却慌忙冲进书房喝止:"不能烧!若把妖书烧掉,广州城内必定尸横遍野。"

第十三章　抛尸秘洞

"是用蜂针做的吹箭，而且是能令人昏迷的毒蜂。"雪晴先在两名把守山寨入口的官兵身上各拔出一根末端粘了绒羽的蜂针，又在笨狗身上拔出相同的蜂针，再经过仔细分辨后得出这个结论。

申羽想起笨狗曾说被独眼龙养的"小家伙"蜇到晕倒，由此推断所谓的"杀人法术"只是用毒蜂针制造的暗器而已。不过他也晓得吹箭是啥玩意儿，不由得皱眉发问："吹箭可以连发两箭吗？"把守入口的两名官兵是相继倒下的，独眼龙显然不可能在这么短的时间内将吹箭装进吹管。

见两名手下已被同伴通过掐人中弄醒了，雪晴不禁放下心头大石，像看待傻子般瞥了申羽一眼，双手各拔出一把飞刀，解释道："准备两根以上已经装好吹箭的吹管就行了。"说罢竟将飞刀戳进笨狗的双腿。

原本昏迷不醒的笨狗，随即在撕心裂肺的惨叫声中醒来，没花多少时间便弄明白当前的处境——独眼龙压根就不在乎他的死活，朝他放箭后，就通过暗藏在自己房间里的秘道逃走了。此外，冷艳的雪晴可没有循循善诱的耐性，他不立刻坦白交代一切，皮肉之苦将会接踵而来。

"啊！昨天大家遭到妖书里的冤魂袭击时，首领应该是迅速躲进房间里，并且通过秘道逃走才会大难不死的……啊，痛死我啦！"笨狗在痛苦的号叫声中道出最令众人困惑的问题。

见笨狗态度合作，雪晴便拔出插在他大腿上的飞刀，并让手下帮他包扎伤口。不过雪晴没有将飞刀收起来，而是甩掉血迹后，仍拿在手上并朝他晃了晃，示意他若有半点隐瞒，就得再受皮肉之苦。

笨狗虽然笨，但不傻，当然不敢造次，立刻将所知的一切连同猜测一并道出——

首领昨天逃走后，直到天黑官兵闯进山寨时，他也没有回来。随后，一大群官兵待在山寨里，虽然都没有遭到冤魂袭击，但他可是山贼呀，哪敢跑到官兵眼前溜达。他没有溜回来，自然就不知道昨晚家属前来把新郎的尸体运走，还把那本关系到宝藏下落的人皮妖书也带走了。

等到了今天，大概是发现山寨里的官兵少了一大半，而且又是大白天，应该不会再有冤魂忽然冒出来，所以首领就利用秘道悄悄钻回来。他躲在首领房间里，透过门缝施展对付镖头的"法术"放倒了两个官兵，吓得你们都躲进大草房里，这样他就能走出房间自由活动了。

虽然首领的"法术"不能要别人的命，只能让人晕倒，但人都晕过去了，还不是任人宰割？哪怕是武艺超群的镖头也一样，晕倒后就被大伙儿乱刀砍死了。只是他急于寻找人皮妖书，没有给那两个官兵各补上一刀，不然他俩已经到阎王殿报到了。

然而，妖书早已被家属带走，首领再怎么翻找也是白费劲。如果他不是不顾我的死活，胡乱施展法术，而是带上我一起逃走，或许还能东山再起。可是他竟然背信弃义，必定不得好死……

笨狗忽然又发出杀猪般的惨叫，原因是雪晴没有耐心听他没完没了地抱怨，便将飞刀扎进他手臂，并且冷冰冰地说："别再说这种无聊的废话，秘道到底通往哪里？独眼龙有哪些藏身地点？"

"秘道是通往抛尸洞的，轻点，轻点，痛死我啦……"笨狗于号叫中作答，随即道出一个暗藏在恶人山里的可怕秘密——

秘道是大伙儿重建山寨时无意中发现的，不过首领好像早就知道，说是被围困时用来逃走的。他还让我钻进去看看，结果发现秘道能通往一个巨大的洞穴，而洞穴的出口位于山腰，十分隐蔽，不熟识山上的环境不容易找到，的确挺适合用来逃走的。

不过这秘道啊，我是打死也不想走第二遍，因为那个洞穴不仅冷得要命，还遍地都是白森森的人骨，不知道多少人惨死在那里，大白天也阴风阵阵的，差点儿就把我吓破胆了。而且只要靠近洞口就让人觉得阴森恐怖，虽然洞口旁边有一个水潭，潭水还挺清澈的，打水也很方便，但我宁愿跑到山下打水，也不想去那个可怕的地方。

我问首领那个洞穴是怎么回事。首领说，那儿叫抛尸洞，在挖通秘道之前，就只有一个出入口，而且里面不仅宽敞得能塞进好几百人，还十分寒冷，非常适合关押俘虏。因为俘虏就算死在洞里，尸体也不会迅速腐烂发臭，压根就不用处理，所以千年之前的缚娄古国就将俘虏关押在洞里。

后来盘踞恶人山的山贼们，也喜欢将人质关在洞里，甚至把尸体往洞里扔。久而久之，洞里便遍地尸骸，因而被称为抛尸洞。由于死在洞里的全是生前受尽折磨的俘虏、人质，经年累月积聚的冲天怨气无法消散，令洞内鬼气森森，就算是大白天也让人觉得很可怕，晚上别说是进入洞里，就连靠近洞口也是活得不耐烦。

不过，正因为抛尸洞实在太可怕了，而且洞口又十分隐蔽，不知道的人找不着，知道的人又不敢靠近。所以四十年前盘踞恶人山的山贼便费了一番大工夫，挖了一条从山寨通往抛尸洞的秘道，以便被官兵围困时可以悄然逃走。

我问首领怎么会知道得这么清楚，他说四十年前那伙山贼的老大是他爹，他娘就是在山寨被官兵重重包围时，通过密道带着襁褓中的他逃走的。他跟他娘虽然逃出重围，但他爹作为头领，当然不能逃走，便跟一众兄弟死守山寨，可惜最终敌不过源源不断的官兵，把命留在山上了……

"这事我听说过。"雪晴听完笨狗的叙述后，想起了一段听闻，"四十年前恶人山上聚集了三百多名亡命之徒，竟然胆大包天地宣称复建缚娄古国，都督府便派重兵围剿这群无法无天的山贼。尽管山贼占尽地利，但官兵经过一轮苦战后，最终还是攻进了山寨，并且将山贼头领就地正法。"

"没想到当年侥幸逃脱的头领儿子，四十年后还是走上跟他爹一样的老路。"申羽感慨地摇头叹息。

雪晴可没有他那么多愁善感，不尽快将独眼龙逮捕，这家伙肯定会继续找机会袭击山寨里的众人。现在知道了秘道的另一端是位于山腰的抛尸洞，要抓捕独眼龙并不难，只要将秘道堵塞，就能到抛尸洞瓮中捉鳖。因此，经过短暂的商议后，雪晴便吩咐两名手下到首领房间看守秘道，然后带上另外两名手下准备去山腰，打算两头围堵独眼龙。

"喵喵是不是躲在哪里睡觉了，刚才明明还看见她蹲在笨狗身旁啃猪肉干，怎么忽然就不见踪影了？"申羽站在大草房门前往里面看，并未看见那个要么说个没完，要么吃个不停，反正醒来后嘴巴就一直没有闲下来的馋嘴新娘。

正要踏出山寨的雪晴猛然停下脚步，回头询问大伙儿是否知道小苗在哪里。

一众手下均摆手摇头，坐在大草房门前的笨狗却露出狡诈的笑容，不由得引起她的警觉。她快步走到笨狗身前，气势汹汹地拔出短刀架在对方的脖子上，冷酷无情地说："要么把你知道的一切都说出来，要么就留着跟阎罗王说。"说罢也不等笨狗张嘴，已在其脖子上割出一道血痕。

"我说我说，我什么都说！"笨狗生怕稍微说慢一点儿就会丢命，慌忙道出隐情。原来方才雪晴跟申羽商议如何逮捕独眼龙时，他悄悄告诉小苗，秘道的另一端因为遍地尸骸，所以长满了十分罕见的尸菇。这种红伞白杆的山珍野味香鲜味美，只要吃上一口就不枉此生了。前几天他才去采摘了一遍，现在差不多该又长出来了，要不是被逮住了，他真想再吃一遍。

小苗一听，立刻就觉得手里的半块猪肉干不香了，往笨狗嘴里一塞，转头就朝首领房间跑。当时雪晴仍未吩咐手下看守秘道，所以谁也没留意到有只馋猫钻进去了。

"你刚才不是说，打死也不想靠近抛尸洞吗？怎么现在又说前几天去那儿摘尸菇了？"申羽察觉到笨狗的前后矛盾，便疑惑地皱起眉头。

"这世上哪有什么'尸菇'，那只是坊间传说，至少我跟死人打了这么多年交道也没见过。"流年指出笨狗这番话当中的漏洞，"而且腐烂的木头才容易长蘑菇，遍地尸骸的地方是很难长出蘑菇的，充其量只会长出三五朵，哪有可能长满整个洞穴。"

"红伞白杆的蘑菇……"申羽突然想起在之前的雾江神龙案中，令陈家村整船龙舟健儿葬身鱼腹的毒蘑菇，不由得气愤怒骂，"那不就是毒蝇伞吗，吃了会令人晕头转向，甚至命丧黄泉，哪是什么鲜香味美的山珍野味啊！"

雪晴可没心思琢磨笨狗为何前言不搭后语，冷静地说："当务之急是把新娘找回来，她要是落在独眼龙手中就麻烦了。"随即跟申羽商讨营救方案。

其实营救小苗的方法无非就两种：一是立刻往秘道钻，尽快把那只馋猫抓回来。但是，独眼龙很可能埋伏在秘道的另一端，贸然穿越秘道无异于羊入虎口。而且秘道狭窄，仅容一人通过，就算雪晴带上所有手下发动总攻，独眼龙仍能轻而易举地逐一击破；二是按照原来的计划，雪晴继续带领手下到山腰寻找抛尸洞的入口，不过将手下的数量增加为六人。可是若洞口当真如笨狗所言十分隐蔽的话，待他们找到时，小苗就算没被独眼龙抓住，恐怕也会因为吃了毒蘑菇而丧命。

要救那只馋猫，就必须争分夺秒，绝对不能将时间浪费在寻找抛尸洞的入口上。因此，雪晴打算把笨狗带上，这家伙知道洞口的位置，带上他能节省不少时间。

申羽正想点头同意，但目光不经意地从笨狗脸上掠过，发现对方的嘴角微微上翘，瞬间意识到这个看似笨拙憨厚的家伙并不简单。毕竟在昨天的可怕事故中，整个山寨里就只有他跟独眼龙、小苗三人幸存，这似乎不是一句傻人有傻福就能带过，或许他只是装傻充愣。

"你是故意骗喵喵钻进密道的！"申羽终于想明白笨狗的意图，这家伙是故意制造当前的局面，迫使雪晴必须带上他一起去找抛尸洞的入口，然后利用熟识地形的优势，边胡乱带路边找机会逃走。

"也就是说，他已经没有任何利用价值了。"雪晴拔出短刀便往笨狗的脖子划过去。刚才被飞刀扎一下就叫得像杀猪一样的笨狗，这回不仅面无惧色，还扬起下巴将脖子往前挺，并露出狡诈的笑容。

就在短刀即将碰到脖子的前一刻，雪晴猛然停下动作，随即将短刀收起来，冷漠地说："你这种浑蛋不配弄脏我的刀，该让你在苦役中劳累至死。"

雪晴这一刀让申羽看清楚笨狗的本性，他其实十分奸诈，之前的愚笨都是装出来的。仔细回想这家伙所说的一切，申羽发现他提及的每一个人均以绰号称呼，压根就没提过任何人的名字，就连他自己的名字也没说。而且他也没说清楚来自哪条村子，甚至连大概位置也没有提及。之前以为他很笨，把话说得不清不楚，所以没有在意。可现在想来，他是故意在这些重要信息上含糊其词，以便侥幸逃脱后，大家难以追寻他的下落。

既然知道笨狗想在带路时找机会逃走，那么要救小苗就只能冒险穿越秘道了。尽管硬闯危机四伏的抛尸洞，很可能会遭到独眼龙的伏击，但实在没有其他办法。而且也没有时间从长计议，必须立刻做决定。

雪晴果断地命令六名手下分为两组到山腰寻找抛尸洞的入口，包括刚醒来的两人在内的四名手下，则留在山寨里看守笨狗和秘道，她则独自穿越秘道跟独眼龙一决高下。

之所以如此安排，是因为独眼龙能连续发射两枚吹箭，雪晴认为三人一组会令他有所忌惮，从而确保手下的安全。而且两组人分头搜索，能更快找到洞穴入口。留守山寨的官兵中有两人方才受袭昏迷，难以确定是否还能继续执行任务，因此必须再留下另外两名状态稳定的官兵，以防独眼龙折回再次偷袭。至于申羽和流年，只要不碍事就行了，她也不指望两人能帮上忙。

然而，申羽可不能眼睁睁地看着雪晴独自犯险，非要跟人家一起穿越秘道。雪晴倒是无所谓，反正申羽并非她的手下，她才不在乎这头色狼的死活。她只是强调必须专心对付独眼龙，无暇顾及申羽的安危，让这家伙自求多福。

"慕老弟，你要是有啥三长两短，我会把你的后事安排妥当的。"流年忧心忡忡地挥泪道别，让申羽有股揍他一顿的冲动。

"这家伙真是狗嘴里吐不出象牙，怪不得那么招人讨厌。"申羽于心中抱怨，随即想起在那场漫长的梦中，一千多年后的流年挺会说话的呀，或许是因为眼前这个家伙一直待在死人堆里，没怎么跟活人接触的缘故吧！

挥手跟流年道别后，申羽便跟随雪晴钻进秘道。秘道只有半人高，必须四肢着地才能爬进去，怪不得独眼龙会把上好的大刀丢在洞口，因为背着大刀肯定会被卡住。他又想起在那场漫长的梦里，初次跟雪晴办案时也遇上类似的情况，但在梦中有种能发光的工具，用起来十分方便。哪像现在这样，只能依靠火折子昏暗的光线，欣赏前方的美妙景象。不过，在梦中那回他们不仅遭到蛇妖袭击，还差点儿就被活埋了，幸好最终还是查明了真相……

正胡思乱想之际，额头忽然碰到什么东西迫使他停下来。他以为碰到了雪晴的"八月十五"，便下流地往前蹭，谁知道竟然蹭回一脸泥巴。借助火折子的火苗仔细一看，他才发现雪晴的确是停下来了，但显然早已预料到他的下流举动，竟然抬起一条腿往后伸，所以他蹭到的其实是人家的鞋底。

不过，雪晴会停下来，说明他俩已接近秘道的出口——抛尸洞。

第十四章　横生枝节

方才一直在门外吩咐家丁处理琐事的守信，突然冲进书房喝止蓁蓁，边将人皮妖书夺过去紧紧地搂在怀中，像着了魔似的不停地说："不能烧，不能烧……若把妖书烧掉，广州城内必定尸横遍野。"

"好好好，不烧，不烧，你冷静点儿，有话好说。"蓁蓁以为守信被寄身在妖书里的冤魂附身了，边以轻柔的语气安抚边往后退，同时右手缓缓移向刀柄，准备拔刀挥斩。

溪望生怕她一时惊慌把守信的脑袋削下来，慌忙叫她别轻举妄动，随即安抚守信："这本妖书虽然是关键证物，但也是新娘的嫁妆，该怎么处置必须征求卢家人的意见，不是我们这些小捕快可以擅作主张的，卢二郎君无须担忧。"

守信这才大松一口气，缓缓地将妖书放到书桌上，随即为刚才的失态向三人道歉，并详加解释："阿翁说过，这本妖书是亡国公主唯一的依归，若胡乱将其烧毁，必定会掀起轩然大波。失去依托的公主冤魂，会像发了疯一样，残杀她遇到的每一个人，直到整个广州城尸横遍野为止。"

蓁蓁和伯仑皆大惊失色，溪望则冷静地询问："请问卢老掌柜生前有没有提及怎样才能解决妖书带来的麻烦呢？"并且强调尽管新娘尚未进门，但作为嫁妆的妖书也算是卢家的财物，他们无意损坏或带走。不过，妖书一再闹出人命，他们也不能放任不管。

溪望本想以退为进，让守信主动将妖书交由都督府封存。毕竟若不能将妖书销毁，存放在卢府里早晚还是会出意外。可他万万没想到，永福还真的曾提及销毁妖书的方法。

"阿翁说过，要销毁妖书就得将其带到恶人山，因为那里是缚娄国皇宫的遗址。只有将夜姬公主的冤魂带回家，才能安全地将妖书销毁。"守信不紧不慢地解释，随即扭头瞄了眼窗外的艳阳又道，"恶人山虽然不远，但怎么也得在路上花上一个时辰，现在已过正午，而且府上祸事连连，需要我处理的琐事太多，实在难以抽身，只能明天再带家丁前往恶人山将妖书销毁，并且迎接新娘回府。"他又说了些客套话，大概就是辛苦三人了，让他们留下来吃丧宴。在前往恶人山之前，他会将妖书锁起来，并且让家丁严加看守，让他们不用担心云云。

"吃席也挺好的，卢家的亲友非富即贵，应该能打听到不少有趣的小道消息。"伯仑嘴馋地说，想马上背起溪望下楼去吃席。

"别像阿慕那样，整天就只知道吃。"蓁蓁瞪了伯仑一眼，随即拒绝了守信的提议并解释道，"就像阿相说的那样，我们不会打妖书的主意，但前提是它不会继续害人。如果卢二郎君琐事缠身，今天实在抽不出时间，就先把妖书交由我们保管，明天我们再一同到恶人山将其销毁。又或者把方法告诉我们，由我们将妖书销毁。反正我们还要到恶人山调查山贼暴毙的原因，卢二郎君也能安心处理府中琐事，一举两得。"

蓁蓁说罢便伸手去拿妖书，守信却一掌按在书上，摇头道："销毁妖书说难不难，但也不是三言两语就能说清楚，而且稍有差池就会引发灭顶之灾，必须由我亲自动手。"他皱眉思量片刻又道，"必须在白天到恶人山，才能安全地将妖书销毁。虽然现在已过正午，但动作快一点儿，应该能赶在天黑之前将此事办妥。我就把府中的大小事务统统放下，先跟你们到恶人山走一趟吧！毕竟不尽快解决此事，难保不会再出人命，大家都无法安心。"

守信立刻吩咐家丁准备马匹，并让四名健壮的家丁带上砍柴刀和一个大包袱同行。蓁蓁等三人亦各自骑上骏马、骡子，一行八人风风火火地赶往恶人山。来到山脚，将马匹、骡子绑在树上后，众人便徒步上山。

溪望行动不便，守信本想让家丁背他上山，他却婉拒了人家的好意。这可又要辛苦伯仑了，伯仑不由得一路抱怨，他只好压低声音解释："虽然李捕头单手就能打倒这四个家丁，但卢二郎君带这么多人上山，说明他觉得此行有危险，所以我们还是谨慎些为妙，我可不想待会儿被人扔进山沟里。"

伯仑翻着白眼小声回应："你就不怕我把你扔到山沟里？"

"你虽然贪生怕死，但还不至于背信弃义。"溪望信心十足地说，"至少你不会出卖诡案组里的同袍，这一点我对你还是有信心的。"

"我们才认识了半个月，你咋就这么了解我？我出卖同伴的经验可是非常丰富的哦!"伯仑咧嘴笑道,但忽然想起申羽的那番鬼话,愣住片刻又说,"你不会像阿慕那样,也在梦里认识我很久了吧?"

"天晓得,大千世界,无奇不有,任何事都可能发生。"溪望以模棱两可的回答结束这个话题。

一行人走到山腰,然后就在守信的带领下到处瞎转,伯仑一直背着溪望,小身板实在吃不消,便问守信到底在找什么,怎么不赶快把妖书销毁。

"阿翁说在恶人山的山腰有一个位于隐蔽洞穴外的水潭,必须到此才能将妖书销毁。可是恶人山层峦叠嶂,而且山上树木枝繁叶茂,要找到这个水潭可不容易。"守信颇为无奈地解释,随即提议,"要不三位捕爷先到山顶的山寨里跟官兵会合,等找到水潭了,我就让家丁到山寨为你们带路。"

伯仑对此自然是求之不得了,可他还没来得及开口,溪望已婉拒守信的好意:"多走走可以锻炼身体,而且这里的风景还挺不错的,就当游山玩水好了。"

"背着你游山玩水可真是遭老罪喽!"伯仑垂着八字眉抱怨。

溪望则笑着调侃:"遭点儿小罪还好,要是李捕头跟原队正又打起来,一旦殃及池鱼,随时会令我们小命不保哦!"

"哼,要是在开阔的地方比试,我绝对不会输给那个木头人。"蓁蓁咬牙切齿地跺脚,犹如在谈论杀父仇人。

溪望随即告诉不明就里的守信,蓁蓁跟把守山寨的官兵队正有过节,所以不便到山寨跟同袍会合,只能继续一同寻找那个隐蔽的水潭。守信随后便没再多言,默默地走在前头带路。

"你是不是发现了些什么?"蓁蓁放慢脚步凑近走在队伍后头的两人。

溪望压低声音答道:"也没什么特别的发现,只是觉得卢二郎君好像想支开我们。"

"他有啥不能让我们知道的吗?"伯仑好奇地问道,随即又皱起眉头,"可是他的风评挺好的呀!长相端正,为人正直,对下人又没有架子,除了是次子之外,就没啥缺点,挺多怀春少女想嫁给他跻身豪门呢!"

溪望晃着食指说:"人不可貌相,尽管他看起来人畜无害,而且没有杀人动机。但卢家两天之内死了三个人,剩下的三人不管怎样也得多留意一下吧!"

"你会不会疑心太重了?"蓁蓁看着守信的背影说,她也觉得这个少年郎不像阴险狡诈之人。

然而,溪望仍坚持己见:"小心为上。"

一行人在山腰瞎转了一大轮,终于在日渐西斜时,找到了隐藏在茂密枝叶背后的洞穴入口,以及洞外的水潭。伯仑实在是筋疲力尽了,在距离水潭十数步远的大树旁将溪望放下,并坐下来休息,蓁蓁则站在他俩身旁,谨慎地留意着守信的一举一动。

溪望趁机观察附近的情况,发现四周的树木枝繁叶茂,阻隔了绝大部分阳光,以致周遭皆十分阴冷。比成年人稍高的洞穴入口,也被树枝遮挡了一大半,若是为了寻找洞穴而来,搞不好得花上两三天。幸好,洞外的水潭挺大的,至少能容纳五头耕牛一起泡澡,而且潭水清澈透亮,因而十分显眼,要不然他们肯定不能赶在天黑之前找到。

"听阿翁说,缚娄古国的皇宫就建在恶人山上,而这个洞穴在一千年前曾是关押囚犯的牢房。传说夜姬登基成为女皇后,便将所有反对她的男男女女都关进牢房,让他们受尽各种折磨。她还命人在洞外建造浴池,以便她通宵达旦地寻欢作乐后一边泡澡,一边聆听囚犯痛苦的哀号。这是她最舒适、最放松的时候,通常不会胡乱伤人。"守信不紧不慢地解释,"随着千年岁月的洗礼,皇宫早已不复存在,幸好当年的浴池变成了如今的水潭,因此将妖书扔入潭中,任由其沉入潭底,应该是最稳妥的处理方式。"

蓁蓁抬头从狭小的枝叶缝隙中,好不容易才看到已不耀眼的太阳,心想不出半个时辰就会天黑,若不抓紧时间就得明天再折腾了,于是便催促道:"那就赶紧把书扔进水潭呗,免得夜长梦多。"

"不行,不能随随便便就把书扔进水潭,还得先费一番工夫做事前准备。"守信亦抬头看天色不早,便立刻吩咐家丁先把遮挡洞口的树木枝叶清理掉,并解释说需要还原夜姬泡澡时的场景,才能让寄存在书中的冤魂放松警惕,以致妖书沉入潭底仍不自知。其中一个重要环节,是从洞穴里传出夜姬喜欢听的痛苦哀号,所以得先清理树枝,让人进入洞内。

家丁们带来了柴刀,没费多少工夫就将树枝都清理掉,使洞口完全显露出来,可是守信却忽然摇头叹息:"我怎么把这么重要的事情忘记了。"随即告诉众人,将妖书扔进水潭时,需从洞内传出男女声的哀号。男声还好办,让其中一个家丁进入洞内就行了，但他忘记带丫鬟同行，只能明天再来一趟……

"哪用这么麻烦，我进洞里叫几声不就行了。"蓁蓁毫不犹豫地主动请缨，完全没有察觉溪望正给她使眼色。

守信的举动虽说不上可疑，但溪望总觉得有点儿不对劲。毕竟蓁蓁是一行人中武功最好的，要是出啥状况了，他跟伯仑这两个"弱不禁风"的家伙就只能任人宰割。无奈他还没来得及劝阻，蓁蓁已领着一名家丁往洞穴里边走。他不禁皱起眉头，只好打起精神，留意守信的一举一动以防不测。

守信嘱咐蓁蓁先到洞穴里稍等片刻，等他提示就假装受尽折磨发出痛苦的哀号，随即让家丁打开包袱将丰盛的供品摆放在水潭前。看见供品除美酒水果糕点等常见食物外，还有一大碟切成薄片的鲫鱼肉和一根拇指粗、手臂长的竹竿，伯仑不禁好奇问道："这亡国公主喜欢泡澡时自己生火打火锅吗？"

守信摇头答道："传说夜姬生前最爱吃生鱼片，每次泡澡都要吃一大碟。她还喜欢把脑袋也泡进水里，所以得用竹竿来呼吸。"

"她的怪癖真多，还跟茹毛饮血的蛮夷一样。"伯仑接连哆嗦了几下，"幸好她一千年前就驾崩了，不然被她逮住，说不定张嘴就给咬一口。"

"人活着还好对付，可变成了千年厉鬼，我们不仅无从下手，就连她是怎样杀人的也不晓得。"溪望调侃道，"还是赶紧把妖书处理掉，别再生事端就好了。"

然而，现实往往事与愿违，供品才刚摆放好，便有一只小指大小的红色马蜂落在生鱼片上大快朵颐，家丁本想将它赶走，却被守信慌忙喝止："别别别，这是猛虎蜂，锋针有毒，主动招惹它会被蜇的。"

"是附近一带独有的猛虎蜂吗？"伯仑好奇地探头仔细观看，"嚯，感觉比虎头蜂凶猛多了，不知道是不是跟传闻一样，蜇一下就能把人送走。"

"被蜇一下就会丧命吗？"溪望恍然大悟，不由得低声喃喃自语，"难道是这样……"

守信慌忙吩咐家丁赶紧远离供品，别主动招惹猛虎蜂，并自我安慰般说道："生鱼片有这么多，被偷吃一点儿，夜姬公主应该不会介意吧！"

家丁们都退到一旁远离供品，溪望跟伯仑则待在距离水潭较远的树下，均无须担心被蜇到。守信虽然仍留在水潭旁，但也小心翼翼地跟供品拉开距离，免得引起猛虎蜂的注意。

幸好，猛虎蜂也没在生鱼片上待多久，饱餐一顿后便振动翅膀，在嗡嗡声响中准备离开。可是大家还没来得及松一口气，便发现它竟然跟随蓁蓁的脚步飞进洞穴里。

随后，最令人担忧的事情发生了，蓁蓁忽然尖叫着从洞里冲出来，不过她似乎并非被猛虎蜂蜇到，而是看见了什么可怕的东西，不停地高喊"婆姐救命"，还说洞穴里面有鬼。大家还没弄明白发生了什么事，已接连有好几个人从洞里跑出来，其中一个竟然是屁股冒着白烟的申羽。

第十五章　白骨森森

"把火折子收起来，免得被发现。待会别急着钻出去，等我出去后再伺机而动。"雪晴回头冷冰冰地低声吩咐，随即举起小圆盾缓缓爬出秘道——由于带上弓箭就难以在狭窄的通道中爬行，因此她跟手下交换了装备，将弓箭换成更合适的小圆盾。

她毫不在乎申羽的死活，因为这头色狼执意要跟她一起犯险，主要目的恐怕是想占她便宜。事实上，她的确猜对了，那个厚脸皮的家伙果然想趁机往她身上蹭，幸好她早有准备，赏了对方一鞋底的泥巴。

其实她平日看人没这么准，而且恰恰相反，她经常因为有眼无珠而吃亏。在待人接物中屡屡碰壁，渐渐令她却步，面容更变得像冰山一样冷酷无情，尽管她内心深处那股火焰般的热情从未冷却。可是不知为何，从看到申羽的第一眼开始，她就知道这家伙虽然好色，而且恬不知耻，但在关键时刻却十分可靠，仿佛已认识对方很久一样。

"难道，他当真曾在梦中跟我一同出生入死，是可以互相托付性命的伙伴？"雪晴于心中暗忖，忽然意识到自己有些许在意申羽，至少不愿看到对方丧命，毕竟这家伙还蛮有趣的。"或许我的脑袋也被米虫蛀透了吧！"她心里这么想的时候，并不晓得自己露出了会心的微笑，而且这一幕谁也没看见。

悄然无声地爬出密道，还没来得及观察周遭的情况，雪晴已察觉到危险袭来。多年来的军旅生涯，令她凭借一点儿细微的声音，便能在漆黑一片中知晓敌人从哪个方向施袭，并且本能地举起小圆盾抵挡。

依据从左臂传来的感觉判断，落在小圆盾上的绝非小而轻的吹箭，而是石头之类的沉重硬物。当双眼开始适应黑暗的环境，她才发现情况远比预料中可怕，因为朝她袭来的竟然是一团团幽暗恐怖的蓝色"鬼火"。

她强忍心中的恐惧，用小圆盾接连挡下四团鬼火。随着双眼对黑暗的迅速适应，使她更清楚周围的情况，同时亦更加恐惧——她身处十分开阔的洞穴当中，目测至少能容纳两三百人。凹凸不平的地面上铺满了白森森的人骨，而且在不同的位置上冒出了近十团蓝色的火焰，令这个封闭的空间不至于漆黑一团。不过这些恐怖的鬼火并未带来一丝温暖，洞外明明是炎热的仲夏，她却觉得犹如置身于寒冬之中。

然而，这些皆不是她恐惧的源泉。令她惶恐不安的是，就在前方十步外，竟然有两具张牙舞爪的骷髅。其中一具双掌均被泥巴覆盖的骷髅，不断从身旁那堆冒出鬼火的骨头里，捡起被蓝色火焰包裹的人骨朝她扔过来。另一具骷髅就更可怕了，因为它竟然把小苗"吃"掉了。

准确来说，是娇小的小苗上半身被塞进骷髅的胸腔里，手脚也被骷髅的四肢缠绕，除了嘴巴，全身上下均动弹不得。因此，当这只馋猫看清楚雪晴的面容，便立刻慌乱大叫："雪晴姐救命呀！我被白骨精吃掉了，快救救我，我还有很多东西都没吃过，不想这么快就死掉，呜呜呜……"

雪晴也想救这只馋猫，奈何双掌覆盖泥巴的骷髅不断扔来人骨，令她不敢贸然进攻。虽说被骨头砸中死不了人，但那可是冒着鬼火的人骨呀，谁知道沾染鬼火会带来什么后果？而且跟两具骷髅拉近距离，说不定会落得跟小苗一样的下场。因此，她只好谨慎行事，边以小圆盾抵挡攻击，边拔出飞刀等待反击的机会。

"静观其变"往往是人面对未知事物时的首选对策,因为大家都认为小心驶得万年船，冒进则容易闯祸，甚至会赔上性命。然而，若反过来想，过于谨慎也会成为被敌人利用的弱点，因为在我方静观其变的时候，敌人或许正在寻找我方的破绽。

躲在秘道里不敢贸然出去的申羽，在观察雪晴跟骷髅交手的过程中，忽然意识到一个至关重要的问题——独眼龙呢？

独眼龙比小苗更早钻进秘道，却没有像小苗那样被骷髅"吃"掉，说明他很可能跟骷髅是一伙的，甚至是操控骷髅的人。在雪晴静观其变的当下，他只要躲藏在某个不起眼的角落里，就能伺机放冷箭袭击。心念及此，申羽便不顾自身安危，立刻冲出秘道扑向雪晴，并大叫"小心偷袭"。

尽管申羽是出于善意冒死冲出来提醒，可在雪晴眼中，这家伙更像扑过来占她便宜。于是，她便本能地躲开，还顺势踢了这头色狼一脚。不过，幸亏申羽及时提醒，令她提高了警觉，从而察觉到从漆黑中传来的细微动静，并立刻举盾抵挡。

小圆盾挡住了处心积虑的偷袭——一枚由蜂针制成的细小吹箭！与此同时，挨踢的申羽因失去了平衡，脚步踉跄地撞向不断扔骨头的骷髅，竟跟对方抱作一团，因而落得跟小苗一样的下场，被骷髅"吃"掉了。

形势虽然看似十分糟糕，但其实柳暗花明。原本扔骨头压制雪晴的骷髅，因为抱着申羽而不再动弹，失败的偷袭亦令敌人的藏匿地点暴露无遗。因此，雪晴便毫不犹豫地甩出飞刀。

就在飞刀将要落在两具骷髅右侧十步外的那堆人骨上的前一刻，一道人影从骨头堆里扑出，在避开飞刀的同时，还放出第二发吹箭。严阵以待的雪晴，举盾轻易地将吹箭挡下，随即拔出短刀准备进攻——虽然不晓得如何对付那两具骷髅，但只要将控制骷髅的人制服，问题自然就能解决。

"没想到你还挺机警的，竟然能挡下老子的法术。"独眼龙将两根吹管扔到地上，举拳摆出迎战的姿势。

"虽说兵不厌诈，但你连吹管都亮出来了，还以为我们不知道你所谓的法术只不过是用蜂针制成的吹箭吗？"雪晴冷冰冰地说，"而且战场上只有胜负，没有怜悯。就算你手无寸铁，我也不会手下留情。"

"头发长，见识短。"独眼龙轻蔑地嘲笑，"老子法力无边，赤手空拳就能揍得你哭爹喊娘。"说罢伸出右手食指猛然挥舞了一下，一颗原本安静地待在地上的头骨，竟然随即朝雪晴飞撞。

幸好雪晴是训练有素的官兵，尽管已寒毛卓竖，仍强压心中的恐惧，举盾抵挡头骨的撞击。然而，随着独眼龙再度挥舞手指，另一颗头骨随即朝她袭来，接着是第三颗、第四颗、第五颗……不消片刻，便有十颗能在空中高速飞舞的头骨将她包围，并向她发动猛烈的进攻。

有道是"双拳难敌四手"，在十颗头骨的围攻之下，不管再怎么灵巧机敏，雪晴也不可能毫发无损。因此，她只好尽可能地保护脑袋，免得被一下子就砸晕了。可这样做的结果就是顾此失彼，来自后方的偷袭，使她后背接连挨了三下重击，不由得张嘴吐出鲜血，显然已受了内伤。

眼见雪晴陷入困境，申羽虽然想帮忙，无奈他跟小苗都被骷髅牢牢地"抱住"，均动弹不得。他使尽全身力气，也不能挣脱骷髅的束缚。一直哭着说还没吃遍世间美食，不想这么早就丢命的小苗，显然帮不上忙。若雪晴被独眼龙打倒，那他们三个恐怕得跟这遍地的白骨混在一起了。

不想英年早逝，就得赶紧想办法，而申羽首先想到的是，这两具骷髅怎么"纹丝不动"？虽说骷髅不会动是理所当然的，但这两具可是受法术控制的骷髅，为何把他抱住后就连一下都没动过？还有，骷髅也怕烫吗？为何抱住他的这具骷髅，双掌会被泥巴包裹住？

他随即又想到另一个问题，就是独眼龙怎么不用法术多弄几个骷髅？只要再弄一个骷髅出来，应该就能轻易将雪晴打倒。毕竟被骷髅牢牢地抱住，哪怕雪晴武功再怎么高强，照样也动弹不得。

他仔细一想，很快就为这些问题找到了合理的解释：骷髅需要花点儿工夫才能做出来，但独眼龙大概没想到一下子会来三个人，所以只做了两个；骷髅只有受独眼龙操控时才会动，而独眼龙不能同时操控多具骷髅，并且在操控骷髅时也不能分心，所以之前才会一直躲藏在骨头堆里。至于骷髅的双掌为何会被泥巴包裹住，原因肯定不是怕烫，而是鬼火会影响独眼龙对骷髅的控制。

想明白这些问题后，他便得到一个结论，就是与其说他被骷髅"抱住"，还不如说被一堆骨头"绑住"。只要独眼龙仍在跟雪晴较量，就无暇分心操控骷髅，他只要想办法"松绑"就能去帮雪晴了。道理虽然简单明了，但具体该怎么执行可一点儿也不简单，毕竟他甚至看不见将自己"绑住"的绳索，又何来"松绑"呢？

看不见，那就睁大双眼仔细地看吧！他就不信独眼龙当真会什么法术，那所谓的杀人法术也不过是用毒蜂针制成的吹箭而已，操控骷髅肯定也是某种小把戏。这家伙要是有通天的本领，哪还用得着当山贼。

他睁大双眼细看身旁的小苗，却发现光线实在太昏暗了，怎么也没看出缠绕在小苗身上的骷髅有何异常之处。他只好低头观察自己身上的骷髅，仍是看不出所以然，便想转动身体朝向身旁那堆冒出蓝色鬼火的骨头堆。

尽管手脚均动弹不得，但转动身体他还是勉强能做到。而且在转动的过程中，他发现好像被什么东西拉着一样，从而令他更确定自己是被一根看不见的绳子绑住。

他把双眼睁到最大,借助蓝色鬼火的亮光,好不容易才看到自己身上当真缠绕着数根比头发还要纤细的丝线,而且这些丝线不仅绑在他身上,还一直延伸到洞顶。或许丝线的另一头,最终是连接到独眼龙刚才躲藏的骨头堆上,这就是他无法动弹的原因——独眼龙像控制提线木偶那样,透过丝线操控骷髅,并且控制骷髅将他"抱住",实则是利用缠绕在骷髅身上的丝线将他绑住。

"难道是蜘蛛丝?"他仔细观察缠绕在身上的丝线,心想比头发更纤细的不是蚕丝就是蜘蛛丝,虽然坚韧无比,哪怕是水牛也拉不断,但这些玩意儿都怕火,这就是骷髅的双掌需覆盖泥巴的原因。

心念及此,他便望向一直处于挨打状态,快要撑不下去的雪晴,深吸一口气后默默念道:"我不入地狱,谁入地狱?"随即他使劲转身扑进身旁那堆可怕的鬼火里。

"哇,阿慕哥你别吓我呀!"小苗以为他被鬼怪附身,吓得惊恐大叫。

由于洞穴里十分寒冷,就算待在鬼火旁也不觉得热,令申羽以为鬼火是冷的,即使扑进鬼火堆里也不会烫伤。可实际上,鬼火的温度远比他想象中要高得多,不仅瞬间便将缠绕在他身上的丝线烧断,还烫得他大叫着跳起来。

"你现在是阿慕哥,还是别的什么哥呀?"小苗惶恐不安地哭喊道,"不管你是什么哥也不要吃我,我不好吃,我把身上的猪肉干都给你好了。"申羽才没有工夫跟这只馋猫解释,也顾不及扑灭身上的鬼火,随手抓住一根冒着鬼火的大腿骨,便朝独眼龙使劲地扔过去。

独眼龙正专心对付雪晴,眼见马上就能把这个冷艳的官兵队正打倒,却忽然听到几声乱叫乱喊,接着一根被鬼火包裹的大腿骨便迎面砸过来。他压根就来不及躲避,被狠狠地砸中了额头,顿时眼冒金星、晕头转向。还没待他缓过劲来,又有好几块人骨砸在他身上,虽然都没有多大的劲儿,只要不是砸在头上,他甚至都不觉得痛。可是这些人骨都冒着鬼火,令他的衣物冒出了许多火苗,他只好赶紧用手将火苗拍灭。

当独眼龙将身上的所有火苗都拍灭了,准备收拾害得他狼狈不堪的申羽时,却听见对方得意扬扬的笑声:"哈哈哈,慕捕爷一身正气,只需一泡童子尿,甭管是啥魑魅魍魉、邪魔外道、妖法巫术,统统都得给老子立刻退散!"随即独眼龙发现这个厚脸皮的家伙竟然解开裤头神气地当众撒尿。

在胡说八道的同时，申羽还把双手尿湿，借此将身上的火苗扑灭，然后就把魔爪伸向身旁的小苗。刚才扔骨头的时候，他抽空搂了小苗一把，虽说主要目的是揩油，但他身上的火苗也顺便把缠绕小苗的丝线烧断，一直"抱住"小苗的骷髅随即散落一地。尽管这种"松绑"方式高效快捷，但副作用是会把衣物毛发点燃，所以他得用散发着腥臭味的双手扑灭小苗身上的火苗，顺便再一次揩油。

"阿慕哥你别乱来呀，人家已经嫁人的啦！"小苗慌忙转身捂住双眼大叫，在任由申羽的双手在她身上游走的同时，可怜兮兮地啼哭，"呜呜，阿慕哥你好臭呀，你把人家玷污了……"

"没关系，待会我们一起泡个澡，我帮你从头到脚洗一遍，就连脚指缝我也给你洗个干干净净。"申羽把小苗身上的火苗全数扑灭后，嘴上仍不忘再占一回便宜。然后，他便挺胸叉腰，神气地朝独眼龙喊话："你的妖术已经被慕捕爷破了，不想吃苦头就束手就擒吧！"

"笑话，老子的法术岂是随便一泡尿就能破……"独眼龙趾高气扬地驳斥，随即准备控制飞舞的头骨收拾申羽。可是，随着他挥舞十指，十颗漂浮在空中的头骨不仅没有朝着申羽撞过去，还相继掉落在地。

"哈哈哈，慕捕爷明察秋毫，一眼就看穿你那所谓的法术不过是将穿过洞顶的蜘蛛丝绑在骨头上而已。你通过拉扯蜘蛛丝的另一端，就能像控制提线木偶那样操控骷髅，甚至将蜘蛛丝绑在石头上，让骷髅把我们牢牢地'抱住'。"申羽正义凛然地指着独眼龙说，"不过，我刚才扔过去的鬼火，已经把你身上的蜘蛛丝统统烧断。现在你还想施展操控骷髅的'法术'，就只能弯腰捡起地上的骨头了，哇哈哈哈……"

失去"法术"且手无寸铁的独眼龙，看见手持刀盾的雪晴缓步靠近，不由得露出惶恐之色。正当他不知道该如何是好之际，忽然听见砍伐树枝的声音，随即看见百步外有一缕阳光映入。原本封闭的洞穴，竟然凭空出现缺口，他当即毫不犹豫地扑向缺口逃走。

雪晴慌忙追上去，并且用嘴巴咬住短刀，腾出右手投掷飞刀。奈何洞内十分昏暗，地面又凹凸不平，飞刀仅落在独眼龙的肩膀上，并未击中要害。

与此同时，小苗忽然惊慌地对仍扬扬得意的申羽说："阿慕哥，你的屁股冒烟了呀！"

申羽回头一看，发现臀部仍有未熄灭的鬼火，可是他的双手已经干透了，不仅未能将鬼火拍灭，反而越拍就烧得越旺，烫得他跳起来大叫。恰好此时，缺口外好像传来了熟识的声音，他便不由自主地跟随着追赶独眼龙的雪晴，一同朝缺口跑过去。

"哇，你们别把我一个人丢在死人洞里呀！"小苗慌忙哭喊着跟随他们往缺口跑。

第十六章　狭路相逢

　　蓁蓁走进洞穴没一会儿，便惊慌失措地跑出来，并且高喊里面有鬼，还说鬼要跑出来了。大家还没弄明白发生了什么事，便接连有好几个人从洞穴里跑出来。紧随她身后的是一同进去的家丁，可是家丁刚踏出洞穴便被一只沾满鲜血的"鬼爪"抓住后领，随即更被"鬼"以利刃架在脖子上挟持。

　　"婆姐救命啊！天还没黑就跑出来抓人，这洞穴里的鬼太凶猛了。"蓁蓁惊恐地跑到溪望和伯仑身后，指着挟持家丁的"鬼"大叫。

　　"要不是这么怕鬼，以李捕头的盖世武功，应该早就建功立业了吧！"溪望无奈地摇头叹息，"这大白天的，哪会轻易见鬼？眼前这位光头独眼的兄台不仅凶神恶煞，还负伤带血，而且一露面就是先动粗，连招呼也不跟大家打一个，怎么看都是抱头鼠窜的山贼啊！"他的推测十分准确，因为这个挟持家丁的"鬼"，就是正被追赶的独眼龙。

　　独眼龙深知洞外光线明亮，踏出洞口后他将会什么都看不见。尽管这种失明只是短短的一瞬间，但足以令他失去性命。因此，为确保自身安全，他便在冲出洞穴之前，抓住被蓁蓁"抛弃"的家丁，并且忍痛拔出插在肩膀上的飞刀架在对方的脖子上。

　　溪望在调侃的同时，双眼一刻也没有从独眼龙身上移开。见独眼龙抓住家丁后便没有背靠洞口，而是慌忙往一旁移步，他便立刻给蓁蓁使眼色，让蓁蓁留意洞口。因为洞穴里肯定还有人，而且正准备出来。

　　果然，不稍片刻，手持刀盾的雪晴便冲出洞穴。由于双眼未能立刻适应洞外的光线，她只好停下脚步并摆出防御姿态，准备等看清楚周遭情况再行动。独眼龙当然不会放过这个千载难逢的机会，立刻紧握飞刀刺向她的咽喉。

　　"小心刺喉！"蓁蓁连忙提醒，同时将脚下一颗小石子踢向独眼龙。独眼龙慌忙将家丁往前推，利用对方抵挡朝着他脑袋飞来的小石子，随即再度刺向雪晴的咽喉。

幸好，蓁蓁的提醒已让雪晴察觉到危险逼近，及时举盾抵挡，从而保住了性命。她的双眼亦渐渐适应了洞外的光线，便立刻跟独眼龙拉开距离，断绝了这家伙再三偷袭的机会。而且随着家丁被小石子击中脑袋惨叫倒地，蓁蓁亦意识到独眼龙并不是鬼，而是穷凶极恶的山贼，便立刻拔刀摆出进攻姿态，使独眼龙一下子就陷入被围攻的困境。

刚才在抛尸洞里，独眼龙还能依靠装神弄鬼取得优势，现在所谓的"法术"已被破除，他手里就只有一把小巧的飞刀，而且是从肩膀的伤口中拔出来的，光面对雪晴已令他头痛不已，就别说蓁蓁亦加入战局。若正面交锋，别说取胜，能保性命已是万幸，所以此刻最明智的对策是举手投降。

可是，明智的人又岂会当山贼？

独眼龙当即贼眉鼠眼地往四周张望，妄图寻找扭转颓势的机会。被小石子击中的家丁虽然就在他跟前，但倒地后便纹丝不动，也不知道是不是已无辜枉死，他只好将目光放在其他人身上。环视一圈后，他的目光最终竟然不是落在双脚残疾的溪望身上，而是盯住守信露出异样的神色。

雪晴立刻机警地挡在守信前方，尽管她并不知晓守信的身份，但她知道独眼龙是山贼，而且是已经穷途末路，会把任何人当作人质的凶悍山贼。因此，她必须提防独眼龙将毒手伸向旁人。蓁蓁亦明此道，挡在溪望和伯仑前方，令独眼龙无法对后方那些手无寸铁的汉子出手，只能依靠小巧的飞刀跟两位巾帼英雄硬拼。

眼见无机可乘，独眼龙本想拼死一搏冲出重围，但就在他准备挥舞飞刀前扑时，突然看见一个冒着白烟的屁股——被鬼火烧屁股的申羽大叫着从洞穴里冲出来。

就像雪晴那样，申羽也因为双眼一时未能适应而在洞口驻步，简直就是个主动送上门的人质。独眼龙当然不会错过这个天赐良机，立刻扑向这个呆立不动的傻子。同时间雪晴亦疾步前冲，想赶在独眼龙之前把申羽拉过来。然而，就在两人准备为此短兵相接时，竟听见小苗的哭声从洞穴里传出："呜呜，别丢下我一个人啦！"独眼龙当即露出奸诈的笑容，借助冲力跃身起脚将申羽踹飞。

申羽被踹得跟冲过来营救他的雪晴撞个满怀，还把人家扑倒在地。他好不容易才挣扎着撑起上半身，并渐渐看清被他压在身下的是雪晴，便慌忙道歉：

"这次真的是意外,我绝对不是故意的。"

雪晴冷眼盯住他按在自己胸脯上还顺势抓了一下的左手,厌恶地说:"睁眼说瞎话。"随即掏出一把飞刀狠狠地插在这只色狼的手臂上,痛得他跳起来大叫,完全忘却屁股上的鬼火仍未熄灭。

"兄弟,我都闻到烤肉的气味了。"坐在不远处树下的溪望提醒道,"你赶紧躺在地上打滚,把屁股上的火苗扑灭啊!"

"他这种不要脸的大色狼直接烧成灰就好,免得待会还要挖个坑把他埋了。"蓁蓁翻着白眼骂道。

"兄弟、头儿,大恩不言谢,你们特意来救我,我会铭记于心的。"申羽恬不知耻地回应,并立刻倒地打滚,果然没一会儿就把鬼火扑灭了。可是,他还没来得及高兴,便发现小苗竟然被独眼龙抓住了。原来刚才独眼龙把他踹向雪晴后,就像老鹰捉小鸡一样,将随后冲出洞穴的小苗抓住。

本以为独眼龙会通过挟持小苗找机会逃走,万万没想到他竟然盯住守信手中的人皮妖书怒吼:"臭小子,竟然敢耍老子,把妖书弄到手就想出卖我独吞宝藏。"

"什么出卖你?什么独吞宝藏?"蓁蓁疑惑地问道,"你认识卢二郎君?你俩是什么关系?"

守信慌忙辩解:"我不认识他,你们别听他信口雌黄,他这种穷凶极恶的山贼首领,走投无路的时候什么弥天大谎都敢说。"

"你怎么知道他是首领?"溪望冷静地问道,同时给雪晴使了个眼色,示意对方先将守信及三名家丁制服,免得关键时刻被他们从背后偷袭。

"卢府现在乱作一团,明天谁是当家也不好说,我劝你们还是明哲保身为妙。"伯仑拦在守信身前跟雪晴对峙的家丁们说,"你们别看这位姑娘貌美如花,她可是专门剿匪的官兵队正,杀过的人绝对不比那边的独眼山贼少。"三人面面相觑,随即一同将倒地的家丁拉到一旁,边说"还活着"边给人家揉太阳穴掐人中,摆明就是想置身事外。

见守信不仅失去了家丁的保护,还被官兵捕快小心提防,独眼龙不禁仰天大笑,随即将飞刀架在小苗的脖子上,冲守信叫道:"我已经按照约定把卢老掌柜弄死了,你赶紧把妖书交给我,不然我就把你的后祖母杀掉。"

"这家伙绰号独眼龙，虽然会点儿装神弄鬼的小把戏，但好像不太聪明。"申羽在溪望耳边细语。他趁乱窜到溪望身旁，并且迅速跟对方交换情报，再加上独眼龙一开口就把秘密都说出来了，令案情瞬间变得清晰明了。

"你闭嘴！我不认识你，也不知道你在说什么。"守信在斥责独眼龙的同时，一再悄悄使眼色，显然想告诉对方别在捕快面前乱说话。可是，独眼龙压根就不理会他的暗示，不断要求他交出妖书，并且以小苗的性命来要挟。

"你们两个先别吵，听我说几句。"溪望拍手吸引大家的注意，并以眼神向蓁蓁和雪晴示意，先别急着动手，然后才慢条斯理地说，"本来我有几个问题一直想不通，譬如山贼为何知道迎亲队伍的行程，武艺超群的镖头又怎会轻易被放倒，还有卢二郎君虽然有些许可疑，但没有任何作案动机等，现在总算知道是怎么回事了。"

申羽随即接上话头："山贼只要跟卢府里的某个人串通，就能知道迎亲队伍啥时候从山脚经过。然后这个人还买通了护送队伍的镖师，事前给镖头多敬几杯，甚至下点儿药什么的，令镖头状态欠佳，从而枉送性命。"

"而卢二郎君尽管不能在卢府的连串不幸中获益……"溪望接回话头继续说，"但知道宝藏秘密的人都死光了，就没有人跟你争夺宝藏了，我说得对吗，卢二郎君？"说罢便朝守信展露狡黠的笑容。

"我，我不知道你在说什么。"守信仍假装无辜，并且想拂袖而去，但被雪晴拦住了去路。

"卢二郎君非要装傻充愣的话，我就赶紧把话说清楚，免得待会儿要摸黑下山。"溪望抬头看了眼天色，随即道出推理——

你的父亲是个好赌的浑蛋，终日流连赌坊，对妻儿向来都不闻不问；母亲虽然给了你一点儿关怀，但她更乐意跟继德卿卿我我；祖父则偏爱长子长孙，你自小就不受他待见，甚至连他给守业讲故事，你也只能鬼鬼祟祟地躲在一旁偷听……在这个三代同堂的大家庭里，你竟觉得自己像个形单影只的孤儿。

缺乏爱、缺乏关注，令你不敢有丝毫怠慢，自小就十分努力上进，希望能以出色的表现换来长辈的关注和爱。就连偷听祖父讲故事时，你也十分用心地记住每一个细节，以求日后有机会改变祖父对你的态度。不过随着年龄的增长，你渐渐察觉，不管如何努力，情况也不会有任何改变——父亲仍沉迷赌博；母亲只想在继德身上寻找慰藉；祖父只重视守业，连多看你一眼也觉得厌烦。

你忽然觉得自己根本不属于这个家，因而十分迷茫，但随即又感到无比的愤怒，不过最终还是冷静下来了。经过一段时日的思考，你渐渐想通了，既然在这个家里得不到温暖，那就另起炉灶吧！为此，你更用心地到银楼里帮忙，学习经营银楼所需的一切知识，并且和所有跟福星合作的商家、镖局打好关系，就连常客也都混熟了。

当一切都准备好后，你才发现自己压根就拿不出经营银楼所需的资本，另起炉灶自然就是白日做梦。不过你并没有就此放弃，因为你发现永福所说的缚娄宝藏似乎真实存在，而且他已经知道了宝藏的关键线索——人皮妖书的下落。

多年来，你一直偷偷摸摸地躲在一旁偷听永福给守业讲的传说故事，深知只要得到人皮妖书，就能找到富可敌国的巨大宝藏。为了离开这个没有温暖的家，也为了报复那些不爱你，甚至一再伤害你的家人，你便想利用永福这次亲自迎亲，将他杀死并夺取妖书独吞宝藏，实现你另起炉灶的梦想。

为了达到目的，你不仅收买了护送迎亲队伍的镖师，指使他们给武艺超群的镖头下毒，还将队伍的行程告诉独眼龙，让他带同一群乌合之众沿途截劫。你甚至将宝藏一事告诉他，好让他对永福严刑逼供，以解你对永福的愤恨。你深知永福必定宁死不屈，并且会利用嫁妆里的人皮妖书跟一众笨贼同归于尽，免除你的后顾之忧。

永福一死，了解宝藏秘密的人就只剩你一个，早晚会被你收入囊中。然而，你很快就发现继业和守业虽然对宝藏的秘密一知半解，却并不妨碍他俩觊觎泼天的富贵。得知永福的死讯后，继业便连夜前往恶人山，名义上是将永福的遗体运回来，实际上却是为了取得宝藏的关键线索——人皮妖书。

继业死后，守业亦立刻将妖书据为己有，并且迫不及待地独自待在书房里翻阅。这对父子都没有仔细聆听永福讲的故事，只知道妖书里藏着夜姬的冤魂，因而不敢在深夜翻阅，却不知道白天打开妖书会招来杀身之祸。

你当然不会犯他俩的错误，因为你早在昨晚深夜继业将妖书带回卢府，并且趁还没天亮赶紧回卧室休息时，便偷偷溜进二楼书房，翻开妖书仔细看了一遍，因而知道了宝藏的下落。不过要将泼天的财宝据为己有，可不是一时半刻就能办到的事情，于是你就绞尽脑汁让继业和守业先后迫不及待地在白天打开妖书，导致他俩的枉死。

至此，你的计划算是成功了，只要处理完卢府里的琐事，你就能带上人皮妖书去挖掘宝藏。你本以为这本两天内就害死近三十人的可怕妖书，肯定谁也不敢碰一下，最终必定会落在你手上。但万万没想到，竟然有三个好事的捕快，打算把妖书销毁以避免再出人命。

尽管你已知晓宝藏的下落，但妖书仍是获取宝藏的"钥匙"。因此，在试图糊弄捕快失败后，你只好提前挖掘宝藏，并且把坚持要确认妖书被销毁的好事捕快也带过来……

"也就是说，宝藏的埋藏地点就在这里？"蓁蓁惊讶地叫道。

溪望胸有成竹地点头，随即对守信狡黠笑道："听说妖书仅记载了亡国公主夜姬的生平，但当中肯定暗藏着宝藏的下落。至于破解妖书秘密的方法，我虽然不知道，但你应该在偷听卢老掌柜讲故事时注意到了吧！"

"我还以为世上没有比阿翁更奸诈的人，没想到连他也没有察觉我的计划，你却像我肚子里的蛔虫一样，知晓我的心思。"守信忽然露出阴险的笑容，并且缓缓靠近水潭，同时扬手示意步步紧逼的雪晴别轻举妄动，"你们应该很好奇，既然宝藏就在这里，我为什么还要带你们过来呢？是要把宝藏分你们一份吗？"

守信抬头看了眼仍十分明亮的天色，自问自答道："当然不是了，哪怕宝藏里的金银财宝堆积如山，我也不会分你们一两银子。把你们带来，只是因为你们就像苍蝇一样，怎么也甩不掉。而且，只要我把妖书扔进水潭，'夜姬的冤魂'就会立刻扑出来将你们统统杀光！"说罢便将拿着妖书的右手悬在水潭上。

第十七章　千年真相

　　四十三年前，三个为躲避追捕而四处逃窜的罪犯，在恶人山附近不期而遇。他们均已厌倦终日逃亡的生活，便结拜为异姓兄弟，打算一同落草为寇。三人各有所长，老三会制造陷阱，老二擅长出谋划策，老大则懂得蛊术——他就是自称九黎族后裔、曾犯下灭门血案的"傻乐"！

　　在老二的建议下，他们盘踞恶人山，抢劫从山脚经过的商旅。傻乐跟老三合力制造出能招来杀人毒虫的陷阱，哪怕是由武功盖世的镖师护送，也没有一队商旅能在白天平安穿过恶人山，全都把命留下来了，银两和货物自然统统被他们收入囊中。他们不仅摆脱了潦倒的生活，还因为名声大噪而不断有亡命之徒前来投靠。经过三年的发展，他们在恶人山上的山寨便聚集了三百名山贼。

　　这一切主要归功于傻乐的蛊术，所以他这个头领在山寨里就像个土皇帝，要风得风，要雨得雨，甚至娶妻生子，日子过得逍遥自在。然而，老二明白树大招风的道理，见山寨日渐壮大，早晚会招来官兵围剿，便劝他提前做好准备。傻乐原本每天都是傻乎乎地过活，这才突然意识到，一旦山寨被官兵攻破，他的好日子就到头了，妻儿也会跟着他一起倒霉。

　　为应对终将到来的劫难，傻乐在老二的建议下，立刻命令手下挖掘用于逃走的秘道，并且将抢劫商旅获得的金银财宝都藏起来，免得落入官府手中。不过，埋藏财宝这项工作，他可不敢假手于人，毕竟山寨里的全是亡命之徒，谁都不能相信，哪怕是跟他一同创建山寨的老二和老三。可是他把财宝都独吞了，又不好跟大家交代，于是就跟老三制作了一本"人皮妖书"，将寻找宝藏的方法暗藏在书里。

　　人皮妖书虽然是经由老三的一双巧手制作，但在这本恰好一百页的书里，每一个字都是按照傻乐的吩咐写上去的，所以老三压根就不知道怎样才能找到宝藏，只知道书里胡扯了一段关于亡国公主的鬼话。可事实上，不管是宝藏还是人皮妖书，其实都跟千年前的缚娄古国毫无关系，就连制作妖书的人皮也是来自倒霉的商旅，而不是传说中的夜姬公主。

傻乐表面上傻乎乎的，心里却十分精明，他并不信任老二和老三，但知道他俩互相猜疑，便把人皮妖书交给老三保管，解读方法则告诉了老二。两人都想独吞宝藏，但不携手合作又无法找到宝藏，只好不断地算计对方，令傻乐可以坐山观虎斗。

果然，直到山寨壮大到令官府无法忽视，派来大量官兵围剿时，宝藏仍安然无恙。不过习惯了逍遥日子的傻乐，可不想再度到处逃窜。让妻儿通过秘道逃走后，他就跟大伙儿一起抵抗官兵的围剿，妄想撑过这个难关，结果当然是被就地正法了……

听完守信根据永福讲述的故事而作出的推测后，溪望便看了看他，又看了看挟持着小苗的独眼龙，皱着眉头说："我一度以为傻乐是新娘的祖父呢，毕竟她是姓乐的，没想到竟然是独眼龙的父亲。精明能干的老二应该是卢老掌柜吧，而保管妖书的老三，毫无疑问就是新娘的祖父喽。"

"没错，我就是当年的山贼头领的儿子，不马上把妖书交给我，我就先把新娘杀掉，再将你们全部杀光！"独眼龙把小巧的飞刀架在小苗的脖子上，吓得她惊恐地大声哭喊"我阿翁跟你爹是结拜兄弟，你为什么要杀我"之类的话。

"给你又有何用？妖书里的故事只是你爹随口胡扯的鬼话，实际上每一页就只有一个字是有用的。"守信得意扬扬地笑道，"阿翁死后，就只有我知道如何解读妖书，所以也只有我才能找到宝藏。"

"全书刚好一百页，每页只有一个字有用……"溪望皱眉思索，随即恍然大悟，"从前有个百子翁，长子膝下几男几女，次子膝下几男几女……卢老掌柜生前经常吟唱的歌谣，就是解读妖书的口诀，子、男、女分别对应页、列、字。"

"你还挺聪明的，不过也没用，因为就只有我知道完整的解读口诀，所以只有我才能得到宝藏，你们只会成为我开启宝库的祭品。"守信轻蔑地瞥了溪望一眼，随即阴险笑道，"现在我就让你们亲身体验'夜姬的冤魂'如何杀人不见血！"说罢就把妖书扔进水潭，并捧起供品中的生鱼片朝众人扬去，然后捡起竹竿跳进水潭里。

正当大家对此感到莫名其妙时，忽然听见密集的嗡嗡声，随即看见一股"红烟"从洞穴里涌出来。溪望仔细一看，发现那竟然是成千上万的猛虎蜂，当即大喊提醒众人:"蜂类夜视能力弱,大家赶紧往阴暗的地方逃,不然被蜇一下就得升天。"

申羽虽然不晓得猛虎蜂是啥玩意儿,但他绝对不会轻视兄弟的警告,自然不敢怠慢半分,立刻跟伯仑一左一右地将溪望抬起来,三脚两步便一同扑进邻近的茂密灌木丛里。待在一旁的家丁们亦依样画葫芦,急忙往身旁的灌木丛里钻。

仍被挟持的小苗,趁独眼龙一时分神,猛然张嘴狠狠地咬住他的手臂,痛得他放声大叫,并且本能地将小苗甩开。他俩就在洞口旁边,再加上这么闹腾了一下,哪还来得及逃命?幸好雪晴和蓁蓁反应及时,赶在猛虎蜂之前迅速飞扑到两人身前,前者抱着小苗扑进邻近的草丛,后者则借助冲劲腾空飞脚把独眼龙亦踹进草丛里,并立刻扑过去将这个恶贼制服,其间自然免不了一顿拳脚。

"婆姐啊,夜姬的故事当真是傻乐胡扯出来的吗?"申羽躲在灌木丛里,透过枝叶缝隙看见从洞穴里涌出来的大群猛虎蜂,全飞到水潭上方盘旋,不可置信地说,"要是没啥妖魔鬼怪藏在妖书里,怎会弄出这种大阵仗啊!"

"妖书里有没有藏着妖怪不好说,但傻乐绝对会蛊术,不然这些猛虎蜂怎么会像疯掉一样,都一个劲地往水里扑。"伯仑亦惊讶不已,因为不断有猛虎蜂扑进水潭,也不知道是想攻击守信,还是打捞妖书,反正都白白牺牲了。纵然如此,众多猛虎蜂仍前仆后继地往水潭里飞,才一会儿水面上便铺满了猛虎蜂的尸体。

溪望盯着已被猛虎蜂完全盖住的水面,不禁皱起眉头,困惑地说:"卢二郎君是不是在对妖书的解读上出了什么差错?"

"对啊!"申羽亦发现问题,"猛虎蜂都围着水潭,排着队往水里扑,他跳进水潭里,就算带上竹竿也不能在水下呼吸。因为猛虎蜂会把竹竿堵住,甚至通过竹竿飞进他的嘴里,所以他不可能一直待在水下。"

伯仑朝水潭瞥了一眼,摇头叹息道:"我想他已经跟卢老掌柜他们在黄泉路上做伴了吧!"随即无奈地耸肩摊手。

尽管在水潭上方盘旋的猛虎蜂密密麻麻,不仅难以观察水里的情况,就连水面也看不清楚。不过单凭猛虎蜂的密集程度就能判断,守信压根就没有生还的可能。或者说,从跳进水潭的那一刻起,他已走上了绝路。

猛虎蜂前仆后继地扑进水潭的奇观,维持了近半个时辰,直到夕阳余晖消失的前一刻才结束。其间不断有外出觅食的猛虎蜂，从四方八面飞来加入"投潭"大军，导致水面上铺了厚厚的一层蜂尸。

为了避免碰到蜂针，申羽和伯仑费了不少工夫，才把守信的尸体和妖书分别捞上来。从遍布全身的孔状伤口判断，守信应该因为竹竿被猛虎蜂堵塞，被迫浮出水面呼吸，导致被数之不尽的猛虎蜂围攻。

溪望确认天色已全黑，才小心翼翼地打开妖书，却发现已被潭水泡坏了，墨迹全泡糊了，从头翻到尾都找不到一个完整的字。虽说已知晓守信是这桩案子的主谋，但还有一些谜团仍未解开，因此众人的目光便落在被蓁蓁暴打了一顿，并且被五花大绑的独眼龙身上。

尽管守信误解了妖书的内容，但这儿应该跟宝藏脱不了关系，现在回都督府，早晚还得再来一趟，溪望便提议就地拷问独眼龙。大家都对宝藏的下落十分好奇，也不介意多待一会儿，纷纷点头赞同。

雪晴见浑身湿透的申羽和伯仑在晚风中瑟瑟发抖，便捡来树枝在水潭旁边点燃火堆，让他俩烤火取暖，还为申羽处理手臂上的伤口——虽然是她扎伤的。申羽忽然觉得她其实挺温柔体贴的，只要别随便占她便宜，应该不会被她杀掉。

在申羽琢磨着该怎么调戏雪晴才不会挨刀子的时候，坐在火堆另一侧的溪望则琢磨着怎样才能让独眼龙开口。因为这个恶贼油盐不进，甚至宁愿伏法问斩，也不肯透露任何跟宝藏有关的信息。溪望正一筹莫展，看见小苗捂住肚子叫饿，当即灵机一动，招手把她叫到身边，在她耳边细语："你帮我把这个山贼首领的嘴巴撬开，我马上带你回都督府吃庆功宴，你想吃啥都行。"

"吃海鲜火锅行吗？"小苗当即两眼放光，但溪望点头答应后，她却泄气且心有余悸地说，"可我哪有办法让这个浑蛋开口呀，刚才我差点儿就被他宰了。"

"你没发现自己的运气挺好的吗？昨天新郎连带山贼，一下子死了二十四人，你却毫发无损，说明你吉星高照。或许你稍微使一下劲，他就会招供了。"溪望以诱拐小女孩的语气说，"宝藏应该就在附近，我们要是找到了，就能胡吃海喝一辈子。从前你想也不敢想的山珍海味，以后就能想吃就吃，想怎么吃就怎么吃。哪怕是珍贵的千年鲟龙，你也能天天打火锅……"

"魔鬼"的诱惑令小苗口水都流出来了，抛下一句"交给我"，就走到独眼龙前，挺胸叉腰，指着人家的鼻子喝令："赶紧给我招供，不然我就把你怎么怎么了!"

"你能把老子怎么怎么了?"独眼龙凶恶地朝小苗瞪眼,尽管被绑起来坐在地上,使他的个头矮了一大截,但跟娇小的小苗相比也没有矮多少。反倒是他一脸凶神恶煞,只要将唯一的眼睛瞪大,就把小苗吓得连退三大步:"识相的就赶紧给老子松绑,不然等我把绳子挣脱了,就把你这小丫头扔锅里煮熟吃掉。"

"你、你、你给我尊重一点,什么小丫头呀,我阿翁跟你爹是结拜兄弟,你得叫我一声姑姑!"小苗忽然就来气了,再度挺胸叉腰上前。

"她是不是把辈分弄反了?"蓁蓁小声地向溪望问道。

溪望毫不在意地回应:"不要在意细节,她能让独眼龙坦白交代就行了。"

"可是她能成吗?"蓁蓁皱着眉头朝两人望去,发现情况已跟刚才不一样。

小苗越来越生气,竟然爬到独眼龙的肩膀上,抱着人家的光头啃,并扬言独眼龙若不叫她姑姑,她就要把这颗脑袋啃出个洞来。独眼龙被啃得鬼哭狼嚎,一再求饶,甚至连"姑奶奶"都叫上了,但她仍气在心头,死死地咬住人家的脑袋就是不肯松口。要不是蓁蓁把她拉开,她真的会把独眼龙的脑袋啃出个洞来。

"要不要让姑奶奶再给你来一口?左右对称会比较好看。"溪望调侃道。

独眼龙慌忙摇头,并抱怨道:"没想到你们竟然不讲道义,连啃脑袋这么卑鄙的招数也用上了。"

"你不立刻把宝藏的秘密说出来,我连你的屁股也得啃个洞出来。"小苗张牙舞爪地往独眼龙身上扑,要不是蓁蓁揪住她的衣服,把她整个人提起来,她还真的要咬独眼龙的屁股。

独眼龙被她咬怕了,亦知晓自己难逃一死,宝藏留着也无福消受,倒不如坦白交代,免得再受皮肉之苦。于是,在长叹一息后,他便将所知的一切徐徐道出——

其实阿爹就跟"傻乐"这个绰号一样,只是个傻乎乎又乐呵呵的笨蛋,当年之所以会当上山贼头领,甚至成为恶人山上的土皇帝,纯粹是误打误撞。他也不懂得蛊术,什么九黎族后裔、精通九黎七十二蛊,全是吹牛皮的谎话。不过,传说中令财主家不留一个活口的"灭族蛊",的确是他施展的——准确来说,是他在阿娘的指导下施展的。

当年阿爹根治了财主家的床虱,却没有得到承诺中的百两黄金,甚至被暴打了一顿。为了甩掉追打他的家丁，他只好跑到荒郊野外，并且坐在树下生闷气。一位名叫笑笑的养蜂姑娘恰巧经过，看见他伤痕累累，便问他发生了什么事。他道出事情的始末，还说无论如何也要给财主一个惨痛的教训，免得财主继续仗势欺人。

笑笑犹豫了一下，笑着对他说："要不我教你一个方法吧，不过这个方法不好控制，要是把事情闹大了，说不定得杀头哦！"

他以为笑笑只是开玩笑，就说哪怕要杀头，也得狠狠地教训财主。他还说不会忘记笑笑的恩情，只要笑笑愿意帮他，他就会当牛做马报答笑笑。

"好呀，家里就只有我一个人，正缺当牛做马的呢！"笑笑露出甜美的笑容，随即竟然真的告诉他一个能将财主家所有人统统杀光的方法。

笑笑知道附近有一种令人闻风丧胆的猛虎蜂，不仅异常凶猛，只要蜇一下就能让人丧命，而且它们有一种十分奇妙的特性。当蜂后遇到危险的时候，会发出求救信号，哪怕是身处千里之外的猛虎蜂也能收到信号，并且立刻前来营救。之所以说"奇妙"，是因为只要把蜂后泡在水里，就算之后将蜂后拿走，这些蜂后的"泡澡水"也能引来猛虎蜂。不过前来营救的猛虎蜂若没发现蜂后的身影，就会误以为蜂后已遭遇不测，随即发狂般攻击附近的一切活物。

再加上猛虎蜂会在太阳下山前回巢，日出后才会出动，所以只要在黎明前将"泡澡水"泼进财主家，等太阳一升起，凶猛的猛虎蜂就会将财主全家上下连带家丁、牲畜统统杀光，不会留下一个活口。等到隔天，"泡澡水"早已干透了，不会再引来猛虎蜂，也不会留下任何痕迹，神不知鬼不觉。

笑笑还知道恶人山上的抛尸洞里有一大窝猛虎蜂，也知道如何把蜂后弄出来泡"泡澡水"。阿爹一时气在心头，就恳求笑笑帮忙，并且承诺这辈子会为笑笑当牛做马。

然而，就如笑笑所言，他神不知鬼不觉地报复了财主，但他跟财主结怨尽人皆知，难免会引起捕快的注意，他只好带同笑笑一起逃走。

逃窜了一段日子后，笑笑发现怀上了阿爹的骨肉，便想安定下来。恰好就在此时，阿爹遇上同样因为犯事而到处逃窜的卢永福和老乐，便跟两人结拜为异姓兄弟，利用"泡澡水"在恶人山当起山贼来。

阿爹对金银财宝其实没有多大兴趣，只想跟笑笑……也就是我娘安安稳稳地过日子。可是随着山寨日渐壮大，遭官兵围剿是早晚的事，卢永福为此向阿爹提议，将抢劫得到的金银财宝藏起来。

阿爹傻乎乎的，人家叫他做啥，他就做啥，丝毫不会起半点疑心。幸好阿娘机警地察觉卢永福心怀鬼胎，便让阿爹跟老乐一起制作人皮妖书。其实无论是妖书的内容，还是解读方法，都是阿娘随口胡扯出来的，照办只会落得被猛虎蜂堵死的悲惨下场。

阿娘之所以要这么做，是知道卢永福为了独吞宝藏，必定会想方设法谋害我们一家。于是，阿娘就让阿爹告诉他解读方法，并且将妖书交给老乐保管。这样他就会将矛头指向老乐，而我们一家则能全身而退，阿娘甚至让人挖好了密道，做好随时逃走的准备。

可惜当山寨被官兵包围时，阿爹却要留下来，让阿娘带上只有两岁的我逃走。因为如果他也一起走，我们就得一辈子东躲西藏，为了让阿娘跟我能过上安稳的日子，他决定牺牲自己。

逃离恶人山后，阿娘便重操旧业，再度以养蜂为生，独自把我养大。尽管她把阿爹的事情毫无保留地告诉了我，却一再告诫我千万别去找宝藏。因为人为财死，贪图财宝的人必定会落得悲凉的下场。

由于阿娘的劝阻，我一直都没有打宝藏的主意。但她病逝之后，养蜂人的清贫日子，我实在过不下去了，就走上阿爹的老路，当了几年山贼，其间一直在打听妖书的下落。阿娘虽然不想我去找宝藏，但也知道我不是安分守己的人，说不定哪天挨不了穷就会为非作歹。因此，她将获取宝藏的方法告诉了我，只要找到人皮妖书，我就能富可敌国。

几经打听后，我发现卢永福就是当年跟阿爹结拜的老二，而且他似乎已经知道妖书的下落。于是，我就想方设法地接近他，可他已贵为银楼掌柜，时刻提防着我这种来历不明的人。幸好天无绝人之路，他的孙子也打起宝藏的主意，甚至想要他的老命，竟然主动跟我勾搭上了……

"既然你知道妖书的秘密，怎么还傻乎乎地听从卢老掌柜的吩咐，大白天就将妖书打开？"申羽不解地问道。

独眼龙没有回答，只是像看傻子一样白了他一眼，溪望见状便笑道："有没有一种可能，他其实是故意的。"

申羽愣了一下，随即恍然大悟："将卢老掌柜劫上山寨后，那群笨贼便再无用处，所以你就想过河拆桥，借助妖书将所有人杀光，然后等到了晚上再将妖书取回。"

"官兵刚入夜就攻进山寨，令他的盘算落空了。"雪晴冷冰冰地说，"所以他才会利用秘道潜入山寨偷袭我们，然后在嫁妆里寻找早已被卢大公子带走了的妖书。"

"我还以为守信是这一切的主谋，没想到他只是害死了父亲跟兄长，你却一口气害死卢老掌柜和二十三个山贼。"溪望盯着独眼龙，眼中流露出一丝惊讶，但随即又换上狡黠的笑容，"现在真相已经大白，秋后问斩是不可避免的。不过你要是告诉我们宝藏的位置，在问斩之前的这段日子里，刺史大人肯定不会亏待你。"

申羽嬉皮笑脸地接话："你要是不肯说，就让姑奶奶帮你再啃几个洞吧！"

小苗张牙舞爪地作势要扑向独眼龙，吓得他立刻招供："说说说，我这就说，其实宝藏就在眼前……"说着回头瞥了一眼身后的抛尸洞。

原来当年傻乐跟笑笑并未将金银财宝带离恶人山，毕竟只有他俩，不可能将大量财宝转移，让手下那些亡命之徒帮忙，等于告诉他们宝藏的位置。于是，笑笑便将财宝藏在抛尸洞的猛虎蜂窝里。因为只有她才能靠近蜂窝也不会挨蜇，所以就算被手下知道藏宝地点，也没有人能活着将财宝偷走。

人皮妖书亦转移了大家的注意力，让所有人都以为得到妖书并知晓解读方法，就能获得宝藏。谁也没想到这不过是一个骗局，真正获得宝藏的方法，只有笑笑，也就是独眼龙的娘亲知道。

"获取宝藏的关键不在于妖书的内容，而在于妖书本身。"独眼龙解释道，"妖书是用蜂后的'泡澡水'磨墨写成的，只要打开就会引来猛虎蜂，而且越靠近抛尸洞，引来的数量就越多。把妖书扔进洞口旁的水潭里，会令所有猛虎蜂倾巢而出，全扑进水里营救那只不存在的蜂后。"

"猛虎蜂都被淹死了，宝藏就会失去守卫！"申羽恍然大悟。

独眼龙点头道："所以你们想要宝藏，现在进抛尸洞找大蜂窝就行了，就在洞口附近，进去就能找到。"

申羽跟雪晴带上火把进入抛尸洞，果然在洞口附近找到一个巨大的蜂窝。

蜂窝建在洞壁上，体积不比外面的水潭小，如果里面是空的，应该能藏进不少财宝。

因为担心独眼龙使诈，申羽没有让雪晴当场将蜂窝砸开，而是跟寻找山洞的六名官兵会合后，让他们留下来看守，再和众人将独眼龙押回都督府。随后在知妍的安排下，他跟雪晴连夜带着二十名官兵和五名养蜂人前来，小心翼翼地打开这个封存了四十年的奇妙宝库……

尾声

一

"恶人山上的山贼离奇暴毙和卢府父子相继猝死,虽然均源于人皮妖书,但其实是两宗案子。"尽管彻夜未眠,知妍仍一如既往,大清早就到书房拜见刺史并汇报工作情况,"卢守信为了夺取宝藏,收买镖师并透露迎亲队伍的行程,致使卢永福被山贼劫持,镖头跟众多随行家丁惨遭杀害。其后他又诱导父亲和兄长翻阅妖书,致使两人被猛虎蜂蜇死。尽管其罪当诛,但他已经受到上天的严惩,所以不作追究,遗体交还家属处置。此外,相关镖师均已收押,将作另案处理。"

"卢府的当家一天三换,就连戏剧也不敢这么演。"刺史叹息道,"现在整个广州城都在非议卢二掌柜跟嫂子是否有奸情,甚至怀疑他俩合谋将家人统统杀光。他俩就算当真情投意合,这辈子恐怕也得偷偷摸摸。不过这不是我们该操心的事,也轮不到我们去管。"

"独眼龙不仅带领一众山贼抢劫商旅,劫持卢老掌柜和新娘乐小苗,还过河拆桥借助妖书残杀卢老掌柜和二十三名山贼,罪大恶极,理应问斩。"知妍继续汇报处理结果,"不过他坦白交代了一切,使我的下属得以找到宝藏,也算有一份功劳,理应在问斩之前给予善待,让他舒舒服服地上路。而另一个活下来的山贼笨狗,从未亲手杀人,罪不至死,故判处三年劳役。"

"至于引发这场腥风血雨的宝藏……"知妍故意顿了顿,随即意气风发地说,"已全数运回都督府,虽远未达到传说中获得宝藏便富可敌国,甚至能将银楼开遍整个大唐的程度,但要把银楼开遍整个广州还是没问题的。所以接下来的两三年,大人也无须为银两操心了。"

"做得好，不愧是我女儿，丝毫不比你哥逊色！"刺史难得地拍手称赞。

知妍忍不住露出自豪的笑容，但随即又一脸为难地说："大人，下官有个不情之请……"原来雪晴仍记挂着两个月前牺牲的二十八名手下，希望从宝藏中拨出一些银两给家属发放抚恤金。

"之前因为财政吃紧，的确亏待了牺牲士兵的家属，但仅优待她的手下又会招人话柄……"刺史皱眉思索片刻又道，"这样吧，宝藏三七分账，七成上缴都督府，三成留给诡案组用作招募人才、发展壮大。然后你把原队正收入麾下，给她多少聘金，你自己衡量吧！"

知妍大喜过望，连忙感谢刺史，然后跟对方聊及案中一些细节，并感叹永福实在太贪婪了，好不容易才得到上天赐予弃恶从善的机会，竟然仍执迷不悟，为寻找宝藏落得家破人亡。

"卢老掌柜的机会不是上天赐予的。"刺史在女儿困惑的目光中，道出一个鲜为人知的真相，"当年官兵之所以能够攻破山寨，是因为傻乐被老二和老三出卖了。要不是得到他俩里应外合，官兵的损伤至少得翻倍。所以尽管知道他俩的家底并不干净，但这些年来都督府也没有找他俩麻烦，甚至在初期帮助他俩站稳阵脚。"

知妍不禁掩嘴惊叫："啊，这案子还牵涉都督府呀！"

"虽说现在是大唐盛世，但肮脏丑陋的东西远比你想象中多。"刺史走近轻拍她的肩膀，以带有一丝怜悯的严肃语气问道，"你还有勇气揭开残酷的真相吗？"

知妍愣了一下，随即露出期待的笑容："这一定很有意思！"

二

申羽跟着雪晴跑了一整天，终于在傍晚时分给二十八位牺牲士兵的家属送完慰问金。在返回都督府的路上，他拿起装银两的袋子，倒过来晃了晃，确认连一块碎银也没有剩下，不由得苦笑问道："你怎么把银两都分给家属，不给自己留一点儿？那可是你的聘金哦！"

"我留了，而且是给大家留的。"雪晴提起一块十斤重的上好羊肉向他展示，

"今晚的庆功宴是火锅，正好能涮羊肉。"

"这是家属硬要塞给你的回礼好不好！"申羽没好气地说，但随即又换回一贯的嬉皮笑脸，"你不胡乱往我身上扎刀子的时候，心地还挺善良的，要不要考虑一下当我的娘子？"

雪晴猛然举拳捶打他的肩膀，但没用上多大劲儿。他还以为是打情骂俏，可随即发现雪晴手里竟握着飞刀，幸好是握着刀身，仅露出一点儿足以扎破皮肤的刀尖。

"啊——"他惨叫了好一会儿才缓过劲来，随即垂头丧气地叹息，"行，我明白了，以后不仅不能揩油，就连嘴上占便宜也不行。"

两人一同踏入诡案组，发现大圆桌上已放上点燃了的炭炉和一大锅香气四溢的蘑菇汤，桌面上还放满了莲藕、黄瓜、萝卜等蔬菜和姜、葱、酱油等调料。不嫌食材寒酸的话，只要往桌边一坐就能立刻打火锅。然而，蓁蓁竟然让流年将蘑菇汤倒掉，然后换上清水。

"这蘑菇汤光闻气味就让人垂涎三尺，为什么要倒掉？"申羽不解问道，"还有，头儿不是受不了叶老哥那身尸臭味吗？怎么把他抓来干杂活了，韦老哥呢？"

"你这些问题，我能一并作答。"坐在桌边的溪望往位于房间另一侧的书桌指了指，"你过去看看就知道了。"

申羽走过去发现伯仑跟小苗竟然并排钻进桌底里躺着，且一同含糊不清地说着些"我看见很多小人在跳舞""我看见五颜六色的云彩"之类的胡话，他不由得困惑地回头问道："他俩怎么了？"

"喵喵昨天在抛尸洞里找到笨狗说的'尸菇'，还摘了好几朵。刚才她趁我们没注意，就把蘑菇扔进火锅里，想尝一尝是不是像笨狗说的那样香鲜至极，还拉上挺聊得来的阿韦有福同享。"流年解释道，"结果就是你看到的那样，他俩满眼都是云彩和小人。我去把锅洗干净，不然我们也会看见云彩和小人。"说罢便捧着火锅往外走。

"他俩这样子没问题吗？"雪晴不无担忧地问道，"要不要去找大夫？"

"没事，他俩中毒不深，躺一会儿就行了。"溪望气定神闲地喝了口茶，招手示意两人坐下来，"他俩这种笨蛋我见过不少，还能说胡话应该死不了。"

"等一下……"申羽刚坐下就发现问题,"喵喵为什么会在这里,她不是该到卢府去吗?"

"卢府恐怕没有她的容身之地。"溪望耸肩答道,"她还没进门,卢府就只剩下卢二掌柜一个男人了,卢夫人不拿扫把赶她出门才怪。"

"她一把眼泪一把鼻涕地拉住大人哭了半天,求大人收留她。"蓁蓁接着话头说,"毕竟她在这案子上也有一点儿功劳,大人一时心软,就让她留下来了。反正刺史分了我们三成宝藏,也不在乎多养一个闲人。"说罢便朝雪晴瞥了一眼。

雪晴虽然默不作声,但跟蓁蓁眼神接触的瞬间,仿佛整个诡案组均弥漫着一股浓烈的火药味,显然知道蓁蓁讥讽她也是个闲人。

"李捕头,我跟阿慕每天都尽心尽力地为大人办事,怎能说我俩是闲人呢?"溪望慌忙打圆场,"而且喵喵会写字,能帮大人分担一些文书工作,不会白吃白喝的。"

申羽亦附和道:"对对对,诡案组不养闲人!"

众人正聊着,忽然看见知妍出现在门外,不仅推着一张带轮子的木椅,椅子上还放了一块不比她个头小的牌匾和其他东西,极其狼狈地艰难迈步。申羽慌忙上前帮忙,将木椅以外的东西都拿进来,发现除被红纸包裹的牌匾外,还有一个装有衣物的包袱以及一个装满鱼、虾、蟹、乌贼、海蜇、蚝肉等各种新鲜海鲜的竹篮。

"我还以为你忘记了。"溪望看着亲自将轮椅推到他身前的知妍,心里竟泛起一种似曾相识的感觉,脑海里随即浮现那个令他刻骨铭心的女子。

"本官言出必行,答应过你的事情又岂会食言?"知妍意气风发地说,"这张轮椅是我请广州城里最好的木匠打造的,可把我的积蓄花掉了一大半呢!"

"剩下的积蓄都花在这块牌匾上了吧!"申羽揭开包裹牌匾的红纸偷瞄了一眼,发现是一块写有"诡案组"三个字的金漆招牌。

"我们诡案组屡破奇案,日后必定扬名立万,怎能连一块像样的招牌也没有呢!"知妍神气地说,随即指示申羽跟捧着一锅清水回来的流年,把门外那块简陋的牌匾摘下,然后将金漆招牌挂在大门上,还让蓁蓁出去指挥,免得他俩把招牌挂歪。

知妍将包袱交给雪晴,告知内里装着的是捕快服,让她暂且将就一下并解释道:"之前没人没钱没资源,不少开销都得靠我自掏腰包。幸好你们找到了宝藏,现在我不用为银两犯愁了,已让人赶制诡案组的专属服饰,等做好了大家就不用再穿捕快服了。"

"穿着倒不要紧,不过大人这赏赐可方便了。"溪望坐上轮椅后,便自个儿推动轮子在两人面前转来转去,就像个顽童一样,令知妍忍不住掩嘴娇笑。

蓁蓁指挥两个喽啰将牌匾挂好后,便让知妍出来亲自将红纸揭开,雪晴也将迷迷糊糊的伯仑和小苗从桌底里拉出来,跟大家一起到门外见证揭牌仪式。

当知妍将红纸揭开,"诡案组"三个字展现于眼前的那一刻,申羽突然觉得这一幕似曾相识,好像在梦里有过类似的经历,随即有种如在梦中的不真实感,便向身旁的溪望问道:"兄弟,我是不是在做梦呢?"

"这个问题重要吗?"溪望微笑着反问,"不管是庄周梦蝶,还是蝶梦庄周,只要你过得开心不就好了。"

申羽歪着脖子想了想,随即释怀笑道:"也对,反正是梦的话早晚会醒来。"

"那就在醒来之前让诡案组扬名天下吧!"溪望振臂一呼,众人随即齐声附和。

番外小剧场　时管办讨论组

"诗雅"邀请"天书、忧笛"加入了群聊

诗雅：

组长，我们观测到盛唐时空的诡案组了，不过那边的情况跟我们历史上的唐代不太一样。

诗雅：

譬如像年兽这种本该清末民初才出现的传说，他们竟然会随口说出来。还有"大人"和"娘子"，在唐代不是对父母和少女的称呼吗？

诗雅：

类似的问题多如牛毛，反正就很不科学。@天书

天书：

这有啥好奇怪的，本来就是另一个平行时空，别说有点儿不一样，就算跟我们历史上的盛唐毫不相干也合情合理，绝对不是什么糟糕的漏洞。

诗雅：

真的吗？可我总觉得怪怪的。

天书：

相信我，我是组长，绝对不会出错。

天书：

你就别纠结于时代背景这种无关紧要的细节了，要把观察重点放在案情上，再顺便看看诡案组的主要成员跟其他时空有啥区别。

诗雅：

不管是什么时代，人性也亘古不变，所以案情方面跟现代并没有本质性的区别，均是由于人性的丑陋而引发的罪恶。

诗雅：

不过盛唐诡案组的成员跟本时空的就有很大的区别，尤其是阿慕，可以说是已知时空中最不要脸的。阿相倒是跟本时空的一模一样，都是那么卑鄙狡猾。

诗雅：

《盛唐诡案组：异空的集结》.docx

诗雅：

我把详细情况都写在报告里了。

天书：

并不是这个时空的阿慕脸皮厚，而是所有时空的阿慕都是个厚脸皮。

天书：

本时空的诡案组，报告都是阿慕写的，他当然会把自己的形象美化啊！

天书：

而且我们的阿慕都已经三十岁了，再怎么厚颜无耻，也不会当众小便吧！但年轻十岁的话，我对他还是充满信心的。

诗雅：

所以盛唐时空的阿慕，只不过是本时空的年轻版？

天书：

基本上就是这样，其他人也差不多，都比本时空的自己更年轻，而且际遇稍有不同，所以性格、能力均有些许差异。

天书：

不过阿相跟本时空的自己也太像了，感觉就像从本时空穿越过去的。

诗雅：

对啊，的确是一模一样。

诗雅：

不过诡案组的其他核心成员都在盛唐时空集结了，唯独缺了桂美人，阿相应该很寂寞吧！

天书：

寂寞什么呀，他最擅长的就是拈花惹草。

天书：

而且在盛唐诡案组里也有悦桐的身影，宋知妍不就是她的马甲吗？她俩不仅性格一样，就连身形也差不多呀！

诗雅：

啊，我怎么没注意到。

天书：

给我好好地专心工作，别整天摸鱼开小差。

天书：

还有，忧笛早就牺牲了，你再怎么想念他，也不该把他拉到群里呀！

忧笛：

其实我还活着。

天书：

哇，诈尸了？

天书：

不对，你不是已经火化了吗？应该连诈尸的机会也没有啊！

诗雅：

他不是本时空的忧笛啦！

忧笛：

嗯，我是从其他时空偷渡过来的，现在在时管办工作。

天书：

又是申先生做的好事对吧,那家伙最喜欢玩弄你们这种痴男怨女。

诗雅:

组长该不会是嫉妒我们有情人终成眷属吧!

诗雅:

虽然你情路坎坷,爱上了不该爱的人,但也不能嫉妒人家呀。

忧笛:

我对组长的情史挺感兴趣的,能把《影驭者》的报告给我看看吗?

天书:

不行,只有影管办成员才有翻阅《影驭者》的权限。

天书:

妄图窥探我的隐私,你想也别想。

诗雅:

你就别打组长的主意了,过好我们的小日子吧!

诗雅:

组长,其实我把忧笛拉进来,是想告诉你,我俩要结婚啦!

天书:

啥,你俩要结婚?

天书:

怎么这么突然?你想清楚了没有?

天书:

我知道你们认识了好几年,但一直聚少离多,在一起的时间应该没几天吧!

天书:

相见好,同住难,你俩得想清楚。

忧笛:

组长,我俩的时间跟你不一样,你去过画卦台,应该知道时间是相对的,而且只是一种幻觉。

诗雅：

对啊，其实我俩在一起已经快二十年了。

天书：

差点儿忘记这个忧笛和阿相一样，都是时空偷渡客。

天书：

行吧，你俩爱咋咋地，但别想得到我的祝福，愿天下有情人终成兄妹。

天书：

我还得去安慰一下舔到最后一无所有的灵犬。

诗雅：

别把人家说得像坏女人一样啦，灵犬知道我要结婚可高兴呢！

诗雅：

而且我们也不要"牡丹狗"的祝福，告诉你是因为我们要放婚假。

天书：

行行行，你们赶紧滚去结婚撒狗粮，然后就回来继续观测盛唐诡案组吧！

天书：

尽管盛唐诡案组处在一个跟我们毫不相干的平行时空当中，但他们遇到的离奇案件，对我们有很大的参考价值，而且我爱看。

天书：

散会！

后记

亲爱的读者：

感谢您看完这本《盛唐诡案组：异空的集结》，也感谢您的支持，我将会继续努力，以更好的故事回报您的恩情，谢谢您！

之所以会写这个故事，源于哲学家罗素提出的著名假说——就算这个世界是在五分钟前才被创造出来的，其实也没有任何不妥。

或许您是五分钟前才"转生"到这个世界，您从出生至今所经历的一切，不过是刚被输入大脑的虚假记忆，而昨晚那场奇怪的梦才是您在真实世界里的经历。

您没有任何办法推翻我这个不靠谱的假设，不管是碳十四测年，还是古代文物等实证，甚至您脑袋里的记忆都不能。因此，您不能否定自己或许就像申羽那样，其实是来自另一个时空。至于您现在是置身于"现实"，还是"梦境"当中，那就不好说了，也不重要。因为不管是庄周梦蝶，还是蝶梦庄周，把握当下才是最真实的。

不知道您有没有发现，本书的三个案件都有一个共通点，就是均涉及已成为传说的往事，可是那个大家从小就知道的"传说"，只不过发生在几十年前而已。

《诡案组》系列自2007年发表至今，已经历十数载，当中一些经典故事，甚至成了不少人从小就知道的"都市传说"。曾有人未经授权就将我的作品改编为漫画，被网友发现后还振振有词地反驳，说我只是抢先把"传说"写成故事，妄图以"从小就知道"为由，将我的原创作品歪曲为能随意据为己有的"传说"。

最后，这家伙当然没有得逞了。毕竟是早已出版的作品，打起官司来必定稳操胜券——这是我开律师事务所的老同学说的，他只要两成赔偿就行了，诉讼上的一切琐事都会帮我搞定。

于是乎，侵权人心虚了，私下向我道歉并删除侵权漫画。尽管他仍在粉丝面前宣称自己没有抄袭，只是我抢先将"传说"据为己有……他爱咋咋地吧，没有原创能力的人在这个圈子里待不了多久，我就懒得计较了。

说这些是想说明，"从小就知道的传说"或许只是源于十多年前，配合罗素的"五分钟前假说"，您是否更确信自己是个"转生者"？其实这个世界是五分钟前为您而创造的，昨晚那场梦才是您在真实世界的经历。

相信我，您会看完这本书并非偶然，因为正有人努力想让您知道真相。而那个人就是我，您在"梦"中最好的朋友。

祝您
事事顺心，快乐无忧！

求无欲
写于 2024 年除夕

图书在版编目（CIP）数据

盛唐诡案组. 异空的集结 / 求无欲著. -- 北京：北京联合出版公司, 2025.1 (2025.9 重印). -- ISBN 978-7-5596-8013-6

Ⅰ. I247.5

中国国家版本馆 CIP 数据核字第 2024M7A806 号

盛唐诡案组：异空的集结

作　　者：求无欲
出 品 人：赵红仕
策　　划：牧神文化
责任编辑：徐　鹏
特约编辑：风不动
美术编辑：陈雪莲
营销支持：沈贤亭
封面绘图：王琪萌

北京联合出版公司出版
（北京市西城区德外大 83 号楼 9 层　100088）
北京联合天畅文化传播公司发行
上海盛通时代印刷有限公司印刷　新华书店经销
字数 368 千字　890 毫米 ×1240 毫米　1/32　11.75 印张
2025 年 1 月第 1 版　2025 年 9 月第 3 次印刷
ISBN 978-7-5596-8013-6
定价：59.00 元

版权所有，侵权必究
未经书面许可，不得以任何方式转载、复制、翻印本书部分或全部内容。
本书若有质量问题，请与本公司图书销售中心联系调换。
电话：010 - 64258472 - 800